MORDFALL IM PARADIES

von Heidrun Grüttner

Bibliografische Information der Deutschen Bibliothek
Die Deutsche Bibliothek verzeichnet diese Publikation in der Deutschen Nationalbibliografie; detaillierte bibliografische Daten sind im Internet über http://dnb.ddb.de abrufbar.

Heidrun Grüttner
Mordfall im Paradies

Bildnachweis Umschlagseite:
Jens Nagel, Lychen, OT Retzow

Berlin: Pro BUSINESS 2008

ISBN 978-3-86805-111-7

1. Auflage 2008

Produktion und Herstellung: Pro BUSINESS GmbH
Gedruckt auf alterungsbeständigem Papier
Printed in Germany

www.book-on-demand.de

Hinweis

Die in diesem Buch vorkommenden Protagonisten sind frei erfunden. Jegliche Ähnlichkeiten mit lebenden oder verstorbenen Personen wären rein zufällig und sind nicht gewollt. Die einzige Ausnahme hiervon stellen die Inhaber der „Kleinen Galerie“ dar. Von diesem Maler stammt auch das Bild auf der Titelseite.

Die Stadt Lychen gibt es tatsächlich. Auch viele der anderen beschriebenen Orte und Plätze laden in der Realität zu einem Besuch ein. Doch auch für deren Beschreibung gilt die dichterische Freiheit.

Über die Autorin:

Heidrun Grüttner, Jahrgang 1965, ist Diplom-Politologin und arbeitet als stellvertretende Geschäftsführerin und Leiterin der Öffentlichkeitsarbeit für eine Berliner Stiftung.

Andere Texte und Kurzgeschichten der Autorin sind kostenlos zu finden unter
www.zeit-zum-lesen.de

Samstag, 15. Juli

1.

Hartmuth Hollstein, Leiter der Polizeidirektion von Eberswalde, lag nach einem langen, feucht-fröhlichen Abend endlich in seinem Bett. Es war eine der seltenen Nächte, in denen er gut schlief und noch besser träumte. Vielleicht waren es die fünf Gläser schweren Rotweins, die ihm diesen Schlaf bescherten. Oder es lag an der Musik, die ihn beschwingt hatte. Was auch immer die Ursache gewesen sein mochte – im Moment befand er sich am Strand einer idyllischen Südseeinsel. Mit nackten Füssen wanderte er im weichen Sand, richtete den Blick zuerst auf das azurblaue Meer und dann auf die schöne Einheimische an seiner Seite, die sanft seine Hand in ihre legte. Sie sah ihn an und in ihrem Blick lag eine unbeschreibliche Verheißung. Genau in diesem Moment reinen Glücks klingelte das Telefon auf seinem Nachttisch. Es gab kein Entrinnen gegen diese Macht der realen Welt, kein inneres Sträuben half gegen die Vertreibung der Bilder in seinem Inneren. Mit dem ersten schrillen Ton verzogen sie sich auf Nimmerwiedersehen zurück in die Weite, aus der sie kamen. Nach einigen Sekunden, die er für die Rückkehr aus der Südsee benötigte, tat er das Unausweichliche. Er ergab sich der Wirklichkeit und öffnete die Augen. Doch mit Einsetzen des Verstandes stieg ein heftiger Groll in ihm auf. Wer wagte es, den ersten schönen Traum seit Monaten zu zerstören? Wütend griff er zum Hörer.
„Hollstein", schrie er hinein und legte in dieses eine Wort allen Ärger und alle Enttäuschung über die entgangenen Genüsse. Sein Gegenüber am anderen Ende der Leitung hatte nicht wirklich damit gerechnet, den Vorgesetzten in guter Laune anzutreffen. Es war schließlich gerade einmal vier Uhr nachts – an einem Samstag. Außerdem war es nicht das erste Mal in ihrer langjährigen Zusammenarbeit, dass er ihn wecken musste. Aber dass er angeschrieen wurde, empfand er als ungerecht. Schließlich konnte er nichts dafür, wenn sich andere Leute vorwiegend nachts um die Ecke zu bringen pflegten.
„Walter Meyer hier. Tut mir leid, wenn ich störe, Chef. Wir haben einen Mordfall."
Die Anrede „Chef" und der entschuldigende Tonfall stimmten Hollstein milder.
„Schon gut", antwortete er noch brummend, „was wissen wir?"

„Eine Tote in Lychen. Sieht nach Sexualdelikt aus."
„In Lychen?", seufzte er, „Jetzt morden die schon auf den Dörfern. Wo soll das nur hinführen?"
Meyer ignorierte die rhetorische Frage und kam zum Grund seines Anrufes.
„Welches Team soll ermitteln?"
Hollstein überlegte einen Moment, welche der zur Verfügung stehenden Beamten in Frage kamen.
„Schicken Sie die Loewe!", antwortete er dann bestimmt.
Meyer erkannte schon am Tonfall seines Chefs, dass dieser keinen Widerspruch wünschte. Dennoch konnte er sich eine Bemerkung nicht verkneifen.
„Die Neue?"
Seine Skepsis fiel – wie erwartet – nicht auf fruchtbaren Boden.
„Na und?", brummte Hollstein, „Loewe und Teichmann sind erfahrene Leute. So lernen sie gleich mal die kleineren Orte kennen."
„Aber ...."
Auch Meyers erneuter Versuch, einen Einwand zu artikulieren, wurde unterbunden. Die Stimme des Chefs nahm wieder an Lautstärke zu.
„Kein ‚aber'! Schicken Sie das Loewe-Team. Basta! Sagen Sie den beiden, dass ich regelmäßige Berichterstattung erwarte. Gute Nacht noch."
Abrupt beendete Hollstein das Gespräch und kuschelte sich zurück ins rote Satinkissen. Wenn die Südsee schon flöten gegangen war, wollte er wenigstens ausschlafen.

Walter Meyer sah etwas ratlos den Telefonhörer in seiner Hand an. Nach einer Sekunde des Zögerns schnitt er ihm eine Grimasse.
„Was is'n los?", erkundigte sich Kollege Grumm, während er an seiner Kaffeetasse nippte.
„Ich soll die Loewe schicken", berichtete Meyer kopfschüttelnd.
Doch die erhoffte kollegiale Unmutsäußerung blieb aus.
„Na und? Irgendwann muss sie doch mal richtig bei uns einsteigen."
Meyer tippte sich an die Stirn.
„Mensch, Peter, kapierst Du denn nicht? Das sind doch zwei Wessis. Erst seit einem Monat da."
Der zwanzig Jahre Jüngere hob gelassen die Schultern.
„Die Mauer ist schon lange Geschichte, Kollege. Wird Zeit, dass Du endlich im Heute ankommst."
Meyer überlegte, ob er seine Vorbehalte näher erläutern sollte. Würde jemand wie Grumm ihn verstehen? Einer, der bei der Öffnung der Grenze

zwölf Jahre alt war und sich vor allem darüber freute, endlich echte Nietenjeans von irgendeiner Ami-Firma kaufen zu können?
„Grünschnabel", sagte er schließlich, „was weißt Du schon? Zwei Wessis, die in der ostdeutschen Provinz ermitteln! Und eine Frau als leitende Ermittlerin. Das bedeutet zusätzliche Schwierigkeiten."
Der Kollege schüttelte schon wieder den Kopf.
„Die Loewe ist tough. Die kriegt das hin."
„Wat is die? Red' gefälligst deutsch mit mir!"
Ohne eine Erklärung abzuwarten, griff Meyer resigniert zum Hörer. Er tat hier nur seine Pflicht. So, wie er es immer getan hatte – damals in der DDR und heute. Er war überzeugt davon, dass er Recht behalten würde. Es wäre schließlich nicht das erste Mal.

2.

Karla Loewe war gerade kurz aus einem Traum erwacht. Sie kuschelte sich enger an ihren Mann, hörte seinen regelmäßigen Atemzügen zu und genoss das wunderbare Gefühl, das sein Herzschlag in ihr hervorrief. Alles war in Ordnung, alle Familienmitglieder gesund und morgen würden sie zusammen einen Ausflug machen. Das erste Mal seit Wochen. Ein kleines Lächeln schlich sich auf ihr Gesicht. In die Dankbarkeit, die sie empfand, mischte sich immer auch ein wenig Furcht. Wie schnell konnte ihr Idyll zerplatzen. Eine Krankheit, ein Unfall, ein Verbrechen könnte alles von einer Minute zur anderen verändern, zerstören. Wie jedes Mal, wenn solche Gedanken von ihr Besitz ergriffen, schüttelte sie heftig mit dem Kopf. Mit dieser kleinen Geste gelang es ihr stets, in die Realiät zurückzufinden und alle Ängste in die Schranken zu weisen. ‚Jetzt ist jetzt', sagte sie sich und diesen Augenblick genieße ich. Wenige Sekunden später war sie wieder eingeschlafen.
Das Klingeln des Telefons unterbrach jäh ihren Schlaf, riss sie aus einem kleinen sorgenfreien und unbeschwerten Lebensmoment. Gleichzeitig mit ihrem Mann schreckte sie hoch. Um ihn nicht noch weiter zu stören, sprang sie sofort auf und schlurfte schlaftrunken in den Flur, um an den Apparat zu gehen.
„Nicht schon wieder", raunzte Professor Christoph Loewe derweil in sein Kopfkissen, weil er ahnte, dass es mit dem gemeinsamen Familienwochenende nun ein Ende haben würde. Es gab seiner Erfahrung nach nur einen einzigen Grund, warum nachts kurz nach vier Uhr das Telefon klingelte: Irgendwer hatte irgendwen um die Ecke gebracht. Als wäre dies allein nicht

schrecklich genug, bedeutete es auch, dass seine Frau die nächsten Tage nicht ansprechbar sein würde und manchmal gar nicht mehr nach Hause käme. Er hatte gehofft, die Versetzung aus der Großstadt in die Provinz würde ein wenig mehr Ruhe in ihren gemeinsamen Alltag und Karlas Leben bringen. Doch nun ging das schon wieder los. Missmutig zog er sich die Decke über den Kopf, wohl wissend, dass diese Maßnahme nichts an den Tatsachen ändern würde. Kurz darauf kam seine Frau ins Zimmer zurück. Leise öffnete sie im Dunkeln die Tür des Kleiderschranks.

„Du kannst das Licht anschalten, ich bin wach", brummelte er noch halb durch die Decke über seinem Kopf.

Karla betätigte den Schalter neben der Zimmertür und sah ihren Mann müde in den Schein der Deckenbeleuchtung blinzeln.

„Entschuldige, Schatz, ich muss sofort los. In irgend so einem Dorf wurde eine junge Frau umgebracht. Wahrscheinlich ein Sexualdelikt."

Er sah zu, wie sie das kurze Nachthemd abstreifte. Was hätte das für ein schöner Tag werden können, mit Timo und der Oma. Sie wollten an den See fahren, picknicken. Und abends – ? Er seufzte, als er sie nackt im matten Lichtschein betrachtete. Karla zog sich eine schwarze Hose und eine rote Bluse aus den Schrankfächern und kleidete sich an. Timo erschien im Türrahmen.

„Muss sie etwa weg?", fragte er, sich die Augen reibend.

Seine Eltern nickten synchron.

„Schon wieder ein Mordfall", erklärte Christoph seinem Sohn.

„Und ich bin extra aus Berlin gekommen, um mal wieder in Familie zu machen", murrte dieser enttäuscht, ohne sich vom Fleck zu bewegen. Seine Mutter, mittlerweile vollständig angekleidet, drängelte sich an ihm vorbei in den Flur.

„Christoph und Oma sind ja schließlich auch noch da", murmelte sie, in Gedanken schon bei der Aufgabe, die sie erwartete.

„Die kochen aber nicht so gut. Und außerdem wollte ich Euch heute Jana vorstellen."

„Ist das Deine neue Freundin?", erkundigte sich Christoph.

Karla zog den Reißverschluss ihrer Jacke zu und schlüpfte in ihre Schuhe.

„Hmm."

„Dann bring sie doch nächste Woche mit", schlug sie vor und griff nach dem Schlüsselbund auf der Kommode.

„Nächstes Wochenende machen wir eine Exkursion. Das geht nicht."

„Dann eben übernächste Woche", erwiderte sie jetzt etwas gereizt, „ich habe mir die Tote nicht ausgedacht. Guck mich also nicht so vorwurfsvoll an."

„Du hast'n echten Scheißjob", gab er zurück. Karla küsste Timo kurz auf die Stirn, was ihr nur gelang, indem sie sich auf die Zehenspitzen stellte.

Dann setzte sie sich an den Rand des Bettes, um sich von ihrem Mann zu verabschieden. Er nutzte die vermutlich letzte Gelegenheit dieser Nacht zu einem langen Kuss.
„Ist das normal in Eurem Alter", fragte Timo, der die Szene beobachtete, halb ernst, halb scherzhaft, erhielt aber keine Antwort. Wortlos verzog er sich zurück ins Gästezimmer.

Wenig später stand Christoph Loewe an der Wohnungstür und sah seiner Frau nach, die schnell die Treppen hinabsprang. Für einen kleinen Moment schaute sie sich noch einmal um, winkte ihm zu. Dann fiel im Hausflur die Tür ins Schloss. Warum konnte Karla keinen anständigen Beruf haben mit festen Arbeitszeiten und einer normalen Anzahl von Überstunden? Warum musste sie überhaupt arbeiten gehen? Er verdiente genug für die ganze Familie. Fragen, die er nicht nur sich, sondern auch seiner Frau schon oft gestellt hatte. Er kannte die Antworten nur zu gut. Schließlich waren sie seit einundzwanzig Jahren verheiratet. Sie liebe ihren Job, hatte sie gesagt, sie brauche ihre Unabhängigkeit, das Gefühl sich täglich beweisen zu können. Wie schon so oft zuvor, fügte er sich auch diesmal in die irgendwie unabänderlichen Umstände und ging zurück ins Bett. In Momenten wie diesem spürte er, dass er sich trotz all der Jahre noch immer nicht damit abgefunden hatte.

3.

„Weißt Du etwas über den Ort?"
Karla wandte ihren noch immer müden Blick nicht von der Straße, während sie den Wagen durch die von der Morgensonne beschienene Landschaft lenkte. Ihr Beifahrer, Oberkommissar Sven Teichmann, war trotz der frühen Tageszeit erstaunlich munter. Er war wohl ausnahmsweise zeitig schlafen gegangen. Abgesehen davon war er mehr als zehn Jahre jünger als sie. Mit dreißig hatte es ihr auch noch nichts ausgemacht, nachts aus dem Bett geholt zu werden.
„Viel weiß ich noch nicht", gab Teichmann zu, „aber ich hab' noch kurz vorm Losgehen aus dem Internet ein paar Infos geholt."
„Warum hast Du nicht die Kollegen gefragt?"
„Damit die wieder ihren Lokalvorteil ausspielen können? Nee, Danke. Dauernd lassen sie uns spüren, dass wir doofe Wessis sind."

„Hört dieses bescheuerte Ossi-Wessi-Denken denn niemals auf? Du solltest das nicht immer so forcieren!"
Die Bemerkung ärgerte ihn. Er fühlte sich nicht Schuld daran, dass die Kollegen ihn behandelten, als käme er von einem anderen Stern.
„Willst Du nun hören, was ich hab', oder wollen wir uns über das deutschdeutsche Verhältnis unterhalten?"
Für Karla war das Thema noch nicht erledigt. Der Zeitpunkt erschien ihr günstig, um deutlicher zu werden.
„Ich erwarte, dass Du den Kollegen gegenüber nicht ständig den superschlauen Wessi spielst. Dann hätten wir es hier ein wenig leichter."
Teichmann holte Luft, um zum Gegenangriff überzugehen.
„Willst Du damit etwa sagen, dass ich......"
Sie unterbrach den wütenden Ausbruch. Der Ärger über sein Verhalten paarte sich mit ihrer Müdigkeit. Keine gute Mischung, wie sie es sich eingestand.
„Schieß endlich los, Sven. Ich habe keine Lust auf Diskussionen."
Teichmann schluckte den Rest seines Satzes hinunter. Immerhin war er Profi genug um zu wissen, dass sie jetzt keinen Streit gebrauchen konnten. Jetzt ging es darum, den Fall zu lösen. Und er wollte ihn lösen – schneller, als jeder andere Kollege hier dazu imstande war. Er würde ihnen schon zeigen, was ein Westler drauf hat. Nach einer kurzen Pause, in der Karla ihn auffordernd von der Seite anschaute, fuhr er fort.
„Die Stadt liegt zwischen sieben Seen. Haupteinnahmequelle ist der Tourismus, hat mit allen noch kleineren Orten, die dazu gehören, knapp 4.000 Einwohner. Der Tatort liegt in Hohenlychen, dem südlichen Teil der Stadt. Auf dem Gelände waren vor der Wende die Russen stationiert. Jetzt liegt es zum größten Teil brach."
„Was wissen wir bisher über den Fall? Ist das Opfer identifiziert?"
„Eine junge Frau aus dem Ort – Veronica Frühauf. Gerade mal 29 Jahre alt."
Karla schluckte. Jeder Mord war schrecklich, aber so junge Opfer berührten sie besonders.
„So eine Scheiße", entfuhr es ihr,
„Du sagst es", bestätigte Teichmann.
Die Tote war vier Jahre jünger als er selbst.
„Wirst sehen, wir kriegen auch dieses Arschloch", versuchte er sich selbst und seine Chefin aufzumuntern, „mehr können wir sowieso nicht tun. Unser Job ist es, zu spät zu kommen und die Trümmer wegzuräumen."
„Unser Job ist es, weitere Taten zu verhindern und den Täter zu finden."
„Sag' ich doch."

4.

„Mist, jetzt haben wir uns tatsächlich verfahren“, fluchte Teichmann, während er vergeblich versuchte, der aufgeschlagenen Karte nähere Hinweise zu entlocken. Karla blickte kurz zu ihm hinüber.
„Ich kann mir nicht vorstellen, dass Du mit dieser Karte hier weiterkommst, die sieht aus, als hätte sie den Maßstab von eins zu einer Million.“
„Nun übertreib’ mal nicht. Der Maßstab hier reicht sonst immer aus“, wehrte Teichmann die mitschwingende Kritik ab, „ich frag mich sowieso, warum wir bei der Polizei immer noch kein GPS haben.“
„Nimm mal die Nase von der Karte“, forderte ihn Karla auf, „da vorne ist jemand, den wir fragen können.“
Tatsächlich machte Teichmann in ungefähr 100 Metern Entfernung ein menschliches Wesen in dem sonst noch menschenleeren Ort aus. Er kurbelte die Fensterscheibe herunter, während Karla schwungvoll am Straßenrand bremste.
„Wie kommen wir am schnellsten nach Hohenlychen?“
Teichmann hing aus dem Wagenfenster. Sein Gesprächspartner war ein sympathischer Mittvierziger in zerbeulten Jeans und Schlabber-Pulli, der dabei war, sich auf sein Fahrrad zu schwingen.
„Erst einmal auf dieser Straße immer geradeaus. Am Rathaus müssen Sie rechts abbiegen. Wenn Sie die Brücke überquert haben, biegen Sie links in die Pannwitzallee ein. Dann wieder geradeaus. Sie müssen den Ort praktisch durchqueren.“
Karla zwang sich zum Zuhören. Es fiel ihr schwer. Irgendwie zog dieser hilfsbereite Passant ihre ganze Aufmerksamkeit auf sich. Während sich Teichmann den Weg beschreiben ließ, musterte sie ihn. Er war groß, schlank, von mittlerer Statur. Ein paar graue Schläfen sprenkelten sein braunes Haupthaar. Seine Stimme war warm, sehr maskulin. Teichmann bedankte sich kurz angebunden für die Auskunft. Er wollte das Fenster wieder schließen, als der Radler eine Frage stellte.
„Sind Sie zufällig von der Polizei?“
„Nicht zufällig“, gab Teichmann mit arrogantem Unterton zurück.
Noch bevor der Fremde reagieren konnte, griff Karla ein.
„Wir sind von der Mordkommission“, erklärte sie, während sie mit einer heftigen Bewegung Teichmann davon abhielt, das Fenster zu schließen, „haben Sie schon gehört, was geschehen ist?“
„Ja.“
Teichmann ignorierend, wandte er sich durch das Autofenster an Karla.

„Darf ich mich vorstellen: Gerald Muckwitz. Ich bin der Bürgermeister von Lychen."
„Gut, dass wir Sie treffen", freute sich Karla und drückte ihm über Teichmanns Beine hinweg die durchs Fenster gereichte Hand, „Sie können uns sehr helfen."
„Ich wollte aus diesem Grund gerade zum Tatort fahren."
Muckwitz schwang sich auf sein Fahrrad.
„Wir können Sie mitnehmen", bot Karla an.
Der Bürgermeister willigte ein. Bevor er einstieg, schloss er mit zwei Handgriffen das Fahrrad an einer Laterne fest. Karla beobachtete ihn. Er wirkte ernst, doch zeigten die deutlichen Lachfältchen um seine Augen, dass er auch eine andere Seite hatte. Eine sympathische Erscheinung mit positiver Ausstrahlung.
„Kannten Sie das Opfer?", fragte sie ihn, während sie den Wagen wieder startete.
„Ja. Sie ist hier aufgewachsen, hat sich lebhaft an der Kommunalpolitik beteiligt."
„Welche Partei?", wollte Teichmann wissen.
Muckwitz ignorierte die Frage, schaute demonstrativ aus dem Fenster. Es war unübersehbar, dass er nicht vorhatte, mit Teichmann noch einmal ins Gespräch zu kommen. Karla bemerkte es mit einiger Zufriedenheit. Der Bürgermeister schien ein selbstbewusster, gradliniger Typ zu sein. Um die Situation zu entschärfen, griff sie ein.
„Mein Kollege ist noch nicht ganz munter. Seine Bemerkung vorhin sollte gewiss nicht verletzen."
Muckwitz gab das Aus-dem-Fenster-sehen auf. Stattdessen blickte er zu Teichmann nach vorn. Aber erst der strenge Blick der Vorgesetzten ließ ihn einlenken. Also lächelte er etwas gequält.
„Tut mir leid. Ich wollte nicht unhöflich sein."
„Sie war eine Grüne", beantwortete Muckwitz nun die Frage, „aber spielt das eine Rolle? Ich denke, es handelt sich um ein Sexualdelikt."
„Alles ist wichtig!"
Teichmanns Stimme klang noch immer ein wenig zu hochnäsig. Karla warf ihm einen letzten ermahnenden Blick zu. Seit sie mit Kriminaloberkommissar Teichmann zusammenarbeitete, hatten sie ein Ost-West-Problem. Sie verstand nur nicht, warum er sich freiwillig in die ostdeutsche Provinz hatte versetzen lassen, wenn er mit den Menschen hier nicht klar kam. Wenigstens hatte er ihr Zeichen verstanden und hielt den Mund. Sie füllte die entstandene Stille mit einer neuen Frage.
„Wie war sie so?"
Muckwitz überlegte kurz.

„Veronica ist – war – ungeheuer aktiv. Immer gut drauf. Irgendwie auch etwas naiv, sehr leidenschaftlich in der politischen Diskussion. Eine Idealistin. Ich kann immer noch nicht glauben, dass sie tot ist. Vielleicht ist es ja doch eine Verwechslung."
Karla spürte die ernste Hoffnung, die im letzten Satz mitschwang, ging jedoch nicht darauf ein.
„Hatte sie einen Freund, einen Lebensgefährten?", fragte sie weiter.
Muckwitz schüttelte den Kopf.
„Eine zeitlang hatte sie eine Beziehung mit Philipp Menzelbaum, dem Sohn der Apothekerin."
„Warum ist das auseinandergegangen?"
„Genau weiß ich es nicht. Ich denke, er war ihr zu langweilig. Philipp hat keine großen Pläne, wissen Sie. Er studiert zwar Pharmazie, aber ich glaube weniger aus Neigung als aus Pragmatismus. Schließlich kann er die Apotheke seiner Mutter übernehmen. Und die sichert zumindest das Einkommen für eine kleine Familie. Mehr ist hier bei der derzeitigen Lage nicht zu erwarten."
„Können Sie uns die Adresse geben?"
„Sie fahren gerade an dem Haus vorbei. Sehen Sie – hier rechts, die Wohnung über der Apotheke."
Der Blick der Kommissare fiel auf das hübsche, erst unlängst renovierte Häuschen an der Hauptstraße. Mit seinem frischen Blau wirkte es heiter neben den beiden flankierenden Gebäuden, die sich in keinem guten Zustand befanden.
„Trauen Sie dem Exfreund eine solche Tat zu?", erkundigte sich Teichmann.
Erschrocken schüttelte Muckwitz den Kopf.
„Dem Philipp? Nein – wirklich nicht. Dazu ist er zu bodenständig, viel zu besonnen."
„Was ist, wenn er eifersüchtig geworden ist oder die Trennung nicht akzeptieren konnte?", hakte Karla nach.
„Ich glaube, das ist mindestens zwei Jahre her. Sie waren noch sehr gut befreundet, so weit ich es mitbekommen habe."
Teichmann wollte eine weitere Frage formulieren, als der Bürgermeister das Gespräch unterbrach.
„Wir sind da. Sie müssen jetzt hier links abbiegen."
Karla lenkte den Wagen um die Kurve. Von weitem erkannte sie die zwei Dienstwagen der Spurensicherung. Nach weiteren fünfzig Metern waren sie am Ziel und stiegen aus. Das Zuschlagen der Wagentüren durchdrang die morgendliche Stille wie Paukenschläge. Langsam näherten sie sich zu Fuß dem Ort des Geschehens. Mitten auf einem sehr großen, grün bewucher-

ten Gelände, das von einem schäbigen Drahtzaun umsäumt wurde, befand sich eine Vielzahl alter, dem Verfall preisgegebener Gebäude. Karla stellte sich vor, wie sie in ihren besten Jahren wohl ausgesehen haben mochten. Es waren große Villen, die zwar eine einheitliche architektonische Handschrift trugen, sich aber dennoch so weit voneinander unterschieden, dass das Gesamtbild für den Betrachter interessant blieb.

„Zu verkaufen“ stand an einem der am stärksten beschädigten Bauwerke. Aus dem zerstörten Fenster im obersten Stockwerk wuchs ein Baum.

Die Kommissare mussten nicht allzu weit auf das Gelände vordringen. Unter einer Kiefer mit ausladenden Ästen, direkt neben dem Zaun, waren die Kollegen beschäftigt. Sie überstiegen die Absperrung, an der sie den Bürgermeister zurückließen. Mit kurzen Worten begrüßten sie ihre Kollegen, die dabei waren, etliches Arbeitsgerät wieder einzupacken. Der Tatort war sonnenbeschienen. Grillen zirpten, Vögel sangen unbeschwert. Irgendwie unpassend, wie Karla fand. Aus irgendeinem Grund erwartete sie jedes Mal, dass die Vögel schweigen müssten, dass die Welt anzuhalten hätte, angesichts eines solchen Dramas. Der Leichenwagen fuhr schwungvoll vor. Sie mussten sich beeilen, wollten sie sich noch ein eigenes Bild vom Tatort und dem Opfer machen. Veronica Frühauf lag auf dem Rücken, die Beine leicht angewinkelt. Ihre Bluse hing aufgerissen an beiden Seiten des Körpers herab. Darunter war sie nackt. Um die Hüften trug sie einen kurzen Rock, der nach oben gerutscht war. Das zerfetzte Höschen lag mehrere Meter neben ihr. Der Hals zeigte deutliche Würgemale zu erkennen. Am Handgelenk trug die Tote eine teure Uhr. Raub als Motiv für die Tat war demnach eher unwahrscheinlich. Wie oft schon hatte sie sich so etwas ansehen müssen! Sie hätte längst eine gewisse Routine entwickelt haben sollen, die sie davor schützt zu teilnahmsvoll zu sein. Aber hatte sie das? Sicher, sie zuckte beim Anblick der Leichen mit keiner Wimper, keine Geste verriet, was sie wirklich empfand. Ihr Erschauern beim Anblick der jungen Toten, den offensichtlichen Zeichen roher Gewalt, blieb ihrer Umwelt verborgen. Einzig Christoph gelang es ab und an, die Verzweiflung hinter der Fassade wahrzunehmen. Auch dieses Mal wühlte sie der Anblick des Opfers auf. Die junge Frau war nicht nur blutjung, sie war auch ausgesprochen schön. Eine natürliche Schönheit, wie sie nicht häufig anzutreffen ist. In ihrem Gesicht entdeckte Karla keine Spur von Make-up, keinen Lidstrich, keine Farbe auf den Augenlidern, keine Spur von Lippenstift. Und dennoch strahlte diese Tote eine große Anmut aus.

„Die Kleine muss sich ganz schön gewehrt haben“, bemerkte Friedrichsen, ein erfahrener Kollege der Spurensicherung, „ich erwarte, dass unter ihren Fingernägeln Spuren zu finden sind. In ihrer rechten Hand haben wir ei-

nen Stofffetzen gefunden. Näheres wird aber erst die Laboruntersuchung bringen."
Karla wandte sich vom Anblick des Opfers ab und sah Friedrichsen an.
„Was habt Ihr sonst?"
„In ihrer Tasche fehlt scheinbar nichts – selbst die Geldbörse mit mehr als 100 Euro hat den Täter nicht interessiert. Es deutet alles darauf hin, dass es sich um ein Sexualdelikt handelt."
Teichmann, der bis dahin alle Informationen in ein kleines Büchlein geschrieben hatte, schaute auf.
„Wie ist der Täter geflohen?"
„Wir wissen es noch nicht."
„Und die Tatzeit?"
„Heute Nacht – ich schätze mal zwischen 1.00 Uhr und 2.00 Uhr. Entdeckt wurde sie kurz vor 4.00 Uhr. Es muss gerade hell geworden sein."
„Wer hat sie gefunden?"
Der Kollege schaute kurz auf seine Mitschrift.
„Das Ehepaar Rehbein – Feriengäste hier im Ort. Wohnen in dem Hotel da hinten, direkt im Wald. Sie waren beim Joggen."
„So früh?", wunderte sich Karla.
„Du kennst doch diese Sportenthusiasten aus dem Westen", erklärte er und ein ironisches Lächeln huschte über sein Gesicht, „kaum schickt die Sonne ihre ersten Strahlen, beginnt das Programm. Die machen hier nicht Urlaub, die suchen ihre Leistungsgrenzen."
Karla nickte verstehend mit dem Kopf.
Ich schicke Euch die erste Aussage unserer Sportler so schnell wie möglich rüber", ergänzte er.
Während er seine Tasche griff und zum Dienstwagen zurückging, ließ Karla ihren Blick über den Tatort schweifen.
„Wie ist der Täter mit ihr eigentlich auf das Gelände gekommen?", rief sie Friedrichsen hinterher und deutete auf den hohen, ringsum verlaufenden Drahtzaun. Er kam ein paar Schritte zurück und wies auf eine etwa 15 Meter entfernte Stelle in der Umzäunung.
„Da wurde der Zaun mit dem Bolzenschneider bearbeitet. Sieht so aus, als wäre die Tat geplant gewesen. Dafür spricht auch, dass der Platz unter der Kiefer von der Straße aus nur schwer einsehbar ist. Wir haben Stofffetzen am Zaun gefunden, die von der Bluse des Opfers stammen könnten. Möglicherweise hat der Täter versucht, sie an den Zaun zu pressen und so zu überwältigen. Vielleicht hat sie sich im Stehen zu stark wehren können. Also hat er sie unter den Baum gezerrt."

„Danke. Wir erwarten dann Euren Bericht. Und bitte recherchiert, ob in den um-liegenden Krankenhäusern Männer mit Verletzungen an den berühmten Stellen behandelt wurden. “
„Haben wir schon – bis jetzt Fehlanzeige.“
„Danke.“
Als Karla sich umdrehte, schloss sich der Sargdeckel über der Toten. Sie schickte ihr einen unausgesprochenen letzten Gruß hinterher und gab ihr insgeheim das Versprechen, ihren Mörder zu finden. Niemand sollte ein so junges Leben ungestraft auslöschen dürfen.

Karla sah sich die nähere Umgebung des Tatortes an. Teichmann folgte ihr durch das taunasse, teilweise kniehohe Gras der Wiese. Zunächst besahen sie sich die Stelle, an der das Loch in den Zaun geschnitten worden war. Teichmann untersuchte die Schnittstellen.
„Schau mal, sieht noch frisch aus. “
Tatsächlich war das Metall an der Schnittstelle noch recht glänzend.
„Ja – als hätte der Täter alles sorgfältig vorbereitet, zumindest die Vergewaltigung.“
Nach ein paar weiteren Schritten, die sie tiefer in die ehemalige parkähnliche Anlage führten, schimmerte in einiger Entfernung ein blau glänzender See durch die dichten Zweige der Bäume. Einmal mehr fragte sich Karla, warum all diese Häuser leer standen, niemand hier wohnen wollte. Die Aussicht auf den glitzernden See war wunderschön. Teichmann deutete mit der Hand in die entgegengesetzte Richtung.
„Sieh Dir das an.“
Aus der Ferne beobachteten sie, wie der Bürgermeister den Sarg noch einmal hinstellen und den Deckel anheben ließ. Dann legte er eine soeben gepflückte Wildblume hinein. Es schien, als spreche er zu der Toten. Schließlich wandte er sich traurig ab und ging davon. Wieder war etwas in seinen Gesten, dass Karla fasziniert zuschauen ließ.

5.

„Hilf mir doch mal!“, forderte Karla ihren Kollegen auf, der ihr dabei zusah, wie sie einen Schreibtisch im Zimmer herumschob.
„Der ist doch sowieso nur aus Pappe“, antwortete er grinsend, „ist garantiert ein VEB-Prädikatsmöbel.“

Er setzte sich dennoch in Bewegung und griff beherzt mit beiden Händen nach einer Seite der Tischplatte.
„Mir ist egal, wo er herkommt“, ächzte Karla unter der Last, „ohne einen Tisch können wir nicht arbeiten.“
„Das wird sowieso nicht einfach“, fügte Teichmann hinzu, während sie gemeinsam den Schreibtisch vor dem Fenster platzierten, „schließlich ist das hier ein Rathaus und keine Polizeibehörde.“
Karla ließ schlagartig das Möbel los, was Teichmann auf der anderen Seite schmerzhaft zu spüren bekam. Die Tischplatte schlug hart an seinen Oberschenkel. Noch bevor er sich beschweren konnte, schimpfte sie los.
„Ich habe Deine Maulereien absolut satt. Entweder Du konzentrierst Dich jetzt darauf, hier so eine Art Einsatzzentrum aufzubauen und mit mir den Fall zu lösen, oder ich werde dafür sorgen, dass Du zukünftig einen anderen Partner bekommst.“
„Ist ja gut“, maulte er erschreckt, „es war nur ein Scherz.“
„Los, pack mit an“, erwiderte sie, wirkte aber schon etwas besänftigt.
Kurz darauf war das, was Karla ein Einsatzzentrum nannte, fertig möbliert. Der Raum war klein, maß höchstens zwölf Quadratmeter. Der Bürgermeister hatte aus seinen Beständen den Schreibtisch, einen weiteren kleineren Tisch, zwei große Pinwände sowie ein Flipchart, ein Telefon und weitere Büromaterialien zur Verfügung gestellt. Die Kollegen von der örtlichen Polizei sorgten für die nötige Beleuchtung und zwei Stühle. Mehr Einrichtung passte nicht hinein. Mehr gab es aber auch nicht. Teichmann hatte einen Stadtplan vergrößert und an die Wand gepinnt. Nun nahm er auf einer der Sitzgelegenheiten Platz.
„Ich glaube, die Dinger haben noch den letzten Krieg erlebt.“
Mit dem Hinterteil ein wenig hin- und herwackelnd, brachte er das Möbel in arge Bedrängnis. Es gab quietschende Laute von sich.
„Du sollst hier auch nicht Wurzeln schlagen“, erwiderte Karla genervt, „lass‘ uns den Fall rasch lösen, dann kannst Du wieder auf Deinem guten Bürostuhl Platz nehmen.
„Welcher gute Bürostuhl? Mir haben die netten Ostkollegen ein Modell aus alten DDR-Beständen zur Verfügung gestellt. Angeblich weil kein Budget für Neuanschaffungen mehr da ist.“
„Wahrscheinlich ist es auch so.“
„Dann ist ihnen die Kohle aber ziemlich plötzlich ausgegangen. Alle anderen haben nämlich anständige Stühle.“
„Es reicht“, mahnte Karla erneut, „Dein Gejammer geht mir echt auf den Keks. Könntest Du Dich jetzt vielleicht wieder auf den Fall konzentrieren?“
„Zu Befehl, Genossin Hauptkommissar.“

Er sprang auf und salutierte. Bevor Karla explodieren und ihre Drohung in die Tat umsetzen konnte, klopfte es an der Tür.
„Herein", riefen beide gleichzeitig. Zaghaft wurde die Klinke heruntergedrückt. Im Türrahmen erschien der Kopf eines jungen Mannes.
„Sind Sie zuständig für den Mordfall?"
„Kommen Sie herein", ermunterte ihn Karla, „wollen Sie etwas aussagen?"
Er schob seine schlanke Gestalt zur Tür herein. Sein blondes Haar war kurz geschnitten, er trug eine schwarze Jeans sowie ein schwarzes T-Shirt, das ordentlich in der Hose steckte. Alles in allem sah er ein bisschen zu brav aus für sein Alter. Seine Augen waren rot umrändert. Karla schätzte ihn auf höchstens Ende Zwanzig.
„Ich wollte Ihnen meinen Laptop zur Verfügung stellen. Der Bürgermeister meinte, Sie haben noch keinen eigenen PC hier."
Er legte Teichmann behutsam die kleine schwarze Tasche in die Arme.
„Der ist recht neu", erklärte er leise, „kann alles, was so ein Ding heute eben kann."
„Warum tun Sie das", fragte Teichmann, während Karla dem Gast einen der bei-den Stühle anbot.
„Weil ich... .", er stockte einen Moment, in dem er seine zitternde Stimme wieder unter Kontrolle brachte, „weil ich will, dass Sie diesen ... diesen Scheißkerl so schnell wie möglich schnappen."
„Ich nehme an, Sie sind Philipp Menzelbaum", vermutete Karla. Ihr Gegenüber schien überrascht.
„Uns wurde erzählt, Sie waren mit Veronica Frühauf liiert. Ist das richtig?"
Er bestätigte auch diese Aussage nur mit einem Nicken. Das Sprechen fiel ihm sichtbar schwer, immer wieder kämpfte er mit den Tränen.
„Ich ... ich wollte sie heiraten", presste er schließlich mühsam hervor. Seine Lippen zitterten, seine Stirn kräuselte sich unter dem Versuch, seine Regungen unter Kontrolle zu bringen. Teichmann setzte sich auf die Schreibtischkante, während Karla dem Besucher ein Tasse hinstellte und Kaffee eingoss. Schließlich setzte sie sich ihm gegenüber auf den zweiten Stuhl. Sie ließ ihm einen Moment Zeit, um sich zu beruhigen, dann wandte sie sich wieder an ihn.
„Warum haben Sie nicht geheiratet?"
Menzelbaum rang immer noch nach Fassung. Dann aber – man sah ihm an, dass er sich jetzt sehr beherrschte – begann er zu sprechen.
„Weil sie sich von mir getrennt hat. Sie hielt mich eben für etwas – naja – normal eben. Sie sagte dazu ‚konventionell'. Mein Wunsch zu heiraten hat sie darin noch bestätigt. Da hat sie die Konsequenzen gezogen. Sie meinte, damit ich frei sei für eine Frau, die besser zu mir passt."
„Und – haben Sie eine andere Frau gefunden?"

„Es gibt keine andere, ich liebe Vroni“, rief er und konnte ein Schluchzen nun nicht mehr verhindern,. Ein paar Tränen liefen über seine Wangen, die er mit dem Handrücken fortwischte.
„Ich kann einfach nicht glauben, dass sie tot ist. Kann ich ... kann ich sie sehen?“
„Das ist derzeit noch nicht möglich“, erwiderte Karla sanft, „wir informieren Sie, sobald Sie zu ihr können.“
Während Karla dem jungen Mann eine kurze gedankliche Pause gönnen wollte und daher nicht sofort weitere Fragen stellte, verließ Teichmann die unbequeme Schreibtischkante und baute sich vor ihm auf.
„Sie haben die Abfuhr einfach so akzeptiert?“, provozierte er ihn.
Menzelbaum reagierte erstaunlich heftig auf den Angriff.
„Nein! Zuerst nicht, ich bin ihr regelrecht nachgelaufen. Aber wenn Veronica eine Entscheidung getroffen hat, dann gibt es kein zurück mehr. Sie ist ... sie war in allem so ... so absolut.“
„Und gestern“, legte Teichmann nach, „haben Sie es wieder versucht und sind abgeblitzt. Da haben Sie sich dann genommen, was Sie haben wollten, was?“
Philipp Menzelbaum sprang auf.
„Nein, verdammt! Wie kommen Sie denn darauf? Wir waren trotz allem befreundet. Ich hätte nie... .“
Nun liefen zahlreiche Tränen an Menzelbaums jungem, so unverbrauchtem Gesicht herab. An dieser Stelle griff Karla ein, legte ihm beruhigend die rechte Hand auf die Schulter.
„Ist schon gut“, sagte sie sanft, „wir müssen einfach jede Spur verfolgen, jede Möglichkeit prüfen.“
Der junge Mann wollte sich gerade wieder setzen, als Teichmann die nächste Frage in den Raum warf.
„Wo waren Sie heute Nacht zwischen 1.00 und 2.00 Uhr?“
Menzelbaum zuckte zusammen. Nach einem Zögern antwortete er mit erstaunlicher fester, fast trotziger Stimme: „Zu Hause.“
Dabei sah er Teichmann derart enttäuscht an, dass dieser erstaunt ein wenig zurückwich. In den Augen des Jungen lag eine klare Aussage. So klar, dass er sie nicht verbal äußern musste. Es war ein Resignieren, beinahe als sterbe gerade seine Hoffnung, dass die Tat zumindest bestraft werden würde. „Denen hier“, sagten seine Augen, „soll ich vertrauen, dass sie den Mörder finden?“
Karla gab ihrem Kollegen ein Zeichen, er möge endlich aufhören, den jungen Mann zu bedrängen. Teichmann ging daraufhin zum Fenster, sah hinaus auf den Marktplatz. Es war Trödelmarkt, als wäre nichts geschehen. Auf dem Platz hatte ein munteres Treiben begonnen. Und doch war etwas

anders. An den Sprachfetzen, die nach oben drangen, konnte er feststellen, dass der Mord an Veronica Frühauf Thema an den Ständen war. Karla nutzte die Gelegenheit, um Menzelbaum zu beruhigen.

„Wir werden den Täter fassen. Das verspreche ich Ihnen. Und vielen Dank für den Laptop."

Sie verabschiedete schnell den Gast und schob ihn mit einer mütterlichen Geste zur Tür hinaus.

„Sag mal, spinnst Du?", herrschte sie Teichmann an, als sich die Tür hinter Menzelbaum geschlossen hatte, „Du hast den so verstört, dass Der gar nichts mehr sagen wollte. Dabei weiß er sicher am meisten über das Opfer."

„Du hast ihn nicht mal gefragt, ob Jemand sein Alibi bestätigen kann", murrte dieser zurück, „verstehst Du das unter guter polizeilicher Ermittlungsarbeit?"

„Alles zu seiner Zeit, Sven. Ich hoffe, Du hast auch in Psychologie ein wenig aufgepasst!"

„Hab' ich auch. Es könnte nämlich so gewesen sein: Der Typ ist offensichtlich immer noch verknallt in seine Ex. Und deshalb folgt er ihr, überrascht sie an diesem unheimlichen Ort, aber sie weist ihn erneut ab. Da rastet er aus."

Karla schüttelte heftig den Kopf.

„Sie waren noch befreundet. Das haben bisher alle hier gesagt. Warum hätte er ihr heimlich folgen sollen? Und warum rastet er erst jetzt aus – zwei Jahre nach der Trennung? Abgesehen davon war die Tat vorbereitet. Das passt nicht zusammen."

„Hast Du dem die Heulsusentour etwa abgekauft? Das war doch nur Show, genauso wie die Sache mit dem Computer."

„Quatsch. Der Junge hat eine gute Freundin verloren. Vielleicht hast Du Recht und er hat sie immer noch geliebt. Dann ist seine Trauer umso verständlicher. Ich würde alles zur Verfügung stellen, wenn einem in meiner Familie so etwas zustieße. Einfach, damit man den Täter schnappt."

Sie schwiegen.

„Mach es Dir nicht zu einfach", sagte Karla dann.

Teichmann öffnete das Fenster etwas weiter, doch auch das half nicht, die Spannung, die im Raum lag, zu vertreiben.

Das Klingeln des Telefons hatte etwas Erlösendes. Teichmann ging an den Apparat und führte das Gespräch mit der Dienststelle in Eberswalde.

„Ich glaube, den Fall haben wir wirklich bald gelöst", verkündete er anschließend.

„Ach ja?"

„Stell' Dir vor, direkt hier in Lychen lebt ein ehemaliger Sexualtäter. Michael Boehse, wohnhaft Birkenweg."

Gemeinsam suchten sie die Straße auf der Karte.
„Hier ist es", rief er begeistert und markierte die Stelle mit einem roten Steckfähnchen, „vom Birkenweg ist es nur ein Katzensprung bis zum Tatort."
„Und Du meinst, der ist so doof und begeht einen Mord praktisch direkt vor seiner Haustür?"
„Manchmal sind Mörder dümmer als die Polizei erlaubt", behauptete Teichmann, plötzlich bester Laune, gab Karla einen freundschaftlichen Stups an den rechten Arm, bevor er mit einer Hand nach seinem Notizblock, mit der anderen nach dem Autoschlüssel griff.
„Komm schon, lass uns gehen. Den Burschen sollten wir uns ansehen."

6.

Die Sonne brannte schier unerträglich vom Himmel, als die Kommissare im Birkenweg eintrafen. Vor Karlas geistigem Auge tauchten Christoph, Timo und ihre Mutter auf. Ob sie wohl ohne sie zum Picknicken gehen würden? Sie schüttelte heftig den Kopf, um die unerwünschten Gedanken loszuwerden.
„Ist was mit Dir?" fragte Teichmann.
„Nein, alles o.k."
Der Birkenweg stellte sich als eine kleine holprige, ungepflasterte Straße heraus. Rechts und links wurde sie in unregelmäßigen Abständen von Häusern verschiedener Größe gesäumt. Manche der Gebäude machten eine tadellosen Eindruck, waren frisch verputzt und angestrichen. Andere wiederum befanden sich in einem traurigen Zustand. Der Putz blätterte ab, die Fenster hingen alt und morsch in den Rahmen. Nur die schneeweißen Gardinen in den Fenstern trotzten dem Eindruck des Verfalls. Offenbar waren alle Gebäude – auch die weniger ansehnlichen – bewohnt. Die Straße verlief in einem Halbkreis, in dessen Mitte sich das Haus von Michael Boehse befand.
„Die könnten hier aber wirklich ihre Häuser ein wenig in Ordnung halten", moserte Teichmann, „hier ist seit der Maueröffnung überhaupt nichts investiert worden."
„Haussanierungen sind mit Arbeitslosenhilfe auch schwer zu finanzieren", ent-gegnete Karla und fügte nachdrücklich hinzu, „Mensch – hier sind über 20 Prozent der Leute arbeitslos."
Sie verlor so langsam die Hoffnung, dass er sich jemals einleben würde.

Michael Boehse lebte in einer der „Bruchbuden“, wie Teichmann es ausdrückte. Nur der Gartenzaun war neu und das rustikale alte Gartentor hatte einen frischen Anstrich bekommen. Das kleine Haus selbst machte einen bemitleidenswerten Eindruck. Zwei Fensterscheiben waren gesprungen, die Farbe des Häuschens war alt und schmutzig. Im Garten herrschte ein fröhliches Nebeneinander von wilden Kräutern und ordentlichen Beeten mit Möhren, Bohnen, Spinat und Kürbissen. Die Kommissare schritten über die von der Sommersonne ausgedörrte Wiese zur Haustür. Teichmann betätigte den Klingelknopf. Sie warteten. Drinnen regte sich nichts. Weder war das Geräusch der Klingel von außen zu hören, noch eine menschliche Regung zu vernehmen. Karla versuchte es mit Klopfen.
„Herr Boehse, sind Sie da? Machen Sie bitte auf. Wir möchten mit Ihnen sprechen.“
Wieder warteten sie vergebens auf eine Reaktion. Gerade als sie sich auf dem Gelände etwas umsehen wollten, hörten sie hinter sich eine Stimme.
„Wollen Sie zu mir?“
Ein schlanker Mann mit nacktem Oberkörper, den Karla auf etwa fünfzig schätzte, schlenderte durchs Gartentor und kam den Weg entlang. In der rechten Hand trug er einen großen blauen Plastikeimer, sein kariertes Hemd hatte er sich über die linke Schulter geworfen. Boehse war ein großer, braungebrannter Kerl. Für sein Alter sah er erstaunlich kräftig aus. Karla ging ihm entgegen. Um die Nachbarn nicht aufmerksam zu machen, sprach sie in gedämpftem Ton.
„Mein Name ist Karla Loewe, dies ist mein Kollege Sven Teichmann. Wir sind von der Kriminalpolizei und möchten mit Ihnen sprechen.“
Er stellte den Eimer ab, der randvoll mit verschiedenen Waldpilzen gefüllt war und zog sich das Hemd über.
„Kommen Sie rein“, sagte er freundlich, während er die Haustür öffnete. Mit einer einladenden Geste unterstrich er seine Worte. Sie stiegen nach ihm die wenigen Stufen empor und traten ein. Es dauerte eine Weile, bis sich ihre Augen an das Dunkel des Raumes gewöhnt hatten. Dann nahmen sie das Wohnzimmer wahr, das trotz der betagten Möbel einen gewissen Charme ausstrahlte. Durchs Fenster schien ein wenig die Sonne herein. Boehse deutete auf einen großen hölzernen Esstisch, dessen Oberfläche schon ein wenig mitgenommen aussah. Die Patina verlieh ihm etwas Rustikales. Drumherum standen vier ebenfalls hölzerne Stühle in vier verschiedenen Brauntönen, die trotz ihrer Unterschiedlichkeit miteinander harmonierten.
„Nehmen Sie doch Platz.“
Sie zogen Stühle vom Tisch ab und setzten sich.
„Ich nehme an, ich soll mal wieder irgendetwas ausgefressen haben“, eröffnete er munter das Gespräch, „was ist es denn diesmal?“

„Mord", antwortete Teichmann, bevor Karla es verhindern konnte.
„Man muss sich schließlich auch steigern können", erwiderte Boehse nach einer Schrecksekunde zynisch, „aber ich muss Sie enttäuschen, ich habe den Ort seit Wochen nicht verlassen."
„Das war auch nicht nötig", warf Teichmann ein, „der Tatort liegt hier um die Ecke."
„Was? Ein Mord hier in Lychen?"
Boehse wirkte ehrlich erschüttert.
„Was ist denn geschehen?"
„Eine junge Frau wurde heute Nacht sexuell missbraucht und ermordet", erklärte Karla.
Boehse stand plötzlich der Schweiß auf der Stirn und er lief einige Schritte im Zimmer umher.
„Und das soll jetzt auch ich gewesen sein?"
„Sie sind wegen Vergewaltigung vorbestraft", erinnerte sie ihn.
Boehse schüttelte des Kopf.
„Lest Ihr Kriminaler denn nie Eure Akten? Mich hat damals meine eigene Lebensgefährtin angezeigt, weil sie mich bestrafen wollte. Ich bin fremdgegangen und das war die Rache."
„Der Richter hat das anders gesehen", warf Teichmann ein.
„Ich war über ein Jahr in Haft. Aber ich habe so etwas nicht getan. Monika wurde nicht vergewaltigt."
„Sagen Sie!"
Teichmann mimte mal wieder den Zornigen.
„Ja", erwiderte Boehse ebenfalls heftig, „das sage ich! Weil es so gewesen ist, verdammt! Eine bittere Strafe für einen Seitensprung. Seitdem bekomme ich keinen Fuß mehr auf den Boden. Ich bekomme keine Arbeit, viele Leute schneiden mich, meine Familie hat mit mir gebrochen."
Er unterbrach sich selbst, indem er sich Karla zuwandte.
„Wer ist denn überhaupt ermordet worden?"
Statt einer Antwort fragte Karla: „Haben Sie denn gar nicht mitbekommen, was im Ort so gesprochen wird?"
Er schüttelte den Kopf.
„Ich bin bei Sonnenaufgang in die Pilze gegangen."
„Haben Sie jemanden im Wald getroffen, irgendetwas Ungewöhnliches gesehen?"
Boehse stand wieder auf. Während er überlegte, lief er erneut durch das Zimmer. Ich habe ein Boot am Platkowsee liegen. Ich bin auf die andere Seite gerudert. Da gibt es mehr Pilze, der Waldboden ist auch im Sommer etwas feucht. Vielleicht hat mich jemand gesehen. Mir ist jedenfalls nichts Ungewöhnliches aufgefallen."

Karla ließ ihn nicht aus den Augen, beobachtete jede seiner Gesten genau.
„Wo waren Sie heute Nacht zwischen ein und zwei Uhr?“, fragte sie.
„Im Bett“, antwortete er kleinlaut, „kein allzu gutes Alibi, ich weiß. Abgesehen davon, war ich allein.“
Es entstand ein kurzer Augenblick der Stille, bevor Boehse seine Frage wiederholte.
„Wer wurde denn nun ermordet?“
„Die junge Frau heißt Veronica Frühauf“, teilte Karla mit.
Boehse sah sie mit großen Augen an. Karla kannte diese Art von Blick. Sie begegnete ihm immer dann, wenn sie Todesnachrichten überbrachte.
„Veronica“, flüsterte er leise. Seine Lippen formten einen Satz, doch entwich ihm kein Laut. Zwei Sekunden später brach er zusammen. Teichmann sprang geistesgegenwärtig hinzu und fing ihn auf. Gerade noch rechtzeitig, bevor er mit dem Kopf gegen die Tischkante prallen konnte. Karla lief in die Küche, um ein Glas Wasser zu holen. Als sie zurückkam, war Teichmann dabei, Boehse auf die Wangen zu klopfen. Es dauerte jedoch eine Weile, bis er zu sich kam. Er saß auf dem Boden, den Rücken an einen Sessel gelehnt. Karla hockte sich zu ihm, sah ihm in die Augen.
„Geht es wieder?“
Er nahm einen Schluck aus dem Wasserglas, das sie ihm reichte. Noch immer war er leichenblass. Sie fragte sich, ob es besser wäre, einen Arzt zu rufen, entschied sich aber dagegen, als Boehse sich aus eigener Kraft etwas aufrichtete.
„Sie kannten das Opfer?“, fragte sie.
„Sie ist meine Nichte.“
Dann versagte ihm kurz die Stimme. Tränen liefen ihm über das Gesicht. Es dauerte einen Moment, bis er wieder reden konnte.
„Sie war die einzige, die die ganze Zeit zu mir gehalten hat“, flüsterte er. „Ich war es nicht, das müssen Sie mir glauben.“
Karla wollte etwas erwidern, als Teichmanns Handy klingelte. Er nahm das Gespräch entgegen und machte einige Notizen.
„Sie können sehr schnell Ihre Unschuld beweisen“, ließ er Boehse wissen, nachdem er das Telefonat beendet hatte, „ich habe eben erfahren, dass an der Leiche Spermaspuren gefunden wurden sowie Hautteile unter den Fingernägeln. Die Kollegen haben bereits DNA-Untersuchungen in Auftrag gegeben. Wenn Sie uns also eine Speichelprobe geben würden... .“
Die Mitteilung löste bei Boehse einen erneuten Verzweiflungsruf aus.
„Veronica!“, schluchzte er wieder und schlug mit der Faust auf den Boden. Karla legte ihm ihre Hand auf die Schulter. Nach einigen Momenten richtete er sich auf, sah Karla an.

„Holen Sie Ihre Utensilien", erklärte er, jetzt mit fester Stimme, „selbstverständlich werde ich Ihnen die Speichelprobe geben."
Während Teichmann zum Wagen ging, half Karla ihm, sich an den Tisch zu setzen.
„Hatte Veronica Feinde? Gab es jemanden, der bei ihr abgeblitzt ist?"
Boehse saß noch immer halb zusammengesunken auf dem Stuhl. Nach einem kurzen nachdenklichen Zögern schien ihm etwas einzufallen..
„Veronica ist ...war eine unbequeme junge Frau. Sie hat sich eingemischt, hat hier im Stadtrat mitgemacht. Seit letztem Jahr läuft hier so ein sogenannter Investor rum, der einen großen Hafen am Stadtsee bauen will mit Wasserskianlage und solchen Sachen. Veronica war absolut dagegen, weil die ganze Anlage ausschließlich für Motorbootleute gedacht ist. Sie meinte, der sanfte Tourismus würde dem Ort mehr bringen und nicht so viel Natur kaputt machen."
„Wie heißt der Investor?"
„Willibald Garstein."
Sie zog ein Notizbuch hervor und notierte den Namen.
Boehse griff nach ihrer Hand, drückte sie fest. Es war etwas Verzweifeltes in dieser Geste. Er sah ihr in die Augen.
„Ich möchte helfen, den Kerl zu fassen."
Sie erwiderte seinen Blick, bevor sie ihre Hand langsam fortzog.
„Sie könnten sich ein wenig umhören, was so in der Stadt geredet wird. Manchmal ergibt sich daraus eine Spur. Ich komme wieder bei Ihnen vorbei."
„Wo ist es passiert?"
„Auf dem Russengelände."
Teichmann kam zurück, nahm die Speichelprobe von Boehse.
Karla reichte ihm zum Abschied die Hand.
„Auf Wiedersehen."
Wieder sah er sie eindringlich an.
„Sie war ein wunderbarer Mensch", flüsterte er, „ich kann es noch nicht glauben. Kann ... kann ich sie noch einmal sehen?"
„Ich sage Ihnen Bescheid, wenn der Leichnam ihrer Nichte freigegeben wurde."
Auf das Geländer vor der Haustür gestützt, sah Boehse ihnen nach, bis sie das Auto erreicht hatten. Karla schaute kurz zurück. Sie hatte den Eindruck, dass der Mann, den sie verlassen hatten, zehn Jahre älter war, als der, der sie begrüßt hatte.
„Der war es jedenfalls nicht", stellte Teichmann betrübt fest, kaum dass sie im Wagen saßen.

„Ganz bestimmt nicht", bestätigte Karla, „die superschnelle Falllösung kannst Du vergessen. Es wird sein wie immer – sehr viel Kleinarbeit, bis wir ihn haben. Ich möchte trotzdem, dass Du die Akten über Boehse besorgst. Der Fall interessiert mich."
„Geht klar."

7.

Das Telefon klingelte.
„Geh Du ran", rief Karla Teichmann zu, der gerade mit einer Tasse Kaffee in der Hand die Tür zum Einsatzzentrum öffnete.
Mit einem genervten „Jaja" folgte er der Anweisung. Als er feststellte, dass die Kollegen aus Eberwalde neue Informationen durchgeben wollten, betätigte er die Mithörtaste, um sich den Bericht an Karla sparen zu können.
„Die Eltern des Opfers leben beide nicht mehr", erklärte Meyer am anderen Ende, „aber zwei Tanten und ein Onkel."
„Den Onkel kennen wir bereits", unterbrach Teichmann scharf, „er ist identisch mit dem Sexualstraftäter, den ihr uns präsentiert habt. "
„Hier ist die Hölle los", entschuldigte sich Meyer, „es gibt einen weiteren ungeklärten Todesfall – bei uns in Eberswalde. Ein Familienvater hat seine Frau und drei Kinder umgebracht und ist dann geflüchtet. Die Presse rennt uns die Bude ein und der Ermittlungsdruck ist auch nicht ohne."
„Und deshalb wird uns jetzt schlampig zugearbeitet?", fragte Teichmann ärgerlich.
„Schluss jetzt", mischte sich Karla ein, „wir haben keine Zeit zum Streiten. Hier tut jeder, was er kann. Und Fehler passieren nun einmal. Was gibt es noch, Walter?"
„Die Tanten wohnen in umliegenden Orten", führte Meyer aus, „wir haben sie telefonisch informiert. Ich faxe euch gerade alles."
„Woran sind denn die Eltern gestorben?", hakte Karla nach.
„Ein Autounfall vor zwei Jahren. Sie saßen beide im Wagen. Sind bei Regen von der Straße abgekommen und gegen einen Baum gerast."
„Traurige Geschichte", kommentierte sie, „und jetzt auch noch die Tochter."
„Ja", stimmte Meyer zu, „manche trifft es besonders heftig. Ein richtiges Familiendrama. So etwas habe ich das letzte Mal 1985..."
„Können wir jetzt weitermachen?", unterbrach Teichmann genervt, „ich denke, es ist so viel zu tun."

„Fürs erste schon", bestätigte Meyer zügig in dienstlichem Ton, „wir melden uns, wenn es etwas Neues gibt."
Teichmann wollte ohne einen Gruß auflegen.
„Danke schön", rief Karla noch, bevor der Hörer auf der Gabel landete. Sie hoffte, der Kollege hätte es noch mitbekommen. Mit einem Ton, der keinen Widerspruch zuließ, wandte sie sich an Teichmann.
„Mach einen Termin mit den Tanten für morgen. Fahr hin und versuche etwas über das Opfer herauszufinden. Ich bin mir sicher, dass der Täter im Umfeld zu finden ist."
„Geht klar."
„Und noch etwas..." sie machte eine kurze Pause, die die Wichtigkeit der folgenden Aussage unterstreichen sollte und sah ihm dabei fest in die Augen, „unterbrich mich nie wieder, wenn ich mit einem Kollegen spreche."
„Der wollte doch nur wieder eine seiner Geschichten erzählen," murrte Teichmann, „und dann hat er wieder keine Zeit für das Wesentliche."
Ihr Gesichtsausdruck ließ ihn sofort einlenken.
„Ist ja gut, ich hab's verstanden."
„Ich werde mir ihre Wohnung noch einmal genauer anschauen", ließ ihn Karla wissen, ohne ihn dabei anzusehen, "und jetzt finde bitte die Adresse von diesem Willibald Garstein, dem Investor, heraus. Ich möchte, dass wir noch heute mit ihm sprechen."
Teichmann machte sich an die Arbeit. Ihm war klar, dass es einige Zeit dauern würde, bis sich ihre Laune wieder bessern würde.

An der großen Papiertafel fertigte Karla eine Verdächtigenliste an, auf die sie die Namen Michael Boehse, Willibald Garstein und Philipp Menzelbaum schrieb. Sie war sich sicher, dass weder Philipp noch Michael Boehse als Täter in Frage kamen. Dennoch – die beiden hatten kein Alibi. Von Philipp Menzelbaum benötigten sie auch noch eine Speichelprobe. Aber eigentlich war das überflüssig. Bei Boehse fehlte zudem das Motiv. Er schied als Täter ebenfalls aus. Auf einer weiteren Tafel vermerkte sie sämtliche Fakten, sortiert nach Personen und Verbindungen zur Toten. Sie unterbrach ihre Tätigkeit, als sie Teichmann telefonieren hörte. Er sprach offensichtlich mit Willibald Garstein.
„Wir können in einer Stunde bei Ihnen sein", hörte sie ihn sagen, bevor er sich formvollendet verabschiedete. Er sah zu ihr hinüber.
„Der Firmensitz ist in Templin. Wir müssen in einer halben Stunde losfahren."
„Gut. Das genügt, um noch einen kurzen Bericht an Hollstein fertig zu stellen."

Während Karla auf dem Laptop von Philipp Menzelbaum den Bericht tippte, telefonierte Teichmann erneut mit den Kollegen aus Eberswalde und ließ sich die Akten über den Fall Michael Boehse schicken. Kurz bevor sie sich auf den Weg zu Garsteins Firmensitz machten, steckte eine Mitarbeiterin des Rathauses den Kopf zur Tür herein.
„Eine Journalistin vom Uckermark-Express hat sich gemeldet und wollte Sie unbedingt sprechen", rief sie Karla zu und wedelte mit einem Zettel; „hier ist die Nummer."
„Keine Zeit für Sex and Crime", erklärte Karla kurz, griff nach ihrer Handtasche und ging an der jungen Frau vorbei in den Flur.
„Werfen Sie sie weg, ich brauche sie nicht. Die Dame soll sich an die Pressestelle wenden."
Teichmann war ebenfalls aufgesprungen, steckte sein Handy in die Hosentasche und eilte Karla hinterher.

8.

„Es soll ein Gebäude direkt am Marktplatz sein", murmelte Teichmann, während er den Wagen über das Kopfsteinpflaster der Innenstadt lenkte. Karla deutete auf ein Hinweisschild.
„Du musst da rechts abbiegen. Wir sind schon da."
Es war nicht schwer, Garstein zu finden. Er residierte in einem der schönsten Häuser. Sein Unternehmen erstreckte sich über zwei Stockwerke. Obwohl es bereits Samstagnachmittag war, wurde im gesamten Betrieb gearbeitet. Über eine edle Treppe aus Marmor gelangten sie in die Chefetage. Eine hübsche blonde Sekretärin mit großer Oberweite, die sie mit einem geschickt geschnittenen Pullover betonte, stellte sich als Sybilla Schlüsselbein vor. Sie führte sie zu Garsteins Büro. Frau Schlüsselbein hatte entweder ein naivfröhliches Gemüt oder sie hatte eine Vorliebe für Polizisten. Sie schien sich jedenfalls über ihren Besuch zu freuen, so herzlich begrüßte sie die beiden Kommissare. Der erste positive Eindruck des Unternehmens verflüchtigte sich jedoch schnell, als sie das Büro des Chefs betraten. Der erste Blick fiel sofort auf ein großes, beinahe wandfüllendes Bild. Es zeigte einen riesengroßen roten Punkt auf orangefarbenem Grund. Die Möbel bestanden aus Glas und Stahl. Bis auf den Schreibtisch, dessen weiße Oberfläche ebenfalls rot und orange bemalt war. Karla fröstelte es, als sie den Raum betrat. Garstein war um die Vierzig. Er teilte deutlich nicht die Freude seiner Sekretärin über das Auftauchen der Polizisten. Sein Gesicht wirkte streng, ein

wenig unerbittlich und passte somit gut zum Ambiente. Die langen Haare trug er nach hinten gekämmt. Ein Zopf und sehr viel Haargel hielten sie zusammen. Seine Nase zierte eine viereckige Designerbrille. Der restliche Körper steckte in einem Anzug, von dem Karla schätzte, dass er mehr gekostet hatte, als sie im Monat verdiente. Trotz der Strenge seiner Gesichtszüge musste man Garstein als gutaussehend bezeichnen. Sein Gesicht war ebenmäßig, Nase, Kinn und Ohren wohlproportioniert. Karla wusste dennoch nicht, ob sie ihn oder das Büro schrecklicher finden sollte. Er begrüßte sie förmlich. Zwar stand er von seinem Platz hinter dem bunten Schreibtisch auf, doch kam er seinen Besuchern nicht entgegen. Stattdessen deutete er auf die beiden Stühle vor dem Tisch.
„Nehmen Sie Platz."
Sie setzten sich, doch Karla fühlte sich nicht wohl in dieser Position. Bevor das Gefühl, zum Personalgespräch bestellt zu sein, deutlicher von ihr Besitz ergreifen konnte, stand sie auf und trat hinter den Sitzplatz, dessen Lehne sie mit beiden Händen umfasste. Teichmann blieb sitzen, hätte es ihr aber gern gleichgetan. Nur aus Höflichkeit unterließ er es.
„Sie haben schon gehört, weshalb wir in Lychen ermitteln?", begann sie das Gespräch.
„ Ja. Ich weiß nur nicht so genau, was Sie von mir wollen."
„Wie wir erfahren haben, verband sie nicht gerade ein herzliches Verhältnis zu der Toten", erklärte Karla, „so etwas interessiert uns natürlich."
„Unsere Auseinandersetzungen waren rein politischer Natur und fanden in der Stadtversammlung statt oder bei Podiumsdiskussionen. Privat kannte ich Frau Frühauf nicht."
„Immerhin hat sie es geschafft, die Genehmigung für den Bau der von Ihnen geplanten Anlage erst einmal zu verhindern. Das kann Ihnen doch nicht gefallen!"
Garstein lächelte ironisch.
„Das habe ich auch nie behauptet. Ich habe bereits mehr als 50.000 Euro in das Projekt investiert. Da darf man wohl mal etwas sauer werden, wenn so eine Öko-Fantastin einem in die Quere kommt. Ich werde die Dame nicht vermissen. Aber ich glaube, das ist nicht strafbar."
Karla merkte, wie Teichmann langsam ärgerlich wurde. Sie überließ ihm die nächste Frage.
„Warum haben Sie Ihr Projekt nicht einfach hier in Templin geplant? Warum Lychen? Hier ist doch viel mehr los – touristisch gesehen."
„Weil in Lychen das Bauland billiger ist und es überhaupt noch eine Ecke gibt, in der sich so eine Investition lohnt. Lychen muss insgesamt noch etwas – nun sagen wir – entwickelt werden. Es geht hier nicht darum, ein paar Ur-

lauber zu bespaßen. Ich möchte damit Geld verdienen, wenn Sie verstehen, was ich meine."
„So in etwa."
„Aber was spielt das für eine Rolle bei Ihrem Mordfall?"
„Sie haben ein Motiv", erklärte Teichmann, „daher wüssten wir gern, wo Sie heute Nacht zwischen ein und zwei Uhr waren."
Garstein lächelte süffisant, und die Kommissare wussten schon bevor er antwortete, dass er einen Trumpf aus dem Ärmel ziehen würde.
„Ich war in Berlin und habe an einer Tagung des Tourismus-Verbandes teilgenommen. Nachts waren wir zu fünft in einer Bar. Meine Sekretärin übermittelt Ihnen in Kürze die Namen der Geschäftspartner, mit denen ich unterwegs war. Die Herren werden meine Aussage bestätigen. War es das jetzt?"
Er stand auf, um zu unterstreichen, dass er das Gespräch für beendet hielt. Karla ignorierte die Geste und behielt ihren Platz hinter dem Stuhl bei. Teichmann, der sich hatte erheben wollen, brach die begonnene Bewegung ab und blieb sitzen.
„Was genau planen Sie denn in Lychen?"
„Wieso interessiert Sie das?"
„Weil ich mir selbst ein Bild machen möchte."
„Na schön", sagte er, griff nach dem Telefonhörer und erteilte eine knappe Anweisung.
„Bitte den Lychen-Plan in mein Zimmer."
Wenige Sekunden später öffnete sich schwungvoll die Tür und die üppige Sekretärin erschien mit einem Flipchart, auf das eine große Lychen-Karte geklebt war. Rote Klebepunkte markierten mehrere Stellen in der Stadt. Sie platzierte das Flipchart neben Garsteins Schreibtisch und verließ den Raum. Der Unternehmer stand auf. Mit der Hand deutete er auf eine am nördlichen Ufer des Stadtsees befindliche Stelle, die mit einem roten Punkt markiert war.
„Hier kommt der neue Hafen hin und die Wasserski-Übungsstelle. Und hier das Hotel mit Sauna, Schwimmbad, Restaurant, Fitnessraum, großem Parkplatz, Shoppingmöglichkeit."
Er machte eine kurze Pause und Karla bemerkte, dass er sich langsam in Fahrt redete.
„Und hier", führte er aus und deutete auf den Großen Lychensee, „wird monatlich eine Motorboot-Rallye veranstaltet. Dazu wird auch eine große Anlegestelle gebaut. Und ein kleiner Sportflugplatz. Ich überlege, ob auch eine Kart-Bahn noch Platz hätte."
„Was sagen Sie zu den Einwänden der Naturschützer um Veronica Frühauf?", fragte Karla, „verhindert der verstärkte Zustrom motorisierter Schiffe nicht eine nachhaltigere Entwicklung des Ortes und belastet das den Stadt-

see nicht zusätzlich? Sie sagen auch, dass es gar nicht mehr Übernachtungen im Ort geben würde, weil die Leute auf den Schiffen oder in dem neuen Hotel bleiben werden."
Garstein legte die Hände um die Stuhllehne und grinste beinahe frech.
„Ich habe nicht behauptet, dass das Konzept zu mehr Übernachtungen in irgendwelchen Ferienwohnungen führt. Das ist nicht mein Ziel. Ich möchte selbst Geld verdienen. Daher werde ich alles, was die Freizeitkapitäne brauchen, direkt in meinem Hafen anbieten. Auch Einkaufsmöglichkeiten und mehrere Restaurants. Aber immerhin – ich werde ein paar Arbeitsplätze schaffen."
„Wie viele?", wollte Karla wissen, während sie ihre Position nun doch aufgab und zwei Schritte Richtung Tür ging.
„Ich denke, drei bis vier Einheimische werde ich wohl einstellen."
„Und der Rest?"
„Den hole ich mir von dort, wo es qualifizierteres Personal gibt."
„Qualifizierter oder billiger?", mischte sich Teichmann ein, der Karla langsam folgte.
Erneut lächelte Garstein.
„Das überlasse ich Ihrer Phantasie."

„So ein Arschloch", fasste Teichmann zusammen, als sie wieder im Wagen saßen.
„Und ein waschechter Wessi dazu", feixte Karla.
Er wandte kurz den Blick von der Straße zu Karla und erhaschte ein kleines rechthaberisches Lächeln in ihren Augen.
„Schon gut. Ich hab's verstanden."
„Hoffentlich."
„Woher weißt Du überhaupt, dass er aus dem Westen ist?"
„Ich habe mir erlaubt, mit dem Laptop ins Internet zu gehen und habe mich ein bisschen schlau gemacht. Er ist aus dem Rheinland. Hat den ganzen Zaster von seinem Daddy geerbt."
Sie fuhren einen Moment schweigend durch den Schein der Abendsonne, bis Karlas Magen ein unüberhörbares Geräusch von sich gab.
„Na endlich", bemerkte Teichmann erleichtert, „ich dachte schon, Du würdest komplett ohne feste Nahrung auskommen."
Und mit resoluter Stimme fügte er hinzu: „Wir werden jetzt erst einmal essen gehen. Ich habe wirklich Hunger. Und in diesem Zustand kann ich nicht arbeiten."

9.

Sie saßen in einem gemütlichen Gasthaus an einer der Stadtmauern von Lychen und ließen sich die deftigen Bratkartoffeln schmecken. Karla gefiel das Restaurant. Ein rustikaler Ohrensessel stand darin, an den Wänden hingen Schwarz-Weiß-Portraits aus längst vergangener Zeit. Der Kamin war das wichtigste Stück des Raumes und strahlte Wärme aus, obwohl er bei diesen Temperaturen natürlich nicht in Betrieb war. Auf einem Biedermeierschränkchen stand ein altes Radio, das Karla an ihre Kindheit erinnerte. Ihre Großmutter hatte ein ebensolches Modell besessen.Teichmann stopfte sich gerade eine große Gabel voll mit Bratkartoffeln in den Mund, als der Wirt, ein großer, schlanker Mann um die vierzig, an ihren Tisch kam.
Er wandte sich an Teichmann.
„Sind Sie nicht die Kommissare, die wegen Veronica ermitteln?"
Teichmann war wegen der Bratkartoffeln im Mund am Sprechen gehindert. Karla antwortete an seiner Stelle.
„Kannten Sie sie?"
„Natürlich. Jeder hier kannte sie. Sie war auch oft zu Gast bei mir – vor allem an den Samstagen mit Live-Musik. Wenn Irish Folk angesagt war, kam sie immer."
„War sie nett?", wollte Teichmann wissen und schluckte den letzten Rest Bratkartoffeln hinunter.
Der Wirt zog sich einen Stuhl heran, setzte sich aber nur auf eine Ecke des Möbels.
„Sie war schon nett. Aber wenn sie sich etwas in den Kopf gesetzt hatte, dann konnte sie recht verbohrt sein. Andererseits konnte man immer auf sie zählen, wenn man Hilfe brauchte. Wenn Sie mich fragen – dieser merkwürdige Typ, der hier den großen Hafen bauen will, der könnte etwas mit der Sache zu tun haben. Der war so sauer auf sie, dass er ihr gedroht hat. Nach der letzten Diskussion im Stadtrat, wo die Entscheidung getroffen wurde, das Projekt noch etwas zurückzustellen, bis weitere Zahlen vorliegen, hat er zu seiner Sekretärin gesagt: ‚Die wird schon noch sehen, was sie davon hat. Die lernt mich noch kennen.' Er sagte das mit solchem Ernst, dass mir etwas mulmig wurde."
„Haben Sie Veronica davon erzählt?"
„Ja. Aber sie hat bloß gelacht. Sie hatte vor nichts Angst, glaube ich."
„Und wie stehen Sie selbst zum Hafenprojekt?", erkundigte sich Karla.
„Mir ist der Typ nicht geheuer. Ich befürchte, der will abkassieren. Ob für den Ort und die Wirtschaft hier dabei was rauskommt, ist mehr als fraglich."

„Und die Argumente der Naturschützer?"
„Da ist schon was dran. Aber wenn hier auch nur eine Handvoll Arbeitsplätze entstehen würden, wäre es den Leuten im Ort egal."
Zwei Tische weiter wurde eine Runde Bier bestellt. Er stand auf.
„Ich hoffe jedenfalls, Sie kriegen den Kerl möglichst schnell."
„Eine Frage noch", hielt ihn Karla auf, „Veronica wurde vergewaltigt. Das spricht nicht unbedingt für einen politischen Mord. Wissen Sie, ob jemand bei ihr abgeblitzt ist und sich auf diese Weise holte, was er wollte?"
Er stutzte einen Moment, dann überlegte er.
„Veronica war eine ausgesprochen schöne Frau. Und dabei trotzdem so natürlich. Als hätte sie es selbst gar nicht gewusst, was ihr Anblick auslöste. Natürlich ist es möglich, dass es irgendeiner auf sie abgesehen hatte. Aber ich wüsste nicht, wer."
Er verharrte noch einen Augenblick, obwohl die Gäste an dem anderen Tisch erneut nach ihm riefen.
„Ich glaube das trotzdem nicht. Nach allem, was hier in den letzten Wochen los war, denke ich immer noch, dass der Garstein seine Finger im Spiel hat."

Es war nach 22.00 Uhr, als Karla endlich zu Hause eintraf. Christoph saß im Wohnzimmer und las in der Zeitung. Weder ihre Mutter noch Timo waren zu sehen.
„Hast Du Maria schon wieder nach Hause gefahren?", fragte sie ihren Mann, nachdem sie ihn mit einem Kuss begrüßt hatte.
„Sie wollte nicht länger bleiben, weil sie meinte, sie würde Dich in den nächsten Tagen sowieso nicht zu Gesicht bekommen. Darüber hinaus war sie der Ansicht, mir nur zur Last zu fallen."
Karla zog die Brauen nach oben. Für Christoph ein sicheres Zeichen dafür, dass seine Frau mit irgendetwas ganz und gar nicht zufrieden war.
„Ich hoffe, Du konntest sie davon überzeugen, dass dem nicht so ist."
„Wieso sollte ich?", fragte er lächelnd zurück, „es ist doch wahr."
Ihren missbilligenden Blick missachtend, zog er sie zu sich auf den Schoß.
„Natürlich habe ich ihr gesagt, dass sie bleiben soll. Aber Du kennst sie doch. Sie wollte weg. Also habe ich sie nach Hause gefahren."
Und Timo?"
„Ist auch schon wieder weg. Angeblich hat er morgen irgendeine ganz wichtige Arbeitsgruppe. Ich glaube aber vielmehr, die Arbeitsgruppe besteht aus einer einzigen Person, die ‚Jana' heißt und das, was sie tut, nennt man gemeinhin nicht ‚arbeiten'."
Karla musste lächeln.

„Dann sind wir zwei also allein?"
„Ganz allein."
„Dann spricht nichts dagegen, jetzt schlafen zu gehen?"
„Nein", flüsterte ihr Christoph zärtlich ins linke Ohr, „es spricht sogar einiges dafür."
Karla stand auf und ging ins Bad. Anschließend überließ sie Christoph die Dusche, schlüpfte ins Bett und kuschelte sich unter die Decke.
Als Christoph, ausschließlich mit einem Handtuch bekleidet, zurück kam, war seine Frau bereits eingeschlafen. Mit einem kleinen Seufzer zog er sich einen Pyjama über, schlüpfte ebenfalls unter die Bettdecke, legte eine Hand um ihre Taille und löschte mit der anderen das Licht.

Sonntag, 16. Juli

10.

Teichmann holte Karla schon sehr zeitig von zu Hause ab. Auch an diesem Morgen strahlte die Sonne von einem wolkenlosen Himmel. Der Wetterbericht kündigte über 30 Grad an. Nicht unbedingt ein Tag, an dem man gerne arbeitete. Noch dazu war Sonntag. Dennoch waren sie voller Tatendrang. Karla, weil für sie nur noch zählte, den Täter zu finden. Sie hatte sich jetzt ganz in den Fall hineinbegeben, wollte unbedingt vorankommen. Besonders bei Sexualstraftaten entwickelte sie einen ungeheuren Ehrgeiz. Teichmann wollte ebenfalls unbedingt den Erfolg. Er hatte sein Ziel, den Fall binnen kürzester Zeit zu lösen, noch nicht aufgegeben. Zudem freute er sich, weil er den Tag nicht allein zu Hause verbringen musste. Für ihn bedeuteten Sonntage seit seinem Umzug vor allem viele einsame Stunden. Im Auto entwickelten sie einen umfangreichen Arbeitsplan, bevor Teichmann Karla in Lychen absetzte. Sie wollte zuerst das Touristenpärchen aufsuchen, das die Leiche gefunden hatte. Teichmann musste zu seiner Verabredung mit den Tanten des Opfers. Er winkte Karla am Waldrand noch kurz zu, dann machte er sich auf den Weg ins zehn Kilometer entfernte Gandenitz. Noch bevor er dort eintraf, klingelte sein Handy.
„Die Gerichtsmedizin hat angerufen.", teilte Karla mit, „Veronica hatte vor ein paar Monaten einen Schwangerschaftsabbruch. Frag mal die Tanten danach, von wem das Kind war."

„Mach ich. Sagte dieser Bürgermeister nicht, sie hätte keinen Freund gehabt?“
„Scheinbar kann man selbst in einem so kleinen Ort noch Geheimnisse haben“, antwortete Karla und beendete das Gespräch.

Mittlerweile hatte er den Ort erreicht. Das Haus von Marianne Fischer lag direkt am Dorfanger. Es war zwar etwas sanierungsbedürftig, machte insgesamt aber einen schönen Eindruck. Vor allem der bunte Bauerngarten mit den vielen Blumen und den Gemüsebeeten vor dem Häuschen machte die alte Fassade wieder wett. Beim genaueren Hinsehen bemerkte er, dass die Fenster und der Gartenzaun neu waren. Es tat sich also bereits etwas in Sachen Haussanierung. Ohne Mühe öffnete er das Gartentor und nahm den Weg zur Haustür. Der Kies knirschte unter seinen Füssen. Die Sonne schien ihm direkt ins Gesicht. Er musste blinzeln. Sein Kommen wurde beobachtet. Die Tür öffnete sich in dem Moment, als er sie erreichte. Eine füllige Mittfünfzigerin mit flottem Haarschnitt und munteren Augen empfing ihn.
„Juten Tach, Herr Kommissar. Komm'n Se doch rin.“
Er betrat das Wohnzimmer, das so gar nicht zu dem flotten Haarschnitt der Dame passte. Der riesige Einbauschrank, die dunklen Vorhänge und das Sofa wirkten altbacken und betagt. Sie ließen darüber hinaus das Zimmer düster erscheinen. Dann erlebte er die zweite Überraschung. Eine weitere Frau, die dort auf dem Sofa saß und ihn mit großen Augen erwartete, sah aus wie Veronica Frühauf. Die gleiche Haarfarbe, die schlanke, elegante Gestalt, das wie gemeißelt feminine Gesicht. Teichmann blinzelte kurz, schaute noch einmal, dann stellte er erleichtert fest, dass die vor ihm sitzende Frau älter war als das Opfer. Sein Erstaunen war so offensichtlich, dass es den Tanten ein kleines Lächeln entlockte.
„Wenn es hier nicht so düster wäre, hätten Sie sich nicht so erschreckt“, stellte die Sitzende fest, „dann hätten Sie gleich den Altersunterschied gesehen. Ich bin Mira Boehse, Veronicas zweite Tante.“
Sie sah nicht nur völlig anders aus als ihre Schwester, wie Teichmann leicht amüsiert feststellte, sie sprach auch anders. Während Frau Fischer heftig berlinerte, drückte sich die Schwester vergleichsweise gewählt aus. Gleich war beiden wohl nur ihr Mitteilungsbedürfnis.
„Veronicas Mutter und sie war'n Zwillinge“, schaltete sich Marianne Fischer in das Gespräch ein, „daher sieht se ihr so ähnlich.“
Die beiden Damen waren schwarz gekleidet. Ein Bild von Veronica stand auf dem Tisch, daneben lag ein aufgeschlagenes Fotoalbum.

„Wir hab'n uns eben noch mal die alten Bilder anjesehen", erläuterte Frau Fischer, als sie seinen Blick bemerkte, „det is allet so traurig, ich kann's noch jarnich glooben."
„Erzählen Sie mir von ihr", bat Teichmann, „wir wissen noch viel zu wenig."
Kurz darauf lag das aufgeschlagene Fotoalbum auf seinem Schoß, die ungleichen Schwestern flankierten ihn. Sie eröffneten ihm, immer schön abwechselnd, damit jede zu Wort kam, die Kindheit und das Leben einer ausgesprochen lebensfrohen und schönen jungen Frau. Jener Frau, die am Vortage tot unter einer Kiefer gelegen hatte. Er war noch nicht lange genug bei der Kripo, um diese neuen Erkenntnisse einfach nur als Informationen zum Fall werten zu können. All das bewegte ihn mehr, als er sich selbst eingestand. Noch mehr als bisher wollte er den Täter finden, um wenigstens der Gerechtigkeit Genüge zu tun. Und ein wenig verspürte er auch den Wunsch, diese schreckliche Tat zu sühnen. Natürlich wusste er, dass dies nicht mehr zu seinem Aufgabengebiet gehörte, nicht seiner Macht unterstand. Es war jedoch genau dieses Gefühl, das ihn antrieb.
„Wussten Sie, dass Veronica vor kurzem einen Schwangerschaftsabbruch durchführen ließ", fragte er, als Marianne Fischer die dritte Tasse Kaffee vor ihm auf den Tisch stellte. Die beiden wirkten gleichermaßen erstaunt. Frau Fischer ließ beinahe die Tasse fallen.
„Veronica war schwanger?", fragte Frau Boehse, „aber von wem denn?"
„Vielleicht von dem Apothekersohn, dem Philipp", vermutete Frau Fischer.
„Bestimmt nicht", entgegnete ihre Schwester, „mit dem war sie doch nur noch befreundet."
Zum Kommissar gewandt fügte sie hinzu: „Der war nichts für eine Frau wie Veronica. Viel zu langweilig."
„Wovon hat ihre Nichte eigentlich gelebt? Wir haben bislang keine Hinweise darauf gefunden, dass Sie einen Job hatte. Auf ihrem Konto sind jedoch achtzigtausend Euro."
„Sie hatte keinen Job, sie hat studiert", erklärte Frau Boehse, „das Geld ist von der Versicherung. Ihre Eltern hatten eine Lebensversicherung abgeschlossen. Nach dem Unfall bekam sie mehr als 100.000 Euro."
„'Nen Teil davon hat se uns und ihrem Onkel Micha jeschenkt."
„Sie meinen Ihren Bruder, Michael Boehse?"
„Wir hab'n keenen Bruder mehr", stellte Frau Fischer kategorisch fest.
„Wegen seiner Verurteilung?"
Die beiden nickten synchron.
„Er beteuert, es nicht getan zu haben."
„Wir haben mit der Monika gesprochen", hielt Mira Boehse dagegen, „sie hat uns alles genau erzählt."

„Ihre Nichte hat ihm wohl dennoch geglaubt."
„Sie war immer so idealistisch", erklärte Mira Boehse, „sie meinte, selbst wenn er es getan hätte, dann wäre er durch die Haft schon genug bestraft worden. Wir sollten zu ihm halten, hat sie gesagt. Aber ich konnte das nicht. Die Leute haben sowieso schon so viel geredet."
Der beidseitig verstockte, trotzige Gesichtsausdruck der Damen ließ Teichmann das Thema wechseln. Ihm war klar, dass er zu diesem Sachverhalt nichts mehr erfahren würde.
„Soweit wir wissen, war Ihre Nichte mit dem Studium längst fertig. Sie hat ein Diplom in Stadtplanung."
„Ja", bestätigte Mira Boehse nachdenklich, „sie war damals aber gar nicht glücklich nach dem Studium. Sie meinte immer, mit dem Studium finde sie nur Jobs, in denen sie die Natur zubauen muss. Das wollte sie aber nicht."
„Tja, und denn hat se in Eberswalde studiert", ergänzte die Schwester, „Naturschutz hat se jesacht. Det hat ihr richtich jut jefallen."
„Nächstes Jahr wäre sie wohl fertig gewesen", fügte wiederum die andere Schwester traurig hinzu.
„Wer erbt denn jetzt das Geld?", fragte Teichmann. Die beiden hoben synchron die Schultern.
„Wenn se keen Testament jemacht hat, denn wohl wir drei. Von der Seite ihres Vaters jibts keene Verwandten, soviel ick weeß."
„Wo ist eigentlich Ihr Mann, Frau Fischer? Könnte ich mit ihm reden?", wollte Teichmann wissen.
„Wenn se'n finden, könn sen von mir jrüßen."
Teichmann schaute irritiert.
„Ist er verreist?"
„So kann man det och nennen. Aba ick sach et, wie et is. Der is vor mehr als zehn Jahren über alle Berje. Mit 'ner Tussi aus'm Westen."

11.

Karla ging zunächst noch einmal zum Tatort. Es war noch früh und sie wollte sicher sein, dass sie die Zeugen nicht noch schlafend antraf. Also nutzte sie die Gelegenheit, sich noch einmal in Ruhe an dem Ort umzuschauen, an dem das Verbrechen geschah. Langsam schritt sie die nähere Umgebung ein weiteres Mal ab. Auf dem Gras lag noch der Morgentau. Sie trug leichte Sandalen und der Gang durch die Wiese bescherte ihr feucht-kühle Füße. Sie genoss die unerwartete Erfrischung. Bald würde die Sonne wieder mit voller Kraft ihre Strahlen vom Himmel schicken und das Land wie in ein Fieber tauchen. So lief sie einige Minuten durch das Gelände, vorbei an den alten Villen, dem mannshohen Gestrüpp und den alten Bäumen. Ihr fiel auf, dass an einem der halb zerfallenen Häuser ein rotes Kreuz prangte. Die Farbe war zwar schon etwas verblichen, war aber durchaus noch gut zu erkennen. Sie fragte sich, warum ihr das nicht schon bei ihrer ersten Begehung aufgefallen war. Wahrscheinlich hatte sich hier einst eine Sanitätsstation befunden. Schließlich machte sie sich auf den Weg zu jenem Hotel, in dem die sportbegeisterten Feriengäste wohnten. An der Rezeption erhielt sie die Zimmernummer. Sie stieg die elegante Treppe zum zweiten Stock empor und durchquerte zwei mit dicken roten Teppichen ausgelegte Flure. Es roch nach einer Mischung aus frischem Kaffee und Bohnerwachs. An der Tür des Hotelzimmers, in dem das Ehepaar wohnte, hing ein Papierschild mit der Aufschrift „Bitte nicht stören". Sie zog ihre Dienstmarke aus der Tasche und klopfte. Drinnen begann augenblicklich ein Hund zu bellen. Kurz darauf kratzte er heftig mit den Pfoten an der Tür, ohne das Bellen dabei einzustellen.

„Platz, Mecki", rief eine Frauenstimme. Tatsächlich hörte der ohrenbetäubende Lärm sofort auf. Dann öffnete sich die Tür einen kleinen Spalt. Eine schlanke Frau mit freundlichen braunen Augen und kurzen Locken erschien im Türrahmen.

„Ja, bitte?", fragte sie.

„Entschuldigen Sie die frühe Störung. Mein Name ist Karla Loewe. Ich leite die Ermittlungen im Mordfall Veronica Frühauf."

„Anne Rehbein", stellte sich die Schlanke vor, „kommen Sie doch rein."

Karla trat ein. Ein mittelgroßer weißer Mischlingshund kam ihr neugierig, aber freundlich schwanzwedelnd entgegen. Sie beugte sich zu ihm hinab und er ließ sich von ihr streicheln, schmiegte seinen Kopf an ihr Knie. Das Ehepaar Rehbein nahm gerade auf dem Balkon des Hotelzimmers ein Frühstück ein. Ein großer Teller mit Obst stand auf einem kleinen Beistelltischchen neben den beiden Gartenstühlen. Die beiden schienen in Eile zu sein.

„Wir beantworten gerne jede Ihrer Fragen", sagte Anne Rehbein, während sie einen weiteren Stuhl aufklappte, den sie Karla anbot, „aber wir müssen jetzt gleich nach Templin. Wir haben einen Termin im Fitness-Studio."

„Ich kann verstehen, dass Ihnen die Lust am Joggen erst einmal vergangen ist", meinte Karla verständisvoll, erntete dafür allerdings irritierte Blicke.

„Wir waren heute schon zehn Kilometer laufen", erläuterte Andreas Rehbein, „jetzt machen wir gleich ein wenig Kraftsport."

Karla verzichtete darauf, das Gespräch über die sportlichen Aktivitäten zu vertiefen.

„Es wird nicht lange dauern“, versicherte sie und nahm Platz. „Sie haben ihre erste Aussage ja schon zu Protokoll gegeben.“
„Dürfen wir dabei weiter essen?“, erkundigte sich Andreas Rehbein, der ebenfalls sehr schlank war. Unter seinem kurzärmligen T-Shirt zeichnete sich ein athletischer Körperbau ab.
„Natürlich.“
„Sie haben ausgesagt, ihr Hund hätte die Tote entdeckt. Aber wie ist er denn auf das umzäunte Gelände gekommen?“
„Das haben wir doch alles schon erklärt“, antwortete der Mann leicht mürrisch, schob jedoch gleichzeitig mit einer ermunternden Geste den Teller mit dem aufgeschnittenen Obst in Karlas Richtung. Sie lehnte das unausgesprochene Angebot mit einem freundlichen Kopfschütteln ab. Seinen Einwand nicht beachtend, begann Anne Rehbein noch einmal den Ablauf des Geschehens zu schildern.
„Der Mecki war nicht auf dem Gelände. Er blieb am Zaun stehen und bellte fürchterlich. Zuerst haben wir gedacht, er hätte ein Kaninchen gesehen. Wir riefen nach ihm, aber er hörte nicht. Er war ganz außer sich. Wir mussten zurück, um ihn zu holen. Als ich bei ihm war, wollte ich ihn am Halsband wegziehen, aber da sah ich die Füße von der jungen Frau unter der Kiefer hervorschauen. Wir haben gleich geahnt, dass da etwas Schreckliches passiert ist und mit dem Handy die Polizei angerufen.“
„Gehen Sie jeden Morgen dort joggen?“
Sie nickten. Andreas Rehbein biss herzhaft in ein Apfelviertel. Karlas leerer Magen machte sich bemerkbar, ihr lief das Wasser im Mund zusammen. Der Obstteller sah wirklich appetitlich aus.
„Eigentlich starten wir immer erst so gegen fünf Uhr“, fügte Anne Rehbein hinzu, „aber gestern konnten wir nicht so gut schlafen und sind früher aufgestanden.“
„Ist das nicht sehr früh für Menschen, die Urlaub machen?“, erkundigte Karla sich interessiert, „mir wäre das zu stressig.“
Frau Rehbein lächelte freundlich. Auch die Miene des bislang etwas mürrisch dreinschauenden Ehemanns hellte sich auf. Auch seine Frau lächelte freundlich.
„Wenn Sie ins Paradies kämen und wüssten, dass Sie dort nur kurze Zeit zubringen dürften“, sagte er und wirkte mit einem Mal sehr sympathisch, „würden Sie diese Zeit nutzen, um zu schlafen?“
„Hier ist für Sie das Paradies?“, fragte Karla zurück.
Die beiden nickten wieder.
„Wir sind selbstständig“, erklärte seine Frau, „wir müssen viel und lange arbeiten. Aber einmal im Jahr machen wir drei Wochen Urlaub hier im Ort.

Für uns ist Lychen also eine Art Paradiesersatz. Und wir kosten jede Minute aus, tun all das, was wir sonst aus Zeitmangel nicht tun können."
Die beiden machten einen derart zufriedenen Eindruck, dass sie verstand, was sie meinten. Nur einen kurzen Augenblick lang dacht sie an Christoph, dem sie schon seit Monaten versprochen hatte, ihn beim Joggen zu begleiten. Schnell brachte sie das Gespräch zurück auf den Fall.
„Ist Ihnen in den letzten Tagen irgendetwas aufgefallen? Ist Ihnen jemand dort begegnet? Wir müssen leider annehmen, dass die Tat geplant war. Vieles spricht dafür, dass der Täter daher schon vorher einmal am Tatort war."
Sie schüttelten die Köpfe.
„Erst in Nähe der Straße trifft man um die Zeit auf Jemanden. Leute, die zur Arbeit fahren oder mal einen Hundebesitzer", erläuterte Herr Rehbein.
„Haben Sie bemerkt, dass ein großes Loch in den Zaun geschnitten wurde?"
Frau Rehbein nickte heftig.
„Ja, das muss am Donnerstag oder Freitag passiert sein. Am Mittwoch war es jedenfalls noch nicht da. Wir haben Mittwochnachmittag ein paar Fotos dort gemacht. Ich weiß genau, dass der Zaun noch in Ordnung war."
„Das ist sehr interessant. Könnten Sie mir den Film überlassen?"
„Natürlich."
Anne Rehbein stand sofort auf, um das Gewünschte aus einer Schublade zu holen.
Ihr Mann schob Karla noch einmal den Teller mit dem Obst zu. „Sie sehen aus, als hätten Sie noch nicht gefrühstückt", stellte er fest, „wir schaffen das alles sowieso nicht und wenn wir wiederkommen, ist es braun und wird weggeworfen." Karla griff nach einer halben Banane.
„Danke. Ich habe wirklich noch nichts gegessen."
Sie hatte gerade ein Apfelstück in der Hand, als Anne Rehbein mit dem unentwickelten Film in der Hand zurück an den Tisch kam.
„Können wir die anderen Bilder wiederbekommen?"
„Selbstverständlich", beruhigte Karla, „die Entwicklung zahlt in diesem Fall der Staat."
Die Kommissarin verabschiedete sich herzlich von den beiden Sportenthusiasten, ließ sich noch zwei Apfelviertel in die Hand drücken und machte sich auf den Weg.

12.

Gedankenversunken aß sie das Obst, während sie die breite, aber dennoch völlig ruhige Straße entlangging. Sie kaute noch, als sie Bürgermeister Muckwitz auf sich zueilen sah. Das weiße Hemd war ihm etwas aus der Hose gerutscht, er winkte aufgeregt.
„Gut, dass ich Sie treffe", begrüßte er sie, noch außer Atem, „ich habe gestern etwas Wichtiges vergessen."
Sie nahm seine hingestreckte Hand zur Begrüßung. Wie beim ersten Mal hatte diese einfache, unspektakuläre Geste etwas Eigentümliches, beinahe Intimes. Irritiert zog sie ihre Hand zurück.
„Was gibt es denn so Dringendes?", fragte sie und hoffte, er hätte ihre Irritation nicht gespürt.
„Veronica hat vor zwei oder drei Wochen bei mir im Büro einen Briefumschlag deponiert. Ich habe gestern in der Aufregung überhaupt nicht mehr daran gedacht."
Er sah ihr schmunzelnd in die Augen. Sie ahnte, dass ihm ihre Reaktion nicht entgangen war.
„Haben Sie ihn mitgebracht?"
„Nein. Ich wusste ja nicht, dass ich Sie treffen würde."
Sie gingen nebeneinander her in Richtung Ortsmitte.
„Haben Sie schon einen Verdacht?"
„Gibt es hier im Ort einen Gynäkologen?" fragte Karla zurück.
„Nein – leider nicht. Fühlen Sie sich nicht wohl?"
„Wir suchen den Gynäkologen von Veronica. Es ist wichtig."
„In Templin gibt es einen renommierten Frauenarzt, Dr. Karner. In den anderen größeren Orten natürlich auch. Ein sehr bekannter Kollege praktiziert auch in Angermünde."
„Kollege?", hakte Karla erstaunt nach, „sind Sie Arzt?"
„Kinderarzt, um genauer zu sein. Bürgermeister bin ich sozusagen ehrenamtlich. Von der Aufwandsentschädigung kann man nicht leben. Arbeit gibt es in diesem Amt allerdings genug. Deshalb habe ich sehr eingeschränkte Sprechzeiten in der Praxis."
Sie liefen noch immer nebeneinander. Wieder schwang etwas mit, das mit der Lösung des Falles nichts zu tun hatte. Karla versuchte erneut, dieses merkwürdige Gefühl abzuschütteln.
„Warum tun Sie sich diese politische Arbeit an? Sie hätten doch auch so ein gutes Auskommen."
„Ich möchte dazu beitragen, diesen Ort auch wirtschaftlich voranzubringen. Lychen ist meine Heimat. Ich fühle mich verpflichtet, etwas zu tun."

„Dann muss Ihnen eine Frau wie Veronica Frühauf doch ein Dorn im Auge gewesen sein mit ihren Vorstellungen vom sanften Tourismus."
„Ich habe mich sehr gut mit ihr verstanden", gab er zurück.
„Mit einer kompromisslosen Naturschützerin?"
„Sie war nicht kompromisslos, sie war konsequent", stellte er klar, „das ist etwas anderes. Wenn es die Möglichkeit gab, eine akzeptable Lösung für alle Seiten zu finden, war sie sofort dafür. Wenn es einseitig gegen die Interessen der Natur ging, stand sie auf den Barrikaden. Dann gab es kein Argument, mit dem man sie überzeugen konnte."
Karla schwieg einen Moment. Sie überquerten eine Straße, die zu beiden Seiten von Seen flankiert wurde. Die Kommissarin blieb stehen, schaute auf den See zu ihrer rechten Seite. Mittlerweile hatte auf dieser Hauptverkehrsstraße der Wochenendverkehr eingesetzt. Lastwagen, Campingfahrzeuge, Autos und Motorräder jeder Größe und Marke fuhren donnernd an ihnen vorüber. Der Lärm störte das romantische Bild.
„Was ist das für ein See", fragte sie und deutete mit der Hand auf die glitzernden Wellen.
„Bis zu dieser Seeenge dort-" er zeigte auf eine mit Schilf bewachsene enge Durchfahrt- „ist es der Oberpfuhlsee. Danach wird er zum Zenssee."
Sie setzten ihren Weg fort. Als ihnen zwei Radfahrer auf dem schmalen Gehweg entgegen kamen, wich Muckwitz etwas zur Seite aus, berührte leicht ihren Arm. Da war es wieder, dieses eigentümliche Gefühl, dass er in ihr auslöste.
„Sie mochten Veronica sehr?", fragte sie nach einer Weile.
„Ich habe sie bewundert."
Er machte eine Pause, bevor er fortfuhr.
„Wissen Sie, als Bürgermeister ist man ständig zu mehr oder weniger faulen Kompromissen gezwungen. Oder man fühlt sich dazu genötigt – weil man wiedergewählt werden will oder es sich aus taktischen Gründen mit dem einen oder anderen nicht verderben möchte. Oder weil man in einer anderen Sache die Zustimmung von irgendwem benötigt. Veronica war in der Sache hart. Man konnte ihr mit nichts drohen, sie niemals in taktische Spielchen einbeziehen. Sie war eindeutig. Ein klarer, unbeugsamer Geist."
„Das klingt wie eine Liebeserklärung."
Er zuckte mit den Achseln.
„Wenn Sie so wollen – eine politische vielleicht."
Sie hatten ihr Ziel erreicht. Das Rathaus glänzte in der Sonne. Muckwitz nahm immer zwei Stufen auf einmal. Karla folgte ihm mit einem kleinen Abstand. Sein Büro hatte sie sich anders vorgestellt. Es war ein unprätentiöser Raum und vor allem eines: funktionell. Wahrscheinlich hatte die Stadt auch nicht das Geld für ein repräsentativeres Bürgermeisterbüro. Ein großer,

aber sichtlich aus DDR-Beständen stammender Schreibtisch war das dominanteste Möbelstück. An den Wänden nicht minder alte Regale. Ein Besprechungstisch mit sechs Stühlen sowie ein alter Eichenholzschrank rundeten die Einrichtung ab. An den Wänden hingen neue und alte Fotografien von Lychen und Umgebung. Lychen zu allen Jahreszeiten. Meist waren es Naturbilder, aber auch einige Fotos des Stadtkerns und der Stadtmauern waren darunter. Er öffnete eine Tür des Schranks und entnahm einer sich darin befindenden silbernen Kiste einen kleinen Polsterumschlag.
„Ich denke, in diesem Fall ist das Briefgeheimnis hinfällig", sagte er, während er Karla das Kuvert reichte. In dem Moment, in dem sie den Umschlag entgegennahm, sah er ihr in die Augen. Überrascht stellte sie fest, dass dieser Blick ein kleines, warmes Kribbeln in ihr auslöste. Sie öffnete den Umschlag mit einem Brieföffner, den sie von seinem Schreibtisch nahm. Der Umschlag enthielt einen Schlüssel und einen Notizzettel. Auf dem Papier stand nichts weiter als die Zahlenfolge 2 4 9 1 2 3 2 3 7 1 7. Der Schlüssel war relativ klein, trug weder eine Nummer noch einen anderen Hinweis auf seine Herkunft oder Verwendung.
„Gibt es Postfächer hier im Ort?"
„Ja, selbstverständlich", erwiderte Muckwitz, während er in seiner Hosentasche kramte und etwas herauszog, „aber die Schlüssel sehen so aus wie diese hier."
Er reichte ihr ein Bund mit drei Schlüsseln.
Die Schlüssel des Bürgermeisters waren erheblich länger und breiter. Außerdem waren sie nummeriert.
„Wohin könnte der gehören?", fragte Karla leise sich selbst, während sie dieses neue Beweisstück in der Hand hin und her drehte. Sie wusste, dass sie einen ähnlichen Schlüssel selbst einmal besessen hatte, konnte sich aber nicht mehr daran erinnern, zu welcher Art von Schloss er gehört hatte.
„Ich muss unbedingt in die Wohnung von Frau Frühauf. Vielleicht finde ich dort des Rätsels Lösung."
„Ich kann Sie begleiten", bot Muckwitz an.
„Nein Danke. Ich muss mich sehr konzentrieren. Es wird auch ein Weilchen dauern."
„Und in meiner Gegenwart können Sie sich nicht konzentrieren?", fragte er mit einem kleinen schalkhaften Lächeln.
Seine Frage blieb unbeantwortet. Karla schob den Schlüssel in eine kleine Tüte mit der Aufschrift „Beweisstück", bevor sie ihn in ihrer Hosentasche verschwinden ließ. Für Teichmann hinterließ sie eine Notiz in der Einsatzzentrale, in der sie ihn bat, sich mit dem Zahlencode zu befassen. Dann machte sie sich auf den Weg.

13.

Die Wohnung von Veronica Frühauf lag nur 100 Meter vom Tatort entfernt in einem Häuserblock, der eigens für die in Lychen stationierten Soldaten gebaut worden war. Das hatte ihr der Bürgermeister erläutert. Nach deren Abzug wurden die Wohnungen vermietet. Was hatte das Opfer um diese frühe Uhrzeit unweit ihrer Wohnung gemacht? Was hatte sie dazu bewegt, um diese Zeit den Schutz der Wohnung zu verlassen? Oder war sie gerade erst auf dem Heimweg? Immerhin war es ein Freitagabend gewesen, an dem der Mord geschah. Karla öffnete das Siegel der Spurensicherung und betrat den Flur. Erstaunt blieb sie stehen. Sie hatte mit Kiefernholzmöbeln gerechnet, mit Ikea-Flair. Stattdessen stand sie in einer Mischung aus 70er Jahre Flower-Power-Stil, rustikalem Biedermeier und Ethnolook. Der Flur war orange-rot gestrichen. Ein rustikales altdeutsches Regal mit Schiebetüren, wie man es von alten Büroeinrichtungen kennt, diente als Schuhablage. In einem strohgeflochtenen Korb standen zwei hellgrüne Schirme. Karla griff nach einem der beiden und spannte ihn ein wenig auf, nur so weit, dass sie die Aufschrift erkennen konnte: ‚Naturpark Uckermärkische Seen', stand darauf. Sie klappte den Schirm wieder zu und stellte ihn zurück. Neben dem Schirmständer hing ein großer Spiegel mit dickem goldenen Rahmen und goldenen Ornamenten an den Ecken. Das Wohnzimmer war dagegen ganz im Ethno-Stil eingerichtet. Möbel aus dunklen Hölzern, Gardinen in warmen Erdfarben und geflochtene Leuchten, die an den Seiten mit kleinen Skulpturen flankiert wurden. Neugierig geworden, schaute sie ins Schlafzimmer. Hier traf sie auf reine Romantik. Es wirkte sogar ein wenig kitschig. Das Himmelbett war groß und der Himmel bestand aus weißem Stoff mit großen roten Rosen. Das Bett war bezogen mit rosengeblümter Wäsche. Die Vorleger waren roséfarben, die Schränke weiß und mit geschwungenen Ornamenten verziert. Ein üppiger Strauß roter Rosen stand noch in voller Pracht auf einer kleinen Anrichte. Die Fenstervorhänge waren farblich auf den Betthimmel abgestimmt. In unregelmäßigen Abständen hatte Veronica kleine rote Stoffblumen daran gehängt. Die Beleuchtung in diesem Raum bestand lediglich aus einer schmiedeeisernen Stehlampe. Der nächste Blick der Kommissarin fiel in die kleine Küche, die sehr gemütlich, aber auch etwas chaotisch wirkte. Statt Küchenschränken dominierten hier offene Regale, in denen Geschirr und Speisevorräte nebeneinander und scheinbar ohne System untergebracht waren. Herd, Spülmaschine und Kühlschrank waren modern und schlicht weiß. Von der Spülmaschine bis zum Kühlschrank verlief eine hölzerne Arbeitsplatte, auf der allerlei Kochutensilien lagen.

Veronica Frühauf hatte ihre Wohnung wohl so eingerichtet, wie sie gelebt hatte- zwischen romantisch-verträumt, sachlich-bodenständig und modern. Ein bisschen, als hätte sie sich selbst nicht entscheiden können, wer sie eigentlich war, dachte Karla. Sie würde es auch nicht mehr herausfinden können, denn ihr Leben wurde gewaltsam beendet. Es war zu Ende, ihr Körper lag in der Gerichtsmedizin. Aber alles hier in dieser Wohnung wirkte noch so lebendig, dass es Karla schauerte, als wäre die junge Frau gerade zu einer Reise aufgebrochen und käme demnächst wieder. Sie seufzte. Es gehörte zu ihrem Job, immer zu spät zu kommen. Nachdenklich machte sie sich an die Arbeit und suchte das passende Schloss zu dem Schlüssel, den sie in der Hosentasche trug. Ein altes Poesiealbum sowie eine kleine Geldkassette waren die einzigen verschließbaren Teile des gesamten Inventars. Der Schlüssel passte jedoch in keines der Schlösser. Die Geldkassette war sogar offen. In ihr befanden sich ca. 150 Euro in kleinen Scheinen und Geldstücken, dazu verschiedene Briefmarken sowie einige Schmuckstücke. Als Karla erfolglos aufgab und die Wohnungstür hinter sich zuzog, begegnete ihr im Hausflur Bürgermeister Muckwitz.
„Hallo. Ich wollte Sie abholen."
„Wohin? Ist etwas passiert?"
Instinktiv zog sie mit einer schnellen Bewegung ihr Handy aus der Tasche. Mit einem kurzem Blick überprüfte sie, ob sie einen Anruf verpasst hatte.
„Sie sollten einmal Pause machen", erwiderte er, einen Fahrradkorb schwenkend, den er in der rechten Hand trug, „ich habe ein Picknick vorbereitet."
Karla war hin- und hergerissen zwischen dem Wunsch, das Rätsel des Schlüssels zu lösen, um damit vielleicht den Fall ein wenig vorantreiben zu können, und diesem Kribbeln auf den Grund zu gehen, das er in ihr auslöste. Er spürte ihre Unentschiedenheit.
„Haben Sie heute überhaupt schon etwas gegessen?", fragte er.
„Es hat sich irgendwie noch nicht ergeben", erklärte sie fast entschuldigend.
„Dann verordne ich Ihnen als Bürgermeister jetzt eine Mittagspause am Stiepensee."

14.

„Woher haben Sie eigentlich so schnell das Fahrrad bekommen?", fragte Karla, während sie in die Pedale trat.
„Es gehörte meiner Frau", erläuterte Muckwitz, der neben ihr über den asphaltierten Waldweg radelte. Wenn Sie wollen, können Sie es gern auch für die Zeit Ihrer Ermittlungen benutzen.
„Benötigt Ihre Frau es nicht?"
„Sie ist vor fünf Jahren bei einem Unfall gestorben."
Karla bremste schlagartig das Tempo, sah zu ihm hinüber.
„Das tut mir leid."
Er blickte nicht vom Weg auf, drosselte aber ebenfalls die Geschwindigkeit.
„Ich habe es mittlerweile akzeptiert", sagte er so leise, dass sie es gerade noch hören konnte. Sie radelten schweigend langsam weiter. Karla dachte an Christoph und die Befürchtungen, die sie manchmal einholten, wenn sie abends in seinen Armen einschlief.
„Wie wird man damit fertig?", fragte sie, „wie schafft man es, einfach weiterzuleben?"
„Gar nicht", erwiderte er, „die Trauer hört nie auf. Sie nimmt nur irgendwann nicht mehr den ersten Platz im Leben ein. Am Anfang glaubt man, selbst gestorben zu sein. Aber merkwürdigerweise wacht man jeden Morgen wieder auf, bekommt Hunger und Durst, friert oder schwitzt. Aber eigentlich ist man tot."
Er sah zu ihr hinüber. Sie hielt die Augen auf den Weg gerichtet und sah erst auf, als sie seinen Blick spürte.
„Und jetzt?", fragte sie, „Sie wirken sehr lebendig, sehr aktiv."
„Nach zwei Jahren habe ich festgestellt, dass ich entweder richtig leben oder wirklich sterben möchte. Und dann habe ich mich für das Leben entschieden. Und ich habe es nicht bereut. Doch genug davon. Genießen wir, was wir haben."
Und mit kindlichem Spaß fügte er hinzu: „Wer zuerst am See ist...."
Karla ließ sich auf das Spiel ein, zog ebenfalls das Tempo an. Er strampelte immer schneller. Sie hatte Mühe, ihm zu folgen. Schließlich erwachte ihr Ehrgeiz. Nach wenigen Minuten holte sie ihn sogar ein, zog an ihm vorbei. Der Radweg war an dieser Stelle schmal, doch der Bürgermeister riskierte ein Überholmanöver. Es gelang ihm für wenige Meter, Karla hinter sich zu lassen. Als sie dazu ansetzte, ihn erneut zu überholen, bremste er plötzlich ab und blieb stehen. Karla musste so stark die Bremse ziehen, dass das Rad zur

Seite rutschte und ein quietschendes Geräusch auf dem Asphalt hinterließ. Erhitzt und fragend schaute sie ihn an.
„Wir können gern weitermachen", rief er außer Atem, „aber eigentlich sind wir da."
Mit der rechten Hand deutete er über sie hinweg.
„Der Stiepensee."
Karla hatte bei der rasanten Fahrt ihren Blick nur auf den Weg gerichtet. Jetzt erst sah sie sich um. Vor ihren Augen breitete sich ein kleiner, blau schimmernder Waldsee aus. Es gab nur eine winzige Badestelle, an der sowohl der Wald als auch das üppige Schilf einen kleinen Platz offen gelassen hatten. Außer ihnen war niemand zu sehen. Ein verdächtig angenehmes Unbehagen beschlich sie, als sie registrierte, dass sie derart unbeobachtet waren. Schwungvoll schob sie das Rad die wenigen Meter zum See, parkte es an einem großen Baum. Gerade als sie sich in die Wiese fallen lassen wollte, hörte sie hinter sich seine Stimme.
„Warten Sie doch, ich habe eine Decke."
Er stellte sein Fahrrad neben ihres und hob den Picknickkorb sowie eine Seitentasche herunter. Lächelnd beobachtete sie, wie er der Tasche eine Decke entnahm und sie ausbreitete.
„Darf ich bitten?"
Karla ließ sich auf den karierten, weichen Stoff fallen, legte sich auf den Rükken und betrachtete den wolkenlosen Himmel über sich. Von einem Ort wie diesem hatte sie geträumt, als sie noch in Berlin lebte. Von einem Ort, an dem es wirklich ruhig war, der einen sanft in den Arm nahm, an dem nichts von der hektischen Welt Bedeutung hatte. Einen Augenblick lang genoss sie das Gefühl, einfach nur da zu sein. Sie tauchte ein in das grenzenlose Blau des Himmels und des Wassers, hörte dem Plätschern der Wellen zu, die an den Strand schlugen, und dem Rascheln des Schilfes im Wind. Doch dann holten sie ihre Gedanken wieder ein.
„Was mache ich hier eigentlich?", fragte sie laut und setzte sich auf, „ich habe einen Fall zu klären. Ich habe keine Zeit zum Sonnenbaden!"
„Sie machen Mittagspause, Frau Kommissarin", versuchte Muckwitz ihre Bedenken zu zerstreuen, „um sich für den weiteren anstrengenden Arbeitstag zu stärken."
Sanft drückte er sie an der Schulter ein wenig zurück auf die Decke. Eine beinahe nur angedeutete Berührung, die einen Schauer in Karla auslöste. Schnell, als könnte sie es sich doch noch anders überlegen, packte er bester Laune die mitgebrachten Köstlichkeiten aus. Eingelegte Oliven, eine Schüssel Salat mit appetitlich duftendem Schafskäse, gekochte Eier, Fladenbrot, eine kleine Wassermelone. Dazu stellte er zwei Weingläser, eine große Flasche Wasser sowie einen italienischen Rotwein.

„Man könnte meinen, Sie wollen mich vom Arbeiten abhalten", sinnierte Karla, „ich sollte Sie umgehend nach Ihrem Alibi fragen."
„Nun", erwiderte Muckwitz heiter, „ich hätte jetzt natürlich gern eine Dienstreise vorzuweisen, von der ich erst im Morgengrauen zurückkam oder einen ärztlichen Notfall, zu dem ich gerufen wurde. Aber wir sind in Lychen. Und um die fragliche Zeit schlafen hier die meisten Menschen. Auch der Bürgermeister. Und Notfälle sind zum Glück nicht so häufig."
„Das ist gar nicht gut", scherzte Karla, „hat Sie dabei wenigstens jemand gesehen?"
„Leider nicht!", erwiderte er und machte ein entsetztes Gesicht. „Nehmen Sie mich jetzt fest?"
„Vielleicht nach dem Essen", lachte Karla, während sie nach einem der beiden Teller griff, „es besteht ja derzeit keine Fluchtgefahr."
Muckwitz begann die Teller zu füllen. Als er ihr das Brot reichte, nahm er das Thema ernster wieder auf.
„Ich möchte, dass der Täter so schnell wie möglich gefasst wird."
Karla beobachtete, wie seine Stirn beim Sprechen Falten schlug und seine Augenbrauen tiefer ins Gesicht gezogen wurden.
„Ich habe Veronica wirklich gern gehabt. Der Täter gehört bestraft. Aber auch für Lychen ist dieser Mord eine Katastrophe. Die Urlauber fühlen sich nicht mehr sicher. Ich habe gehört, dass gestern bereits einige Touristen vorzeitig abgereist sind."
„Und warum halten Sie mich dann von der Arbeit ab?", fragte Karla ebenso ernst.
„Ich möchte, dass Sie sich bei uns wohlfühlen."
„Aber es könnte Ihnen eigentlich egal sein, wie ich mich fühle."
„Vielleicht motiviert es Sie ja, besonders gute Arbeit zu leisten", scherzte er nun wieder.
Sie aßen ruhig, in Gedanken versunken, bis er ihr ein Glas Wein anbot.
„Das passt wirklich nicht zu meiner Arbeitsauffassung", lehnte Karla ab, „aber ein Glas Wasser nehme ich gern."
Er goss ihr Glas voll, sich selbst füllte er Wein ein. Mittlerweile hatte die Sonne ihren höchsten Punkt erreicht. Obwohl sie im Schatten saßen, klebte Karla die Jeans am Körper. Sehnsüchtig schaute sie auf den kleinen See. Der Bürgermeister beobachtete sie.
„Wie wäre es mit einem Bad?", fragte er.
Karla schüttelte den Kopf.
„Ich habe nichts dabei."
„Zwei Handtücher habe ich mitgebracht."
„Geht trotzdem nicht. Ich habe keinen Badeanzug."
Muckwitz begann, die Knöpfe seines weißen Hemdes zu öffnen.

„Brauchen Sie hier nicht. Hier kommt nur ab und an mal ein Radler vorbei."
Sie lachte.
„Und was ist mit Ihnen?"
„Daran hatte ich nicht gedacht", gab er schmunzelnd zurück, „aber ich habe einen Vorschlag."
„Nun?"
„Ich gehe zuerst in den See. Wenn ich immer geradeaus schwimme, kann ich Sie nicht sehen. Sie ziehen sich derweil aus und gehen ebenfalls hinein."
Sie überlegte.
„Das klingt ganz gut. Aber wie machen wir es beim Hinausgehen?"
„Genau so."
Muckwitz packte die Handtücher aus, legte ihr das größere von beiden bereit. Schließlich streifte er Hemd und Hose ab, zog sich weiter aus. Karla schaute dezent in den Wald. Als sie vermutete, dass er das Wasser erreicht haben musste, wagte sie einen Blick. Es gefiel ihr, was sie sah, und so fiel der Blick länger aus als geplant. So lange, bis nur noch der Kopf des Bürgermeisters aus dem See ragte. Er hingegen hielt sich an die Abmachung, schwamm auf den See hinaus, ohne sich umzudrehen. Sie wischte alle erneut aufkeimenden Bedenken beiseite, zog sich schnell aus und rannte die wenigen Meter zum Ufer. Es dauerte keine zehn Sekunden, bis auch sie der kühle See in Empfang nahm. Muckwitz drehte sich um, als er das Wasserplatschen hörte, mit dem sie eintauchte. Nach einigen Schwimmzügen war sie in seiner Nähe. Das Wasser war nicht nur kalt, wie sie in diesem Moment feststellen musste, es war ebenso glasklar. So klar, dass es ihre Nacktheit nicht verbarg. Nach einer Schrecksekunde entspannte sie sich. Muckwitz schwamm auf sie zu.
„Sie hätten sich nicht umdrehen müssen", rief sie ihm zu, „wenn ich gewusst hätte, wie klar der See ist."
„Wenn Sie es gewusst hätten, wären Sie vielleicht nicht mitgekommen", sagte er verschmitzt, „das wäre doch äußerst schade gewesen, oder?"
Statt einer Antwort tauchte sie vor ihm ab und unter ihm hindurch. Als sie luftholend wieder hoch kam, war er verschwunden. Bevor sie sich nach ihm umsehen konnte, wurde sie am rechten Bein in die Tiefe gezogen. Prustend ging sie unter. Er ließ sie sofort wieder los. Sekunden später tauchten beide nebeneinander auf. Karla wurde es trotz des kalten Wassers warm.
„Sie tauchen sehr gut", sagte sie und hoffte, mit einem Gespräch der Situation die Normalität zurückzugeben.
„Ja", hauchte er, und strich ihr mit zwei Fingern seiner rechten Hand eine nasse Haarsträhne aus dem Gesicht, „genau wie Du."
Erschrocken über die Berührung, murmelte sie: „Ich muss zurück." Sie drehte siech um und schwamm Richtung Ufer.
„Bleib doch noch", rief er ihr nach.

„Ich muss zurück, die Arbeit wartet."
Trotz ihres eiligen Aufbruchs hielt er sich streng an die Abmachung und schwamm weiter hinaus. Erst als er einen Schrei hörte, drehte er sich erschreckt um und folgte ihr zum Ufer.
„Unsere Sachen sind weg", hörte er sie völlig entsetzt rufen, „so eine Scheiße!".
Bis auf die Picknickdecke, die sich Karla nun um die Schultern gehängt hatte, und die übrig gebliebenen kulinarischen Genüsse waren sämtliche Kleidungsstücke sowie die Taschen verschwunden. Nur die Räder standen noch vertraulich nebeneinander am Baum. Allerdings war aus den Reifen die Luft herausgelassen worden.
„Da macht sich einer einen Scherz mit uns", vermutete Muckwitz, immer noch im Adamskostüm. „Der sitzt hier irgendwo und freut sich, den Bürgermeister zu kompromittieren."
„Und was schlagen Sie nun vor?", wollte Karla unüberhörbar vorwurfsvoll wissen, „fahren Sie jetzt nackt zurück nach Lychen?"
Seine gute Laune schien unerschöpflich.
„Nein. Ich setze mich jetzt hier hin und warte. Das wird dem Bürschchen irgendwann zu langweilig."
„So viel Zeit habe ich nicht", erinnerte ihn Karla, „ich muss zurück in die Einsatzzentrale. Mein Diensthandy ist weg, meine Dienstmarke auch und vor allem ein Beweisstück. Das heißt, ich muss eine Meldung machen. Es wird mordsmäßigen Ärger geben! Nur gut, dass ich keine Waffe dabei hatte."
„Keine Panik", beruhigte er sie, „das kriegen wir alles wieder hin."
„Sie haben Nerven. Wie wollen Sie denn die Sachen zurückholen?"
„Zuerst mache ich einen kleinen Spaziergang nach Rutenberg. Dort wohnen Freunde von mir. In 30 Minuten bin ich wieder hier und bringe Dir von dort etwas zum Anziehen mit."
Er duzte sie wieder. Angesichts ihrer komplizierten Situation hatte sie andere Sorgen, als ihn zu korrigieren.
„Soll ich eine halbe Stunde hier allein im Wald bleiben? Mit einer Decke um die Schultern?"
„Du kannst mitkommen. Aber dann läufst Du durch den Wald mit nichts als einer Decke um die Schultern."
„Und Sie... Du?", fragte sie verwirrt, „wollen Sie nackt gehen? Als Bürgermeister?"
„Es bleibt mir wohl nichts anderes übrig", schmunzelte er, „außer dem Picknickkorb habe ich nichts mehr anzuziehen."
Eine innere mahnende Stimme bewusst überhörend, öffnete sie kurz entschlossen die Decke vor ihrem Körper.

„Wir passen da auch zu zweit drunter. Ich komme mit nach Rutenberg."
Mit einem kurzen Blick auf das, was sie ihm enthüllte, nahm er die angebotene Deckenhälfte in Empfang. Als sie seine Hüfte an ihrer spürte, seinen Arm um ihrer Schulter, hörte sie die innere Stimme ein zweites Mal. Genau in diesem Augenblick bemerkten sie das Geräusch eines fahrenden Autos hinter sich. Erschreckt blickten sie sich um.
„Hier steckst Du also", rief Teichmann, der gemeinsam mit einem Lychener Kollegen im Dienstwagen langsam den Weg entlang fuhr. Er hing mit dem Oberkörper aus dem Seitenfenster.
„Ich habe Dich überall gesucht. Warum bist Du nicht ans Handy gegangen?"
Erst jetzt registrierte er ihre Situation. Sein kleines höhnisches Grinsen verschwand sofort wieder, als sich der Bürgermeister einschaltete.
„Unsere Sachen wurden gestohlen", erklärte er und seine Stimme ließ keinen Zweifel daran, dass er sich jeden Kommentar der beiden Herren verbat.

15.

„Hab ick Dir nich jesacht, dass es Ärger jibt, wenn die Wessis alleene inne Provinz unterwegs sind?"
Walter Meyer saß mit gekreuzten Armen vor seinem Schreibtisch und demonstrierte Genugtuung.
„Ist ja gut, Du hattest Recht", bestätigte Kollege Grumm genervt, „allerdings hätte ir das auch passieren können."
„Wenn ick arbeite, dann arbeite ick. Dann jehe ick nicht schwimmen!", betonte Meyer.
Grumm unterließ es, den Kollegen daran zu erinnern, dass er jeden Tag eine geregelte Mittagspause zu machen pflegte, die meist mehr als eine Stunde dauerte. Warum sollte er sich mit ihm streiten? Schließlich musste er den meisten Teil seiner Dienstzeit mit ihm verbringen. Im Nebenzimmer hörten die beiden ihren Chef in den Telefonhörer brüllen. Es bestand kein Zweifel – die Kollegin Loewe hatte sich in ernste Schwierigkeiten gebracht. Besonders der Verlust eines Beweisstückes würde Konsequenzen nach sich ziehen. Nebenan wurde der Hörer auf die Gabel geworfen. Kurz darauf erschien Polizeidirektor Hollstein mit hochrotem Gesicht in der Tür.
„Besorgen Sie einen Wagen Grumm, wir fahren nach Lychen!"

Unterdessen saß Karla mit hängendem Kopf im Lychener Einsatzzentrum. Sie trug die Zweituniform einer Kollegin und fühlte sich darin nicht wirklich wohl. Weniger, weil sie etwas zu weit war und sie die Hose mit einem Gürtel an der Stelle halten musste, als vielmehr, weil sie es nicht mehr gewöhnt war, Uniform zu tragen. Teichmann kam ins Zimmer und setzte sich neben sie auf den Besucherstuhl.
„Sehr schick", kommentierte er ihr Outfit ironisch, „steht Dir sehr gut."
Sie ignorierte ihn und versuchte, sich auf den Fall zu konzentrieren. Vor ihr lagen Name und Adresse des Gynäkologen von Veronica Frühauf. Sie griff zum Hörer und vereinbarte mit ihm einen Termin für den Abend. Teichmanns Lästerlaune war noch nicht verflogen. Demonstrativ setzte er sich auf den Rand ihres Schreibtisches. Dabei lächelte er hintergründig.
„Was sagt eigentlich Dein Mann, wenn Du mit anderen Kerlen nackt schwimmen gehst", fragte er.
„Das geht Dich nichts an", erwiderte Karla betont gelangweilt, ohne den Blick vom Bildschirm des Computers zu nehmen. Sie hatte begonnen, den Bericht zu tippen.
„Erzähl doch mal", drängte Teichmann, „wie hat er Dich dazu gebracht?"
Karla antwortete nicht. Ihr gegenüber ließ jedoch nicht locker.
„Sei doch kein Spielverderber", murrte er und schaute sie spöttisch an. Seine Aufdringlichkeit brachte ihr Gemütsfass zum Überlaufen.
„Das nenne ich ehrliche Solidarität", fuhr sie ihn an, „statt mir zu helfen, windest Du Dich vor Schadenfreude. Vielen Dank für die kollegiale Anteilnahme!"
Wütend war sie aufgestanden und ans Fenster gelaufen.
Auch Teichmann erhob sich und begab sich zurück an seinen eigenen Platz. Etwas beleidigt murrte er leise.
„Humor ist, wenn man auch mal über sich selbst lachen kann."
Seine Bemerkung war ihr nicht entgangen.
„Wenn ich um ein Disziplinarverfahren rumgekommen bin, ist mir vielleicht auch zum Lachen."
„Wie kommst Du denn darauf? Das macht der Alte bestimmt nicht", erwiderte Teichmann, nun doch etwas erschreckt. Er wollte noch etwas hinzufügen, als die Tür aufging. Muckwitz kam herein. Er hatte sich frisch eingekleidet. Trotz Jeans und Pulli strahlte er Autorität aus.
„Kann ich Frau Loewe bitte einen Moment allein sprechen?", wandte er sich an Teichmann, der sich langsam, ein Grinsen auf dem Gesicht, von seinem Stuhl erhob.
„Selbstverständlich."
Muckwitz trat zu Karla ans Fenster. Er wirkte ernst. Karla betrachtete seine Stirn, auf die wieder Falten getreten waren. Er sah in diesem Moment so aus

wie am Vormittag, als er von seiner Frau erzählt hatte. Sie waren sich viel zu nahe gekommen. Viel zu oft hatte sie seit dem Morgen an ihn gedacht. Wie konnte sie die Distanz wiederherstellen, wie gelang es ihr, ihn aus ihrem Kopf zu verbannen?
„Es tut mir so leid", begann er, „ich wollte nicht, dass Du meinetwegen Ärger bekommst. Kann ich irgend etwas tun?"
Seine Hand näherte sich ihrem Gesicht, als wollte er sie streicheln. Schnell wich sie ihm aus.
„Ja. Bleiben wir beim ‚Sie', Herr Bürgermeister", entgegnete sie distanziert, „mein Kollege wird dann heute auch noch Ihre Aussage bezüglich des Alibis zu Protokoll nehmen."
„Was soll denn das? Ich kann ebenso wenig dafür wie Du."
„Ich mache Ihnen keinen Vorwurf, Herr Muckwitz. Ich möchte nur klarstellen, dass unser Verhältnis rein dienstlicher Natur ist. Außerdem haben Sie für die Tatzeit kein Alibi."
„Du weißt genau, dass ich mit dem Mord nichts zu tun habe. Glaubst Du wirklich, das ist der richtige Weg, Deine Gefühle in den Griff zu bekommen? Du verschwendest wertvolle Ermittlungszeit. Und Lebenszeit auch."
Er hielt einen Moment lang inne.
„Und gemeinsame Zeit auch", fügte er dann hinzu.
„Ich tue hier nur meine Arbeit. Und Sie sind es, der gerade wertvolle Ermittlungszeit verschwendet. Ich möchte Sie bitten zu gehen."
Er bewegte sich Richtung Tür.
„Du weißt genau, dass es albern ist, mich zu verdächtigen. Ich habe nicht einmal ein Motiv."
„Doch", antworte Karla leise, „Sie haben ein Motiv. Sie waren politische Gegner. Veronica Frühaufs Tod kommt gerade recht, um das Hafenprojekt voranzutreiben."
„Aber ich bin immer gegen das Projekt gewesen. Das weiß hier jeder."
Mittlerweile stand er direkt neben ihr, zog sie am Arm zu sich empor. Ihr wurde heiß.
„Warum tust Du das? Warum unterstellst Du mir einen Mord und eine Vergewaltigung."
Sie machte sich los und bewegte sich nun ihrerseits ein Stück um den Tisch herum.
„Gut, dass Sie mich daran erinnern", stellte sie kühl fest, „ich benötige noch eine Speichelprobe von Ihnen. Veronica war eine sehr schöne Frau. Auch das ist ein Motiv."
Sie trat an Teichmanns Tisch, zog eine Schublade auf, der sie die nötigen Utensilien entnahm. Auffordernd hielt sie ihm das Glasröhrchen hin.
„Wenn ich bitten dürfte."

Muckwitz kam ihr entgegen, nahm das Röhrchen, öffnete es, drehte sich ein wenig von ihr ab. Sie sah an seinen Handbewegungen, dass er sich eine Speichelprobe entnahm und das Röhrchen wieder schloss. Als er ihr das Utensil wiedergab, griff er jedoch nach ihrer ausgestreckten Hand, zog sie ein Stück zu sich heran und hauchte einen Kuss auf ihren Handrücken. Eine unerwartete, zärtliche und rührende Geste, die ihre Wirkung nicht verfehlte. Karla zog ihre Hand nicht fort.

„Ich weiß nicht, was es ist", sagte er, „aber es ist da, seit ich Dich das erste Mal gesehen habe. Und es ist stärker, als ich dachte."

Er hielt noch immer ihre Hand, als Hollstein ohne anzuklopfen zur Tür hereinstürmte. Erschreckt ließen sie sich los und traten einen Schritt auseinander.

„Ich möchte Sie sofort sprechen", bellte er Karla an. Erst in diesem Moment erkannte er, dass sie nicht allein war. Karla stellte die Herren einander vor. Hollstein wollte jedoch vor allem seinem Ärger Luft machen. Muckwitz störte ihn.

„Ich habe mit der Frau Kommissarin ein dienstliches Gespräch zu führen", teilte er kurz angebunden mit, „wenn Sie uns wohl allein lassen würden, Herr Bürgermeister?!"

„Aber natürlich", willigte dieser sofort ein, machte aber keine Anstalten das Zimmer zu verlassen, „wenn ich ganz kurz vorher noch etwas mit Ihnen unter vier Augen besprechen könnte… ."

„Mit mir?", fragte Hollstein sichtlich irritiert.

„Das kommt überhaupt nicht in Frage!", unterbrach Karla vehement. Hollstein zog seine rechte Augenbraue gefährlich nach oben. Ein deutliches Signal gesteigerten Unmuts. Beinahe eine unausgesprochene, aber dennoch nicht minder klare Warnung. Karla gab jeden Einspruch auf. Ohne weitere Worte verließen die beiden Herren die Einsatzzentrale. Sie sank zurück in ihren Stuhl. In diesem Moment wünschte sie sich nichts sehnlicher, als in Ruhe und ohne weitere Störungen ihre Ermittlungen fortführen zu können. Sie hätte sich für ihr backfischartiges Verhalten ohrfeigen können. Warum um alles in der Welt war sie nackt mit Muckwitz in den See gesprungen? Und das alles auch noch, während sie in Ermittlungen steckte? Würde sie Hollstein von dem Fall abziehen? Das noch ausstehende Chefgespräch und die voraussichtlich dienstrechtlichen Folgen ließen ihre Stimmung weiter sinken.

Als Hollstein zehn Minuten später wieder bei ihr erschien, wirkte er etwas sanfter.

„Was haben Sie sich als erfahrene Ermittlerin nur dabei gedacht, das Diensthandy, ein Beweismittel und sogar die Dienstmarke einfach so liegen zu las-

sen und schwimmen zu gehen?", fragte er, nachdem er sich in Karlas Stuhl gesetzt hatte. Ihr blieb der Besuchersitzplatz.
„Es ist unverzeihlich", antwortete sie leise ohne zu zögern, „ich weiß selbst nicht, was mich dazu gebracht hat, die Dienstvorschriften zu missachten."
Hollstein hatte nichts anderes als eine reuige Sünderin erwartet. Doch noch bevor er etwas äußern konnte, sprach Karla weiter.
„Wenn Sie mich von diesem Fall entbinden wollen, könnte ich das verstehen."
Sie sahen sich in die Augen. Ein ernster, langer Blickkontakt, den Hollstein mit einem kleinen, kaum wahrnehmbaren Lächeln beendete.
„Das kommt überhaupt nicht in Frage", lehnte er ab, „das könnte Ihnen so passen! Sich verkriechen und Wunden lecken, was? Sie werden hier diesen Mord aufklären! Und zwar so schnell es geht! Der Oberstaatsanwalt macht Druck. Das heißt, Sie und Teichmann werden vorerst nicht nach Hause fahren, sondern sich ein Zimmer mieten. Ich erwarte einen täglichen Bericht. Und sorgen Sie dafür, dass das Beweismittel wieder auftaucht. Ein neues Handy hat Grumm schon Teichmann gegeben. Lassen Sie es sich aushändigen. Ebenso eine Ersatzdienstmarke."
Er stand auf. Karla beeilte sich, ihn zur Tür zu begleiten.
„Und noch etwas", fügte er hinzu, als er ihr zum Abschied die Hand reichte, „wenn Sie sich Ähnliches noch einmal leisten, werde ich kein Auge mehr zudrücken. Sie wissen, was das bedeutet. Sie kennen die dienstrechtlichen Konsequenzen!"

Als er gegangen war, ließ sie sich auf ihren Stuhl fallen, wischte sie sich den Schweiß von der Stirn. Es hätte erheblich schlimmer kommen können. Dennoch war ihr der Vorfall unendlich peinlich. Mitten in ihre Überlegungen stürmte Teichmann herein.
„Na?", fragte er mitfühlend, „war es so schlimm, wie Du befürchtet hast?"
Sie schüttelte den Kopf.
„Aber auch Du hast noch etwas von meinem Mißgeschick."
„Was denn?", wollte er misstrauisch wissen.
„Wir wurden dazu verdonnert, uns hier für die Dauer der Ermittlungen einzurichten. Alle Heimfahrten sind gestrichen. Kümmere Dich gleich mal um eine geeignete Unterkunft."
„Das ist alles?"
„Ja, das war's."
„Das ist doch prima", verkündete er heiter, „der Ort ist wirklich schön."
Sie konnte seine Freude nicht annähernd teilen.

16.

Für Karla fand sich eine kleine Ferienwohnung am Stadtsee, während Teichmann ein Pensionszimmer vorzog, Frühstück inklusive. Sie war erleichtert, dass die Pension ansonsten ausgebucht war. Der räumliche Abstand würde ihr wenigstens morgens und abends eine gewisse Privatsphäre ermöglichen. Abgesehen davon hatte sie vom Fenster der kleinen Wohnung aus einen wunderbaren Blick auf den See. Sie telefonierte mit Christoph, der versprach, ihr noch am gleichen Abend Kleidungsstücke und sonstige Utensilien vorbeizubringen.
„Vergiss den Fön nicht", mahnte sie ihn, „und die zwei Bürsten aus dem Badezimmerschrank."
„Schon gut", gab er gelassen zurück, „ich weiß doch Bescheid."
Als sie sich verabschiedete, schob er eine Frage hinterher.
„Gibt es in Deinem Domizil ein Doppelbett?"
„Ja."
„Dann komme ich umso lieber."
„Ich muss mich auf den Fall konzentrieren."
„Aber doch nicht heute Nacht!", widersprach er und legte auf.
Sie schaute halb erstaunt, halb amüsiert aus dem Fenster der Wohnung auf den in der Sonne glitzernden See. Das Klingeln des Handys unterbrach ihre Gedanken. Es war Teichmann.
„Es gibt Neuigkeiten", sprudelte er los, „es waren zwei Täter. Die Kollegen haben die Fußspuren ausgewertet. War nicht ganz einfach, weil beide Täter die gleichen Schuhe getragen haben und die Schuhgrößen ähnlich sind. Aber nur einer hat sie vergewaltigt. Jedenfalls sind von dem anderen Mann keine Spermaspuren gefunden worden."
„Um was für Schuhe handelt es sich?"
„Feste Arbeitsschuhe oder Springerstiefel. Die Sohlen haben ein sehr tiefes Profil hinterlassen. Direkt neben der Leiche wurden sie zwar irgendwie verwischt, aber nicht auf dem Weg bis zum Zaun."
„Vielleicht wurden die Täter beim Beseitigen der Spuren gestört."
„Möglich. Vielleicht haben sie auch Angst bekommen."
„Das kann auch sein", stimmte Karla zu, „es sieht so aus, als war die Vergewaltigung geplant, aber nicht die Tötung. Sie hat sich zu stark gewehrt, da haben sie sie zum Schweigen gebracht. Was ist übrigens mit dem Obduktionsbericht?"
„Ich habe gerade den ersten Teil bekommen. Das Opfer wurde mit den Händen erwürgt."
„Das spricht auch dafür, dass der Mord nicht vorgesehen war."

Sie schwiegen einen Moment, bis Karla der Termin in Templin einfiel.
„Oje, das habe ich ganz vergessen. In einer Stunde müssen wir beim Gynäkologen sein, hol mich bitte ab."
„Kannst Du den Frauendoktor nicht allein befragen, ich wollte noch kurz nach Hause fahren, um ein paar Sachen für die nächsten Tage zu holen. Ich habe ja niemanden, der sie mir hinterher trägt."
„Also schön, aber bring mich hin. Zurück nehme ich dann einen Bus."
„Wie wäre es mit dem Fahrrad vom Bürgermeister?", feixte Teichmann.
„Das wirst Du benutzen, um nach Hause zu fahren, wenn Du nicht endlich aufhörst, mich damit aufzuziehen", gab sie lachend zurück.
„Ich bin froh, Dich wieder lachen zu hören", entgegnete er unerwartet und legte auf, ohne dass sie etwas erwidern konnte.

Dr. Tobias Karner wohnte standesgemäss, so wie Karla es von einem Arzt erwartete. Sie ging auf ein großes, sehr ansehnliches Haus zu, das sich direkt am Fährsee befand. Schon von weitem konnte sie üppige Lavendelsträucher durch den Gartenzaun erkennen. Als sie davor stand, genoss sie zuerst den Anblick des gepflegten und geschmackvoll angelegten Bauerngartens. Obststräucher und Bäume wechselten sich mit üppigen Rabatten von Rosen und anderen Blumen ab. Die Kräuter, die die Gartenpforte entlang gepflanzt worden waren, strömten betörende Düfte aus. Unter einem mit Äpfeln beladenen Baum stand ein kleiner Tisch, daneben zwei Stühle. Der ganze Garten lud zu einer Rast vom Alltag ein. Karla bemerkte erst jetzt die etwa 50jährige Frau, die mit kurzer Hose bekleidet, dabei war, die letzten Johannisbeeren von einem fast leeren Strauch abzupflücken. Karla zog sich noch einmal die zu weite Uniformhose hoch und das Jackett gerade. Die Sonne hatte jetzt am Abend etwas an Kraft eingebüßt. Sie schwitzte zum Glück in der Uniform nicht mehr so stark wie noch am Nachmittag.
„Guten Tag", rief sie der Beerenpflückerin zu, „ich bin mit Dr. Karner verabredet."
„Ich weiß", kam es zurück, „mein Mann hat es mir erzählt. Kommen Sie doch herein."
Karla entriegelte die Gartenpforte und betrat das Gelände.
„Mein Mann ist im Schuppen, er repariert mal wieder den Wagen. Gehen Sie einfach rechts am Haus vorbei, den Schuppen sehen Sie dann schon."
Sie fand das Gebäude mühelos. Nach einem Klopfen, das unbeantwortet blieb, drückte sie die Klinke herunter.
Dr. Karner lag neben einem Campingbus auf einer Decke und bearbeitete den Lack mit einer Bürste. Das Autoradio war voll aufgedreht. Er hörte Mozarts Requiem und summte leise mit. Er hatte schwarzes, graumeliertes Haar, war von kleiner, drahtiger Gestalt und etwa ebenso alt wie seine Frau.

„Guten Tag, Herr Dr. Karner", rief ihm Karla schon von der Tür aus entgegen, um ihn nicht zu erschrecken. Er hörte es dennoch erst beim zweiten Versuch. Als er sie endlich bemerkte, sprang er auf und schaltete die Musik aus.
„Sie sind sicher die Kommissarin", vermutete er und reichte ihr die Hand, „im Fernsehen tragen Ihre Kollegen nie eine Uniform."
Karla ignorierte die Bemerkung und kam ohne Umschweife zur Sache.
„Es geht um eine Patientin von Ihnen – Veronica Frühauf."
„Ich habe es mir schon gedacht. Eine schreckliche Geschichte. In der Gegend wird von nichts anderem mehr gesprochen. Lassen Sie uns doch nach draußen gehen", schlug er vor, „hier im Schuppen kann ich Ihnen nicht einmal einen Sitzplatz anbieten."
Er schritt an ihr vorbei ins Freie und ging auf einem kleinen Trampelpfad voran durch den Garten. Karla folgte ihm. Nach wenigen Metern erblickte sie im Schatten eine grün gestrichene Gartenbank und davor einen kleinen Tisch.
„Nehmen Sie doch Platz", sagte er.
Sie setzten sich und er sah sie auffordernd an.
„Frau Frühauf hatte eine Abtreibung", begann Karla, „wussten Sie davon?"
„Ja. Ich habe die Schwangerschaft festgestellt."
„Haben Sie ihr zu diesem Schritt geraten?"
„Nein. Das hätte ich nie getan. Aber Veronica, ich meine Frau Frühauf, war nicht der Typ Frau, der sich in einer solchen Situation beraten lässt. Sie wollte von mir nur eine Bestätigung des Tests, den sie ohnehin schon gemacht hatte. Sie hatte sich, wie immer, bereits eine Meinung gebildet und einen Entschluss gefasst. Ich habe dennoch versucht, ihr den Abbruch auszureden, aber es war zwecklos."
„Sie duzten Frau Frühauf? Kannten sie sich näher?"
„Sie ist mit meinem Sohn Karsten eng befreundet. Ich kannte sie, seitdem sie eingeschult worden war. Sie war schon damals ein ganz besonderes Mädchen."
„Wie meinen Sie das?"
„Sie war nicht nur ungewöhnlich hübsch, sie sprühte auch vor Tatendrang. Vor allem aber war sie sehr intelligent. Mein Sohn war ein paar Klassen über ihr und sie hat seine Hausaufgaben erledigt. Stellen Sie sich das einmal vor! Sie war immer Klassenbeste.
„Hat das ihren Sohn nicht geärgert?"
Der Arzt lächelte traurig.
„Nicht im geringsten. Er hat davon profitiert. Er war leider alles andere als ein Streber. Mich wundert, dass er es tatsächlich bis zum Abitur geschafft hat. Im Gegensatz zu Veronica war er faul und ging nicht gern zur Schule."

„Und jetzt?“
„Später hat sich das völlig geändert. Er hat mit großer Leidenschaft Biologie studiert und leitet den Naturpark Uckermärkische Seen. Er hängt sehr an Veronica. Sie hatten ähnliche Vorstellungen und Interessen.“
„Waren sie auch ein Paar?“
„Nein. Sie verband mehr die Liebe zur Natur.“
„Wo kann ich Ihren Sohn erreichen? Ich würde ihn gern befragen.“
„Er hat seinen Hauptarbeitsplatz in Lychen – im Naturparkhaus. Allerdings ist er noch im Urlaub. Er kommt erst in ein paar Tagen aus Kanada zurück.“
Karla wollte etwas fragen, als Dr. Karner noch einmal das Wort ergriff.
„Karsten weiß noch nichts von Veronicas Tod, er ist auf einer Wildnistour und nicht erreichbar. Bitte lassen Sie mich zuerst mit ihm sprechen. Ich möchte ihm das möglichst schonend beibringen. Es wird schrecklich für ihn sein.“
„Wissen Sie, wer der Vater des Kindes von Veronica war?“
„Nein. Sie sagte nur, dass sie mit ihm nicht leben könne. Und sie sagte, dass sie ihm nichts von der Schwangerschaft sagen wolle. Sie befürchtete, er würde versuchen, sie von ihrem Vorhaben abzubringen. Und dann sagte sie noch, sie wolle ihn auf keinen Fall verletzen. Daher wäre es besser, er wisse nichts von der Schwangerschaft und der Abtreibung.“
„Wann genau war der Eingriff?“
„Im Januar. Sie kam anschließend öfter zu mir. Der Eingriff verlief nicht problemlos.“
„Wo wurde er durchgeführt?“
„Im Krankenhaus in Neubrandenburg. Soll ich Ihnen den Namen des Arztes dort heraussuchen? Ich gehe heute Abend sowieso noch einmal in die Praxis.“
„Das wäre nett.“
„Es tut mir so leid um Veronica. Sie war etwas besonderes, anders als viele junge Frauen hier. Sie wollte etwas aus ihrem Leben machen, hatte Ideale und Ziele, für die sie kämpfte.“
Er begleitete Karla zur Gartentür. Als sie am Schuppen vorbeikamen, fiel Karlas Blick noch einmal auf den Bus.
„Machen Sie Campingurlaub?“, fragte sie, „gibt die Praxis so wenig her?“
„Nein“, sagte er und ein Lächeln breitete sich auf seinem Gesicht aus, „es liegt nicht am mangelnden Geld, es macht uns Spaß hier in der Gegend herumzufahren und im Auto zu leben.“
„Sie machen hier im Umkreis Urlaub?“
„Wenn man es bereits bis ins Paradies geschafft hat, warum sollte man es dann freiwillig wieder verlassen?“

„Es hat mir heute schon einmal jemand gesagt, hier wäre das Paradies", bemerkte Karla erstaunt.
„Dann hat er recht gehabt."
„Aber ist das nicht ein etwas unperfektes Paradies?"
„Wie meinen Sie das?"
„Nun, die wirtschaftliche Entwicklung lässt – freundlich ausgedrückt – zu wünschen übrig, die Arbeitslosigkeit ist sehr hoch, die Menschen sind oft desillusioniert und Mord und Totschlag sind auch noch nicht abgeschafft."
„Das ist eine sehr einseitige Sicht der Dinge", entgegnete der Arzt ernst, „es gibt durchaus positive Zeichen. Der Tourismus entwickelt sich und es gibt Orte, in denen auch die wirtschaftliche Lage sich bessert. Es hängt viel davon ab, ob es engagierte Menschen gibt, die etwas bewegen wollen."
Er gab ihr die Hand und schüttelte sie kräftig.
„Wenn ich Ihnen noch irgendwie helfen kann, lassen Sie es mich wissen. Ich habe Veronica wirklich sehr gemocht."
„Eine Frage noch", sagte Karla, „sind Sie für oder gegen das Hafenprojekt in Lychen?"
„Meinen Sie, das hat etwas mit Veronicas Tod zu tun?"
„Vielleicht. Wir ermitteln in alle Richtungen."
„Ich finde das Projekt schrecklich. Es passt nicht zu Lychen und es geht in die völlig falsche Richtung."
„Wie meinen Sie das?"
Er sah sie freundlich an, lächelte. Doch sein Lächeln hatte etwas Gequältes. Er wirkte, als würde er gezwungen über etwas sehr Schmerzvolles zu sprechen.
„Das Konzept setzt auf den Spaßtourismus. Hauptsache, die Leute werden beschäftigt, egal wie blöd das ist, was angeboten wird. Es kann gar nicht abgefahren genug sein. Da ist Wasserski auf dem kleinen Stadtsee noch die harmloseste Idee. Wenn man überhaupt genügend Touristen damit anlockt, dann auf jeden Fall die falschen. Dann kommen die, für die die Natur nur die Kulisse ist für ihre neuartigen Sportarten, die alle irgendwie immer nur mit Motorkraft betrieben werden können. Hauptsache, es sind genügend PS dahinter."
Karlas ungläubig-amüsierter Blick forderte ihn auf, weiter zu sprechen.
„Sie mögen das jetzt als Ignoranz des Alters vor dem Neuen interpretieren oder als Technikfeindlichkeit. Vielleicht halten Sie mich jetzt auch für einen Spaßverderber – aber treffen Sie mal im Wald auf eine Gruppe von Quad-Fahrern. Sie haben das Gefühl, es herrscht Krieg, so laut sind die Dinger. Eine Formel-1-Rallye klingt nicht anders. Und das bezeichnen die Leute dann als naturverbundene Sportart. Nur weil sie im Wald damit rumkurven. Ich sage Ihnen ganz ehrlich – denen geht es nur um eins – um viele PS

und viel Lärm. Und solche Leute – ganz egal, ob sie auf dem Wasser oder im Wald unterwegs sind – die brauchen wir hier nicht."
Und wie soll sich der Tourismus sonst entwickeln?", fragte Karla und wusste, dass sie ihn damit noch mehr provozierte, „oder haben Sie eine andere Idee, um diese Region auch wirtschaftlich voranzubringen?"
„Schauen Sie sich Lychen mit offenen Augen an, „besuchen Sie die Boots-Umtragestelle zwischen Stadtsee und Oberpfuhl. Dort werden Sie Menschen sehen, die der Landschaft mit Respekt begegnen. Viele sind Großstädter, die dem Krach, der Hektik und dem Gestank entfliehen wollen. Das sind die, die hierher passen."
„Werden die paar Naturtouristen reichen, um den Aufschwung zu bringen?"
„Da bin ich mir ganz sicher. Man müsste nur vernünftige Angebote machen und gezielt in die Werbung investieren."
Sie standen einen Augenblick wortlos beieinander, dann verabschiedete sie sich.
„Vielen Dank, dass Sie sich die Zeit genommen haben, Herr Dr. Karner."
Sein Lächeln wirkte jetzt wieder etwas entspannter.
„Ich wünsche Ihnen viel Erfolg."
Er gab ihr noch einmal fest die Hand, drehte er sich um und ging zurück in den Garten.

17.

Der letzte Bus war natürlich schon weg. Karla rief Christoph an. Sie hoffte, er wäre bereits auf dem Weg zu ihr und könnte sie abholen. Doch sein Handy war aus. Es blieb ihr nichts anderes übrig, als ihm eine Nachricht auf der Mailbox zu hinterlassen. Unentschlossen, ob sie versuchen sollte, ein Taxi aufzutreiben, schlenderte sie die Straße entlang, als ein blauer Volvo neben ihr hielt.
„Wenn das kein Zufall ist", freute sich Bürgermeister Muckwitz, und winkte ihr durch die offene Scheibe hindurch zu. „Willst Du nach Lychen?"
Sie ignorierte sein vertrauliches Du.
„Wie kommt es, dass Sie überall auftauchen, wo ich ermittle?", fragte sie, während sie die Beifahrertür öffnete und einstieg.
„Vielleicht weil ich ein inneres Gespür dafür habe, wann ich gebraucht werde", erwiderte er lachend, fügte dann aber hinzu: „Ich habe einen Hausbesuch gemacht."

Er lenkte den Wagen zurück auf die Straße, auf der kaum noch Verkehr herrschte.
Karla beobachtete ihn beim Fahren. Muckwitz fuhr zügig, aber nicht unvorsichtig. Seine Bewegungen waren ruhig, routiniert, keine Hektik, keine Unsicherheit. Noch nicht einmal ein Schimpfwort entwich ihm, als ein Motorradfahrer ihn mit hohem Tempo in einer unübersichtlichen Kurve überholte. Seine Ruhe strahlte auf sie ab, ihre Anspannung ließ etwas nach.
„Konnte Dir Dr. Karner weiterhelfen?“, fragte er nach einer Weile.
„Nicht wirklich.“
„Wenn Du mir erklärst, um was es geht, kann ich vielleicht etwas beitragen.“
Karla überlegte kurz, dann beschloss sie, Muckwitz einzuweihen. Sie glaubte nicht wirklich daran, dass er mit dem Mord etwas zu tun hatte.
„Veronica hatte vor einem halben Jahr eine Abtreibung. Er war ihr behandelnder Arzt. Aber er wusste auch nicht, von wem sie schwanger war. Sie wollte es ihm nicht erzählen.“
„Sie war schwanger?“, fragte er erstaunt. „Merkwürdig. Ich habe sie nie mit einem anderen Mann als Philipp gesehen. Ich habe leider auch keine Ahnung, wer als Erzeuger in Frage kommt.“
Sie sah zu ihm hinüber, bemerkte, dass er wieder einmal die Augenbrauen nachdenklich ins Gesicht gezogen hatte.
„Und Sie?“, provozierte sie ihn. „Frau Frühauf war doch eine schöne junge Frau. Und intelligent dazu.“
Er nahm der Blick nicht von der Straße, wirkte immer noch völlig ruhig und gelöst.
„Fragst Du mich gerade, ob ich ein Verhältnis mit Veronica hatte? Ist das Dein Ernst?“
„Warum nicht?“
Muckwitz lenkte den Wagen in einen kleinen Feldweg, brachte ihn zum Stehen und löste den Sicherheitsgurt.
Karla sah sich irritiert um.
„Was ist los?“, fragte sie.
„Ich muss Dir etwas erklären“, erwiderte er. „Dazu möchte ich Dir in die Augen sehen. Und das ist beim Fahren schwierig.“
Sie schwieg, erwiderte aber seinen Blick.
„Ich habe Veronica gemocht. Ich habe ihre Konsequenz bewundert. Aber sie hätte meine Tochter sein können.“
„Es wäre nicht das erste Mal, das ein Mann ein Verhältnis mit einer sehr viel jüngeren Frau hat.“
„Ich hatte kein Verhältnis mit ihr. Mehr gibt es dazu nicht zu sagen.“

Karla stockte der Atem, als er ihr zärtlich eine Haarsträhne aus der Stirn strich. Sie wusste nicht, wie sie reagieren sollte. Am liebsten hätte sie sich dem Gefühl ergeben, dass diese Geste in ihr auslöste. Aber sie hatte sich zu sehr im Griff, um der Versuchung zu erliegen.
„Es war schön am See", sagte er leise, „und es tut mir leid, dass Du deswegen Ärger hast. Aber ich verstehe nicht, warum Du so ablehnend bist. Du merkst es doch auch."
„Würden Sie jetzt bitte weiterfahren!", forderte sie ihn auf und ihre Stimme klang belegt, „ich habe noch eine Reihe von Terminen wahrzunehmen."
Sie legte in ihren Blick all das, was ihr an Willensstärke und Überzeugungskraft geblieben war. Die gewünschte Wirkung wurde nicht verfehlt. Muckwitz wandte sich ab, legte den Gurt wieder an und startete den Wagen. Genauso schweigend, wie sie die Fahrt verbrachten, erreichten sie Lychen. Er setzte sie vor der Ferienwohnung ab. Langsam ging sie die wenigen Stufen zu ihrer Unterkunft nach oben. Es blieb ihr nicht lange Zeit, um über den Bürgermeister und das, was er in ihr auslöste, nachzudenken. Das Handy klingelte. Eine Frauenstimme erklärte, dass sie Sophie Allenstein heiße, vom Uckermark-Express sei und ein Interview mit ihr machen möchte.
„Wenden Sie sich an die Pressestelle in Eberswalde", antwortete Karla und beendete das Gespräch. Die Tür zur Wohnung ging wie von selbst auf. Christoph stand schmunzelnd im Türrahmen.
„Ich habe Pizzen mitgebracht", erklärte er ihr, während er seine Nase in ihrem Haar vergrub und sie dann auf die Stirn küsste. Er hatte auch an italienischen Weißwein gedacht sowie an Kerzen, die er feierlich anzündete. Erstaunt blickte er seine Frau genauer an.
„Seit wann trägst Du wieder Uniform?"
„Das erkläre ich Dir später", wich sie aus, „lass uns erst etwas essen."
Sie nahm eine kurze Hose und ein T-Shirt aus der Reisetasche, die er ihr mitgebracht hatte und tauschte sie gegen die ungewohnte Dienstkleidung. Schließlich saß sie bei ihm auf die Terrasse, atmete die frische Luft ein, versuchte, sich zu entspannen. Sie genoss die Anwesenheit ihres Mannes. So blieb ihr keine Zeit, über Muckwitz nachzudenken.
„Kommst Du voran?", fragte Christoph, bevor er herzhaft in ein Stück Pizza biss.
„Leider nicht", gab sie zu, „wir haben noch immer keine heiße Spur. Der einzige, der das Opfer wirklich nicht mochte, hat ein unerschütterliches Alibi. Aber wer weiß, vielleicht ergeben die Speichelproben interessante Ergebnisse."
„In der Pizzeria haben sie über Dich gesprochen", erzählte Christoph munter, „angeblich hätte man Dich beim Nacktbaden gesehen. Mit dem Bürger-

meister. Die haben hier wirklich Phantasie. Als wenn eine Kommissarin im Dienst für so etwas Zeit hätte."
Karla verschluckte sich an dem Weißwein, von dem sie einen ersten Schluck genommen hatte. Christoph stand auf und klopfte ihr sanft auf den Rükken.
„Es stimmt leider", gab sie, noch immer hustend, zu, „ich war wirklich nackt baden. Und man hat mir meine Sachen geklaut. Daher die Uniform."
Christoph setzte sich wieder, schwieg erschrocken einen Moment.
„Und die Sache mit dem Bürgermeister? Stimmt die auch?"
„Es war so verdammt heiß."
„Ja, es war heiß heute."
Schließlich schob er sich noch ein Stück Pizza in den Mund. Dann stand er plötzlich mit einer sehr energischen Bewegung auf und begann, sich das Hemd aufzuknöpfen.
Karla sah ihm zu.
„Was soll das werden? Striptease am See?"
Kopfschüttelnd beobachtete sie, wie er Hemd und Hose auszog. Er war jetzt nur noch mit einer Unterhose bekleidet. Um den Tisch herum kam er auf sie zu.
„Was machst Du da?"
Er antwortete nicht. Stattdessen zog er sie mit einer schnellen Bewegung vom Stuhl, nahm sie auf den Arm und schob mit dem Fuß die Tür zum Treppenhaus auf.
„Lass das!", rief Karla und strampelte so heftig mit den Beinen, dass er zu Schwanken begann. Er ließ sie jedoch nicht los, sondern trat mit ihr auf die Wiese vor dem Haus und auf den Bootssteg.
„Wir gehen baden", erklärte er bester Laune, „dann kann der Ort wenigstens darüber reden, dass Du mit Deinem Mann im See warst."
„Du kannst doch nicht in Unterhose..."
Sie wehrte sich nur noch andeutungsweise. Sie befürchtete, er könnte von dem schmalen Steg herabstürzen und sich verletzen.
„Doch ich kann", widersprach er, trug sie bis an den Rand des Stegs und ließ sie ins Wasser fallen. Als sie prustend wieder an der Oberfläche erschien, war er bereits neben ihr. Kurz darauf schallte ihrer beider Lachen über den Stadtsee, in dem sich die rötlichen Wolken der untergehenden Sonne spiegelten.

Montag, 17. Juli

18.

Es war gerade vier Uhr morgens, als Karla sich leise aus der Ferienwohnung schlich und auf den Weg zum Tatort machte. Der Tag brach dämmrig an. Im Ort war es so still, dass sie jeden ihrer Schritte, jeden ihrer Atemzüge hören konnte. Sie erreichte die alten Gebäude und lief durch das teilweise kniehohe, taunasse Gras. Die feuchten Halme streichelten kühl an ihren Waden entlang. Nur der frühe Gesang der Vögel war zu hören und der Wind, der leise durch das Laub der Bäume strich. Mit einem Mal glaubte sie, in unmittelbarer Nähe Schritte zu hören. Vorsichtig sah sie sich um, konnte aber im Dämmerlicht niemanden erkennen. Aufmerksam, die Hand an die Waffe gelegt, ging sie weiter. Immer wieder blieb sie stehen, lauschte. Kurz bevor sie den Tatort erreichte, knackte es laut im Unterholz der Büsche. Wieder verharrte sie regungslos. Einen Moment lang geschah nichts. Nur das Zwitschern der Vögel nahm zu. Zumindest kam es ihr so vor, als sangen sie lauter. Sie hörte ihr Herz schlagen, merkte, dass ihr Puls schneller wurde. Aufs Höchste konzentriert, zog sie die Pistole aus dem Halfter, bevor sie weiterging. Warum hatte sie Teichmann nicht informiert, schwirrte es ihr durch den Kopf. Niemand wusste, dass sie hier war, niemand konnte notfalls zu Hilfe kommen. Plötzlich wieder ein Geräusch. Aus dem Dunkel kam pfeilschnell etwas Großes auf sie zu. Erschreckt sprang sie zur Seite, stolperte dabei und fiel hin. Noch auf dem Boden knieend, richtete sie die Waffe auf den Angreifer. Dann endlich erkannte sie, auf wen sie zielte. Ein Reh, nicht weniger erschreckt als sie selbst, flüchtete panisch an ihr vorbei in den Schutz der Büsche. Ihr Herz klopfte noch immer laut. Als sie erleichtert die Waffe wieder zurückstecken wollte, sah sie etwa 30 Meter vor sich, direkt am Tatort die Umrisse eines Menschen. Langsam und leise, die Waffe weiter in der Hand haltend, näherte sie sich. Die Umrisse wurden deutlicher. Ein Mann hockte genau unter der Kiefer, wo man die Leiche gefunden hatte. Er schien Karla noch immer nicht bemerkt zu haben, denn er drehte ihr den Rücken zu. Es wäre nicht das erste Mal, dass ein Täter den Tatort wieder aufsuchte. Sie hoffte, dass sie nicht eine zweite Person im Hintergrund übersehen hatte. Wieder sehnte sie sich den Kollegen herbei. Karla richtete die Pistole auf den Mann.

„Polizei! Nehmen Sie die Hände über den Kopf und stehen Sie ganz langsam auf."

Der Mensch erschrak zunächst, folgte dann aber sofort der Anweisung.
„Jetzt drehen Sie sich langsam um."
Vor ihr stand kein Unbekannter. Es war Michael Boehse, der Onkel des Opfers.
„Was tun Sie hier?", fragte sie scharf, ohne die Waffe zu senken.
Er deutete auf die Stelle, von der er eben aufgestanden war.
„Ich habe Blumen gepflanzt."
Karla kam näher, noch immer die Waffe im Anschlag.. Boehse hatte die Wahrheit gesagt. Direkt vor den ausladenden Ästen der Kiefer waren mehrere Pflanzlöcher gegraben und Stauden mit roten und rosefarbenen Nelken eingesetzt worden.
„Die kommen jedes Jahr wieder", erklärte er, „dann blühen jedes Jahr Blumen an der Stelle, wo sie starb".
Karla steckte die Waffe nun weg und trat näher zu ihm. Er ließ die Hände sinken. Seine Augen war tränennass.
„Warum tun Sie das um diese Zeit?"
„Warum sind Sie um diese Zeit hier?", fragte er zurück.
„Ich wollte mir einen Eindruck vom Tatort verschaffen zu der Tageszeit, als sie gefunden wurde."
„Und ich wollte allein mit ihr sein."
Gemeinsam betrachteten sie die frisch gepflanzten Blumen, bevor sie langsam das Gelände verließen. Zurück auf der Straße, begegneten sie dem joggenden Ehepaar Rehbein mit ihrem Hund.
„Haben Sie keine Angst?", rief Karla ihnen zu.
„Wir laufen hier schon so viele Jahre", entgegnete Frau Rehbein im Vorüberlaufen, „und nie ist etwas passiert."
„Wir lassen uns von einem Verbrecher nicht von hier vertreiben", ergänzte ihr Mann, dann waren sie auch schon vorbei. Karla sah zu, wie sie sich mit gleichmäßigem, recht schnellem Tempo entfernten.
Ansonsten waren die Straßen menschenleer. Der Ort schlief noch.
„Alles ist so ruhig wie immer", sagte Boehse leise, „so als wäre nichts passiert. Ich hatte gehofft, es wäre ein böser Traum gewesen und jemand käme, um mich zu wecken. Aber als ich die Absperrung sah, wurde es mir wieder bewusst. Sie wird mich nie mehr besuchen. Ich werde sie nie wiedersehen. Habe ich Ihnen erzählt, wie sie mich genannt hat?"
Karla schüttelte den Kopf.
Sie sagte ‚black sheep' zu mir."
Karla musste schmunzeln. „Haben Sie ihr das Schwarze Schaf nicht übel genommen?"
„Sie haben sie nicht gekannt. Wenn Sie gehört hätten, wie sie es sagte, hätten Sie diese Frage nicht gestellt."

„Ich habe mir Ihre Akte von damals kommen lassen, Herr Boehse."
„Dachte ich mir. Aber spätestens wenn das Ergebnis der Speichelprobe vorliegt, werden Sie sehen, dass ich nicht der Täter bin."
„Das weiß ich auch so."
„Und warum wühlen Sie dann in dem alten Papierkram?"
„Weil ich Ihnen aus irgendeinem Grund glaube, dass Sie Ihre Freundin nicht vergewaltigt haben."
Er blieb für einen kurzen Moment stehen und sah sie ein wenig verwundert an.
„Das ist sehr nett von Ihnen", sagte er schließlich, aber es klang resigniert, „nur nützt mir das leider herzlich wenig. Wissen Sie, was es heißt, für eine Tat im Gefängnis zu landen, die man nicht begangen hat? Für ein Verbrechen, das nie stattgefunden hat?"
„Ich kann es mir vorstellen."
„Das können Sie nicht! Glauben Sie mir. Jeden verdammten Tag im Knast habe ich mich gefragt, warum ich gerade an diese Frau geraten bin. Sie war so blind vor Eifersucht und Rache. Ich habe noch nie in meinem Leben etwas gestohlen, und ich habe noch nie jemandem etwas angetan. Meine einzige Verfehlung war, dass ich meine Freundin betrogen habe. Die Strafe dafür war zu hart. Und jetzt auch noch Veronica."
Er brach ab und sie gingen still nebeneinander her, bis ein blauer PKW in ihr Blickfeld kam, der sich langsam näherte und schließlich an ihnen vorüberfuhr. Das Fenster auf der Fahrerseite war heruntergekurbelt. Der Fahrer winkte Boehse einen freundlichen Gruß zu.
„Wer ist das?", wollte Karla wissen.
„Das ist Jacob Hammer, unser Zeitungsfahrer", antwortete Boehse, froh, das Thema wechseln zu können. „Eigentlich ist er ja Kunstmaler und hat in Retzow eine kleine Galerie. Aber als Künstler hat man es schwer in dieser Gegend. So verdient er sich eben etwas dazu."
„Kommt er jeden Morgen hier entlang?"
Boehse hob bedauernd die Schultern.
„Ich weiß nicht. Meist bin ich um diese Zeit ja noch im Bett."
Mittlerweile standen sie vor seinem Haus. Der Sonnenaufgang färbte den Himmel erwartungsvoll rot. Auch dieser Tag schien heiß und wolkenlos zu werden.
„Kommen Sie doch rein", forderte er Karla auf, „ich koche uns einen Kaffee."
Er betätigte den Lichtschalter und Karla betrat nach ihm den kleinen Flur und das angrenzende Wohnzimmer. Auf dem Tisch lagen Fotoalben, alte Briefe und Postkarten. Während Boehse sich sofort in der Küche zu schaffen machte, trat Karla näher an den Tisch, blätterte in einem der Alben. Die

Bilder darin waren sorgfältig beschriftet. „Taufe Veronica“ stand unter einem der Fotos, auf dem ein Kind im weißen Kleidchen auf dem Arm seines Vaters ruhte, der stolz in die Kamera blickte. Die Frau hielt den Arm ihres Gatten. Auf der nächsten Seite zeigten mehrere Bilder dasselbe Pärchen. Diesmal hielten sie ein Kleinkind an der Hand. Es folgten Fotos von Boehse selbst – seine eigene Hochzeit.
„Sie waren verheiratet?“, fragte Karla, als er mit zwei Tassen dampfenden Kaffees das Zimmer wieder betrat.
„Ja. Wie Sie sehen. Ist leider auch nicht gut gegangen.“
„Warum nicht?“
„Als die Mauer aufging, wollte meine Frau einfach raus in die Welt. Lychen und das alles hier ödeten sie an. Ich wollte aber nicht weg. Mir ging es gut hier.“
„Und wo ist sie jetzt?“
„Sie lebt mit ihrem neuen Mann in München. Ab und an schreibt sie mal eine Karte, wenn er sie lässt oder es nicht merkt. Er hat reichlich Geld, aber ich glaube, sie ist trotzdem nicht glücklich.“
„Das klingt, als wenn Sie sie immer noch sehr mögen.“
„Vielleicht. Ich denke nicht mehr drüber nach.“
Resolut klappte er das Album zu und schob die alten Briefe und Postkarten zusammen, um Platz für die Tassen zu schaffen.
„Ich werde versuchen, Ihnen zu helfen“, erklärte Karla, „vielleicht finde ich irgendeinen Anhaltspunkt, um den Prozess von damals neu aufzurollen.“
Er sah erstaunt von seiner Tasse hoch.
„Und was haben Sie davon? Was habe ich davon?“
„Ich mache diesen Job, weil ich an Recht und Gerechtigkeit glaube. Und ich kann es nicht leiden, wenn man die Falschen einsperrt.“
„Das klingt sehr idealistisch“, erklärte er nach einer Weile lächelnd, „das hätte Veronica auch nicht anders formuliert.“
Karla spürte, dass er ihr Vorhaben nicht sonderlich ernst nahm. Scheinbar glaubte er nicht, dass sie tatsächlich den Fall neu aufrollte. Oder er versprach sich davon keinen Erfolg.
„Was ist falsch daran, wenn man Werte hat, für die es sich zu arbeiten lohnt?“
Er schwieg einen Moment.
„Nichts“, antwortete er, „gar nichts. Aber Sie sehen ja, wohin das führen kann.“
„Sie glauben, der Tod Ihrer Nichte hat mit ihrer politischen Arbeit zu tun?“
„Ich weiß nicht, was ich glauben soll. Wenn die Vergewaltigung nicht gewesen wäre, hätte ich sofort ja gesagt. Aber so....“

„Es tut mir Leid, dass Sie Ihre Nichte verloren haben“, entgegnete Karla leise, trank den letzten Schluck aus und erhob sich. Boehse begleitete Sie zur Tür.
„Wussten Sie, dass Veronica vor einem halben Jahr eine nicht ganz unkomplizierte Abtreibung hatte?“, fragte sie, während sie ihm zum Abschied die Hand reichte.
„Ja“, erwiderte er zu ihrem Erstaunen, „sie hat es mir erzählt.“
„Sie scheinen der einzige zu sein, dem sie sich anvertraut hat. Hat Sie Ihnen auch erzählt, von wem Sie das Kind erwartete?“
Er schüttelte den Kopf. „Sie hat nur erzählt, dass sie ihn sehr mag und er ihre Entscheidung nicht verstehen würde. Deshalb hat sie ihm nichts davon erzählt.“
„Haben Sie sie denn gar nicht danach gefragt?“
„Doch, natürlich. Aber sie war ein stures Mädel. Wenn sie sich in den Kopf gesetzt hatte, es niemandem zu sagen, dann sagte sie es auch niemandem.“ Sein Lächeln war voll Trauer.
„Aber scheinbar wollte sie auch niemandem von der Abtreibung erzählen und hat sich dann doch an Sie gewandt“, bohrte Karla nach.
„Veronica besuchte mich an einem Tag, an dem es mir nicht besonders gut ging. Ich hatte mal wieder Pech bei einer Bewerbung und bemitleidete mich selbst. Sie hat mich wohl eher eingeweiht, um mich von meinen eigenen Sorgen abzulenken.“
„Verstehe. Danke, Herr Boehse. Auf Wiedersehen.“
„Viel Glück“, flüsterte er ihr unhörbar hinterher und schloss die Tür.

19.

Karla ging noch einmal zurück zum Tatort. Mittlerweile war die Sonne richtig aufgegangen, der Platz mit den frisch gepflanzten Blumen hell erleuchtet. Warum, so fragte sie sich, war Boehse der einzige, der Blumen zu diesem Ort brachte? Berührte die Lychener der gewaltsame Tod von Veronica Frühauf nicht? Während sie über das Gelände ging, beschaute sie sich die alten verfallenen Häuser näher. Warum hatten die Täter ihr Opfer nicht in eines der Häuser geschleppt? Dort wäre die Gefahr, entdeckt zu werden, erheblich geringer gewesen. Hatte sich die junge Frau zu heftig zur Wehr gesetzt oder gab es einen anderen Grund? Sie schritt auf eines der einstmals sicher wunderschönen Gebäude zu und versuchte, die Tür zu öffnen. Sie gab mit einem krächzenden Geräusch nach. Es standen immer noch einige Schränke in den Räumen und wieder entdeckte Karla das rote Kreuz auf einer der Wände. Ob die Kollegen auch die Häuser im Umkreis der Tat auf Spuren untersucht hatten? Sie zückte ihr Handy und wählte die Eberswalder Nummer. Peter Grumm hatte Dienst. Auf ihren Wunsch überflog er den Bericht der Kollegen.

„Nein", bestätigte er dann ihre Vermutung, „in den Häusern wurde nicht nach Spuren gesucht."

„Verdammt – warum nicht?"

„Weiß ich doch nicht. Soll ich die Spurensicherung noch einmal schikken?"

„Ja – aber sie sollen sich beeilen. Und sie sollen auf jeden Fall die beiden nächstgelegenen Gebäude untersuchen."

„Geht klar."

Es war bereits sieben Uhr, als Karla endlich den Tatort verließ und sich auf den Weg zurück in ihre Unterkunft machte. Ihr fiel ein, dass Christoph wahrscheinlich schon wach war. Eine Bäckerei am Marktplatz öffnete gerade, als sie dort vorbeikam. Der Duft der frischen Brötchen verführte sie und zog sie hinein. Die Verkäuferin, eine füllige Mittvierzigerin mit rosiger Gesichtsfarbe, packte flink die Backwaren in eine Tüte.

„Det macht zwei Euro zehn", sagte sie und reichte ihr den Beutel.

Karla zählte die Geldstücke in ihre Hand.

„Sind Se nich die Kommissarin, die hier wegen dem Mord ermittelt?"

„Sieht man mir das an der Nasenspitze an?"

„Nee – aber für ne Touristin sind se zu früh und aus'm Ort sind se ooch nich. Außerdem kann man Ihre Pistole sehn."

„Oh". Karla bemühte sich, ihre verrutschte Jacke wieder über ihren Pistolenhalfter zu ziehen.

„Kannten Sie die Tote?"

„Jeder hier kannte die. Der Ort ist ja nich so groß und sie hatte halt ne große Klappe. Et gab ja nischt, wozu se nich ihren Senf abjejeben hat."

„Hat sie das gestört?"

„Mir war det ejal. Aber nich alle im Ort fanden det jut. Viele meinten, sie würde et übertreiben mit dem Naturschutz und den janzen grünen Spinnereien. Dadurch würden keene Arbeitsplätze herkommen, sondern noch welche abjebaut werden. Aber ejal – et is schaurig, wat da passiert ist. Es jibt keenen, der det jut findet. Und die Frauen hier ham jetzt Angst."

„Warum legt dann niemand Blumen an den Tatort? Alle scheinen hier so unbeteiligt."

„Weil wa nich gleich in Scharen da hin rennen und heulen? Wir machen det anders. Heute nachmittag um drei jibts nen extra Gottesdienst und der Bürgermeister hat um vier zu ner Jedenkstunde ins Rathaus einjeladen."

„Ach so."
Karla verabschiedete sich und lief strammen Schrittes zurück zu ihrer Unterkunft. Sie hatte sich umsonst beeilt. Ihr Mann schlief noch. Leise brachte sie die Brötchen in die kleine Küche und ging zurück ins Schlafzimmer, um ihn zu wecken. Als sie sich über ihn beugte, schlang er die Arme um sie.
„Wo warst Du denn so lange?"
„Ich dachte Du schläfst noch."
„Ich warte aber nur auf Dich."
Er zog sie zu sich ins Bett zurück.
„Ich muss arbeiten", sträubte sie sich und machte sich sanft aber nachdrücklich von ihm los, „aber ich kann Dir noch ein gemeinsames Frühstück anbieten, bevor ich los muss."
„Na schön", gab er nach und setzte sich auf die Bettkante, „ein Frühstück ist besser als gar nichts."

Eine Stunde später saß Karla in der Einsatzzentrale im Rathaus und beriet mit Teichmann das weitere Vorgehen.
„Hast Du etwas über die Zahlenfolge auf dem Zettel herausfinden können?", erkundigte sie sich.
„Ich habe aufgegeben und alles nach Eberswalde geschickt. Sollen sich die Kollegen dort weiter den Kopf zerbrechen."
„Hast Du eine Kopie gemacht?"
„Sicher."
Er öffnete einen Aktendeckel und reichte ihr ein Blatt Papier.
Wieder versuchte Karla selbst, hinter das Geheimnis der Zahlen zu kommen.
2 4 9 1 2 3 2 3 7 1 7 – sie fand einfach keine Bedeutung hinter den Zeichen.
„Ich habe sämtliche Entschlüsselungsmethoden versucht, die ich kenne", erklärte Teichmann, „es war vergeblich."
„Versuch es noch einmal, Sven."
„Können wir das nicht den Kollegen überlassen?", fragte er mürrisch.
„Die arbeiten ja dran, aber sie stecken nicht so sehr im Fall wie wir. Uns sind die Details einfach präsenter."
Karla stand auf und ging zur Tür.
„Wo gehst Du hin?", wollte Teichmann wissen.
„In Veronicas Wohnung. Irgendetwas habe ich übersehen."
„Was ist mit den Kollegen von der Spurensicherung? Die sind seit geraumer Zeit dabei, zwei leere Ruinen zu untersuchen. Sie warten auf einen Tipp von Dir, wonach sie genau suchen sollen."
„Ich rufe sie von unterwegs an."

20.

Vor der Zimmertür begegnete Karla einer jungen Frau mit kurzen Haaren, frechem Fransenhaarschnitt und einem Jeans-Minirock, der scheinbar direkt unter dem Bauchnabel endete. Sie sah so jung aus, dass sie eine Freundin des Opfers hätte gewesen sein können.
„Kann ich Ihnen helfen?“, fragte Karla freundlich.
„Sind Sie Karla Loewe?“, fragte sie zurück.
„Ja. Möchten Sie etwas aussagen?“
„Nein, ich möchte ein Interview mit Ihnen führen – über den Mord.“
Sie klang forsch, selbstsicher – etwas zu forsch für ihr Alter.
„Sind Sie die Reporterin vom Uckermark-Express?“
„Ja.“
„Ich sagte Ihnen doch schon am Telefon, dass ich keine Interviews geben darf“, erklärte Karla bestimmt, „wenden Sie sich an die Pressestelle.“
„Wenn Sie mir kein Interview geben, schreibe ich eben, was ich aus dem Ort so höre.“
„Tun Sie das“, sagte Karla und wollte ihren Weg fortsetzen.
„Das dürfte aber weder gut für Sie noch für den Herrn Bürgermeister sein, denke ich“, setzte sie frech hinterher und Karla drehte sich noch einmal um.
„Was Sie hier tun, nennt man Nötigung. Das ist strafbar.“
„Ich nenne das Journalismus. Sie haben es in der Hand, wie ich über Sie schreibe.“
„Lernt man diese Methoden in der Journalistenausbildung?“
„Das lernt man im Leben, Frau Loewe.“
„Und davon haben Sie ja schon eine Menge hinter sich.“
Die Journalistin ignorierte die Bemerkung über ihr Alter.
„Also – wann haben Sie Zeit?“, fragte sie.
„Rufen Sie die Pressestelle an“, zischte Karla. Ohne sich noch einmal umzusehen, setzte sie ihren Weg fort.

Noch einmal inspizierte Karla jeden Raum in der Wohnung von Veronica Frühauf, suchte nach etwas, das Hinweise auf eine Bedrohung geben konnte oder sie in irgendeiner anderen Form weiterbrachte. Sie zog erneut jede Schublade auf, schaute in die Ritzen der Polstermöbel. Besonders lange versuchte sie in der Küche ihr Glück. Doch dort stieß sie nur auf einen enormen Müslivorrat und mehrere Kilo Vollkornnudeln. Das Schlafzimmer war so klein und wenig möbliert, dass sie sich ausschließlich dem großen Bett widmete. Aber auch hier gab es nichts Ungewöhnliches zu entdecken. Mittler-

weile fragte sie sich, was sie überhaupt suchte. Wahrscheinlich recherchierte sie in die völlig falsche Richtung, wenn es sich um ein reines Sexualdelikt handelte. Aber irgendetwas sagte ihr, dass der Tod von Veronica Frühauf politisch motiviert war und das Sexualdelikt nur der Ablenkung diente.
„Verrenn Dich nicht", sagte sie zu sich selbst, während sie sich enttäuscht und ein wenig wütend auf die Bettkante setzte. Beinahe unbewusst griff sie nach dem rosa-geblümten Kissen, das Veronica liebevoll zur Dekoration dort hingelegt hatte und schlug mit der Hand darauf. Sie stutzte. Es fühlte sich hart an. Neugierig geworden, zog sie den Reißverschluss an der Unterkante auf. Zwischen zwei dünnen Schichten Baumwollvlies entdeckte sie ein Büchlein. Schnell zog sie es heraus und schlug es auf. Die Seiten waren voller unverständlicher Notizen und Zahlen. Immer wieder tauchte die Buchstabenkombination W.G. auf.
„Willibald Garstein", murmelte Karla, nahm das Büchlein an sich und machte sich auf den Weg zum Rathaus. Eine Polizeibeamtin kopierte jede Seite der Notizen und faxte sie nach Eberswalde. Die Kollegen von der Steuerfahndung und des Betrugsdezernats sollten sich das genauer anschauen.
Auf dem Rathausflur begegnete Karla wieder einmal dem Bürgermeister.
„Guten Tag, Frau Loewe", grüßte er freundlich-förmlich, „darf ich Sie zu unserer Trauerstunde heute Nachmittag einladen?"
Sie versuchte, sich die Enttäuschung, die seine steife Begrüßung in ihr auslöste, nicht anmerken zu lassen.
„Ich habe schon davon gehört. Natürlich werde ich kommen."
Sie standen sich gegenüber, sahen sich an. In seinen Augen lag Wehmut. Sie schalt sich innerlich dafür, dass es sie freute. Als eine Frau an ihnen vorbei ins Treppenhaus ging, berührte Karla beim Ausweichen seinen Arm für den Bruchteil einer Sekunde. Da war es schon wieder – dieses kleine mächtige Kribbeln, das sie so unvorsichtig werden ließ und doch so schön war.
„Vielen Dank noch einmal für die Einladung, Herr Muckwitz. Es wäre schön, wenn Sie bei der Veranstaltung darauf aufmerksam machen würden, dass wir für jeden Hinweis dankbar sind, jeder Spur nachgehen werden," sagte sie und war erleichtert darüber, dass ihr irgendetwas Sinnvolles eingefallen war.
„Selbstverständlich."
Er sah sie weiter an, bis sie seinem Blick nicht mehr standhalten konnte.
„War die Journalistin auch bei Dir... ähm..Ihnen?", fragte sie.
Ein kurzes freundliches Blitzen seiner Augen war die einzige Reaktion auf ihren Versprecher.
„Ja. Aber ich kann zu ihrem Artikel nicht viel beitragen."
„Sie hat mir gedroht, über die Sache am See zu schreiben."
„Du lässt Dir drohen?", fragte er augenzwinkernd.

„Mir ist egal, was sie über mich schreibt. Aber was ist mit Di.... Ihnen?"
„Wer will schon etwas darüber wissen, mit wem der Bürgermeister von Lychen zum Baden geht?"
„Ich muss dann."
„Ja klar", antwortete er traurigen Blickes. Dann wandte er sich ab und steuerte eines der umliegenden Dienstzimmer an.
Karla sah ihm nach. Er ging wie immer aufrecht, mit gleichmäßigem Gang. In diesem Moment trat aufgeregt Sven Teichmann auf den Flur.
„Die Ergebnisse der DNA-Analysen sind da."
Gemeinsam stürzten sie sich regelrecht auf die Untersuchungsergebnisse. Doch nach zehn Minuten schlugen sie enttäuscht die Akten wieder zu.
„In keinem Fall gibt es eine Übereinstimmung", resümmierte Teichmann.
„Eigentlich hatten wir doch mit diesem Ergebnis gerechnet", versuchte Karla, ihn etwas aufzumuntern.
„Hmm. Na, wenigstens kannst Du jetzt weiter mit dem Bürgermeister rummachen. Der ist ja raus aus'm Schneider."
„Lass das, Sven. Ich kann nicht dafür, dass wir noch nicht weiter sind."
„Er gefällt Dir doch. Das sieht man aus 100 Metern Entfernung."
„Ich bin verheiratet, Kollege. Schon vergessen?"
„Ich nicht, aber Du vielleicht?"
Sie buffte ihn am Arm.
„Quatschkopf. Mach Dir Gedanken über den Fall und nicht über mein Liebesleben."
„Letzteres ist derzeit aber leichter zu durchschauen."
Er grinste frech und sie warf einen Radiergummi nach ihm.

21.

Die Kirche war brechend voll, als Karla und Teichmann, von zahlreichen Blicken begleitet, zehn Minuten vor Beginn des Gottesdienstes dort erschienen. Sie tauchten ein in das allgemeine Gemurmel und Fußgescharre, bis die Pfarrerin, eine schlanke, sympathische Mittvierzigerin mit langem Haar und moderner Brille ein Lied anstimmte. Die Kommissare sahen sich erstaunt an, als „We shall overcome" erklang. Danach sang die Gemeinde „Sag mir, wo die Blumen sind." Karla und Teichmann konnten sich der Atmosphäre nicht entziehen und sangen leise mit. In der dritten Reihe entdeckte Karla die junge Journalistin. Auch sie sang scheinbar mit. Zumindest bewegte sie die Lippen zur Musik. Die versammelte Gemeinde wirkte ernst und erschüttert. All das, was Karla bei ihren Ermittlungen im Ort so vermisst hatte, Anteilnahme und Trauer, das spürte sie hier. Manche Gesichter waren tränennass, andere einfach nur erschüttert. In der ersten Reihe entdeckte sie Philipp Menzelbaum. Neben ihm saß eine ältere Frau, die seine Hand hielt. Karla vermutete, dass es sich um seine Mutter, die Apothekerin, handelte. Als die Pfarrerin in ihrer Rede auf das Engagement von Veronica Frühauf zu sprechen kam und deren Liebe zur Natur, schluchzte Philipp so laut, dass ein Raunen durch die Kirche ging.

„Sie war voller Liebe für ihre Heimat", führte die Pfarrerin aus, „und voller Enthusiasmus. Darin kann sie uns allen ein Vorbild sein. Auch noch nach ihrem Tod. Uns allen täte es gut, wenn wir in unseren Herzen das entzündeten, was in Veronica brannte."

Der Gottesdienst schloss mit einem Gebet, das auch die Arbeit der Polizei einbezog. Und als die Gemeinde die Kirche wieder verließ, begleitete sie die Melodie von „Time to say Goodbye".

„Sehr modern", flüsterte Karla Teichmann zu und sie spürte, dass auch er von der allgemeinen Stimmung ergriffen war.

„Schnapp Dir die Apothekerin", raunte Karla ihm zu, „vielleicht finden wir da ein Motiv."

„Die Mutter des Exfreundes? Was soll das bringen?"

„Hast Du nicht gemerkt, wie eng das Mutter-Sohn-Verhältnis ist? Sie hält seine Hand. Vielleicht war Eifersucht im Spiel."

„Na gut", fügte er sich und folgte Mutter und Sohn nach draußen.

Karla wartete, bis sie mit der Pfarrerin allein war.

„Ich bin Karla Loewe und leite die Ermittlungen im Fall von Veronica Frühauf", erläuterte sie.

„Ich weiß. Es dauert nicht lange, bis sich so etwas herumspricht. Mein Name ist Karin Hobrecht."

„Haben Sie Zeit, mir ein paar Fragen zu beantworten?"

Die Pfarrerin winkte Karla, ihr in einen der Nebenräume zu folgen.

Sie traten in einen freundlichen, hellen Raum, der mit allerlei Spielzeug und einem großen Tisch ausgestattet war, um den mehrere Stühle standen.

„Das ist unser Spielzimmer für die Kleinen", erklärte sie und lächelte dabei ein wenig.

„Ab und an hat Veronica hier mitgeholfen. Sie hat Kinder geliebt."

„Sie hatte vor einem halben Jahr eine Abtreibung", teilte Karla mit und wunderte sich, dass die Pfarrerin diese Nachricht kommentarlos und ohne ein Zeichen des Erstaunens zur Kenntnis nahm. Die beiden Frauen nahmen an dem Tisch Platz, Karla zückte einen Notizblock.

„Sie haben vorhin Lieder spielen lassen, die nicht unbedingt zum christlichen Liedgut gehören. Sie müssen verzeihen, wenn ich bezüglich der Abläufe von Gottesdiensten nicht mehr so ganz auf dem neuesten Stand bin. Ich war lange nicht in der Kirche. Ist das jetzt üblich oder hatte es einen bestimmten Grund?"

Karin Hobrecht nickte.

„Die meisten Leute gehen nur noch anlässlich von Familienfeiern in die Kirche oder am Heiligen Abend. Sie sind da keine Ausnahme. Im Allgemeinen hat sich in der Kirche schon etwas verändert. Besonders um die jüngeren Gemeindemitglieder wieder zu interessieren, wird vieles etwas unkomplizierter gehandhabt. Und wer vor seinem Tod schon festlegt, welche Lieder bei der eigenen Trauerfeier gespielt werden sollen, kann sich darauf verlassen, dass das in der Regel auch so geschieht."

„Wollen Sie damit sagen, Veronica hat sich die Lieder selbst bestellt?"

„Ja, das kann man so sagen. Sie war vor einigen Wochen bei mir und sagte, dass sie vielleicht nicht mehr lange zu leben hätte. Ich fragte sie, ob sie krank sei und sie hat das bestätigt. Ich nehme an, dies war der einzige Grund für den Schwangerschaftsabbruch, von dem Sie gerade sprachen."

„Wir haben bei der Obduktion keine lebensbedrohliche Krankheit feststellen können. Sagte sie wirklich, sie wäre krank? Erinnern Sie sich noch an den genauen Wortlaut? Bitte denken Sie noch einmal nach. Es ist sehr wichtig für uns."

Es entstand eine Pause, in der die Pfarrerin versuchte, sich das Gespräch zu vergegenwärtigen.

„Sie sagte, es sei eine Krankheit auszumerzen. Es gäbe noch Hoffnung, aber sie müsse auch das Schlimmste in Betracht ziehen."

„Könnte damit auch etwas anderes gemeint gewesen sein? Politische Fehlentwicklungen zum Beispiel?"

„Ich habe das damals nicht vermutet. Aber angesichts der jetzigen Entwicklung kann ich Ihre Frage nicht mehr verneinen. Doch warum dann die Abtreibung?"

„Vielleicht wollte sie keine eigenen Kinder?"

„Doch, wollte sie. Letzten Herbst hat sie sich mit mir bei der Vorbereitung des Erntedankfestes darüber unterhalten. Sie war sehr überzeugt davon, dass sie eigene Kinder haben würde."

Karla stand auf und steckte ihren Block wieder ein.

„Vielleicht werden unsere Ermittlungen etwas mehr Klarheit bringen." Sie bedankte sich der Pfarrerin.

„Sie haben mir wirklich sehr geholfen."

Teichmann war derweil Philipp Menzelbaum und seiner Mutter auf den Vorplatz zur Kirche gefolgt. Die beiden versuchten, den Beileidsbekundungen auszuweichen, indem sie schnellen Schrittes die Kirche hinter sich ließen. Philipps traurig herunterhängende Schultern lösten Mitleid in ihm

aus. Vielleicht ließ er ihnen deshalb etwas Zeit und holte sie erst in einer Seitenstraße ein.
„Frau Menzelbaum, haben Sie einen Moment Zeit für mich? Mein Name ist Sven Teichmann. Ich bin von der Kripo und ermittle im Fall Frühauf."
„Jetzt?", fragte sie erstaunt und warf einen Blick auf ihren Sohn, „wir kommen gerade von der Kirche. Mein Sohn..."
„Ist schon gut", unterbrach sie Philipp, „ich gehe allein nach Hause."
Teichmann blieb mit der Apothekerin zurück, während Philipp sich entfernte.
„Nun?", fragte sie auffordernd, „womit kann ich Ihnen helfen?"
„Erzählen Sie mir einfach etwas von Veronica. Sie ist bei ihnen ein- und ausgegangen. Sie müssen Sie gut gekannt haben."
„Wann kennt man einen Menschen gut?", fragte die ältere Dame. Sie wirkte traurig, „wenn man ihn täglich sieht, miteinander zu Mittag isst? Ich dachte, Veronica zu kennen, aber es gab einen Zeitpunkt, wo ich feststellen musste, dass dies nicht so einfach war."
„Können Sie das konkretisieren?"
„Veronica und Philipp – das war ein tolles Paar. Sie waren wie füreinander geschaffen. Beide waren so verliebt, so umeinander besorgt, verstanden sich in jeder Hinsicht. Er hat ihre politischen Ansichten geteilt, auch wenn er sie nicht so vehement vorbringen konnte, wie sie es tat. Er ist aus einem anderen Holz geschnitzt. Philipp hat ihr einen Antrag gemacht, wollte heiraten. Niemals hätte ich geglaubt, dass sie ablehnen würde, sich sogar von ihm trennt. Sie kam danach viel seltener zu uns, obwohl die beiden befreundet blieben. In den letzten Wochen habe ich sie wieder öfter bei uns gesehen, aber Philipp wollte nicht mit mir darüber sprechen."
„War sie die Schwiegertochter, die Sie gern gehabt hätten?"
„Veronica war intelligent, humorvoll, enthusiastisch und hatte ein enormes Temperament. Sie war mitreißend und bildschön. Was könnte eine Schwiegermutter mehr erwarten?"
Die Apothekerin wischte eine Träne fort.
„Vielleicht eine andere politische Einstellung?"
„Ich habe Veronicas Ansichten geteilt", erwiderte sie temperamentvoll, „und ich tue es noch! Und wenn die im Stadtrat jetzt denken, ohne Veronica würde es leichter werden, dieses bescheuerte Hafenprojekt umzusetzen, dann werden die sich wundern! Es wird Zeit, dass ich mich auch etwas mehr einmische."
Teichmann schmunzelte ein wenig über den leidenschaftlichen Gefühlsausbruch der älteren Dame. Es blieb ihr nicht verborgen.
„Denken Sie nur nicht, dass Enthusiasmus eine Eigenschaft ist, die der

Jugend vorbehalten ist. Im Alter nennt man das Sturheit und Beharrlichkeit."

Teichmann bemühte sich, möglichst schnell zum Thema zurückzukehren.

„Aber Frau Frühauf war nicht überall beliebt. Man hört auch andere Töne."

„Sie ist ein paar von unseren Unverbesserlichen auf die Nerven gegangen. Die haben damals in der DDR immer brav mitgemacht. Jetzt schwenken sie ihre Fahne wieder dorthin, wo ihnen irgendjemand irgendetwas verspricht. Meist sind es Arbeitsplätze, die dann doch nicht kommen. Aber die meisten hier haben sie gemocht – auch wenn sie nicht alle ihrer Meinung waren."

„Können Sie mir Namen derjenigen sagen, mit denen Frau Frühauf die meisten Auseinandersetzungen hatte?"

„Das ist nicht schwierig. Walter Müller besitzt den größten Sportbootverleih und erhofft sich ein noch besseres Geschäft, Wilfried Leng ist Fischer und meint, der Kormoran würde mehr fressen, als er selbst fangen kann, und gehört daher ausgerottet und Willibald Garstein ist dieser sogenannte Investor, der den Hafen umbauen will. Die anderen sind zurückhaltend, versuchen in der Regel einen Ausgleich zu finden zwischen den verschiedenen Interessen."

Teichmann hatte eifrig mitgeschrieben und klappte nun sein Notizbuch zu.

„Danke, Frau Menzelbaum. Das wäre es erst einmal."

„Gern geschehen. Und wenn ich noch irgendetwas tun kann, um zu helfen, diesen Mistkerl zu finden, dann lassen Sie es mich wissen."

„Gern. Übrigens – es waren zwei Täter. Vergewaltigt wurde sie jedoch nur von einem."

„Zwei Männer?", fragte sie bestürzt.

„Ja, es wurden Fußabdrücke von zwei Personen am Tatort gefunden. Sie trugen ähnliche Schuhe."

„Was für Schuhe?"

„Grobe Arbeitsschuhe oder Springerstiefel, wenn Sie wissen, was ich meine."

„Springerstiefel...", sagte sie nachdenklich, „das erinnert mich an etwas. Letztens waren zwei so junge Kerle in Lychen – mit Glatzen, diesen komischen Stiefeln und Runenschrift auf dem T-Shirt. Aber nach ein paar Tagen waren sie wieder verschwunden. Ich dachte, sie hätten irgendwo am See ihre Ferien verbracht."

„Wurden die beiden durch ihr Verhalten auffällig?"

„Soweit ich weiß, haben Sie sich hier nichts zu Schulden kommen lassen."

„Könnten Sie die Männer beschreiben?"

„Ich könnte es versuchen."

„Gut, dann kommen Sie doch morgen um 9.00 Uhr ins Rathaus."
Sie überlegte kurz.
„Ginge es auch etwas früher? Ich muss ab 9.00 Uhr die Apotheke öffnen."
„Ist Ihnen 8.00 Uhr recht?"
„Ja, das lässt sich machen."
Teichmann verabschiedete sich und schlenderte nachdenklich zurück zum Rathaus.

Die beiden Kommissare trafen als Letzte im großen Saal des Rathauses ein. Karla beobachtete, wie die Reporterin durch die Reihen ging und Fragen stellte. Auch hier waren sämtliche Sitzplätze belegt. Trotz der Hitze, die draußen herrschte, hatte sich Gerald Muckwitz einen schwarzen Anzug angezogen, darunter ein weißes Hemd. Es gefiel ihr, wie er dort kerzengerade stand, ab und an mit ernstem Gesicht einzelne Personen mit Handschlag begrüßte. Als er ans Pult trat, erstarb das Raunen und Flüstern im Saal.

„Liebe Mitbürgerinnen und Mitbürger", begrüßte er die Anwesenden, „dies ist ein trauriger Tag für unseren Ort. Traurig aus zweierlei Gründen. Zum einen haben wir eine junge Frau aus unserer Mitte verloren, die sich mit großem Enthusiasmus für Lychen und ihre Heimat eingesetzt hat. Zum anderen müssen wir feststellen, dass Gewalt und Hass auch uns erreicht haben. Es könnte sogar sein, dass der Mörder von Veronica zu unseren Nachbarn gehört."
„Das ist doch gar nicht gesagt", unterbrach ihn ein halblauter Zwischenruf, dem zustimmendes Gemurmel folgte. Der Zwischenrufer fühlte sich bestätigt und schob noch einen Satz hinterher. Diesmal bewusst so laut, dass man ihn im ganzen Saal hören konnte.
„Solange die Polizei keinen Lychener verhaftet hat, glaube ich nicht, dass es einer von hier war."
Wieder kam Zustimmung aus dem Saal.
Muckwitz ergriff erneut das Wort.
„Ich wünsche genau wie Ihr, dass es sich beim Täter nicht um einen Lychener handelt. Aber wer wusste denn schon, dass Veronica morgens oft in die Helenen-Kapelle ging? Sollte es Zufall sein, dass der Vergewaltiger und Mörder sie genau dort um diese Zeit antraf? Und warum wurde vorher ein Loch in den Zaun geschnitten?"
Mittlerweile war es mucksmäuschenstill geworden. Alle Augen richteten sich auf, der mit seiner Rede fortfuhr.
„Wir wissen noch nicht, welches Motiv der Täter hatte. Ob es ein Triebtäter war oder ob sich mehr dahinter verbirgt. Was wir wissen ist, dass Veronica sich vehement gegen das Projekt von Willibald Garstein am Lychener Ha-

fen eingesetzt hat. Sie hat uns dafür vernünftige Gründe genannt. Gründe, die die Stadtverordnetenversammlung dazu brachten, dem Projekt vorerst nicht zuzustimmen. Bereits gestern rief mich Herr Garstein an und fragte, ob wir nach dem Tod von Veronica an dieser Entscheidung noch festhalten wollen."
Wieder wurde er von einem heftigem Stimmengemurmel unterbrochen. Diesmal schienen die Leute ehrlich entrüstet zu sein.
„Ich habe ihm geantwortet", fuhr Muckwitz fort, „dass wir erst dann wieder über das Projekt diskutieren werden, wenn der Mord aufgeklärt ist."
Aus dem Publikum war verhaltener Applaus zu vernehmen. In der ersten Reihe setzte sich stimmlich jedoch ein dicker, älterer Herr mit schütterem Haupthaar durch.
„Das ist doch Quatsch, Gerald. Das eine hat doch mit dem anderen gar nichts zu tun. Hier geht es um die Zukunft, um Arbeitsplätze."
„Du kannst das Thema gern in der nächsten Sitzung anschneiden, Karl", antwortete Muckwitz, jetzt sichtlich verärgert. „Aber noch bin ich der Bürgermeister von Lychen, und ich werde dieses Thema erst wieder diskutieren, wenn klar ist, wie Veronica Frühauf zu Tode kam und wer ihr Mörder ist."
Die Zustimmung des Publikums war Muckwitz jetzt sicher. Er nutzte die Situation, um fortzufahren.
„Aber wir sind heute nicht hier, um Politik zu machen. Wir sind hier, um eine junge Frau, die hier geboren wurde, hier aufwuchs und sich hier engagierte, zu verabschieden. Leider ist es kein „Auf Wiedersehen" sondern ein „Adieu". Und deshalb möchte ich gern Veronica uns allen hier noch einmal vor Augen führen, möchte sie hier vor Eurem geistigen Auge noch einmal auferstehen lassen, in dem ich an Aktionen von ihr erinnere. Ihr habt sicher nicht vergessen, dass sie mit dreizehn einen Brief an den damaligen Bürgermeister schrieb, in dem sie ihn bat, darauf aufzupassen, dass die Lychener Seen nicht weiter verschmutzt werden. Sie fragte, warum noch immer manche Datschenbesitzer nicht an das allgemeine Abwassersystem angeschlossen sind. Der Brief wurde im Lychener Anzeiger abgedruckt. Mit sechzehn machte sie bereits Eingaben an die Stadtverwaltung mit konkreten Vorschlägen zur umweltfreundlichen Verbesserung der Infrastruktur. Der Zebrastreifen bei der Bootsumtragestelle geht auf ihren Vorschlag zurück. Aber sie war auch streitbar, beließ es nicht immer bei Vorschlägen. Wie Ihr wisst, hat sie sich Fischer, Angler, Sportbootfahrer und Landwirte nicht gerade zu Freunden gemacht. Wenn wir jedoch ehrlich sind, ist viel Richtiges an dem, was sie uns sagte. Der Stadtsee eutrophiert immer mehr, so wie sie es vorhergesagt hat. Und solange sich Anwohner darin waschen und Sportboote ihren Abfall ungestraft dort entleeren, wird es sich auch nicht ändern. Ich denke, wir sollten in Erinnerung an Veronica dazu übergehen, bei jeder Sache, die

wir beschließen, noch stärker als bisher darüber nachzudenken, ob das der Stadt langfristig dient oder nur kurzfristige Interessen dahinter stehen. Lasst uns Lychen mit denselben liebevollen Augen sehen, wie sie es tat."

An dieser Stelle wurde Muckwitz erneut von respektvollem Beifall unterbrochen.

„Zum Schluss noch eine Bitte an alle: Wer einen Verdacht oder einen Hinweis für die Polizei hat, sollte sich umgehend bei Kommissarin Karla Loewe melden, die auch hier im Saal ist." Er wies mit der Hand in ihre Richtung. Einige der Rücken drehten sich zu ihr um. Sie nutzte die Chance und schrieb ihre Handynummer an eine im hinteren Teil des Raumes stehende Tafel.

„Noch eine Frage, Herr Bürgermeister", hörte Karla währenddessen die Stimme der Reporterin.

„Ja, bitte", antwortete Muckwitz.

Karla drehte sich um. Sophie Allenstein, die in der Mitte des Raumes einen Außenplatz eingenommen hatte, war aufgestanden. Den Minirock hatte sie an diesem Tag gegen ein schwarzes, seriöses Kostüm getauscht.

„Haben Sie eine Erklärung für die Vorkommnisse am Stiepensee?"

Einige lachten leise.

„Der Diebstahl wird von der Polizei verfolgt", antwortete Muckwitz.

„Halten Sie es für richtig, dass Polizeibeamte während der Dienstzeit baden gehen?"

Mittlerweile hielten die versammelten Bürger die Luft an. Jedenfalls schien es so, denn es war mucksmäuschenstill im Saal.

„Bei 36 Grad im Schatten ist das Baden in der Mittagspause aus meiner Sicht ein Menschenrecht."

Wieder ertönte leises Lachen. Bevor die Reporterin die nächste Frage stellen konnte, schloss Muckwitz die Versammlung. Der Saal leerte sich rasch, aber es war Karla unmöglich, sich dem Strom der Menschen anzuschließen. Sie blieb genau dort stehen, wo sie auch während der Ansprache von Muckwitz gestanden hatte. Auch Muckwitz verließ seine Position nicht. Er schüttelte wieder Leuten die Hand, die an ihm vorbei ins Freie strömten, richtete kurze Worte an Bekannte. Der Mann, den er während der Rede mit Karl angesprochen hatte, klopfte ihm zum Abschied jovial auf die Schulter. Sie konnte es bis zu ihrem Platz spüren, dass er die Geste über sich ergehen ließ. Karl gehörte wohl zur konkurrierenden Partei. Sie wartete so lange, bis sie beide allein waren im großen Bürgersaal und sich über leere Stuhlreihen hinweg ansahen.

„Du warst gut", sagte Karla und merkte, dass er sich über das vertrauliche Du freute.

„Es war meine Pflicht. Veronica soll nicht vergessen werden."

„Mit der Zeit wird sie es."

„Ich habe vor, nächstes Jahr an ihrem Todestag dasselbe zu machen."
„Aber dann wird der Saal nicht mehr so voll sein."
„Wer weiß das schon?"
Er trat einige Schritte auf sie zu und blieb dann in der Mitte des Raumes stehen.
„Es ist immer so", antwortete Karla, „die Zeit heilt, aber sie macht auch vergessen."
Jetzt war sie es, die einige Schritte zur Saalmitte hin machte. Als er nur noch wenige Meter entfernt war, blieb sie stehen.
„Die Zeit hat noch eine Tücke", sagte er so leise, dass sie Mühe hatte, seine Worte zu verstehen, „sie vergeht unglaublich schnell. Und plötzlich stellt man fest, dass man all die Dinge die man aufgeschoben hat, nicht mehr tun kann, dass man sein Leben nicht aufschieben kann."
Als sie nichts erwiderte, kam er ein Stück näher.
„Das Leben ist so kurz, Karla. Warum wollen wir es nicht genießen, solange es geht?"
„Was meinst Du mit genießen", fragte sie ihrerseits und stand plötzlich dicht vor ihm.
„Du weißt genau, was ich meine", flüsterte er und strich wieder einmal eine ihrer Haarlocken zärtlich aus der Stirn, bevor er sich zu ihr hinabbeugte, um sie zu küssen.
Sie wich ihm mit einer raschen Geste aus, legte wieder mehr Abstand zwischen sich und ihn.
„Ich bin verheiratet, Gerald. So einfach ist das nicht."
Er wirkte bestürzt.
„Du trägst keinen Ehering."
„Ringe – das ist doch nur eine Erfindung für die Anderen. Ich brauche keinen Ring."
„Verstehe."
Sie schwiegen, bis Karla nach ihrer Tasche griff.
„Ich muss los – Veronicas Mörder finden."
„Ja", sagte er, und sah zu, wie sie mit schnellen Schritten, fast als würde sie fliehen, den Raum verließ. An der Tür drehte sie sich noch einmal um.
„Warum hast Du mir nicht erzählt, dass Veronica oft in die kleine Kapelle gegangen ist? Es engt den Täterkreis auf diejenigen ein, denen diese Angewohnheit bekannt war."
„Es ist mir selbst vorhin erst wieder eingefallen."
Vor der Tür begegnete Karla Sophie Allenstein.
„Na, Frau Kommissarin, wollen Sie mir nicht doch ein paar Minuten Ihrer kostbaren Zeit opfern?"
Karla eilte ohne Antwort an ihr vorbei.

22.

Als Karla am Abend zurück in die Ferienwohnung kam, fand sie eine Notiz von Christoph auf dem Esstisch.
„Kann heute Nacht leider nicht bei Dir sein. Professor Werner ist erkrankt und ich muss einen Vortrag auf einer Tagung für ihn in Berlin übernehmen. Bin morgen zurück. Ich küsse Dich. Ch."
Mit einem Mal fühlte sie sich allein. Sie hatte irgendwie gehofft, mit ihm den Fall besprechen zu können. Vielleicht wollte sie ihn auch um sich haben, um zu spüren, dass er zu ihr gehörte. Nach kurzem Überlegen griff sie zum Handy und rief Teichmann an.
„Hast Du schon etwas gegessen?"
„Ich wollte mir gerade ein Bier aufmachen", antwortete er gut gelaunt.
„Ich sagte essen, nicht trinken."
„Mein Opa sagte immer, ‚Bier is nischt weiter als flüssjet Brot'."
„Na dann – hast Du noch eins da?"
„Lass uns lieber etwas Richtiges essen gehen. Ehrlich gesagt – ich hatte nur keine Lust, allein loszuziehen."
„Treffen wir uns dort, wo wir letztens waren?"
„O.k. Dann bis gleich."
Als die Kommissare das kleine Restaurant betraten, verstummten an einem Nebentisch zwei gut gekleidete Herren mit grauen Schläfen, die zuvor in ein intensives Gespräch vertieft waren. Kurz darauf zahlten sie und gingen.
„Wer waren die beiden?", fragte Karla den Wirt, als er ihnen das Bier brachte.
„Wir nennen sie „Die Greifer". Sie sind so etwas wie eine Vortruppe von Garstein. Er schickt sie in die Restaurants, Cafés und überall hin, wo man mit Touristen Umsatz macht. Da bequatschen sie dann die Betreiber, dass sie sich für das Hafenprojekt aussprechen sollen. Und wenn einer im Stadtrat sitzt, wie ich, wird der öfter mal beehrt. Dank Ihres Erscheinens bin ich sie hoffentlich für heute los."
„Und sind die beiden erfolgreich?", erkundigte sich Teichmann.
„Den einen oder anderen werden sie vermutlich weich kriegen damit."
„Und Sie?", fragte Teichmann.
„Ich bin nicht käuflich."
„Können Sie sich das leisten?"
Provokativ ließ Teichmann seinen Blick im Gastraum umherschweifen.
„Wissen Sie", erwiderte der Wirt nun reserviert, „in der DDR habe ich gelernt, dass es Dinge gibt, die man nicht mit Geld bezahlen kann. Freiheit zum Beispiel, einen aufrechten Gang oder auch gutes Benehmen!"

Er stellte schwungvoll die Biere auf den Tisch und verschwand wortlos. Als er später kassierte, begegnete er ihnen mit derselben Reserviertheit. Karla wartete, bis Teichmann das Restaurant verlassen hatte und ging noch einmal auf den Wirt zu.
„Mein Kollege ist manchmal etwas unüberlegt mit seinen Bemerkungen. Nehmen Sie es ihm nicht übel."
„Gewöhnen Sie es ihm ab, sonst wird er hier im Osten keine Sonne sehen", grummelte der Gastwirt etwas milder.
„Ich bin dabei. Aber jeder Lernprozess braucht seine Zeit."
Als Karla zu Teichmann auf die Straße trat, wurde es langsam dunkel. Sie schlenderten schweigend die kleine Straße hinunter, verweilten an einer Brücke, die ihnen den Blick auf einen See freigab. Auf dessen Oberfläche spiegelten sich ein paar rosarote Wolken.
„Welcher von den sieben Seen ist das jetzt?", wollte Karla wissen.
Teichmann zog aus seiner Hosentasche die verkleinerte Kopie des Ortsplanes, die er ständig mit sich herumtrug. Das Papier war schon reichlich zerknickt. Er zog es sorgfältig auseinander, bemühte sich, die Lesbarkeit zu erhöhen, in dem er es straff hielt. Im Schein der Laterne versuchte er, etwas darauf zu erkennen.
„Oberpfuhl", sagte er schließlich mit fester Stimme, als wollte er jegliche Diskussion über die Richtigkeit seiner Aussage gleich im Keime ersticken. Doch Karla hatte gar keine Lust, seine Worte anzuzweifeln. Eigentlich war es ihr auch egal, wie der See hieß. Er hätte sie auch verzaubert, wenn er namenlos gewesen wäre.
„Schön schaut er aus", sagte sie.
„Sehr schön", bestätigte Teichmann.
Nach einigen Minuten, in denen sie nur so standen und schauten, schlenderten sie eine kleine Gasse hinab, um noch näher ans Wasser zu gelangen. Eine malerisch gelegene Parkbank verführte Karla dazu, noch eine kurze Rast einzulegen.
„Warum hast Du Dich hierher versetzen lassen, wenn es Dir hier nicht gefällt und Du die Menschen nicht magst", fragte sie.
Teichmann setzte sich zu ihr.
„Bis vor kurzem hatte ich in Eberswalde eine Freundin."
Karla konnte sich ein Lächeln nicht verkneifen.
„Du und eine Ost-Frau?"
„Na und?", grummelte er. Es klang, als bereute er schon jetzt sein Bekenntnis.
„Warum seid Ihr nicht mehr zusammen?"
Er schwieg einen Augenblick, als müsse er überlegen, ob er weiter darüber sprechen wollte. Aber dann fuhr er schließlich fort.

„Als meine Versetzung durch war, fiel ihr auf, dass ihre Gefühle für mich vielleicht doch nicht für eine richtige Beziehung reichen. Jetzt bin ich nicht nur allein an einem Ort, wo ich kaum einen kenne, ich habe auch noch eine viel zu große Wohnung zu finanzieren und einen Kredit für die Einrichtung abzuzahlen."
„Daher deine Ossi-Manie! Aber Du kannst doch nicht, nur weil Du Pech hattest, von einer auf alle schließen.".
„Weiß ich doch. Aber es hilft, die Wut loszuwerden."
Karla legte ihre Hand auf seinen Arm.
„Wer nichts riskiert, wird es auch nie zu was bringen, Kollege. Wenn es Dir hier nicht gefällt, dann versuche doch, Dich wieder zurückversetzen zu lassen."
„Es gefällt mir ja hier – sehr sogar. Auch ohne Sandra."
„Aber?"
„Weiß nicht. Ich muss erst drüber weg."
Karla hakte sich bei ihm ein, als sie die kleine Gasse zurückschlenderten.
„Mach nicht den Fehler, andere verantwortlich zu machen für das eigene Leben", sagte sie, als sie sich an der nächsten Kreuzung trennten.
„Besser als alles zu riskieren, was man hat, nur wegen eines Abenteuers", gab er zurück, „und jetzt schau nicht so, als wüsstest Du nicht, was ich meine."
„Nicht alles im Leben lässt sich steuern", antwortete sie und löste ihren Arm aus seinem. „Bis morgen."
Sie winkte ihm noch einmal aufmunternd zu, bevor sie um die Ecke bog und ihn aus ihrem Gesichtskreis verlor. Mit einem Mal war sie allein. Plötzlich spürte sie die Dunkelheit, nahm die Stille wahr, die sie umgab. Ihre Schritte hallten auf dem Asphalt wider. Ein warmer Wind schob mit einem knarzenden Geräusch eine leere Plastiktüte über den Fahrdamm. Karla liebte diese Stille der Nacht, schaute beim Gehen immer wieder zum sternenklaren Himmel empor und genoss den letzten Rest des Heimweges in dieser lauen Sommernacht. Als sie um eine dunkle Hausecke bog, hatte sie den Eindruck, dass ihr jemand folgte. Sie drehte sich um. Außer einer Katze, die sich schnell in einem Hauseingang verkroch, war jedoch niemand zu sehen. Also ging sie weiter, drehte sich noch einmal abrupt um. Wieder nichts. Hatte sie nicht leise Schritte hinter sich gehört? Es war niemand zu sehen. Dennoch war ihr, als würde sie beobachtet. Als sie zur Ferienwohnung kam, stand vor der Tür ein blauer Sack. Vorsichtig öffnete sie im Schein der Eingangsbeleuchtung den großen Knoten, mit dem er verschlossen war. Erstaunt zog sie die Kleidungsstücke heraus, die ihr am See gestohlen worden waren. Selbst das Diensthandy war drin. Nur von dem kleinen Schlüssel aus dem Briefumschlag war nichts zu entdecken. Sie nahm sich vor, den Sack am nächsten Morgen der Spurensicherung zu übergeben. Mittlerweile war sie sich sicher,

dass es sich nicht um den Scherz eines Jugendlichen handelte. Der hätte für ein Beweisstück mit Sicherheit keine Verwendung gehabt. Sie ärgerte sich noch immer darüber, dass sie den Schlüssel als beschlagnahmten Gegenstand gekennzeichnet hatte. Ohne das kleine Tütchen mit der Nummer und der Aufschrift hätte der Dieb nicht ahnen können, dass das Ding zum Fall gehörte. Sie öffnete die Tür, trat in die Ferienwohnung und stellte den Sack in eine Ecke. In Gedanken sortierte sie wieder und wieder alle Fakten zum Fall. Sie nahm sich vor, am nächsten Tag die am Tatort gefundenen Schuhabdrücke in den Mittelpunkt ihrer Ermittlungsarbeit zu stellen. Ihr Gefühl sagte ihr zwar, dass die Tat mit der politischen Arbeit von Veronica Frühauf zusammenhing, doch bislang ergab diese Vermutung keine richtige Spur. Es wurde Zeit, dass sie sich auf die Fakten konzentrierte. In Gedanken den kommenden Tag planend, zog sie sich aus und ging unter die Dusche. Sie freute sich darauf, ins Bett zu gehen. Nur mit einem Handtuch bekleidet, das sie sich um den Körper gewickelt hatte, trat sie auf den kleinen Balkon der Wohnung und schaute auf den im Dunkel liegenden Stadtsee. Was für ein idyllischer Ort. Sie atmete tief ein und begann langsam zu entspannen. Plötzlich vernahm sie ein Geräusch aus Richtung der Tür. Für einen Moment lang dachte sie, Christoph würde doch noch kommen. Sie verwarf diesen Gedanken wieder, als sie vom Fenster aus beobachtete, dass eine Person die Haustür besonders vorsichtig öffnete und es bewusst vermied, Geräusche zu erzeugen. Den Umrissen nach war es nicht Christoph, der sich anschickte, sie zu besuchen. Karla zog die Dienstwaffe aus dem Halfter, der noch über der Sofalehne hing und postierte sich neben der Wohnungstür. Sie hörte leise Schritte im Treppenhaus und kurz darauf klopfte es sehr leise. Einen Türspion gab es nicht.

„Wer ist da?“ fragte sie laut durch die geschlossene Tür.

„Ich bin's – Gerald“, hörte sie die gedämpfte Stimme des Bürgermeisters, „lass mich rein, bevor der ganze Ort weiß, dass ich Dich besuche.“

Langsam öffnete sie die Tür, die Pistole immer noch in Bereitschaft. Sie ließ die Waffe erst sinken, als sie Muckwitz vor sich sah.

„Komm rein!“

Der erste, erschreckte Blick des Bürgermeisters fiel auf die Dienstwaffe, erst der Zweite auf Karla. Er musterte sie eingehend, bis ihr klar wurde, dass sie noch immer ausschließlich mit dem Handtuch bekleidet war. Muckwitz schloss die Tür hinter sich. Er wirkte abgehetzt und müde.

„Was gibt es denn so dringendes, dass Du so spät noch kommst?“

„Ich habe meine Sachen wieder. Sie wurden mir vor die Tür gestellt.“

„Hier stand auch so ein Sack. Leider fehlt der Schlüssel.“

„Ist Dein Diensthandy wieder da?“

„Ja, das lag drin. Die Dienstmarke nicht.“

„Wenigstens etwas."
„Ich zieh mir nur etwas über", murmelte Karla, und wollte sich an ihm vorbei ins Zimmer schlängeln. Er hielt sie am Arm zurück.
„Bleib doch so."
Die Berührung löste einen wohligen Schauer in ihr aus. Sie blieb stehen.
„Bist Du nur gekommen, um mir das zu erzählen?", wollte sie wissen. Sie standen so dicht voreinander, dass sie seine Körperwärme spüren konnte. Er roch nach einer Mischung aus Sonnenöl und Kampher. Karla vermutete, dass er nicht aus dem Rathaus, sondern aus der Praxis kam.
„Ich bin gekommen, weil ich Dich sehen wollte", gab er leise zu und strich wieder einmal eine Strähne ihres noch nassen Haares zur Seite. Diese Geste war so rührend und mittlerweile beinahe schon vertraut, dass sie sich danach sehnte, sie einmal genießen zu dürfen. Laut sagte sie: „Es hat keine Zukunft mit uns Gerald. Es bringt nur Ärger."
„Vorher könnte es aber Spaß machen", erwiderte er und streichelte sanft ihr Gesicht, ihren Hals, „ich wollte Dir nur sagen, dass ich keine Angst davor habe, dass es nicht von Dauer ist. Es ist mir egal, ob Du noch jemand anderen liebst. Aber ich habe Angst davor, es zu verpassen – Dich zu verpassen."
Sie stand immer noch ganz nah bei ihm, spürte wie der Stoff seines Hemdes sacht ihre Haut berührte. Karla wagte einen weiteren Versuch des Widerstehens, in dem sie einen Schritt zur Seite trat. Er folgte ihr mit einer kleinen Bewegung und vergrub seine rechte Hand in ihrem Haar.
„Wir können nicht so tun, als wäre da nichts", sagte er leise.
„Und wenn es etwas anderes zerstört?"
„Er wird es nie erfahren, wenn Du es nicht willst", flüsterte ihr Muckwitz ins Haar, während er den Knoten ihres Handtuchs löste. Es glitt mit einem leisen Geräusch langsam zu Boden. Seine Hände erkundeten ihren Rücken, ihre Schultern. Er schob sie sanft einen Schritt nach dem anderen zurück, bis sie vor der Couch standen. Karla sehnte sich nach dem Mehr, das seine Berührung versprach. Sie beugte sich leicht zurück, um sich ins Sofa fallen lassen zu können. Sie hatte das Gefühl, mitgerissen zu werden von einer Welle, die sie nichts mehr denken und nichts mehr fürchten ließ. Genau in diesem Moment blitzte eine Erinnerung vor ihrem geistigen Auge auf. Nichts weiter als ein Bild. Sie sah Christoph vor sich, wie er sie auf den Bootssteg trug. Es genügte, um ihr Verlangen, ihr Begehren zu besiegen. Sanft aber nachdrücklich schob sie Muckwitz von sich fort.
„Ich kann nicht, Gerald. Es tut mir leid."
Er ließ sie los, sah sie traurig an.
„Ich möchte es und ich kann doch nicht", versuchte sie, ihr Verhalten zu erklären.

„Ist das wirklich Dein letztes Wort?", flüsterte er enttäuscht.
Sie sah ihn nicht an. Sie spürte nur, wie ihre Augen zu tränen begannen. Muckwitz streichelte noch einmal zärtlich ihr Gesicht, zog mit dem Finger eine Linie bis zu ihrem Kinn und den Hals hinab.
„Gute Nacht", sagte er halblaut, drehte sich um und verließ die Wohnung. Karla lauschte seinen Schritten auf dem Kiesweg nach, bis nichts mehr zu hören war. Dann warf sie sich aufs Bett. Es waren keine Tränen der Erleichterung, die ihr über das Gesicht liefen. Es war der Verzicht, der sie traurig machte. Sie spürte keinerlei Befriedigung über ihre Standhaftigkeit. Statt dessen hatte sie das Gefühl, etwas verpasst zu haben. Noch immer aufgewühlt, trat sie kurz darauf nackt auf den dunklen Balkon, genoss den Wind an ihrem Körper, die kleine Abkühlung, die er mit sich brachte. Dieser Ort und dieser Fall waren anders. Sie fürchtete, er könnte ihr Leben mehr verändern, als ihr lieb war.

Dienstag, 18. Juli

23.

Am nächsten Morgen vermied Karla alles, was zu einer Begegnung mit Muckwitz hätte führen können. Stattdessen schickte sie Teichmann zu ihm, um eine Namens- und Adressliste von den umliegenden Bauern, Fischern und Baufirmen zu erhalten. Dann machten sich die Kommissare auf den Weg. Noch immer war es hochsommerlich warm. Die Sonne erhitzte das Innere des Wagens auf Temperaturen, bei denen das Autofahren keinen Spaß mehr machte. Teichmann saß am Steuer und wischte sich alle paar Minuten mit einem Taschentuch den Schweiß von der Stirn. Als erstes fuhren sie zum nächstgelegenen Fischer, der am Großen Lychensee beheimatet war. Ein großes Schild an der Straße warb für geräucherte Fischspezialitäten sowie für eine Galerie. Der frisch geteerte Weg führte direkt am Grundstück vorbei. Sie parkten den Wagen und sahen sich um. „Frische Fischspezialitäten" stand auf einem selbst gebastelten bunten Schild und wies ihnen die Richtung. Ein anderes lud ein, die Galerie anzuschauen. Es deutete auf ein kleines weißes Häuschen mit hellen Gardinen und einer gemütlichen Sitzecke davor.
„Die Kunst zuerst", entschied Karla, und bediente beherzt die Schnur der großen Glocke unter der „Bitte klingeln – wir kommen" stand.

Tatsächlich wurde kurz darauf die Tür geöffnet. Eine attraktive junge Frau mit blonder Wuschelmähne steckte den Kopf heraus.
„Guten Tag“, begrüßte sie die Gäste fröhlich, „kommen Sie doch herein.“
Schon während Teichmann und Karla den freundlichen Raum betraten, begann sie mit einer Art Führung. Karla bemerkte, dass Teichmann den Blick nicht von ihren Beinen losreißen konnte, die aus den engen kurzen Hosen herausschauten. Sie stupste ihn dezent mit dem Ellenbogen an. Er grinste nur.
„Hier sehen Sie die jüngsten Werke von Reinhold Reine“, erläuterte ihre Führerin, „in dieser Serie hat er sich vorwiegend dem Thema ‚Wald‘ gewidmet. Im Nebenraum sehen Sie dann seine Wasserphase.“
„Entschuldigen Sie“, unterbrach Karla, „aber wir sind leider nicht hier, um die Bilder anzusehen. Wir sind von der Polizei und möchten gern mit Herrn Reine persönlich sprechen.“
„Von der Polizei? Was ist denn jetzt wieder geschehen?“
Die Frau wurde regelrecht blass.
„Wir ermitteln im Fall von Veronica Frühauf“, erläuterte Teichmann mit so sanfter Stimme, dass Karla sich ein Schmunzeln nicht verkneifen konnte, „wir haben einige Fragen an Herrn Reine.“
„Meine Eltern sind in der Räucherei“, erklärte sie, „Sie müssen nur dem Weg hier weiter folgen. Es ist alles ausgeschildert.“
Karla schickte sich an zu gehen, aber Teichmann hatte es nicht so eilig.
„Kannten Sie Frau Frühauf?“, fragte er, „Sie müssten doch in einem ähnlichen Alter sein.“
„Klar kannte ich die Veronica. Wir gingen in dieselbe Klasse am Gymnasium. Sie war ein Bio-Genie. Keiner hat kapiert, warum sie dann ausgerechnet Landschaftsplanung studiert hat. Ich war gestern in der Kirche. Am meisten tut mir der Philipp leid. Er wollte Veronica heiraten.“
„Hatten Sie noch Kontakt zu Frau Frühauf?“, fragte Teichmann weiter.
„Leider nicht mehr so sehr. Seit dem Studium ist doch jeder so seiner Wege gegangen. Wir hatten nur Kontakt, als wir die Unterschriftenliste gegen das Hafenprojekt mit unterstützt haben. Wir haben die Listen auch hier im Laden ausgelegt. Es haben eine Menge Leute unterschrieben – vor allem Feriengäste.“
„Was ist mit den Listen geschehen?“, hakte Karla nach.
„Die haben wir der Stadtverordnetenversammlung übergeben. Also direkt dem Bürgermeister. Und der hat versprochen, sie auch dem Landrat zu zeigen.“
Es gelang Karla anschließend nicht, Teichmann von der hübschen Fischerstochter loszueisen. Er stellte eine unwichtige Frage nach der anderen und ignorierte beharrlich ihre Zeichen. Also machte sie sich allein auf den Weg

zur Räucherei. Sie vermutete, Teichmann hatte ihr Gehen nicht einmal bemerkt. Kurz darauf stand Karla einem kräftigen Mann mit freundlichem Gesicht gegenüber, den sie auf ca. 50 Jahre schätzte. Seine Füße steckten in groben, schwarzen Gummistiefeln. Ansonsten trug er eine saubere Latzhose, darunter ein graues Hemd und eine Schürze. Sein Gesicht war von der Hitze und der Anstrengung gerötet.

„Bin gleich da", rief er ihr zu, „ich sage nur schnell meiner Frau Bescheid."

Es dauerte tatsächlich nur einen kurzen Augenblick, bis er wieder erschien und die Tür zum Verkaufsraum öffnete.

„Womit kann ich Ihnen dienen?"

„Ich möchte nichts kaufen", erklärte Karla, „ich bin von der Kripo und ermittle im Mordfall Veronica Frühauf."

„Ach so."

In seiner Äußerung mischte sich Enttäuschung über das entgangene Geschäft mit Interesse und Neugier. Er schloss die Tür des Verkaufsraumes zu und deutete auf eine aus Baumstämmen gefertigte Sitzgruppe im Schatten.

„Setzen wir uns doch."

„Ihre Tochter erzählte bereits, dass sie Unterschriftenlisten gegen das Hafenprojekt hier ausgelegt haben", eröffnete Karla das Gespräch. „Wieso sind Sie gegen das Projekt? Es würde doch vielleicht auch die Zahl Ihrer Kunden erhöhen."

„Das glaube ich eben nicht", erklärte der Fischer freundlich, „denn die Leute, die wir mit dieser Art Hafen anlocken, machen sich nicht auf den Weg zu uns. Außerdem würden die Motorboote, so das Konzept überhaupt aufgeht, genau das gefährden, wovon wir leben – den See."

„Wie standen Sie zu Veronica Frühauf?"

„Sie stand für die richtigen Dinge, aber sie hat es immer ein wenig zu weit getrieben. Sie brachte sich dadurch in die Rolle der fanatischen Außenseiterin. Das hilft der Sache nicht weiter."

Teichmann hatte sich endlich von der schönen Fischerstochter losgemacht und gesellte sich ebenfalls dazu. Karla stellte ihn vor.

„Wir hätten gern eine Speichelprobe", erklärte Teichmann unvermittelt. Der Fischer, obwohl ein gestandener Kerl, reagierte erschreckt.

„Wozu denn das? Bin ich verdächtig?"

„Nein", beruhigte ihn Karla, „aber wir könnten einfach jeden Verdacht ausschließen."

„Wie kommen Sie überhaupt auf mich? Was soll das denn? Ich sitze nicht mal im Stadtrat."

„Aber Sie besitzen Schuhe wie die, deren Abdrücke wir am Tatort gefunden haben. Wir möchten Sie als Täter ausschließen können. Daher fragen wir

Sie auch nach einem Alibi für die Tatzeit – Samstag früh zwischen ein und zwei Uhr", erklärte Karla sehr ruhig.
„Zu dieser Zeit war ich mit meinem Sohn auf dem See zum Fischen", erklärt er, fast ein wenig froh, dass er zumindest ein Alibi hatte.
„Aber eine Frage hätte ich auch", wandte er sich an Karla, „warum sollte ich so etwas Scheußliches getan haben?"
„Frau Frühauf war eine schöne Frau. Sie wurde vergewaltigt. Wir gehen davon aus, dass die Vergewaltigung geplant war, der anschließende Totschlag aber nicht."
„Dann verdächtigen Sie also jeden Mann hier, der Arbeitsschuhe trägt?"
„So in etwa. Wir haben leider noch keine heiße Spur."
„Sie suchen die Nadel im Heuhaufen", fasste Reine das Gespräch zusammen, „das klingt nicht sehr vielversprechend. Ich habe eine nicht minder hübsche Tochter im selben Alter wie Veronica. Mir ist nicht wohl bei dem Gedanken, dass der Täter noch hier rumläuft."
„Das kann ich verstehen", schaltete sich Teichmann verständnisvoll ein und hätte bestimmt seinen persönlichen Schutz angeboten, wenn in diesem Moment Karla nicht das Thema gewechselt hätte.
„Wie verkaufen sich denn Ihre Bilder so?"
„Ich bin sehr zufrieden. In diesem Jahr verdiene ich mit den Bildern mehr als mit der Fischerei. Die Waldbilder verkaufen sich merkwürdigerweise besser als die aus der Wasserphase. Es sind vor allem naturbegeisterte Touristen, die meine Bilder kaufen."
„Ich habe die Wasserbilder nicht gesehen", sagte Karla, „aber die Waldbilder sind eindrucksvoll. Sie zeichnen individuelle Bäume, ausdrucksstarke Gesellen."
Ein breites Lächeln erfasste den Fischer und man hatte den Eindruck, der letzte Satz hätte die Frage nach Alibi und Speichelprobe wieder gut gemacht.
„Ich lade Sie herzlich ein, sich die Wasserwerke auch noch anzusehen. Ich führe Sie gern persönlich."
„Danke, das nehme ich gern an. Allerdings möchte ich vorher den Mörder von Veronica finden."
Kurz darauf saßen die Kommissare mit der Speichelprobe von Reine wieder im Wagen.
„Der war es auch nicht", sagte Teichmann kategorisch. „Wenn seine DNA mit der des Täters übereinstimmt, hänge ich meinen Beruf an den Nagel."

Eine holprige Schotterstraße mit unendlich vielen Schlaglöchern brachte sie zum Hof des Bauern Sander. Sie stellten das Auto unter einem Baum ab, der ein wenig Schatten spendete. Vor ihnen lag nicht die Sorte idyllischer

Bauernhof, die man aus Werbeprospekten kannte. Die Gebäude waren alt und grau, auf dem Gelände verstreut standen ein Traktor und mehrere Anhänger. Diverse Ersatzteile, wie ein Reifen und ein großes Metallteil, dessen Funktion die Kommissare nicht kannten, lagen daneben. In der Nähe des Hauses standen zwei große Milchkannen. Der Hof schien menschenleer zu sein. Ab und an war das Muhen einer Kuh zu hören, die Vögel zwitscherten munter. In einen der Ställe flogen Schwalben ein und aus, als wären sie die Hausherren. Weder eine menschliche Stimme noch die Geräusche menschlichen Tätigseins waren zu vernehmen. Die Kommissare näherten sich dem Gebäude, in dem sie das Wohnhaus vermuteten. Es sah von außen aus, als könnte es einen neuen Anstrich vertragen. Die weißen Gardinen und die künstlichen Blumen im Fenster deuteten nicht nur bürgerliche Ordnung, sondern auch die Anwesenheit einer Frau an. Allerdings keiner sehr modernen. Mangels einer Klingel versuchten die Kommissare, durch lautes Rufen auf sich aufmerksam zu machen. Als nichts geschah, drückten sie die Klinke hinunter. Die Tür war offen. Karla machte drei Schritte ins Haus hinein, während Teichmann draußen wartete.

„Hallo", rief sie, „ist jemand zu Hause?"

Aus einem Nebenraum vernahm sie das Rauschen von Wasser. Sie ging weiter. Die Tür des Zimmers war angelehnt. Durch den Spalt sah sie, dass eine betagte Dame in der Küche mit Töpfen hantierte. Sie musste mindestens Ende Siebzig sein. Über einem altmodischen aber sauberem Kleid trug sie eine geblümte Küchenschürze. Die Hände der Frau zitterten etwas, doch wirkten alle Handbewegungen routiniert und sicher. Karla klopfte laut an die Tür, die sie dann ganz öffnete. Als immer noch keine Reaktion erfolgte, rief sie noch lauter „Hallo, jemand da?". Endlich reagierte die alte Dame.

„Wer sind Sie?", fragte sie ärgerlich und etwas erstaunt, „was wollen Sie hier?"

„Entschuldigen Sie, dass ich hier einfach so hereinkomme, aber unser Klopfen hat niemand gehört. Mein Name ist Karla Loewe, ich bin von der Polizei und ermittle im Fall von Veronica Frühauf."

„Ach so. Von Ihnen habe ich schon gehört. Ist ein hübscher Kerl, unser Bürgermeister, was? Sie müssen aber lauter reden, ich höre nicht mehr so gut."

„Ich möchte zu Helmut Sander", sagte Karla nun so laut, dass es auch Teichmann draußen hörte und hereinkam.

„Das ist mein Kollege Sven Teichmann, stellte sie ihn vor."

Teichmann ging beherzt auf die weißhaarige Dame und schüttelte ihr die Hand.

Er schien ihr zu gefallen, denn sie lächelte.

„Mein Sohn ist auf dem Feld. Die Ernte muss rein, bevor es wieder Regen gibt."

„Wann wird er zurück sein?“, fragte Teichmann.
„In einer halben Stunde gibt es Mittagessen, dann kommt er.“
Bedauernd fügte sie hinzu: „Es tut mir leid, dass ich Sie nicht einladen kann, aber es ist schon fast fertig und wird nicht reichen für alle.“
„Wir haben bereits gegessen“, schwindelte Karla, während ihr beim Anblick der dampfenden Töpfe und dem Duft des Bohnenkrautes das Wasser im Mund zusammenlief.
„Vielleicht können Sie uns schon einige Fragen beantworten“, schlug Karla vor, „dann geht es nachher mit Ihrem Sohn schneller.“
Die alte Dame schaltete etwas umständlich die Herdplatten aus, wischte sich die Hände an ihrer Schürze ab und löste mühsam das Band in ihrem Nacken, das das Kleidungsstück an seiner Stelle hielt.
„Kommen Sie“, forderte sie die Kommissare auf, „setzen wir uns doch in die Stube.“
Die beiden folgten ihr in einen angrenzenden Raum, der sehr ordentlich wirkte, obwohl die Möbel bereits ein sichtbar langes Leben hinter sich hatten. Das Sofa, auf das sie sich setzten, war an vielen Stellen abgewetzt, die Tischdecke auf dem Couchtisch hatte durch häufiges Waschen an Farbe verloren. Die Einrichtung war alles andere als modern. Karla hatte den Eindruck, in diesem Zimmer sei die Zeit vor zwanzig Jahren stehen geblieben.
„Wie steht denn Ihr Sohn zu dem geplanten Hafenprojekt in Lychen“, fragte Karla und sah die alte Dame an, die sich in einen der Sessel gesetzt hatte.
„Das ist ihm egal, glaube ich. Wir sind hier ja ein Stückchen weg und ob mehr oder weniger Leute kommen, ist uns gleich.“
„Sie könnten aber profitieren, wenn viele Touristen kämen. Sie könnten doch ihre Waren ab Hof verkaufen.“
„Ach was“, winkte die alte Dame barsch ab, „das ist doch alles Kokolores. Wer kauft denn Weizen und Roggen ab Hof?“
„Sie könnten doch ihre Produkte auf die Touristen abstimmen und Käse, Wurst und Gemüse anbieten“, schlug Karla vor.
Frau Sander setzte sich plötzlich aufrecht hin.
„Mein Sohn ist Landwirt“, erklärte sie entschieden, „nicht Markthändler oder Verkäufer. Wir haben früher in der LPG gearbeitet – das waren noch Zeiten. Jetzt muss man sich selbst abmühen, um Getreide, Fleisch und Milch an den Mann zu bringen.“
Sie machte eine kurze Pause, schaute dann wieder etwas freundlicher und ergänzte lautstark: „Sie kommen aus der Stadt, was? Das merkt man!“
„Wie stand denn ihr Sohn zu Veronica Frühauf“, wechselte Teichmann, erschreckt über die heftige Reaktion der Alten, das Thema.
„Wie bitte? Was haben Sie gesagt?“
Teichmann wiederholte die Frage etwas lauter.

„Ja – die Veronica war so ein nettes, zurückhaltendes Kind. Mein Sohn ist mit dem Bruder ihrer Mutter, dem Michael, zur Schule gegangen. Ich weiß auch nicht, warum sie sich immer in alles einmischen musste. Aber man sieht ja, wohin das führt."
„Glauben Sie, dass es einen Zusammenhang zwischen dem Tod von Veronica und ihrer politischen Arbeit gab?", hakte Karla nach.
„Was weiß ich," antwortete die alte Bäuerin ausweichend.
„Wohnen Sie allein hier mit Ihrem Sohn?", fragte Teichmann.
„Ja, leider. Ist nicht einfach heutzutage. Welche Frau will schon die harte Arbeit auf dem Hof machen? Heutzutage wollen es alle bequem haben."
„War er denn nie verheiratet?", fragte Karla erstaunt „auch nicht vor der Maueröffnung?"
„Doch, doch – mit Gunda. Aber die ist nach Berlin gezogen. Zum Abschied hat sie gesagt, dass man, selbst wenn man nur Sozialhilfe bezieht, in der Stadt besser lebt als hier auf dem Hof. Dann hat sie sich scheiden lassen. Wir haben seit zehn Jahren nichts mehr von ihr gehört."
Teichmann setzte gerade zu einer weiteren Frage an, als die Tür aufging und ein großer, stämmiger Mann um die Fünfzig das Zimmer betrat.
„Wir kaufen nichts", teilte er den Kommissaren sofort in rauem Ton mit. Noch bevor Karla das Missverständnis klären konnte, wandte sich Sander mit ebenso barschem Ton an seine Mutter. „Du sollst nicht immer jedes Pack reinlassen, Mutter."
Drohend näherte er sich Teichmann, als wollte er ihn am Schlawittchen packen, um ihn nach draußen zu befördern. Seine Mutter ergriff seinen Arm.
„So warte doch, Helmut, die Herrschaften sind von der Polizei."
Sander blieb wie angewurzelt stehen, schaute Teichmann an, als erwarte er eine Erklärung oder zumindest eine Bestätigung. Bevor dieser regieren konnte, schaltete sich Karla ein.
„Mein Name ist Karla Loewe. Ich leite die Ermittlungen im Fall Veronica Frühauf. Das ist mein Kollege Sven Teichmann."
Dem abwertenden Blick des Landwirtes war unschwer zu entnehmen, was er von Männern hielt, die nicht selbst Chef waren. Dann erst wandte er sich an Karla: „Und was wollen Sie gerade von mir?"
„Wir möchten wissen, wo Sie zur Tatzeit waren", erwiderte sie schroff. Es gelang ihr zumindest, Sander für einen Augenblick zu erschrecken.
„Werde ich verdächtigt?", fragte er beinahe fassungslos, „ich hatte doch gar nichts mit der Veronica zu schaffen."
„Wir haben Schuhabdrücke am Tatort gefunden, die auf grobe Arbeitsschuhe schließen lassen. Schuhe, wie sie von Landwirten und Fischern getragen werden", erklärte Teichmann und trat nun seinerseits selbstbewusst auf den Landwirt zu, bis er ihm dicht gegenüber stand, „Schuhe, wie sie vor

Ihrer Tür stehen. War ein hübsches Mädchen, die Veronica, was? Da kann man schon mal die Beherrschung verlieren, oder?"
Der Bauer wurde blass. Seine Überheblichkeit wich so schnell, als hätte man aus ihm die Luft herausgelassen.
„Wann war denn der Tatzeitpunkt?", fragte er kleinlaut.
„Am Samstag zwischen eins und zwei morgens", erklärte Teichmann und zückte sein Notizbuch. Der Bauer schien etwas erleichtert zu sein, als er die Uhrzeit hörte.
„Können wir draußen weiter sprechen?", flüsterte er mit einem scheuen Seitenblick auf seine Mutter. Diesmal wandte er sich ausschließlich an Teichmann, der sichtlich den Respekt genoss, den Sander ihm nun entgegenbrachte. Er schaute kurz zu Karla. Mit einem kleinen Kopfnicken stimmte sie zu. Teichmann verließ daraufhin gemeinsam mit Sander das Zimmer.
„Wo gehen sie denn hin?", fragte die alte Dame, als die beiden Männer verschwanden.
„Ihr Sohn will meinem Kollegen wahrscheinlich etwas zeigen", flunkerte Karla und sah aus dem Fenster, wo Sander im Hof gestikulierend auf Teichmann einsprach, der sich eifrig Notizen machte. Karla nutzte die Zeit für eine persönliche Frage.
„Ist ein ganz schöner Don Juan, Ihr Bürgermeister, was?"
Die Alte lächelte süffisant und Karla bereute ihre Frage sofort.
„Quatsch. Der hat seit dem Tod seiner Frau keine andere mehr angesehen. Der ist ein ganz feiner Kerl."
Karla beobachtete vom Fenster aus, dass Teichmann sein Büchlein wieder einsteckte. Schnell verabschiedete sie sich.
„Heiraten Sie den mal", riet Mutter Sander, „der taugt für mehr als ein Techtelmechtel. Die Jüngste sind Sie ja auch nicht mehr."
„Ich bin seit mehr als 20 Jahren verheiratet", antwortete sie und eilte hinaus, bevor die Alte weitere Weisheiten ergänzen konnte.
„Wir brauchen eine Speichelprobe von Ihnen", hörte sie Teichmann sagen, als sie auf den Hof trat. Der Bauer nickte zustimmend.
„Ich habe nichts verbrochen."
„Wo sind eigentlich Ihre Arbeitsschuhe Herr Sander?", fragte Karla. Der Bauer machte ein Zeichen, ihm zu folgen. Sie liefen einige Meter über den Hof zu einem grauen, alten Gebäude. Sander öffnete die knarrende Tür. Zwei Kühe kamen zum Vorschein. Sie streckten ihm freundlich zur Begrüßung ihre Nasen entgegen. Der Bauer deutete in die Ecke neben der Tür.
„Da sind sie."
„Die müssen wir mitnehmen?", stellte Teichmann fest.
„Und womit mache ich dann meine Arbeit?", wollte Sander wissen, „ich habe doch ein Alibi."

Karla sah zu Teichmann hinüber, der ihr zunickte.
„Also schön, dann behalten Sie die Schuhe erstmal hier", erklärte sie.
„Auf Wiedersehen."
„Tschüß", murmelte er und stapfte, ohne sich umzusehen, Richtung Haus und Mittagessen davon.
Was hat er denn nun für ein tolles Alibi?", wollte Karla wissen, als sie wieder im Auto saßen.
„Ich war bei der Susi", äffte Teichmann den Bauern nach und bog sich dabei vor Lachen.
„Und wer bitte ist Susi?"
„Die einzige Hure, die der Umkreis hier zu bieten hat", erläuterte Teichmann bereitwillig, bevor er wieder Sanders Stimme imitierte.
„Ab und zu braucht 'n Mann det."
„Wenn auch dieses Alibi bestätigt wird, war der Tag bisher nicht sehr erfolgreich."
„Das stimmt", bestätigte Teichmann, „wer steht denn noch auf unserer Liste?"
„Noch ein Fischer. Wilfried Leng."
„Na dann mal los", motivierte er sich selbst.
„Und dann lass uns diese beiden Greifer von Garstein unter die Lupe nehmen", ergänzte Karla, „die haben auf mich keinen sehr guten Eindruck gemacht. Das hier bringt doch nichts."

Wilfried Leng stellte sich als mürrischer, übergewichtiger Mann Anfang Sechzig heraus. In seinem Gesicht hatten Wind, Wetter und Unzufriedenheit ihre Zeichen hinterlassen. Er begrüßte die Kommissare mit einem knappen „Tach". Dann wandte er sich wieder seiner Arbeit zu. Er war dabei, ein Netz zu flicken.
„Kannten Sie Veronica Frühauf?", begann Teichmann das Gespräch mit dem Alten.
„Die hatte 'nen Knall, wenn Sie mich fragen", murmelte er, „das war ja schon ne fixe Idee bei der. Wollte allet schützen, nur nich uns're Arbeitsplätze. Wat aus uns hier wird, war der doch schnuppe."
„Dann befürworten Sie also das Hafenprojekt von Garstein?"
„Det is zwar'n ausjekochter, raffgierijer Wessi, aber wenn der hier'n paar Arbeitsplätze schafft, bin ick dafür."
„Und die Natur?", versuchte Karla ihn aus der Reserve zu locken, „wegen der kommen doch auch Touristen her."
„Allet Blödsinn", sagte Leng und begann, sich in Rage zu reden, „is doch überall grün hier. Die wolln doch vor allem ihre Ruhe. Und die jibt et ooch mit Hafen noch zur Jenüge. Und ick komme ohne Kormoran und Fischot-

ter besser hin. Fressen mehr Fisch, diese blöden Viecher, als ick nachzüchten kann. Und wer zahlt mir det? Die Frühauf und ihre Unterstützer bestimmt nich."
Karla hatte genug von der Diskussion mit dem Fischer und kam auf die wesentlichen Fragen zurück.
„Wo waren Sie Freitag Nacht zwischen ein und zwei Uhr?"
„Zu Hause."
„Gibt es dafür Zeugen?"
„Fragen Se'n Hund, der war ooch da."
„Wir benötigen eine Speichelprobe von Ihnen, Herr Leng", erklärte sie und wunderte sich, dass der Alte sofort zustimmte.
„Wenn Se mich denn jetzt wieda in Ruhe lassen, mach ick allet."

„Ein richtig netter Zeitgenosse", stellte Teichmann fest, als sie das Grundstück verließen. Wütend knallte er die Autotür hinter sich zu. „Der war es auch nicht."
„Wir kommen wirklich nicht richtig voran", bestätigte Karla. Es wird Zeit, dass wir uns um die Greifer kümmern."
„Also zurück ins Rathaus", folgerte Teichmann und startete den Wagen.
„Nicht gleich. Einen kleinen Umweg machen wir noch", stellte Karla fest, „ich habe Dir doch von diesem Maler erzählt, der die Zeitungen ausfährt. Vielleicht hat er etwas gesehen."
„Wenn der immer in aller Herrgottsfrühe unterwegs ist, kommt er auch als Täter in Frage", ergänzte Teichmann.
Der Künstler wohnte im drei Kilometer entfernten Dorf Retzow. Sie fuhren zunächst zurück in die Stadt und von dort aus weiter, vorbei an einer großen Badestelle mit gepflegter Wiese und breitem Strand.
„Ich war noch nie in einem der Seen baden", sagte Teichmann, während er beim Vorüberfahren einen sehnsüchtigen Blick auf das glitzernde Wasser warf.
„Halt an", befahl Karla so streng, dass er sofort auf die Bremse trat.
„Was'n los?", fragte er erschreckt.
„Fahr da auf den kleinen Parkplatz", ordnete sie an. Er befolgte die Anweisung, dann sah er zu ihr hinüber.
„Und nun?"
„Nun machen wir Mittagspause", erklärte sie ruhig, „und Du gehst schwimmen."
„Das geht nicht!", widersprach er, „hier sind zu viele Leute. Dann wird im Ort gleich wieder getratscht."
„Bist Du so ein Angsthase?", provozierte sie ihn, „Was hast Du denn zu verlieren? Ich bleibe am Strand, nehme den Laptop mit und beginne mit dem

Bericht an den Chef. Und Du kühlst Dich kurz ab. Anschließend essen wir jeder einen Müsliriegel. Ist alles in einer halben Stunde zu schaffen."
Teichmann sah aus dem geöffneten Fenster auf den See und die Badestelle. Ein paar Kinder und zwei ältere Damen waren zu sehen. Der See glitzerte verführerisch schön.
„Also gut", willigte er ein, öffnete die Autotür und stieg aus. Karla war erstaunt zu sehen, wie schnell der Kollege aus einer Tasche vom Rücksitz Badehose und Handtuch zog. Die Sachen lagen dort bereit, als hätte er nur auf eine Gelegenheit wie diese gewartet. Sie holte den Laptop aus dem Kofferraum, schloss den Wagen ab und folgte ihm. Als sie sich einen schattigen Platz auf einer Bank gesichert und den Computer eingeschaltet hatte, war Teichmann nur noch ein kleiner Punkt auf der riesigen Wasserfläche. Er musste sich kopfüber in das kühle Nass gestürzt haben. Es fiel ihr schwer, sich auf das Schreiben des Berichtes zu konzentrieren. Es waren nicht nur die Hitze, der See und der Strand, die sie ablenkten. Sie schloss die Augen und schon waren sie da – die Bilder der vorigen Nacht. Warum konnte Muckwitz so ein Verlangen in ihr auslösen? Was war plötzlich mit ihr los? Sie wollte sich dieser Frage widmen, als viele kleine, kalte Wassertropfen sie trafen. Sie öffnete die Augen. Vor ihr stand ein grinsender Teichmann, der sich das Wasser aus den Haaren schüttelte wie ein junger Hund.
„Das nennst Du also einen Bericht schreiben?", fragte er amüsiert.
„Ich habe nur über eine besonders schwierige Formulierung nachgedacht", verteidigte sie sich spaßhaft, während sie sich das Wasser von den Armen wischte. Er stand mit dem Rücken zu ihr einige Meter entfernt. Interessiert sah sie zu, wie er sich die nasse Badehose vom Körper streifte und die Jeans überzog. Manchmal wirkte er so unbeschwert und fröhlich – wie gerade jetzt. Dann wieder überheblich und übermäßig ehrgeizig. Sie hoffte, er würde über die Trennung von seiner Freundin bald hinwegkommen. Eine neue Freundin, da war sie sich sicher, würde sein Selbstbewusstsein stärken. Er sah gut aus – trainiert und jungenhaft. Wahrscheinlich würde es nicht lange dauern bis er wieder weibliche Begleitung hatte. Wieder in Jeans und T-Shirt gehüllt, trat zu ihr, ließ sich neben sie auf die Bank fallen.
„Das hat wirklich gut getan. Danke."
„Wofür?"
„Für die schöne Mittagspause."
„Gern geschehen."
Er grinste.
„Sagtest Du nicht etwas von einem Müsliriegel?"
Sie schloss den Deckel des Laptops.
„Die sind im Wagen. Es wird ohnehin Zeit, aufzubrechen."

Teichmann sah noch einmal auf den See hinaus, genoss ganz kurz den Blick auf eine junge Frau, die sich gerade den nassen Badeanzug über die Hüften streifte, atmete tief durch und drehte sich dann um. „Also los."

Karla stopfte sich gerade das letzte Stück Müsliriegel in den Mund, als Teichmann den Wagen zum Stehen brachte.
„Das muss es sein", sagte er und zeigte mit dem Finger auf ein Haus am Straßenrand, „siehst Du das Schild?"
„Kleine Galerie – klingt nett".
Gleichzeitig öffneten sie die Wagentüren, stiegen aus und überquerten die völlig unbefahrene Straße. Als sie vor dem Zaun standen, suchten sie vergeblich nach einer Klingel. Stattdessen fanden sie ein kleines Schild an der Haustür „Wir sind im Garten. Der Weg zur Galerie ist ausgeschildert. Wir freuen uns auf Ihren Besuch."
Sie öffneten die Pforte und folgten dem kleinen Gartenpfad, der sich quer über das Grundstück schlängelte. Immer wieder stießen sie auf selbstgemalte Schildchen, die den Weg wiesen, bis sie schließlich vor einem bunt angestrichenen Gartenhäuschen standen. In einer großen Vogelvoliere zwitscherten Wellensittiche und Kanarienvögel um die Wette.
„Hallo", rief Teichmann, „ist jemand zu Hause?"
„Kommen Sie ruhig näher", antwortete eine tiefe männliche Stimme, „ich bin hier um die Ecke."
Sie machten ein paar Schritte um das Häuschen herum, dann standen sie auf einer Veranda. Im Schatten saß leicht untersetzter Mann um die 40 vor einer Staffelei und gab einem Bild den letzten Schliff, indem er einige Pinselstriche hier und da verteilte.
„Das ist die Badestelle, an der wir gerade waren", sagte Karla hinter seinem Rücken, während sie das Werk betrachtete. Er drehte sich zu ihr herum und sie blickte in ein freundlich-melancholisches Augenpaar.
„Ja, das ist die Badestelle am Wurlsee", bestätigte der Künstler, „herzlich Willkommen in der Kleinen Galerie."
In diesem Moment bog schwungvoll eine blonde Frau mit Kurzhaarschnitt und Latzhose um die Ecke. In den Händen hielt sie ein Tablett, auf dem mehrere Tassen und eine Kanne standen.
„Guten Tag. Trinken Sie einen Kaffee mit uns oder möchten Sie lieber gleich in die Galerie?"
„Ich würde liebend gern einen Kaffee trinken", sagte Karla, „auch wenn wir dienstlich hier sind."
Zwei freundliche Augenpaare ruhten fragend auf ihnen.
„Natürlich – das ich Sie nicht gleich wiedererkannt habe", sagte nun die Frau, „Sie sind doch die Kommissare, die den Mord an Veronica aufklären

sollen. Ich habe sie beim Trauergottesdienst in der Kirche gesehen und hinterher bei der Ansprache vom Bürgermeister."
Die Frau stellte das Tablett auf den Tisch.
„Der Kaffe ist ganz frisch gebrüht. Setzen Sie sich doch zu uns."
Die Kommissare zogen sich zwei Gartenstühle an das Tischchen, der Künstler legte die Pinsel beiseite und kam ebenfalls in die kleine Runde.
„Das Bild ist schön", begann Karla das Gespräch, „das Glitzern des Wassers ist gut getroffen."
Man sah, dass er sich freute. „Aber Sie sind bestimmt nicht wegen der Bilder hier, oder?"
„Nein", bestätigte Karla, „ich habe Sie gestern am frühen Morgen mit Ihrem Wagen in Hohenlychen gesehen. Sie fahren die Zeitungen aus?"
„Es ist ein kleiner Zuverdienst. Die Galerie wirft noch nicht genug ab."
„Sind Sie immer um diese Zeit dort?"
„Ja – ich fange meist so gegen halb drei Uhr an. Gegen halb vier bin ich dann in Hohenlychen."
„Haben Sie am letzten Samstag irgendetwas bemerkt?"
„Naja." Er stockte und es schien ihm schwer zu fallen weiterzusprechen. Seine Frau ergriff an seiner Stelle das Wort.
„Mein Mann macht sich schon Vorwürfe deswegen."
„Vorwürfe?", fragte Teichmann nach, „warum denn?"
„Ich war am Samstag später dran", antwortete nun Hammer selbst. Wir waren am Freitagabend im Little Rocks – das ist eine Art Westernstadt in der Nähe von Templin."
„Da ist am Wochenende immer etwas los", ergänzte seine Frau, „und mein Mann bietet Schnellporträts an."
„Die verkaufen sich leichter als ein Ölbild", fügte er hinzu, „und dieses Mal ist es eben wirklich spät geworden. Ich hatte bis zum Schluss Aufträge. Morgens bin ich deshalb nicht so schnell aus dem Bett gekommen."
„Wann waren Sie denn am Samstag in Hohenlychen?", fragte Karla.
„Erst gegen fünf Uhr. Da war die Polizei schon da. Ich habe das Blaulicht gesehen, wusste aber nicht, was passiert ist."
„Und warum machen Sie sich Vorwürfe?", bohrte Teichmann nach.
„Wenn ich pünktlich gewesen wäre – vielleicht hätte ich es verhindern können."
Er sah traurig zu Boden.
„Kannten Sie das Opfer?", fragte Karla.
„Sie war öfter hier", antwortete Frau Hammer, „ und hat mit uns über das Hafenprojekt gesprochen. Wollte wissen, wie wir das sehen und ob wir nicht auch die Unterschriftenlisten auslegen könnten."
„Und?", wollte Teichmann wissen, „Haben Sie?"

Das Ehepaar nickte.
„Es haben auch wirklich viele Touristen unterschrieben. Vor allem die Berliner. Aber nachdem sie die Listen wieder abgeholt hatte, kam sie seltener."
Karla trank aus und stand auf.
„Danke", sagte sie, an die Frau des Hauses gewandt, „der Kaffee war sehr gut."
Teichmann hatte sich ebenfalls erhoben. Er wollte gerade etwas sagen, als ihm Karla ins Wort fiel.
„Erschrecken Sie nicht, Herr Hammer, – aber um ausschließen zu können, dass Sie mit der Tat etwas zu tun haben, brauche ich von Ihnen eine Speichelprobe. Es ist wirklich reine Routine."
Wie erwartet, reagierte der Maler zunächst irritiert, willigte aber ein.
„Ich verstehe das. Aber Sie können mir glauben – ich habe mit dem Mord an Veronica nichts zu tun. Und ich wünschte, ich hätte es verhindern können."

Auf dem kürzesten Weg fuhren sie zurück ins Rathaus. Karla durchquerte schnellen Schrittes den Eingangsbereich. Im Treppenhaus nahm sie immer zwei Stufen auf einmal. Auf keinen Fall wollte sie Muckwitz begegnen! Die Gedanken an ihn, an den Vorabend – all das wollte sie verdrängen. Die Erinnerung an den gestrigen Abend trieb ihr die Röte ins Gesicht. Sie lief noch schneller. Teichmann hatte Mühe, ihr zu folgen. Er verstand auch nicht, warum sie bei der Hitze die Kühle des Rathausflures nicht genoss, sondern ihn durchspurtete. Es gelang ihnen, ihr Büro zu erreichen, ohne irgendjemandem zu begegnen. Karla wurde innerlich wieder ruhiger, konzentrierte sich auf ihre Arbeit. Sie schaltete den Computer ein und verfasste den Bericht an Hollstein. Mittlerweile war auch ein PC aus Eberswalde eingetroffen. Teichmann beschäftigte sich damit, die Namen von Garsteins Greifertruppe herauszufinden. Sein ungeduldiges Hacken auf der Tastatur offenbarte, dass der Erfolg seiner Bemühungen ausblieb.
„Kannst Du nicht bei Muckwitz die Namen der beiden Männer erfragen?", schlug Karla vor, „das würde Zeit sparen. Außerdem müssen wir auch noch die Unterschriftenlisten einsehen. Die könntest Du bei dieser Gelegenheit auch gleich mitbringen."
„Ich soll zum Bürgermeister?", fragte Teichmann. Er zeigte mit dem Finger auf sich und grinste anzüglich. „Gefällt er Dir nicht mehr?"
„Ich muss den Bericht fertigstellen", antwortete sie, und beugte sich wieder über ihre Arbeit, ohne auf seine Provokation einzugehen. „Übrigens hat die Spurensicherung in den Ruinen rund um den Tatort nichts gefunden."
„So schlimm?", bohrte er nach. Mittlerweile ahnte er, warum er im Spurttempo das Rathaus hatte durchqueren müssen. Karla überlegte kurz, ob sie

seine Indiskretion mit einer knappen Anordnung beantworten sollte, unterließ es dann aber.
„Rette mich einfach vor der Versuchung, Kollege“, antwortete sie augenzwinkernd und erreichte damit, dass Teichmann sich tatsächlich auf den Weg machte.
„Ich war noch nie Tugendwächter“, erklärte er noch fröhlich, als er aus der Tür ging, „da fühle ich mich doch gleich viel wichtiger.“
Die Tür fiel hinter ihm ins Schloss, bevor ihn Karlas Radiergummi treffen konnte.

Muckwitz befand sich in einer Besprechung mit einer Mitarbeiterin. Sie saßen am Tisch, die Köpfe über einen Berg von Akten gebeugt. Er unterbrach seine Unterredung, als Teichmann klopfte und bat ihn herein.
„Womit kann ich Ihnen helfen?“, fragte er, erhob sich und reichte ihm die Hand.
Teichmann setzte sich zu ihm an den Tisch und wunderte sich. Der Bürgermeister schien weder überrascht noch enttäuscht darüber, dass er an Karlas Stelle erschienen war. Er vermutete, es müsste irgendetwas zwischen den beiden geschehen sein. Ob Karla schon… . Er sah Muckwitz an, versuchte herauszufinden, was seine Chefin so faszinierte an diesem Mann. Was hatte er, das ihr Mann nicht hatte? Er begegnete seinem Blick, den heiteren, klugen Augen. Der Bürgermeister saß aufrecht und selbstbewusst am Tisch. Teichmann musste zugeben, dass er etwas ausstrahlte. Muckwitz wirkte warmherzig, aufrichtig und beharrlich. Auch sah er für sein Alter gut aus. Aber Karlas Mann war auch ganz ansehnlich, intelligent und charmant. Was war es, dass die Menschen dazu brachte, Bewährtes aufs Spiel zu setzen? War es denn wirklich nicht möglich, einem anderen lebenslang treu zu sein? Er musste lächeln. „Lebenslang“ – das klang wirklich eher nach Knast als nach Liebe.
„Nun?“, fragte Muckwitz, „wie kann ich Ihnen helfen?“
Gleichzeitig spielte er mit den Fingern der rechten Hand auf der Tischplatte. Eine kleine, beinahe nur angedeutete Geste, die ihre Wirkung nicht verfehlte. Teichmann konzentrierte sich auf den Grund seines Kommens.
„Wir sind im Ort zwei Herren begegnet, die die Leute hier 'Die Greifer' nennen – Mitarbeiter von Garstein. Kennen Sie die beiden?“
„Die kennt hier mittlerweile jeder, der in Lychen etwas zu sagen hat oder eine Gastwirtschaft betreibt.“
„Haben Sie auch Namen und Telefonnummern?“
Der Bürgermeister stand auf, trat an seinen Schreibtisch und öffnete die oberste Schublade. Er zog eine kleine bunte Metalldose heraus, klappte den Deckel auf. Teichmann konnte sehen, daß sie diverse Visitenkarten enthielt
Nach wenigen Handgriffen zog er zwei Kärtchen heraus. Beide waren oran-

ge gefärbt und hatten auf der Rückseite einen großen roten Punkt. Mit einer raschen Geste überreichte er sie dem Kommissar, der einen kurzen Blick darauf warf.

Die ‚Greifer' hießen eigentlich Axel Harth und Peter Schlag. Beide bezeichneten sich als Projektbegleiter. Er steckte die Karten in sein Notizbuch. Während er aufstand, fielen ihm die Unterschriftenlisten wieder ein. Er fragte Muckwitz danach.

„Ja, die Listen sind hier bei mir", bestätigte er, stand auf und trat an den großen Schrank. Er öffnete eine Tür und zog einen Ordner heraus.

„Hier, bitte schön. Ich bekomme sie doch zurück?"

„Sicher."

Teichmann nahm den Ordner an sich, bedankte sich und war schon bei der Tür, als ihn Muckwitz aufhielt.

„Darf ich Sie etwas Persönliches fragen?"

Teichmann drehte sich erstaunt und ein wenig neugierig zu ihm um.

„Nur zu", forderte er ihn auf und ahnte schon, dass es um seine Chefin gehen würde.

„Hat Ihre Kollegin großen Ärger bekommen wegen der Sache am See?"

Er schüttelte den Kopf, beinahe froh, dass die Frage nicht intimer ausgefallen war.

„Eine Verwarnung. Halb so schlimm. Das steckt sie weg."

„Ich mache mir Vorwürfe deswegen."

„Um Karla müssen Sie sich keine Gedanken machen. Sie steht selbst ein für das, was sie tut."

„Ja, das kann ich mir vorstellen."

Es entstand eine Pause, die Teichmann nutzte, um die Tür zu öffnen. Verhöre mit vertauschten Rollen mochte er nicht.

„Bis bald", rief er noch. Dann schloss er die Tür hinter sich.

Karla arbeitete noch immer konzentriert an dem Bericht, als die Tür aufging und Sophie Allenstein hereinkam. Sie trug das Haar zum Pferdeschwanz gebunden und sah mit der hellen Bluse und dem knielangen Rock regelrecht brav aus. Karla verdrehte die Augen zur Zimmerdecke.

„Nicht Sie schon wieder! Ich dachte, Sie hätten sich längst etwas ausgedacht und abgedruckt. Ich habe heute Morgen extra Ihre Zeitung gekauft."

Allenstein lächelte.

„Auch wenn Sie es nicht glauben – viel lieber würde ich über den Fall schreiben – über mögliche Täter und deren Umfeld und warum gerade eine politisch aktive junge Frau umgebracht wurde."

„Es war eine Vergewaltigung, der ein Totschlag folgte. Wie kommen Sie darauf, dass die Tat politisch motiviert war?"

„Weil ich nicht so dumm bin, wie Sie denken. Ich habe mich umgehört und eine Menge erfahren. Zum Beispiel auch, dass sie bei Willibald Garstein waren."
„Wir ermitteln in jede Richtung."
„Warum sind Sie so unkooperativ?"
„Weil ich die Zeitung kenne, für die Sie schreiben."
„Aber sie kennen mich nicht."
„Ersteres genügt mir aber."
Karla beugte sich wieder über ihre Tastatur und signalisierte, dass sie das Gespräch für beendet hielt. Sophie Allenstein erwies sich als hartnäckig.
„Ich könnte Ihnen bei der Lösung des Falles helfen", stellte sie ruhig fest und trat näher an den Tisch heran.
„Wohl kaum."
„Ich habe etwas herausgefunden, dass Ihnen nützen würde. Lassen Sie uns tauschen: Information gegen Interview."
„Das ist hier kein Markt. Wenn Sie etwas zur Lösung des Falles beizutragen haben, ist es Ihre Pflicht, das auch zu tun."
„Warum haben Sie so wenig Vertrauen?"
„Weil ich viele Erfahrungen habe", erklärte Karla und stand auf, um die Reporterin endgültig nach draußen zu begleiten.

24.

Teichmann hing vor dem Bildschirm und recherchierte, Karla arbeitete an dem täglichen Bericht für Hollstein. Draußen brannte noch immer die Sonne vom Himmel, trieb den beiden den Schweiß nicht nur auf die Stirn. Karla dachte kurz an das kühle Wasser des Stiebnitzsees. Ob sie vielleicht heute Abend allein dorthin... . Sie verbot sich sofort den Gedanken daran. Plötzlich jubelte Teichmann.
„Na bitte, das ist doch mal was."
Sie schaute von ihrer Arbeit auf.
„Hast Du was Interessantes?"
„Kann man so sagen. Einer dieser Greifer von Garstein, Peter Schlag, ist kein unbeschriebenes Blatt. Hat schon mal ein Jährchen gesessen wegen Betrugs und dann läuft da gerade ein Verfahren wegen Nötigung."
„Und der andere?"
„Fehlanzeige."
„Komm, lass uns die heute noch vernehmen", drängelte sie, „dann kann ich in den Bericht vielleicht noch eine klitzekleine warme Spur aufnehmen. Der

Chef macht ständig mit E-Mails Druck und fragt, warum es noch keine Ergebnisse gibt. Und lass Dir die Akten von diesem Peter Schlag kommen. Ich will alles über den Kerl wissen."
Auf dem Flur begegneten sie Muckwitz. Er lief so zügig um die Ecke, dass er Karla fast umgerannt hätte. Und schon standen sie sich einmal mehr dicht gegenüber.
„Hallo, Karla."
„Hallo, Gerald."
Beide rührten sich nicht von der Stelle. Karla spürte, wie ihr noch wärmer wurde. Eine innere Stimme mahnte sie zu gehen. Sie blieb. Ihr war, als hätte sie nicht die Kraft auch nur einen Schritt zu tun. Nach einem Moment, von dem Karla hinterher nicht hätte sagen können, ob er fünf Sekunden oder fünf Minuten gedauert hatte, räusperte sich Teichmann.
„Können wir dann?"
„Ja, klar."
Karla schlängelte sich an Muckwitz vorbei.
„Ich komme."
Ohne sich noch einmal umzusehen, durchquerte sie zügig den Rathausflur. Sie fühlte sich wie auf der Flucht. Doch wovor floh sie eigentlich? Ihr Gang wurde erst ruhiger, als sie sich dem Auto näherten. Auf der Fahrt waren die Kommissare schweigsam. Karla versuchte, sich auf den Fall und ihre Arbeit zu konzentrieren, aber immer wieder schoben sich Gedanken über Muckwitz dazwischen. Es war, als würde sie müde im Bett liegen und eine Mücke kreiste immer genau dann um ihre Nasenspitze, wenn die Augenlider zufallen wollten. Sie lächelte bei dem Vergleich – Muckwitz, die lästige Mücke. Das hatte er nun wirklich nicht verdient.
„Warum tust Du das?", fragte Teichmann plötzlich unvermittelt und sein Ton wirkte etwas ärgerlich.
Irritiert sah sie ihn an.
„Was meinst Du?"
„Dein Mann ist echt nett. Ihr seid doch glücklich. Was soll das mit dem Bürgermeister?"
„Das geht Dich nichts an, Sven."
Ihr Ton war ärgerlicher, als sie tatsächlich war.
„Mag sein. Ich will es ja auch nur verstehen können."
„Da ist nichts zu verstehen, weil es da nichts gibt mit Muckwitz. Du hast zu viel Phantasie."
„Das kannst Du vielleicht jemandem erzählen, der euch eben nicht auf dem Flur beobachtet hat."
„Spielst Du jetzt den Aufpasser oder was?"
Es entstand eine kurze Pause. Dann räusperte sich Teichmann.

„Entschuldige. Ich dachte, wenn Du mir das mit Muckwitz erklärst, verstehe ich auch mehr, warum mir das mit Sandra passiert ist."
„Ich wünschte, ich könnte Dir eine Antwort geben", erwiderte Karla leise, „aber ich kann es nicht."

Peter Schlag wohnte in Templin, unweit von Garsteins Firmenzentrale im elegant ausgebauten Dachstuhl eines wunderschönen alten Hauses.
„Geschmack hat er wenigstens", bemerkte Karla.
„Und das nötige Kleingeld wohl auch", fügte Teichmann bitter hinzu, „so viel Kohle kann man mit normaler, ehrlicher Arbeit gar nicht verdienen."
„Wir werden es herausfinden. Bist Du bereit?"
„Ja."
Karla betätigte die Türklingel am Hauseingang.
„Wer da?", fragte eine Stimme über den Lautsprecher.
„Kriminalpolizei", erklärte Teichmann, „wir möchten Herrn Schlag sprechen."
Ein lautes Summen ertönte und die Tür wurde freigegeben. Statt den Fahrstuhl zu nehmen sprangen die beiden die Stufen bis zur dritten Etage zu Fuß nach oben.
Peter Schlag, auch dieses Mal vorbildlich gekleidet, erwartete sie an der Wohnungstür. Er machte keine Anstalten, die beiden Kommissare hereinzubitten.
„Wie kann ich Ihnen helfen?", fragte er, während er im Türrahmen stand und mit dem ausgestreckten Arm lässig den Zutritt zu seiner Wohnung versperrte. Sein Lächeln wirkte unecht.
„Wollen wir das hier im Flur besprechen?"
Karla deutete auf seine Wohnung.
„Sollen alle Nachbarn hören, dass wir über Ihr Vorstrafenregister sprechen?"
Schlag gab den Weg noch immer nicht frei.
„In dieser Etage wohnt niemand außer mir. Sie können also sprechen."
„Gut, wenn Sie das so wollen", erwiderte Karla und sprach dabei deutlich lauter als vorher, „können wir das gern so machen."
Teichmann erhöhte die Lautstärke noch mehr, als er mit der Befragung begann.
„Wir ermitteln im Mordfall Veronica Frühauf. Wo waren Sie in der Nacht von Freitag zu Samstag zwischen ein und zwei morgens?"
Schlag kratzte sich demonstrativ nachdenklich am Kopf.
„Wenn ich mich richtig erinnere, dann habe ich meinen Chef zu einer Tagung des Tourismus-Verbandes nach Berlin begleitet. Nachts waren wir in

einer Bar. Ich denke, die Geschäftspartner von Herrn Garstein werden Ihnen das bestätigen können."
Als Karla Geräusche im Treppenhaus hörte, erhöhte sie bei der nächsten Frage noch einmal ihre Lautstärke.
„Was macht denn Ihr Verfahren wegen Nötigung, Herr Schlag? Wir hoffen, Sie haben sich einen guten Anwalt besorgt."
„Machen Sie sich darum mal keine Sorgen", zischte Schlag, dem die Unterhaltung auf dem Flur nun doch unangenehmer wurde.
„War es das jetzt?"
„Nein", brüllte Karla, während eine Treppe tiefer leise Stimmen zu vernehmen waren „wir benötigen noch eine Speichelprobe von Ihnen."
„Dann besorgen Sie sich dafür mal eine richterliche Anordnung", erwiderte Schlag, ging in seine Wohnung zurück und schlug die Tür zu.

Es war schon 22.00 Uhr, als Teichmann eine Tafel Schokolade aus der Tasche zog und sie Karla reichte. Sie brach sich ein großes Stück ab und schob es sich in den Mund. Dann vertiefte sie sich wieder in die Schriftstücke, die vor ihr auf dem Schreibtisch lagen. Sie hatten den ganzen Abend lang Alibis überprüft, Akten gelesen und Berichte geschrieben. Da der Raum nur spärlich beleuchtet war, mussten sie ihre Arbeitsplätze so dicht wie möglich aneinander schieben, um den Schein der einzigen Deckenleuchte gemeinsam zu nutzen. Auf dem Boden und den Tischen waren die Papiere verstreut, die Fotos vom Tatort hingen sorgfältig an einer Pinnwand. Dennoch waren sie noch immer nicht weiter gekommen. Sämtliche Alibis waren bestätigt worden, alle Speichelproben negativ. Karla formulierte gerade einen schwierigen Abschnitt des Berichtes, als Teichmann sich mit der Hand an die Stirn schlug.
„Mist! So ein Mist. Wie konnte das passieren?"
Sie schaute von ihrer Arbeit hoch. Teichmann war plötzlich regelrecht blass um die Nase.
„Was ist denn?"
„Ich habe die Apothekerin vergessen."
„Wie – vergessen? Was war denn mit ihr?"
„Die Menzelbaum hat erzählt, dass sich vor einiger Zeit hier zwei Typen mit Springerstiefeln herumgetrieben haben. Ich wollte mit ihr die Kartei durchgehen. Wir waren für acht Uhr verabredet."
Karla war erleichtert.
„Wenn das alles ist... Geh einfach morgen zu ihr und erzähl ihr etwas von einem Notfall. Sie kann ja dann morgen Abend herkommen."
Teichmann war noch immer betreten ob seines Fehlers und goss sich ein Glas Wasser ein, als es leise an der Tür klopfte.

„Herein“, rief er und beobachtete gleichzeitig, wie Karla nervös nach einer Fluchtmöglichkeit Ausschau hielt. Er brauchte nicht lange zu überlegen um zu wissen, weshalb sie so aufgeregt reagierte. Schließlich befanden sie sich im Rathaus und das war nun einmal der Amtssitz des Bürgermeisters. Doch als die Tür aufging, war es nicht der Kopf des Bürgermeisters, der im Rahmen erschien. Es war Christoph Loewe.
„Hier bist Du“, hörte sie ihn erleichtert sagen, „ich habe Dich überall gesucht und ans Handy bist Du auch nicht gegangen.“
Karla versuchte, ihre Unsicherheit und die Überraschung zu verbergen, indem sie schnell ihr Handy aus der Tasche zog.
„Kein Strom mehr. Wie bist Du denn um diese Uhrzeit hier hereingekommen?“
„Der Pförtner hat mir erst geglaubt, dass ich Dein Mann bin, als ich ihm meinen Ausweis gezeigt habe“, antwortete Christoph und reichte Teichmann zur Begrüßung die Hand. Die beiden Männer lächelten sich kurz an, dann wandte sich Christoph wieder seiner Frau zu.
„Wie wäre es damit, Feierabend zu machen und mich in diese reizende Ferienwohnung zu begleiten?“
Karla schüttelte bedauernd den Kopf.
„Ich brauche noch ein bisschen. Fahr’ ruhig nach Hause zurück. Es macht doch keinen Sinn, dass Du Dir hier mit mir zusammen die Nächte um die Ohren haust.“
Teichmann stand auf, nuschelte etwas, dass irgendwie nach „ich muss mal“ klang und verließ den Raum. Christoph nutzte die Gelegenheit, zog Karla von ihrem Stuhl und nahm sie in den Arm.
„Du fehlst mir aber zu Hause. Wie lange wird es hier noch dauern? Habt ihr eine Spur?“
„Es ist wie verhext“, erklärte sie und ihre Stimme klang ein wenig müde.
„Keine heiße Spur, nicht mal eine lauwarme.“
„Soll ich wirklich heimfahren?“
„Ja, natürlich. Du weißt doch, wie lange das hier so dauern kann.
„Ja, leider“, antwortete er und sah sie ernst an. Karla versuchte, die Enttäuschung in seiner Stimme zu überhören.
„Außerdem musst Du sicher auch noch einiges tun. Du kannst doch nicht immer Deine Arbeit liegen lassen.“
„Es sind Semesterferien, wie Du weißt und ich habe freie Zeiteinteilung.“
Seine Stimme hatte nun einen bittenden Unterton, den sie nicht ignorieren konnte.
„Also schön“, gab sie nach, „in zwei Stunden mache ich hier Schluss.“
Christoph verabschiedete sich mit einem Kuss, als Teichmann wieder eintrat. Im Schlepptau brachte dieser nun auch noch den Bürgermeister mit.

„Ich muss dringend mit Dir sprechen", legte Muckwitz los und ignorierte Christoph, der Karla mittlerweile wieder losgelassen hatte.
„Gleich", erwiderte sie ruhig und sah ihn eindringlich an, „ich möchte nur erst meinen Mann hinaus begleiten."
Sie erhob sich und folgte Christoph auf den Flur. Muckwitz ließ sich derweil auf ihren Stuhl fallen. Er wirkte müde und erschöpft.

„Wer war das denn?", fragte Christoph, als sie gemeinsam die Treppe hinabgingen.
„Der Bürgermeister von Lychen."
„Ihr seid schon beim ‚Du'?"
Karla schwieg und öffnete für Christoph das Tor.
„Bis nachher", flüsterte sie.
Er sah seine Frau noch einmal kurz an. An ihrem Gesicht konnte er ablesen, dass er auf seine Frage keine Antwort mehr erhalten würde. Also wandte er sich enttäuscht ab und ging. Nach ein paar Schritten war er im Dunkel der Nacht verschwunden. Karla sah ihm nach, bis sich seine Umrisse verloren. Wäre sie ihm eine Antwort schuldig gewesen? Er bedeutete ihr so viel. Was wäre, wenn ihm auf dem Weg etwas passierte oder er sie verließe? Sie konnte – nein – sie wollte sich ein Leben ohne Christoph nicht vorstellen. Undenkbar. Andererseits blieb da ein Verlangen auf etwas, dass er nicht einlösen konnte. War sie undankbar? Wollte sie zuviel? Sie schüttelte wieder einmal heftig den Kopf, doch diesmal spürte sie, ließen sich die finsteren Gedanken nicht so einfach verscheuchen. Sie zog ihr Handy aus der Tasche, wählte Christophs Nummer.
„Ich liebe Dich", sagte sie, als er sich meldete. Sie unterbrach die Verbindung, noch bevor er etwas erwidern konnte.
Muckwitz erhob sich, als Karla zurückkam.
„Was gibt es denn jetzt noch so Dringendes?", fragte sie ihn kühl, als könnte sie damit auch ihre eigenen Gefühle auf Distanz halten.
„Mich hat eben Hans Groß angerufen", berichtete der Bürgermeister nervös. „Er besitzt den Haushaltswarenladen in Templin. Letzte Woche haben zwei Kerle bei ihm einen Bolzenschneider abgeholt, den Garstein bestellt hat. Er hat erst jetzt vom Mord an Veronica erfahren."
Karla klappte die Akten zu.
„Ist Herr Groß jetzt noch wach? Kann er kommen? Vielleicht gelingt es uns ja, die beiden Männer im Polizeicomputer ausfindig zu machen."
„Er ist schon auf dem Weg hierher."
Sie lächelte.
„Gut – dann können wir morgen früh Garstein damit konfrontieren."
In diesem Moment klopfte es wieder an der Tür.

„Herein“, riefen Teichmann und Karla gleichzeitig. Ein sehr schlanker, beinahe hagerer Mann mit freundlichen Augen und Grübchen öffnete die Tür.
„Komm rein, Hans“, forderte ihn Muckwitz auf. „Wir warten schon auf Dich.“

Es war zwei Uhr nachts, als Karla zu Christoph unter die Bettdecke schlüpfte.
„Du hast einen Scheißjob“, flüsterte er ihr zu, als sie sich ankuschelte.
Sie schüttelte den Kopf. „Ich habe eine heiße Spur“. Es klang richtig glücklich. Christoph legte den Arm um sie und küsste sie auf die Stirn. Es war das Ritual, mit dem sie einzuschlafen pflegten. Doch diesmal schlief Christoph nicht ein. Er hörte Karlas gleichmäßigen Atemzügen zu und dachte daran, dass er seit 21 Jahren so den Arm um sie legte und ihr die Stirn küsste. Es war das erste Mal in all der Zeit, dass er Angst hatte, sie zu verlieren. Er war nicht eifersüchtig, er war auch nicht wütend auf diesen Bürgermeister. Vielmehr hatte er das Gefühl, keinen Einfluss zu haben auf das, was geschah. Er hatte das unbestimmte Gefühl, ihr gemeinsames Leben könnte in Scherben gehen, ohne dass er irgendetwas unternehmen konnte. Sie hatten sich nicht einmal gestritten. Und dann war da auch noch dieser Mordfall, der, das spürte er genau, Karla mehr mitnahm als alle Fälle vorher. Und wieder fragte er sich, warum sie unbedingt diesen schweren, quälerischen Beruf gewählt hatte, warum sie ihn so verbissen fortsetzte, obwohl sie finanziell durch seine Arbeit abgesichert waren. Natürlich wusste er, dass sie ihre Selbstständigkeit liebte. Aber warum musste sie ausgerechnet in der Mordkommission arbeiten? Vor ein paar Jahren hatte sie die Möglichkeit, zum Betrugsdezernat zu wechseln. Als er ihr die Vorteile damals pries, hatte sie gelächelt.
„Aber mich interessiert nun einmal nicht, ob Unternehmer Müller seine Bank bescheißt“, hatte sie geantwortet, „und mit den Zahlen hab ich’s auch nicht so.“
Damit war die Diskussion für sie beendet gewesen. Er schlief erst ein, als es draußen schon zu dämmern begann.

Mittwoch, 19. Juli

25.

„Sie haben diesen Bolzenschneider bestellt?“, fragte Karla und legte Garstein schwungvoll die Kopie einer Rechnung auf den lackierten Schreibtisch. Ihr Gegenüber war die Ruhe selbst. Perfekt gestylt und in einen teuren Anzug gehüllt, thronte er hinter dem großen Möbel. Er schaute kurz auf den kleinen Zettel. Dann legte er die Hand nachdenklich ans Kinn und erklärte, als würde es ihm soeben einfallen:

„Ja – richtig. Und Schlag hat ihn für mich abgeholt. Was ist damit?“

„Wozu benötigen Sie ihn?“, fragte Teichmann und trat näher an den Tisch heran. Garstein versuchte, ruhig zu bleiben und spielte den Naiven. Nur das ungeduldige, fast unmerkbare kleine Trommeln der Finger seiner rechten Hand auf der Schreibtischplatte verriet seine innere Unruhe. Karla sah es und genoss still diesen winzigen Triumph.

„Ich habe ein paar alte Zaunstellen auf meinem Grundstück entfernt. Bin vorher nicht dazu gekommen. Sie sehen ja“, er deutete ironisch auf einen sehr kleinen Stapel Papier auf seinem sonst leergeräumten Schreibtisch, „die Arbeit frisst einen Selbstständigen wie mich glatt auf.“

„Ich will sie sehen!“, forderte Karla.

Garstein stellte sich dumm.

„Was möchten Sie sehen?“

„Die Stellen in Ihrem Garten.“

„Ich würde ja sehr gern jetzt nach Hause fahren“, entgegnete er, „aber Sie sehen ja – die Arbeit.“

Wieder deutete er auf den unscheinbaren Papierstapel.

„Dann werden wir das eben ohne Sie anschauen, Herr Garstein“, drohte Karla.

„Dazu werden sie einen Durchsuchungsbeschluss benötigen, Frau Kommissarin.“

Garstein fühlte sich jetzt wieder sicher. Karla spürte es und zog einen weiteren Trumpf aus dem Ärmel.

„Ich gehe davon aus, dass es sich um das Werkzeug handelt, mit dem der Zaun am Tatort in Hohenlychen bearbeitet wurde. Ein wichtiges Indiz also. Und damit Sie das nicht einfach so verschwinden lassen, werde ich es mir jetzt holen. Man nennt das übrigens ‚Gefahr im Verzug‘, Herr Garstein.“

Teichmann und Karla drehten sich um und durchquerten mit großen schnellen Schritten den Raum. Sie hatten die Tür erreicht. Karla drückte die Klinke hinunter. „Naja, ein halbes Stündchen Pause kann ja nicht schaden", lenkte Garstein in diesem Moment ein, „ich werde Sie selbstverständlich begleiten."

Sie fuhren in Garsteins Wagen. Binnen weniger Minuten erreichten sie sein großes Haus, das nicht weit von der Innenstadt Templins entfernt gelegen war. Ein hoher, sehr neu wirkender Zaun schirmte das Gelände von der Außenwelt ab. Das riesige Tor öffnete sich auf Knopfdruck automatisch. Garstein lenkte den Wagen noch ein ganzes Stückchen über den knirschenden Kies in Richtung Haus, bevor er anhielt. Sie stiegen aus und folgten ihm, als er sicheren Schrittes auf den hinteren Teil des Geländes zuging, das von mehreren hohen alten Kastanienbäumen abgeschirmt wurde. Die Strahlen der Sonne fingen sich in den Blättern der wunderschönen alten Bäume. Überhaupt wirkte der hintere Teil des Gartens viel ursprünglicher, nicht so überpflegt und ausgeräumt wie der Teil vor dem Haus. Garstein blieb stehen und deutete auf eine Reihe von drei alten Zaunpfählen, die versteckt hinter Büschen auf dem Gelände standen und an eine längst vergangene Zeit erinnerten.
„Schade", dachte Karla, bald würde der Rest dieses kleinen Paradieses wohl auch dem Stil des Hausherrn weichen müssen.
„Zwischen diesen morschen Pfählen war noch ein Haufen Draht verspannt", erklärte er, „den habe ich mit dem besagten Bolzenschneider entfernt. Jetzt müssen noch die Pfähle raus."
„Und wo ist das gute Stück?", fragte Teichmann.
„Was meinen Sie?" Garstein stellte sich wieder einmal dumm und brachte Karla damit auf.
„Ich dachte, Ihre Zeit sei so kostbar. Dann lassen Sie uns hier nicht Sandkastenspiele betreiben" fuhr sie ihn an, „zeigen Sie uns den Bolzenschneider."
Garstein murmelte erschreckt etwas von „im Schuppen suchen" und eilte über das große Gelände. Sie folgten ihm. Tatsächlich stand am östlichen Teil des Anwesens eine kleine Hütte. Wie ein Schuppen sah das nagelneue hölzerne Häuschen allerdings nicht aus, eher wie eine edle Gartenlaube. Er nestelte an seinem Schlüsselbund und öffnete die Tür. Gleich neben der Eingangstür befand sich ein großer Schrank, in dem er nun zu wühlen begann. Karla und Teichmann waren ihm gefolgt und beobachteten ihn. Nach fünf Minuten wandte er sich einer Truhe zu, die an der anderen Seite des Raumes stand. Auch hier das gleiche Verfahren. Minutenlanges Wühlen – dann ein erstaunter Blick zur Kommissarin.
„Tut mir wirklich leid, aber ich kann ihn nicht finden."

„Spielen Sie nicht den Naiven, Garstein", zischte Teichmann nun böse, „geben Sie uns das Ding, oder wir lassen Ihre ganze Hütte inklusive Wohnhaus auf den Kopf stellen."
Garstein erhob sich und schloss mit einer ruhigen Geste die Truhe.
„Dann tun Sie das, meine Herrschaften – sofern Sie einen Richter finden, der Ihnen dafür einen Durchsuchungsbeschluss gibt. Gefahr im Verzug dürfte nun ja wohl ausgeschlossen sein. Oder?"
Teichmann trat zwei Schritte auf ihn zu, öffnete selbst den Deckel des Möbels und sah hinein. Das minutenlange Wühlen war völlig überflüssig gewesen, denn in dieser Truhe herrschte eine strenge Ordnung. Garstein hätte binnen von Sekunden sehen müssen, dass sich der Bolzenschneider nicht darin befand. Teichmann ließ den Deckel krachend fallen und wandte sich dem Schrank zu. Hier bot sich ein ähnliches Bild. Geschirr, einige Decken und ein paar Werkzeuge lagen wohl sortiert darin.
„Wo ist der Draht, den Sie entsorgt haben?", fragte Karla scharf.
„Auf dem Müll. Vorgestern wurde alles abgeholt."
Sie wollte etwas erwidern, als ihr Handy klingelte. Während Teichmann und Garstein sich über den Bolzenschneider und dessen Verbleib auseinandersetzten, nahm sie das Gespräch entgegen. Nach wenigen Sekunden, sie hatte das Gespräch noch nicht beendet, gab sie Teichmann ein aufgeregtes Zeichen. Kurz darauf verabschiedete sie sich von dem Anrufer und wandte sich sofort an den Kollegen.
„Wir müssen sofort zurück in die Stadt, es ist dringend."
„Ich will die Polizeiarbeit natürlich gern unterstützen", mischte sich Garstein ein und deutete auf sein Auto. „Ich bin bereit."
Karla fragte sich, ob an dem Mann irgendetwas authentisch war. Er wirkte so lebendig wie sein Haargel.
„In Veronicas Wohnung wurde eingebrochen", flüsterte sie dem Kollegen leise zu. „Wir sollten uns das ansehen."
„Und die Durchsuchung?"
„Glaubst Du ernsthaft, dass sich das Teil noch hier befindet?"
Er schüttelte den Kopf und beide stiegen zu Garstein in den Wagen.

Es war niemand anderes als der Bürgermeister persönlich, der sie in der Wohnung von Veronica Frühauf erwartete. Er stand im Flur und wirkte so aufgeregt und ein wenig verzweifelt, dass Karla lächeln musste, als sie ihn sah. Er wollte helfen, wusste aber nicht so recht, wie und stand den Kollegen, die bereits dabei waren, nach Fingerabdrücken und Beweismaterial zu suchen, im Weg.
„Die Nachbarin hat mich geholt, statt zur Polizei zu gehen", erklärte er seine Anwesenheit. „Ich habe dann Deine Kollegen informiert."

„Danke", antwortete sie knapp, drängte sich schnell an ihm vorbei, ohne ihn zu berühren und sah sich in der Wohnung um.
„Ich glaube, das, was hier gesucht wurde, habe ich bereits letztens gefunden", sagte sie mehr zu sich selbst als zu den anwesenden Kollegen. „Oder sollte es noch etwas anderes geben, an dem die Täter so großes Interesse haben?"
Langsam ging sie durch die Räume, die bei ihrem letzten Besuch noch die Geschichte von einer jungen Frau und deren Träumen erzählten. Das Chaos, das sie jetzt vorfand, hatte damit nichts mehr zu tun. In der Küche hatten die Einbrecher sämtliche Regalinhalte auf den Fußboden befördert und entleert, im Schlafzimmer war der schöne Betthimmel heruntergerissen, die Bettwäsche aufgeschlitzt und auch die anderen Räume waren nicht wiederzuerkennen. Es kam Karla so vor, als wäre Veronica Frühauf ein zweites Mal umgebracht worden.
„Ich glaube, wir können nun wohl ausschließen, dass es sich um eine profane Vergewaltigung mit Todesfolge handelt", sinnierte Teichmann.
„Seit wann sind Vergewaltigungen profan?", fragte sie tadelnd, lenkte aber sofort wieder ein. „Ich glaube auch, dass mehr dahinter steckt."
Sie bückte sich, um eine goldene Uhr aufzuheben, die im Weg lag und fügte dann hinzu: „Zumal auch dieses Mal keine Wertgegenstände mitgenommen wurden."
Wieder klingelte das Handy. Diesmal war es Michael Boehse, der Onkel des Opfers. Seine Stimme klang aufgeregt.
„Frau Loewe – sind Sie es? Sind Sie dran?"
Sie versuchte, ihn zu beruhigen.
„Was ist denn geschehen, Herr Boehse? Erzählen Sie von Anfang an."
„Ich habe mich hier mal bei den Nachbarn umgehört, wie Sie gesagt haben", erklärte er atemlos, „und ich weiß jetzt, wie die Täter abgehauen sind, ohne bemerkt zu werden."
„Ich bin gespannt."
Sie sind über den See übergesetzt, mit einem geklauten Boot. Ich stehe hier mit Herrn Herbst. Der sagt, er hat sein Boot zuerst nicht wiedergefunden. Dann fand er es aber doch – an einem anderen Bootssteg. Ich bin mir sicher, die haben sein Boot benutzt."
„Wo sind Sie genau, Herr Boehse?", fragte Karla, „wir kommen zu Ihnen."

Anfänglich wollte Karla allein zum See gehen, da Teichmann dringend wegen der Verdächtigenbeschreibung zur Apothekerin musste. Muckwitz bot ihr an, sie zu begleiten. Sie lehnte zunächst ab. Der Bürgermeister überzeugte sie jedoch mit seiner Ortskenntnis. Außerdem hatte er selbst ein Boot am Zenssee zu liegen. Mit diesem wollte Karla am schnellsten auf die andere Seite und zu Boehse gelangen. Von Veronicas Wohnung aus war es ein Katzensprung zum See, wenn man die Abkürzung über das Gelände des Tatortes nahm. Karla war wieder verblüfft darüber, wie groß das Gebiet war. Mit zügigen Schritten überquerten sie die Wiesen, ließen die verfallenen Häuser hinter sich.

„Mein Boot steht weiter links“, dirigierte Muckwitz, „mehr stadtwärts.“

Sie hasteten weiter, blieben in Sträuchern hängen und Karla knickte mit dem Fuß um, als sie eine Wurzel übersah.

„Nichts passiert“, rief sie Muckwitz zu, der ihr zu Hilfe kommen wollte. Sein Ruderboot lag angetäut im Wasser. Die kleinen Wellen bewegten es malerisch sanft hin und her. Karla wollte einsteigen, als ihr auffiel, dass die Ruder fehlten.

„Ich glaube, schwimmen ginge schneller“, ließ sie ihn wissen. „Ohne Ruder wird das nichts.“

„Immer mit der Ruhe“, antwortete er gelassen und verschwand hinter einem dichten Gebüsch. Karla fragte sich, warum Männer immer dann ins Gebüsch mussten, wenn der Zeitpunkt ungünstig war. Muckwitz kehrte Sekunden später zurück, zwei Ruder in den Händen haltend. „Ach so“, sagte sie, „ich dachte…“

Er lächelte und stieg zu ihr ins Boot.

„Mit Rudern geht es deutlich besser.“

Er setzte die Ruder ein und stieß das Boot mit einer kurzen, kräftigen Bewegung vom Steg ab. Sie beobachtete, wie er mit gleichmäßigen Schlägen zu rudern begann. Erst jetzt fiel ihr auf, dass er eine gute Anzughose und ein weißes, kurzärmeliges Hemd trug. Das raue Bootsholz würde seine Spuren auf der Hose hinterlassen. Es machte ihr Spaß, dem Muskelspiel seiner Arme zuzusehen. Gleichzeitig verbot sie es sich. Sie wandte den Blick ans andere Ufer und versuchte, sich auf den Fall zu konzentrieren. Von weitem sah sie bereits Michael Boehse winken. Nach wenigen Minuten hatten sie die andere Seite erreicht. Karla sprang an Land, noch bevor Muckwitz das Boot richtig festmachen konnte. Sie rutschte ab und landete mit einem Fuß im See.

„So ein Mist.“

Sie nahm die Hand, die Boehse ihr wortlos reichte. Mit einem kurzen Ruck half er ihr ans Ufer.

„Dort drüben“, sagte er, kaum dass sie wieder Boden unter den Füßen hatte, „da bei dem Steg mit dem gelben Geländer, hat das Boot immer gelegen. Und nun lag es hier.“

„Und noch nicht einmal richtig vertäut“, beschwerte sich der Besitzer, den sie erst jetzt so richtig wahrnahm, „ich dachte, es wäre ein Dummer-Jungen-Streich gewesen, aber nach dem Gespräch mit Michael befürchte ich, die Täter könnten es genommen haben.“

Karla schüttelte Herrn Herbst, einem untersetzten älteren Herrn mit schütterem Haar, die Hand. Dann schaute sie sich den kleinen grünen Kahn etwas näher an.
„Haben Sie die Ruder immer im Boot?“, fragte sie Herbst.
„Nein, natürlich nicht“, erwiderte dieser entrüstet, „die liegen immer im Wald unter ein paar Ästen.“
„Und wer weiß das alles?“
„Das machen hier alle so. Also wissen es auch alle. Aber die Dinger hier sind Stechpaddel. Die gehören mir nicht. Damit fährt man sonst in Kanus, nicht in Ruderbooten.“
„Es gibt in Lychen mehrere Kanuverleiher“, merkte Muckwitz an, „vielleicht fehlen die Paddel ja einem.“
Karla zückte das Handy und informierte sofort wieder die Spurensicherung. Aus ihrer Tasche zog sie eine kleine Rolle Absperrleine, mit der sie das Gelände notdürftig gegen weiteren Zutritt absicherte. Als zwei Schutzpolizisten eintrafen, überließ sie ihnen das Warten auf die Fachleute von der Spurensicherung.
Ruderst Du mich zurück?“, fragte sie Muckwitz, „es gibt viel zu tun, ich möchte nicht unnötig Zeit verlieren.“
„Natürlich.“
Sie ließen Boehse und Herbst bei den Kollegen zurück, die auch die Aussagen gleich zu Protokoll nahmen.
„Noch ein Beweis dafür, dass die Täter nicht von hier sind“, sagte sie, als Muckwitz das Boot auf den See lenkte, „sonst hätten sie die Paddel nicht klauen müssen. Denn hier wissen ja alle, dass die richtigen Ruder nur versteckt werden.“
„Ich frage mich nur“, entgegnete Muckwitz außer Atem, weil er sich beim Rudern ins Zeug legte, „wann die sich das Boot zurechtgemacht und die Paddel reingelegt haben. Es war doch alles genau geplant.“
„Die Tat war vermutlich geplant“, stimmte Karla zu, „alles war vorbereitet. Ich glaube dennoch nicht, dass sie sie töten wollten.“
Karla erwischte sich dabei, dass sie trotz der Eile, in der sie sich befand und der vielen Fragen, die der Fall in ihr auslöste, die Überfahrt genoss. Die Sonne schien, der See glitzerte und es war schön, Muckwitz zuzusehen, wie er mit gleichmäßigen kräftigen Bewegungen das Boot bewegte. Über sich erspähte sie einen Fischadler, der majestätisch seine Kreise zog. Der See war beinahe menschenleer. Einzig die Sprachfetzen der Kollegen drangen noch zu ihnen herüber. Ansonsten vernahmen sie ausschließlich Vogelstimmen und das Plätschern der kleinen Wellen, die ans Boot schlugen.
„Kaum zu glauben, dass wir mitten in Deutschland sind“, sinnierte sie, „es ist so skandinavisch hier. Kaum Menschen.“

„Wir haben hier mittlerweile auch eine ähnliche Einwohnerdichte wie die Schweden", erklärte Muckwitz mit zynischem Unterton, „weil es hier kaum Arbeit gibt, wandern die wenigen gut Ausgebildeten auch noch ab."
„Ich weiß", entgegnete sie nachdenklich, aber auch ein wenig verträumt zu. „Aber wenn man das einen Moment lang außer Acht lässt, ist es hier einfach nur schön."
Muckwitz unterbrach das Rudern und sah sie an.
„Entschuldige, ich bin einfach zu sehr Politiker. Natürlich ist es schön hier. Ich liebe das alles hier so sehr, dass es manchmal weh tut."
„Wie meinst Du das?"
Er sah sie an, nahm die Ruderbewegung langsam wieder auf.
„Nach dem Tod meiner Frau wollte ich weg, hatte schon ein Angebot aus Hamburg. Und dann habe ich mir diese andere Stadt angeschaut und schon nach ein paar Stunden war mir klar, dass ich es nicht aushalten würde ohne die Seen und die Wälder hier. Man kann vor sich selbst nicht davonlaufen. Man nimmt sich immer mit."
Er steigerte wieder das Tempo, und sie näherten sich zügig dem Ufer. Er zog sich die Schuhe von den Füssen und sprang ins seichte Wasser, um das Boot so zu positionieren, dass Karla diesmal trockenen Fußes an Land gelangte. Dann reichte er ihr lächelnd die Hand.
„Darf ich bitten?"
Karla schlug sein Angebot aus und sprang ohne seine Hilfe heraus.
„Aus mir wird wohl keine Lady mehr", lachte sie übermütig, „ich bin und bleibe ein burschikoses Trampel."
„Ich glaube eher, dass Du mein Angebot aus einem anderen Grund ausgeschlagen hast", erwiderte Muckwitz und warf mit Schwung die Ruder ins Gebüsch.
„Und welcher Grund soll das sein?"
Sie standen sich gegenüber.
„Du hast Angst", provozierte er sie.
„Wie bitte?" Scheinbar verwundert sah sie ihn an.
Er erwiderte ihren Blick und trat einen Schritt näher.
„Du hast Angst davor, mich zu berühren."
„Das ist Quatsch", entgegnete sie forsch und machte eine ablehnende Handbewegung.
„Ach ja? Dann tu es doch. Reich mir einfach die Hand."
Er streckte ihr seine rechte Hand entgegen.
„Wozu sollte ich Dir jetzt die Hand geben?", fragte sie und es sollte besonders selbstbewusst klingen. Es besteht gar kein Grund dazu."
„Doch. Du wolltest mir beweisen, dass es Dich kalt lässt."

Noch immer streckte er ihr seine Hand entgegen. Zuerst zögernd, dann entschlossen, schlug sie ein. Eine Weile standen sie so. Es gelang Karla nicht, sich zu rühren. Sie wollte ihre Hand zurückziehen, unterließ es aber.
„Siehst Du“, sagte er, ich hatte Recht.“
„Quatsch“, antwortete sie und zog ihre Hand fort, „Du hast mich nur nicht losgelassen.“
„Für dieses Lüge darf ich mir jetzt etwas wünschen“, behauptete er und lachte, „wenn ich als Politiker so etwas offensichtlich Falsches sagen würde, wäre meine Wiederwahl in Gefahr.“
Sie lachte.
„Also gut, ich gebe zu, dass es angenehm war.“
„Kommst Du heute Abend zum Essen zu mir?“
Sie zögerte.
„Ich koche ganz gut“, versuchte er, sie zu überzeugen.
„Also gut. Wir essen zusammen. Mehr nicht.“
Er lachte.
„Du hast ja schon wieder Angst vor mir. Ich wusste gar nicht, dass ich so auf Frauen wirke.“
Sie wählten denselben Weg zurück, den sie gekommen waren, auch wenn er diesmal noch beschwerlicher war, da es bergauf ging, und überquerten erneut das Gelände des Tatortes. Karla entdeckte ein altes Kneipp-Becken vor einem der Häuser. Im Laufe der Zeit hatte sich Erde darin angesammelt und Pflanzen wuchsen daraus empor.
„Was war das hier, bevor die Russen es als Kaserne benutzten?“, fragte sie.
Er antwortete mit einer Gegenfrage.
„Willst Du die Kurz- oder die Langfassung? Frag einen Lychener nach der Geschichte von Hohenlychen und Du wünschst Dir nach ein paar Stunden, Du hättest die Frage nie gestellt.“
„Dann bitte die Kurzfassung, ich bin ja im Dienst.“
„Das hier waren einst die berühmten Hohenlychener Lungenheilstätten. Sie wurden 1902 eingerichtet, um TBC-kranke Kinder aus den Städten, vor allem aus Berlin, zu heilen. Berühmte Ärzte haben hier gewirkt. Und es ist Erstaunliches gelungen. Professor Dr. Gotthold Pannwitz war es zu verdanken, dass tatsächlich viele Kinder gerettet werden konnten. Er hat den Aufbau der Heilstätten maßgeblich vorangetrieben. 1911 war sogar die deutsche Kaiserin in Lychen.“
„Pannwitz?“, unterbrach ihn Karla und blieb stehen, „nach ihm wurde also die Straße benannt, an der das Gelände liegt.“
„Unsere Schule wurde auch nach ihm benannt.“
Er war ebenfalls stehen geblieben, doch schaute er Karla nicht an. Sein Blick ging in die Ferne, blieb an einem der größeren Gebäude hängen.

„Als die Nazis kamen, wurde der Vorstand des Vereins, der die Heilstätten führte, abgesetzt, die jüdischen Ärzte vertrieben und verfolgt. Die Nazis haben die Heilstätten dann für ihre eigenen Zwecke missbraucht. Zuerst als Reichssportsanatorium. Verletzte Vorzeigesportler wurden hier behandelt. Aber auch reiche Wirtschaftsleute und Nazi-Funktionäre."
Er lenkte seinen Blick zurück zu ihr. Sie wich ihm aus, indem sie langsam weiterlief.
„Und dann?"
„Es folgten Menschenversuche an Frauen und Mädchen aus dem Konzentrationslager Ravensbrück. Alles nicht sehr rühmlich für die Geschichte Lychens. Und da ist es auch keine wirkliche Ausrede, dass die NS-Schergen nicht von hier waren, sondern vorwiegend aus Bayern."
„Und nach dem Krieg haben die Russen die Gebäude genutzt?".
„Ja.Veronica hat in einer der Wohnungen gelebt, die eigentlich für die Russen gebaut und später den Lychenern zur Verfügung gestellt wurden."
„Jetzt weiß ich, warum das alles leer steht", bemerkte Karla, und sah sich um, „viel zu viel Geschichte. Man weiß nicht, was davon noch in den alten Mauern steckt."
Er blieb erneut stehen, sah sie an.
„Und ich dachte, Du würdest sagen, es seien auch nur Häuser. Stein auf Stein gebaut und dann eben so oder so genutzt. Und jetzt kommst Du mit so einer Art Seele für die Bauwerke."
„Du hast recht", gab sie zu, „eigentlich sehe ich solche Dinge sehr pragmatisch. Aber dieser Ort wirkt so merkwürdig, so tragisch."
„Es geht mir genauso", stimmte Muckwitz zu, „obwohl ich sofort hier wieder etwas aufbauen würde, wenn ich das nötige Geld dazu hätte."
Sie gingen schweigend weiter, bis sie an der Straße ankamen.
„Bis nachher Frau Kommissarin."
„Bis nachher Herr Bürgermeister. Kochen Sie was Anständiges."
„Worauf Du Dich verlassen kannst."
Sie trennten sich, gingen in verschiedene Richtungen davon.
„Ich habe mich lange nicht mehr so auf etwas gefreut", sagte er halblaut, aber sie konnte es nicht mehr hören.

26.

Teichmann war es peinlich, dass er den Zeugentermin mit der Apothekerin verpasst hatte. Etwas Derartiges war ihm in seiner ganzen Dienstzeit noch nie passiert. Mit Unbehagen sah er dem neuen Termin entgegen. Was sollte er zu seiner Entschuldigung vorbringen? Karla hatte ihm eingeschärft, er solle unbedingt bei der Version bleiben, dass andere eilige Vorfälle Vorrang gehabt hätten. Sie meinte, es schade dem Ansehen der Polizei, wenn er zugäbe, dass er es einfach vergessen hatte.

„Die denken hier sowieso alle, wir sind unfähig", hatte sie gesagt, „also biete ihnen nicht noch mehr Material für Ihre Vermutung."

„An der Materiallage bin ich ja wohl am wenigsten schuld", hatte er geantwortet und sich einen bösen Blick von ihr eingefangen. Aber immerhin konnte er nun zu seiner inneren Verteidigung angesichts der geplanten Lüge vorbringen, dass Karla sie ihm sozusagen vorgeschrieben hatte. Bevor er die schwere Holztür zur Apotheke öffnete, holte er noch einmal tief Luft. Dann war er bereit für das Gespräch mit der älteren Dame. Frau Menzelbaum empfing ihn zu seiner Verwunderung ohne Vorbehalte oder gar Kritik.

„Ich habe schon gehört, dass eine Menge passiert ist. Aber ich laufe Ihnen ja nicht weg."

Teichmann atmete erleichtert auf. Sie bat ihn in ein Nebenzimmer, das auch als Aufenthalts- und Lagerraum diente und bot ihm einen von zwei Stühlen an. Ohne ihn zu fragen, stellte sie ihm eine Tasse frisch gebrühten Kaffees auf den Tisch. Aus der Schublade einer großen Vitrine nahm sie eine Packung Schokoladenkekse und öffnete sie.

„Bedienen Sie sich."

„Danke."

Der Kommissar zückte seinen Notizblock und sah sein Gegenüber aufmunternd an.

„Sie haben also zwei Männer hier im Ort gesehen, die keinen guten Eindruck bei Ihnen hinterließen."

„Keinen guten Eindruck? Wäre das nicht ein bisschen wenig, um einen Kommissar damit zu belästigen? Nein – ich habe noch einmal darüber nachgedacht und mir ist manches wieder eingefallen, das vermuten lässt, sie könnten mit dem Fall zu tun haben."

Teichmann nippte an dem heißen Getränk.

„Ich bin überzeugt davon, dass Sie mir nichts Belangloses erzählen. Darum bin ich hier."

„Ich habe die beiden Jungs das letzte Mal vor zwei bis drei Wochen gesehen. Sie kamen in die Apotheke. Ich glaube, sie kauften Aspirin oder Sonnenmilch. Irgendetwas ohne Bedeutung. Und dann fragten sie mich sehr viel."
„Was fragten sie denn?"
„Sie wollten wissen, was es mit Hohenlychen auf sich hat. Und ob sich denn niemand um das Gelände dort kümmern würde. Ob die Helenenkapelle auch nachts geöffnet sei, wollten sie wissen. Ich wunderte mich etwas über ihre Wissbegierde, denn sonst sind solche Jungs ja nicht gerade an Kultur interessiert."
„Was meinen Sie mit ‚solche Jungs'"
„Na Sie wissen schon, kurz geschorene Haare und diese Stiefel – wie die heutzutage eben aussehen. Ich war wirklich überrascht, irgendwie sogar erfreut, über ihr Interesse an dem Ort, in dem sie Urlaub machen. Ich dachte, dann wird aus denen vielleicht doch noch mal was."
„Können Sie die beiden Männer beschreiben?"
„Es ist schon eine Weile her, aber ich kann es gern versuchen."
„Würden Sie sie wiedererkennen."
„Ja, ich denke schon."
„Dann darf ich Sie bitten, mich ins Einsatzzentrum zu begleiten. Der Polizeicomputer hat eine extra Rubrik für diese Sorte Jungs."
„Wenn Sie noch zehn Minuten warten, kann ich die Apotheke schließen, dann ist Mittagspause."
Teichmann nahm noch einen Schluck Kaffee, als nebenan die Ladenklingel ertönte.
„Entschuldigen Sie mich bitte", sagte Frau Menzelbaum, als sie durch den Türspalt in den Nachbarraum geblickt hatte, „ich habe Kundschaft."
Sie verschwand und Teichmann nutzte die Gelegenheit, um nach einem der Kekse zu greifen. Er hatte gerade abgebissen, als sich die zweite Tür öffnete, die offensichtlich zu den Privaträumen führte. Im Türrahmen erschien Philipp Menzelbaum.
„Haben Sie einen Moment Zeit für mich?"
Teichman versuchte, den Keks schnell herunterzuschlucken. In der Apotheke ertönte derweil erneut die Türbimmel. Mit geübtem Blick spähte Philipp durch einen kleinen Spalt in der Tür.
„Die alte Menzensbacher – das kann dauern."
Er wandte sich wieder Teichmann zu.
„Sie haben mir in unserem letzten Gespräch unterstellt, ich könnte Veronica das angetan haben, weil sie mich abgewiesen hat."
„Der DNA-Test war negativ", unterbrach ihn Teichmann, „Sie gehören nicht mehr zum engeren Kreis der Tatverdächtigen."

„Darum geht es mir gar nicht“, stellte Philipp klar und Teichmann merkte ihm an, dass es ihm schwer fiel, über Veronica zu sprechen, ohne dass ihm Tränen in die Augen traten. Es rührte ihn und es tat ihm etwas leid, dass er in seinem ersten Gespräch so ruppig mit ihm umgegangen war.
„Veronica wollte nicht, dass es jemand erfährt. Ihr Vorwurf belastet mich so, dass ich es Ihnen erzählen werde.“
„Sie sind doch aber gar nicht mehr verdächtig“, wiederholte Teichmann.
„Ich will es Ihnen trotzdem erzählen“, beharrte Philipp und holte tief Luft. Es fiel ihm sichtlich schwer, das angekündigte Vorhaben in die Tat umzusetzen. Teichmann schwieg jetzt. Es schien dem jungen Mann wichtig zu sein, diese Mitteilung zu machen.
„Zwischen Veronica und mir war es nicht wirklich aus. Nach außen hin waren wir getrennt, und sie hat auch immer wieder versucht, die Beziehung zu beenden, aber es war nie wirklich aus zwischen uns.“
„Das verstehe ich nicht“, bemerkte Teichmann, „wie muss ich mir das vorstellen, dass Sie getrennt und doch zusammen waren?“
„Etwas merkwürdig oder ungewöhnlich war es schon. Veronica erzählte überall, sie hätte sich von mir getrennt. Aber ein- bis zweimal pro Woche rief sie mich abends an und fragte, ob ich zu ihr kommen wolle. Ich sollte aber erst erscheinen, wenn es dunkel war und mich niemand mehr sehen konnte.“
Er seufzte tief, bevor er fortfuhr.
„Manchmal meldete sie sich eine Woche nicht. Einmal war sogar für zwei Wochen Funkstille. Ich dachte damals, jetzt ist es wirklich vorbei. Aber dann kam wieder ihr Anruf.“
„Und Sie haben das so akzeptiert?“
Philipp erhob sich von seinem Stuhl und lief in dem engen Raum hin und her.
„Was sollte ich machen? Die Alternative war, sie endgültig zu verlieren. Ich habe einfach immer gehofft, sie würde irgendwann zu ihren Gefühlen stehen können.“
„Was war der Grund für Veronica, sich so zu verhalten? Hat sie es Ihnen erklärt?“
„Sie sagte immer, dass es nicht gut sei, mit der ersten großen Liebe zusammenzubleiben. Man würde sich dann nicht mehr entwickeln und es würde auch meistens nicht halten.“
„Aber das ist doch Prinzipienreiterei, theoretisches Blabla.“
„Das habe ich ihr auch gesagt. Aber es hat nichts genützt. Ich kannte sie gut genug, um zu wissen, dass es keinen Sinn hatte, sie umzustimmen. Wenn sie sich etwas vorgenommen hatte, dann war sie stur. Das zog sie eben durch. Es ist aber belastend, nachts Liebeserklärungen ins Ohr geflüstert zu bekom-

men und am nächsten Morgen vor dem Hellwerden wieder weggeschickt zu werden. Manche Woche war ich fast jede Nacht bei ihr."
Teichmann überlegte, ob er Philipp von der Abtreibung erzählen sollte, unterließ es dann aber. Es war klar, dass er der Vater gewesen war. Aber warum sollte er ihm auch noch einen zweiten Schlag versetzen? Dieser junge Mann machte derzeit schon genug durch. Philipp wollte noch etwas hinzufügen, als die Tür zum Apothekenraum aufging und seine Mutter hereinkam.
„Tut mir leid", entschuldigte sie sich, „aber Oma Menzensbacher wird man einfach nicht so schnell los."
„Ich habe mit Ihrem Sohn ein wenig über Veronica gesprochen", erklärte Teichmann, „es ist für die Polizeiarbeit wichtig, so viel wie möglich über das Opfer zu erfahren."
Teichmann hatte diesen Satz nicht böse gemeint, doch seine kalte Polizeisprache löste in Philipp wieder einen Verzweiflungsschub aus. Er konnte die Tränen nicht mehr zurückhalten und verschwand, eine Entschuldigung herauspressend, aus dem Zimmer.
„Sie müssen ihn verstehen", erklärte seine Mutter und zögerte etwas, bevor sie weitersprach, „er hat sozusagen seine Frau verloren. Es war nie wirklich aus zwischen den beiden."
„Sie wussten das? Er erklärte mir eben, dass es niemand erfahren sollte."
„Er hat es Ihnen erzählt?"
Teichmann nickte.
„Naja." Sie legte eine Pause ein. „Er hat es mir nie gesagt, aber wir wohnen im selben Haus. Ich kann eins und eins zusammenzählen. Wenn Veronica anrief, war er mit Anbruch der Dunkelheit verschwunden und kam erst im Morgengrauen zurück. Rief sie nicht an, blieb er daheim."
Sie griff resolut nach ihrer Tasche.
„So – ich bin dann soweit. Aber ich muss in spätestens zwei Stunden wieder hier sein."
„Keine Sorge", versicherte Teichmann, während er sich noch schnell einen Keks in den Mund schob, „das schaffen wir schon."

Nach knapp einer Stunde hatte Friedgard Menzelbaum einen der beiden jungen Männer im Polizeicomputer erkannt. Von dem zweiten war eine Phantomzeichnung erstellt worden. Zumindest einer der beiden Herren kam aus Angermünde und war wegen einiger Schlägereien vorbestraft. In einem Fall wurde ihm zur Last gelegt, sein Opfer regelrecht sadistisch zusammengeschlagen zu haben. Kaum war Menzelbaum weg, griff Teichmann gut gelaunt zum Handy, um Karla anzurufen, als diese zur Tür hereinkam. Schwungvoll warf sie ihre Tasche in die Ecke und ließ sich in ihren Büro stuhl fallen. Das Möbelstück ächzte bedenklich.

„Was für ein Vormittag", verkündete sie ein wenig atemlos.
„Genau", bestätigte Teichmann, „jetzt geht es richtig los. Ich muss Dir ziemlich viel erzählen. Aber vorher muss ich eine Fahndung ausschreiben. Einen der Kerle haben wir identifizieren können – Marcus Krakowski."

27.

„Was hat sich Veronica nur dabei gedacht, die Beziehung offiziell zu beenden und ihren Freund dann nachts zu sich einzuladen?", fragte Karla, nachdem Teichmann mit seinem Bericht geendet hatte. Gedankenverloren blätterte sie dabei in der Akte von Michael Boehse.
„Ich weiß nicht", erwiderte Teichmann, „aber ich habe mir abgewöhnt, die Frauen verstehen zu wollen. Sie war eben etwas extrem."
„Und er? Warum hat er das mit sich machen lassen? Warum hat er nicht die Konsequenzen gezogen?"
Teichmann stützte die Ellbogen auf seinen Schreibtisch und schaute aus dem Fenster in die Nachmittagssonne.
„Ich glaube", meinte er leise, „ich kann ihn irgendwie verstehen."
Interessiert wandte sich Karla ihm zu.
„Dann erkläre es mir."
„Es ist ganz einfach. Er hat sie eben geliebt. Und ich glaube, ich hätte es auch vorgezogen, wenigstens nachts bei Sandra zu sein. Man hat dann noch Hoffnung, es könnte eines Tages wieder anders werden. Aber meine Ex hat ja gleich richtig Schluss gemacht."
„Brauchen Männer also wirklich vor allem das eine?", provozierte ihn Karla.
„Er hat eben gehofft, dass sie sich eines Tages wieder besinnt."
„Und wenn etwas anderes dahinter steckt?" Karla stand auf, bevor sie ihren Gedanken weiter ausführte. „Veronica war zwar ein sehr emotionaler Mensch, aber auch ein politischer. Und alles andere als ängstlich, wenn es um sie selbst ging. Aber wie ist es, wenn sie Menschen in Gefahr sah, die ihr etwas bedeuteten? Vielleicht wollte sie ihn schützen!"
Teichmann stand ebenfalls auf, trat zum Fenster und schaute auf das Verkehrsgetümmel der Hauptverkehrsstraße.
„Du meinst, sie wusste, dass sie in Gefahr war?"
„Mittlerweile bin ich davon überzeugt. Und ich weiß auch, von wem die Drohungen ausgingen. Nur beweisen kann ich es nicht."

„Aber wenn es so wäre, dann hätte sie doch irgendwo einen Hinweis darauf hinterlassen, wer sie bedroht."
„Das hat sie wahrscheinlich auch – wir wissen nur nicht wo. Und ich hoffe, der Einbrecher ist nicht bereits fündig geworden. Wenn wir nur wüssten, wohin der Schlüssel gehört und was diese Zahlenkombination bedeuten könnte."
„Wir haben ihre Wohnung wirklich gründlich durchsucht, bevor der Einbrecher kam", beruhigte sie Teichmann, "wenn etwas da gewesen wäre, hätten wir es gefunden."
„So wie das Büchlein mit den Hinweisen auf Garsteins Steuerhinterziehungen?"
Teichmann schwieg kurz, beschloss dann aber, zum Gegenangriff überzugehen.
„Immerhin haben wir kein Beweisstück verbummelt."
„Es wurde mir gestohlen", erwiderte Karla ärgerlich, „das weißt Du ganz genau."
„Ich meine ja nur, dass jeder auch mal einen Fehler macht."
„Das heißt aber nicht, dass sie dadurch legitimiert werden."
„Ist ja schon gut", beschwichtigte er, „Ich glaube jedenfalls nicht, dass wir in der Wohnung etwas übersehen haben."
„Konnten die Kollegen in Eberswalde mit dem Zahlencode etwas anfangen?", fragte Karla.
„Nein, die haben auch noch nichts herausgefunden."
Sie blätterte wieder fahrig in der Akte von Boehse, als ihr Blick an einem Namen hängen blieb. Interessiert las sie weiter.
„Weißt Du, welcher Arzt die Freundin von Boehse als erster nach der angeblichen Vergewaltigung untersuchte und Gewaltanwendung diagnostizierte?"
Teichmann trat an ihren Schreibtisch und schaute über Karlas Schulter in die Akte.
„Lass mal hören."
„Dr. Matthias Schlag. Praktiziert in Himmelpfort."
„Schlag? Heißt so nicht auch einer der Greifer von Garstein?"
Karla nickte.
„Seit ich diesen Job mache, glaube ich nicht mehr an Zufälle."
Sie griff zum Telefonhörer. Wenige Minuten später war ein Kollege in Eberswalde dabei herausfinden, ob es einen Zusammenhang zwischen den beiden Personen gab.
In diesem Moment ging ein Fax der Gerichtsmedizin ein.
„Unter ihren Fingernägeln wurden tatsächlich Stoffspuren gefunden", rief Karla Teichmann zu, nachdem sie als erste einen Blick auf die eingehenden

Seiten geworfen hatte. „Aber nicht nur das. Der Täter war auch noch so blöd, sich von ihr kratzen zu lassen. Und die DNA der Hautpartikel ist eine andere als die des Spermas."
„Dann haben wir jetzt den genetischen Fingerabdruck von beiden Tätern", freute sich Teichmann. „Wir kriegen euch", schob er triumphierend hinterher, „wir kriegen euch!"

Wieder klingelte Karlas Handy. Diesmal war es eine Kollegin von der Steuerfahndung. „Wenn wir die Zahlen hier richtig deuten, dann haben wir Grund, bei Herrn Garstein mal eine umfangreichere Prüfung vorzunehmen", erklärte sie. „Ich werde das sofort veranlassen, sollte es Eure Ermittlungen nicht stören."
„Wartet bitte noch, bis wir die Hauptverdächtigen festgenommen haben. Derzeit fühlen sie sich wahrscheinlich noch sicher und bleiben im Land. Wenn wir Garstein und seine Leute aufscheuchen, kriegt er kalte Füße und sorgt dafür, dass sie verschwinden."
„Aber lass mich nicht solange warten", scherzte die Kollegin, „ich halte es kaum noch aus, bei dem Herrn mal tätig werden zu können."
Als sie auflegte, klopfte es an der Tür.
Ein grau melierter Haarschopf schob sich herein. Er gehörte zu Muckwitz. Nach einem freundlichen „Hallo" zu Teichmann blieb sein Blick bei Karla hängen.
„Kann ich Dich kurz sprechen?"
Sie erhob sich und trat zu ihm vor die Tür, die er leise schloss.
„Wann sehe ich Dich heute Abend?", fragte er in gedämpftem Ton.
Karla hob die Schultern.
„Ich kann es noch nicht sagen. Kommt darauf an, wie sich die Dinge hier entwickeln."
„Habt ihr eine heiße Spur? Geht es voran?"
„Ja, es geht voran."
Er berührte sanft ihren Hals.
„Das ist schön. Wenn Du den Täter in zwei Stunden hast, können wir ganz entspannt zu Abend essen."
Sie musste lächeln und wich gleichzeitig seinen Zärtlichkeiten mit einer kleinen Bewegung aus.
„Wir machen hier Polizeiarbeit. Zaubern gehört nicht zu unserem Metier."
„Eure Kollegen aus dem Fernsehen schaffen es auch immer in anderthalb Stunden", scherzte er, „sag mir, wann ich Dich hier abholen kann".
„Ich rufe Dich an."
Als sie sich umdrehte und die Tür zur Einsatzzentrale öffnete fiel ihr ein, dass sie von Muckwitz noch etwas wollte.

„Ich fragte Dich doch kürzlich nach Gynäkologen hier im Umkreis. Erinnerst Du Dich?"
„Selbstverständlich."
„Du hast mir damals einen Kollegen verschwiegen."
„So? Wen denn?"
„Dr. Matthias Schlag aus Himmelpfort. Warum hast Du ihn ausgelassen?"
„Er praktiziert nicht mehr. Man hat ihm, soweit ich weiß, vor ungefähr einem halben Jahr die Approbation entzogen. Eine Patientin hat ihn angezeigt. Die Sache ging zuerst vor Gericht, dann durch die Presse."
„Danke. Das ist eine richtig gute Nachricht."
Karla strich Muckwitz mit einer kleinen schnellen Geste über den rechten Arm.
„Auf Wiedersehen, Herr Bürgermeister", sagte sie laut und hörte noch, schon in der halbgeöffneten Tür, wie Muckwitz flüsterte:
„Magst Du selbstgemachte Pizza?"
Sie nickte nur. Dann war sie im Büro verschwunden.
„Was wollte er denn?", fragte Teichmann, als sie sich an ihren Platz setzte. „Ein Rendezvous?"
„Stell Dir vor", wich sie ihm aus, „Dr. Schlag hat vor kurzem seine Approbation verloren. Warum haben die Kollegen das noch nicht herausgefunden?"
„Haben sie doch. Eben rief Grumm an und hat es berichtet. Und ich habe im Internet schon mal ein wenig dazu die Pressemeldungen recherchiert. Viel wurde nicht berichtet, aber im Uckermark-Express war ein ziemlich ausführlicher Artikel. Und nun rate mal, wer den verfasst hat."
„Oh nein, sag nicht, Sophie Allenstein?"
Er grinste bejahend.
„Genau die."
„Oje. Von der bekomme ich doch garantiert nur eine Auskunft, wenn ich ihr ein Interview gebe."
„Warum tust Du es nicht?"
„Weil ich das Blatt, für das sie schreibt, unseriös finde."
„Aber sie hätte über die Sache am Stiepensee schreiben können und hat es nicht getan", warf er ein, „das spricht für sie."
Karla lächelte gequält.
„Also schön. Bitte ruf' Hollstein wegen der Genehmigung an. Sag ihm, dass wir wegen der beiden Glatzköpfe auf Hinweise aus der Bevölkerung hoffen und deshalb ein größerer Artikel sinnvoll ist."
„Geht klar."

28.

Das Fahrrad quietschte unter ihr, als Karla es über den steinigen und sandigen Weg lenkte. War sie hier wirklich richtig? Noch einmal zog sie die Karte aus der Seitentasche und vergewisserte sich. Sie stellte fest, dass sie auf dem richtigen Weg war und müsste ihr Ziel bald erreicht haben müsste. Tatsächlich tauchte wenige Pedaltritte weiter ein kleiner Garten auf. Kurz darauf erblickte sie, was sie gesucht hatte: die Kirche von Alt-Placht. Nach einem weiteren Blick erkannte sie auch die Person, für die sie sich hierher auf den Weg gemacht hatte.

„Ist das nicht ein etwas ungewöhnlicher Ort für ein Interview?", fragte Karla, als sie Sophie Allenstein die Hand zur Begrüßung reichte.

„Ich möchte viel mit Ihnen besprechen", erwiderte sie, „und hier ist es schön abgelegen und ruhig. Außerdem liebe ich diesen Ort."

„Ich habe eine ganze Weile mit dem Fahrrad hierher gebraucht. Ich hoffe, der weite Weg durch den Wald hat sich gelohnt."

„Das verspreche ich Ihnen. Allerdings geht auch eine Autostraße bis hierher. Sie hätten Ihren Dienstwagen nehmen können."

„Den Wagen benötigt der Kollege. Außerdem möchte ich das Leihfahrrad nachher noch zurückgeben."

Sophie Allenstein lächelte etwas süffisant.

„Ich bin sicher, der Bürgermeister leiht es Ihnen gern noch etwas länger."

„Wieso sind Sie sich so sicher, dass es das Rad vom Bürgermeister ist?" Der leicht spöttische Gesichtsausdruck der Journalistin wich einem spitzbübischen Lächeln, das ihr erheblich besser stand.

„Weil es noch immer das Fahrrad ist, mit dem sie gemeinsam am See waren. Ich habe es mir genau angesehen."

„Sie hätten zur Kripo gehen sollen", erwiderte Karla, „an Ihnen ist sicherlich eine gute Polizistin verloren gegangen."

Erst jetzt kam Karla dazu, sich an dem Ort ein wenig umzusehen. Frau Allenstein, die diesmal Jeans und ein Shirt trug, spielte den Fremdenführer.

„Wir nennen dies hier ‚Kirchlein im Grünen'. Ich finde, es beschreibt diesen Ort sehr genau. Die Linden, unter denen wir hier stehen, sind mehr als 500 Jahre alt. Übrigens ist das Kirchlein wohl von den Hugenotten gebaut worden. Aber erst Mitte der 90er Jahre wurde es mit Spendenmitteln restauriert. Ich bin mir sicher, wenn der liebe Gott selbst ein Wörtchen mitreden könnte über die Häuser, die zu seinen Ehren gebaut werden, er würde solche bauen wie dies hier."

„Glauben Sie an Gott?", fragte Karla.

„Ehrlich gesagt, ich bin mir nicht sicher", entgegnete die Journalistin, „es gibt vieles auf dieser Welt, das göttlich ist, finden Sie nicht? Aber die Kirche als Institution gibt mir nicht sehr viel."
Karla sah sich beeindruckt um, bemerkte das Reetdach des Gebäudes.
„Das ist auch ungewöhnlich", ergänzte Sophie Allenstein, die ihrem Blick gefolgt war, „sonst gibt es hier nirgendwo reetgedeckte Kirchen."
„Wirklich schön", stellte Karla fest und ließ sich auf einer der kleinen Holzbänke nieder.
„Schön und einsam", stimmte Allenstein zu und setzte sich neben sie, „hier kommen wirklich wenig Menschen her. Und wenn welche kommen, sind es Touristen, die weder Sie noch mich kennen. Wir können hier also sehr entspannt miteinander reden.
„Es hört sich so an, als wenn Sie ihre Heimat sehr mögen", stellte Karla fest.
„Ich komme zwar nicht direkt aus dieser Gegend, sondern aus Mecklenburg-Vorpommern, aber Sie haben recht. Ich liebe das hier, es ist paradiesisch."
„Das habe ich jetzt schon öfter gehört", sagte Karla und lächelte, „mir scheint, man hält dies hier für das Paradies oder für langweilig. Dazwischen gibt es wohl nichts?"
Die Journalistin lächelte und zückte einen Notizblock. „Für mich ist es das Paradies. Wenn andere es langweilig finden, ist das ihr Problem."
Karla beobachtete sie aufmerksam. Mittlerweile hatte sie sich im Internet eine Reihe von Allensteins Artikeln angeschaut. Sie waren gut recherchiert und gut geschrieben, was nicht unbedingt zu dem Blatt passte, für das sie tätig war. Und sie schien Herz zu haben.
„Lassen wir das weitere Vorgeplänkel", schlug Allenstein vor. Ihr Ton war jetzt wieder sehr professionell, „ich möchte wissen, ob es im Mordfall Frühauf eine heiße Spur gibt, Frau Loewe".
Karla lenkte ihren Blick von der verträumt im Sonnenschein liegenden Wiese zu Sophie Allenstein. War sie nur ehrgeizig oder steckte mehr dahinter? Was wollte sie erreichen?
„Bevor ich mit Ihnen über den Mordfall spreche, möchte ich Näheres von Ihnen über die Recherchen zum Fall Dr. Schlag erfahren."
„Erst das Interview", beharrte Allenstein, „dann alles weitere."
Karla schüttelte den Kopf.
„Wenn das so ist, habe ich den Weg umsonst gemacht", erklärte sie und erhob sich demonstrativ.
„Warum sollte ich Ihnen mehr vertrauen als Sie mir?", fragte Allenstein, die nicht einzuschätzen wusste, wie ernst Karla ihre Drohung meinte.

„Weil ich von der Polizei bin", antwortete Karla und lächelte ein wenig. „Ich pflege niemanden übers Ohr zu hauen, sondern diejenigen zu verhaften, die dies mit anderen tun."
„Und Journalisten sind windige Personen, auf die kein Verlass ist?"
„Zumindest habe ich bis jetzt mehr negative als positive Erfahrungen gemacht."
„Und das muss ich jetzt ausbaden?"
„Sie müssen mir nur vertrauen und sich an meine Reihenfolge halten. Dann werden wir beide diesen Ort zufrieden wieder verlassen können."
Sophie Allenstein gab sich geschlagen.
„Also gut. Was wollen Sie wissen?"
Karla setzte sich wieder neben sie auf die kleine Holzbank.
„Erzählen Sie mir über Ihre Recherchen. Sie haben doch bestimmt mehr herausgefunden, als das, was Sie in Ihrem Artikel verwendet haben."
„Ja – natürlich. Aber nicht alles, was man ihm vorwarf, war auch zu belegen. Ich musste vorsichtig sein, wenn ich nicht gleich eine Anzeige am Hals haben wollte. So etwas mag der Chefredakteur nämlich überhaupt nicht."
„Und was wurde Dr. Schlag alles vorgeworfen?"
„Ich habe mit mehreren Frauen gesprochen, die angaben, er hätte sie während der Behandlung sexuell belästigt. Eine gab an, er hätte versucht, sie zu vergewaltigen."
„Und die Frauen hatten keine Chance, Ihre Vorwürfe zu belegen?"
„Sie waren stets mit ihm allein. Er hat sich nur an sie rangemacht, wenn seine Assistentin nicht im Zimmer war. Er hat sie entweder rausgeschickt, um etwas zu holen oder sie war überhaupt nicht dabei. Verletzt hat er die Frauen nicht nachweislich. Jedenfalls nicht körperlich."
„Und wie kam es dann zum Entzug der Approbation?"
„Eine der Frauen hat sich an die Sprechstundenhilfe gewandt. Sie ist dann einfach unaufgefordert erschienen und hat gesehen, dass er die Patientin nicht medizinisch berührte, sondern eindeutig in sexueller Absicht. Das hat sie dann auch genauso vor Gericht ausgesagt."
„Was genau hat die Assistentin denn beobachtet?"
„Der Arzt stand hinter dem Behandlungsstuhl, auf dem die Patientin lag und hatte sozusagen von hinten seine Hände auf ihre Brüste gelegt. Es kam zu einem kleinen Kampf, den die Assistentin dann durch das leise Öffnen der Tür mit angesehen hat. Diese Aussage führte dann zum Verlust der Approbation. Alle anderen Anzeigen verliefen ergebnislos, da die Beweislage nicht ausreichte."
Sophie Allenstein beendete ihre Ausführung und sah Karla an.
„Halten Sie Dr. Schlag für den Täter? Ich kann mir nicht vorstellen, dass

er selbst Hand anlegen würde. Nicht einmal, wenn ihn sein Bruder darum bittet."
„Sie wissen also von der Verwandtschaft zwischen dem ‚Greifer' und diesem Arzt?"
„War nicht schwer herauszufinden."
„Warum hat es Sie überhaupt interessiert?"
Als die Journalistin schwieg, bohrte Karla weiter.
„Sie haben einen Tipp bekommen – oder?"
„Ja", gab sie dann zu, „leider kam es nicht mehr zu einem Treffen mit dem Informanten."
„Weil sie vorher getötet wurde?"
Allenstein nickte betrübt.
„Sie sagte, sie hätte noch weitere Informationen über Garstein und die ganze Bande, die hier nur abzocken wollen. Sie wollte mir Unterlagen geben, Fotos – eben alles, was ich für einen guten Artikel benötigt hätte."
„Warum kam sie damit zu Ihnen und ist nicht zur Polizei gegangen?"
„Sie deutete an, dass sie gern einen richtigen Skandal auslösen wollte, damit sich die Sache mit dem neuen Hafen endgültig erledigt."
„Ich nehme an, dass der Täter genau diese Unterlagen beim Einbruch in die Wohnung gesucht hat. Aber meine Kollegen waren vorher da – und sie waren gründlich. In der Wohnung von Frau Frühauf waren die Sachen jedenfalls nicht. Hat Sie Ihnen gegenüber erwähnt, wo sie sie aufbewahrt?"
Die Journalistin schüttelte betrübt den Kopf.
„Leider nicht."
Sie schwiegen einen Moment. Karla schloss die Augen und genoss die Ruhe dieses Ortes.
„Einen Tipp hätte ich noch für Sie", hörte sie die Journalistin sagen und öffnete die Augen wieder, „ich weiß nicht, warum ich Ihnen dies sage, aber ich hoffe einfach, dass Sie fair sein werden."
„Ich höre."
„Sprechen Sie mal intensiver mit der Sekretärin von Garstein."
„Warum?"
„Ich glaube, Frau Frühauf hatte ihre Informationen von ihr. Jedenfalls habe ich das aus ihren Bemerkungen am Telefon geschlussfolgert. Aber sie sagte auch, dass ihre Informantin furchtbare Angst hat. Sie weiß sehr viel und traut Garstein alles zu. Sie glaubt, er beobachtet sie bereits."
„Danke."
„Schon gut. Jetzt bin ich dran."
„Also los", stimmte Karla zu, „was wollen Sie wissen?"

29.

Karla hatte gerade den letzten Satz ihres Tagesberichtes geschrieben, als ihr Telefon klingelte.
„Was hältst Du davon, wenn ich in einer Stunde bei Dir bin?", fragte Christoph wohlgelaunt.
„Ich habe wirklich noch sehr viel zu tun", schwindelte sie und fühlte sich furchtbar dabei, „vielleicht ist es besser, Du kommst erst morgen."
Doch ihr Mann blieb hartnäckig.
„Dann eben etwas später. In drei Stunden ist es 21 Uhr. Irgendwann musst Du ja schließlich auch mal Feierabend machen."
„Ich weiß nicht, ob ich das schaffe", widersprach sie noch einmal. Es klang jedoch bereits nach einem Zugeständnis.
„Bis nachher, ich freu' mich."
Sie murmelte: „Ich mich auch". Doch er hatte schon aufgelegt.
Warum nur kam ihr sein Besuch heute so ungelegen vor? Bis jetzt war Christoph das Wichtigste in ihrem Leben. Bis jetzt? Übte sie gerade den ersten Verrat an ihm und ihrer Ehe? War das, was sie ihr Leben nannte, so schnell aus den Fugen zu bringen? Sie griff noch einmal zum Telefonhörer. Ein Treffen beim Bürgermeister kam nicht mehr in Frage. Muckwitz zeigte sich erwartungsgemäß enttäuscht.
„Warum willst Du plötzlich nicht mehr kommen?"
„Mein Mann wird in drei Stunden hier sein."
„Stört Dich die Zeit oder der Ort?"
Sie zögerte mit der Antwort, obwohl sie sie genau wusste.
„Der Ort", sagte sie dann etwas leiser.
„Du möchtest etwas Neutraleres als meine Wohnung? Wie wäre es mit einem abendlichen Bad im See?"
Seine Stimme klang so hoffnungsvoll, so warm. Sie brachte es nicht übers Herz, das Treffen ganz abzusagen.
„Also gut, ein Picknick am See. Aber diesmal bitte ohne böse Überraschungen."
„Gut, wir fahren mit dem Auto. Das kann man abschließen. Und wir nehmen einen anderen See. Ich weiß auch schon welchen. Da gibt es eine Badestelle, die nicht jeder kennt. Ich bin in zehn Minuten bei Dir."

Muckwitz hatte den Wagen direkt vor dem Rathaus geparkt. Bis auf die wenigen Urlauber, die in der gegenüberliegenden Eisdiele den Sommer genossen, war kaum jemand zu sehen. Karla sprang schnell in den schon leicht betagten blauen Volvo, zu dem Muckwitz ihr die Wagentür öffnete. Schon

beim letzten Mal, als er sie aus Templin zurückgefahren hatte, war ihr das Alter seines Wagens aufgefallen.
„Ich hatte mir Dein Auto anders vorgestellt", eröffnete sie das Gespräch, während er stadtauswärts fuhr.
„So? Wie denn?"
„Neuer. Schicker."
„Gefällt Dir der Wagen nicht?"
„Doch. Er hat Charme. Aber als Arzt könntest Du Dir sicher auch ein neueres Auto leisten."
„Ich bin Landarzt, nicht Zahnarzt in Berlin oder München. So dicke ist es hier nicht mit dem Verdienst – vor allem nicht bei den eingeschränkten Sprechzeiten. Aber das ist nicht der Grund. Ich hänge einfach an dem guten Stück. Er macht auch nie Ärger, bleibt nicht stehen. Warum soll ich also einen neuen kaufen?"
„Sollst Du ja gar nicht. Mir gefällt er."
Sie hielt die Nase etwas nach vorn und schnupperte demonstrativ.
„Vor allem riecht es hier so gut – so ganz autountypisch nach..." sie schnupperte wieder, „ich würde sagen: Käse und Basilikum oder so."
„Du hast eine wirklich gute Nase", lachte er, „unser Abendessen musste ich ja nun verpacken, statt es Dir bei Kerzenschein auf der Terrasse anzubieten."
Sie sah zu ihm hinüber. Er wirkte nicht, als hätte ihm dieser Umstand die gute Laune verdorben.
Sie schwiegen einige Minuten, in denen Muckwitz leise eine fröhliche Melodie vor sich hinsummte. Karla musste ein Weilchen überlegen, bevor ihr einfiel, um welches Lied es sich handelte. „Das ist von Nena, was Du da summst", stellte sie fest, „warte ich hab's gleich." Sie dachte kurz nach, dann lächelte sie.
„Wunder geschehen."
Er sah kurz aus den Augenwinkeln zu ihr hinüber. Sie lächelte noch immer.
„Wohin fahren wir überhaupt?"
Er bog in einen kleinen Feldweg ein und brachte nach einigen Metern das Gefährt zum Stehen.
„Wir fahren nicht mehr – wir sind da."
Sie stiegen aus. Muckwitz entnahm dem Kofferraum zwei sehr große und schwere Taschen. Karla wollte ihm eine abnehmen, doch er lehnte ab.
„Nimm doch bitte noch die Wolldecke von der Rückbank, wir werden sie wohl brauchen."
Karla sah sich um. Von Wasser keine Spur. Sie standen mitten im Wald.
„Wo ist denn nun der See?", fragte sie.
„Nicht so ungeduldig. Es sind nur wenige Schritte."

Sie liefen durch kniehohes, mit Brennnesseln durchsetztes Gras, bis Muckwitz stehen blieb. Er stellte die schweren Taschen ab und deutete mit dem Arm nach vorn.
„Darf ich vorstellen – der Clansee. Ein sehr sauberer, klarer Geselle mit freundlichem Charakter."
Er übertrieb nicht. Karlas begeisterter Blick nahm den glitzernden See, den Wald und die kleine schilffreie Badestelle wahr. Es roch nach Sommer und irgendwie auch nach Ferien. Und erneut waren sie allein. Während sie sich umsah, hatte Muckwitz bereits die Picknickdecke ausgebreitet und aus der Tasche eine Flasche Wein gezogen, die er nun entkorkte. Er hatte scheinbar das gesamte Geschirr von seinem Esstisch abgebaut und eingepackt. Es gab keine Pappteller, keine Plastikgläser, kein Picknickbesteck, sondern Porzellan, Glas und Silber. Entspannt nahm Karla einen Schluck aus dem wunderschönen altmodischen Römerglas, das ihr Muckwitz gereicht hatte. Sie ließ sich auf die Decke fallen und genoß den Anblick, der sich ihr bot. Die Sonne war an die gegenüberliegende Seeseite gewechselt und beschien dort goldrot den Wald und die wilde Wiese davor. Muckwitz reichte ihr eine Scheibe frisches Landbrot, Butter und ein Stück Käse.
„Probier' mal, der Käse ist von einem Bauern hier aus der Gegend."
Sie nahm alles entgegen, biss aber zunächst hungrig nur in den Käse. Die feine Würze streichelte ihren Gaumen.
„Hmm. Echt lecker. Wolltest Du nicht Pizza backen?"
„Pizza hätte es gegeben, wenn Du Dich zu mir getraut hättest."
„Ich finde das hier auch sehr lecker."
Muckwitz beobachtete amüsiert, wie sie Käse, Brot und Antipasti in sich hineinstopfte.
„Ich habe heute noch nicht viel gegessen", entschuldigte sie sich mit vollem Mund.
Sie nahm einen großen Schluck Wein und schluckte ihn hastig hinunter. Muckwitz nahm ihr das Glas aus der Hand.
„Bevor Du einen Schwips hast, gehen wir baden."
„Oh nein, ich gehe jetzt nicht in diesen See", widersprach Karla. Sie angelte sich ein weiteres Stückchen Käse aus der Schüssel, „ich bleibe hier und passe auf meine Sachen auf."
Muckwitz griff nach ihrer Hand und versuchte, sie zum Aufstehen zu bewegen.
„Nein", lachte sie und wehrte sich, „ich gehe da nicht rein."
„Unsere Sachen sind alle im Wagen, was soll schon passieren? Außerdem ist dieser See ein Stück weiter weg von Lychen", versuchte er sie zu überzeugen.
„Nun komm schon."

Karla sah sich um. Es war wirklich weit und breit niemand zu sehen. Aber war das nicht auch beim letzten Mal so gewesen? Doch das Wasser lockte wirklich blau und klar. Es musste ein Genuss sein, sich nach diesem heißen Tag im See zu kühlen. Sie gab nach und ließ sich von Muckwitz in die Senkrechte ziehen. Als sie sich gegenüberstanden war es wieder da – dieses prickelnde Gefühl, dass sie in seiner Gegenwart so unbeschwert sein ließ. Sie fühlte sich irgendwie lebendiger, als wäre das Leben greifbarer als gewöhnlich, präsenter.
„Vergisst man manchmal wirklich, dass man am Leben ist?“, fragte sie ihn.
„Dazu sollte man es auf keinen Fall kommen lassen“, antwortete er, „aber können wir nicht später schwermütig sein?“ Plötzlich ließ er sie los, knöpfte sich das Hemd auf.
„Na los“, rief er, „wer als erster drin ist.“ Flink riss er sich die Kleidung vom Körper. Karla zog sich ihr T-Shirt über den Kopf. Dieses Mal war ihr ihre Nacktheit egal. Ob es am Wein lag oder an der Tatsache, dass er sie nicht das erste Mal so sah, wusste sie nicht. Es war ihr mit einem Mal gleichgültig. Beim Ausziehen der Jeans erwies er sich als der Schnellere. Er rannte als erster nackt die wenigen Meter zum See. Karla holte ihn jedoch ein und lief an ihm vorbei ins Wasser.
„Puuh, ganz schön kalt“, rief sie, blieb aber keine Sekunde stehen, sondern warf sich schnell ganz hinein in das kühle Nass. Muckwitz war dicht hinter ihr. Mit kräftigen Schwimmstößen bewegten sie sich gemeinsam weiter hinaus.
„Wer zuerst drüben ist“, rief sie übermütig und begann in Richtung des gegenüberliegenden Ufers zu kraulen. Muckwitz hielt sich kurz hinter ihr, überholte sie aber, kurz bevor sie das Ufer erreichten.
„Wir können hier nicht an Land gehen“, rief er schwer atmend, „hier ist Naturschutzgebiet. Betreten verboten.“
„Macht nichts“, rief Karla etwas erstaunt, aber noch immer übermütig. „Dann schwimmen wir eben zurück.“
Der Rückweg verlief ruhig. Mit gleichmäßigen Zügen schwammen sie nebeneinander her, bis sie eine seichte Stelle erreichten und stehen konnten.
„Was ist das bloß?“, fragte sie ihn lächelnd, „dass mich bei Dir so übermütig macht?“
Er fasste nach ihrer Hand. „Ich verrate es Dir gleich. Komm mit.“
Als sie tropfend an Land gekommen waren, zog er ein Handtuch aus einer der beiden Taschen und wollte es ihr reichen. Er überlegte es sich in letzter Sekunde anders und legte es ihr um die Schultern, wobei er sie damit sanft abrieb. Diese Geste war so harmlos und gleichzeitig so voller Nähe, dass Karla ein wohliger Schauer über den Rücken lief. Sie wollte jetzt nicht nachdenken, sie wollte genießen. Sie wollte nicht an Christoph denken. Christoph.

Sie sah ihn vor sich. „Nichts auf der Welt kann uns trennen", hatte er ihr bei der Hochzeit ins Ohr geflüstert. Nichts?
„Was ist mit Dir?", fragte Muckwitz und drehte sie sanft an der Schulter zu sich herum. Sie sah mit einem Mal traurig aus.
„Es ist alles so kompliziert."
„Du bist es, die die Dinge kompliziert macht", flüsterte er ihr aufmunternd ins Ohr. „Du wirst sehen, es ist alles ganz einfach."
Bevor sie widersprechen konnte, küsste er sie. Der ersten zarten Berührung folgte eine leidenschaftlichere. Sie spürte seine vom See noch kühle Haut, spürte, wie die innere Wärme langsam wieder bis nach außen vordrang. In diesem Augenblick riss Karla etwas mit, das größer war als ihre Bedenken. Das Leben ist schön, dachte sie. Man musste es nur zulassen. Er hatte Recht, alles war ganz einfach.

30.

Die Sonne war glutrot im See verschwunden. Langsam wurde es kühler. Ein paar Mücken umsurrten sie in der Hoffnung auf eine leicht zu erbeutende Mahlzeit. Zwei Milane zogen über ihnen ihre Bahnen. Karla fröstelte ein wenig. Muckwitz zog eine zweite Decke aus der Tasche. Er breitete sie über ihr aus, bevor er sie wieder in seinen Arm zog.
Wie spät ist es?", fragte sie verträumt.
„Ich schätze, es ist kurz nach neun."
Ruckartig setzte sie sich auf. Mit einem Mal war alles wieder da. Die Hektik, das Schuldgefühl, die Gedanken an Christoph. „So spät schon?", rief sie leise.
Sie wollte sich aus seinem Arm winden und aufrichten, doch er hielt sie sanft zurück.
„So früh ist es noch", widersprach er.
„Mein Mann wartet auf mich in der Ferienwohnung. Ich muss los."
Ihren aufgeregten Worten ließ sie jedoch keine weiteren Taten folgen. Etwas in ihr wollte nicht zurück. Stattdessen ließ sie sich zurück in seinen Arm sinken. Seine Haut war so warm, duftete nach See und Wiese und etwas Wunderbarem, dass sie nicht beschreiben konnte. Sie mochte nicht weg und wusste doch genau, dass sie in wenigen Minuten aufstehen würde. Dann war es vorbei, dieser Abend würde Vergangenheit sein und es bliebe nichts als eine schöne Erinnerung.
„Warum meinst Du, ich würde alles kompliziert machen?", fragte sie unver-

mittelt. „Es ist unglaublich kompliziert." Sie richtete sich dabei ein wenig auf, um ihn anzusehen.
Er streichelte ihren Hals, ließ seine Hände sanft über ihre Schultern und ihren Rücken gleiten.
„Du bist schön", stellte er fest.
Sie lächelte. „Lenk nicht ab."
„Das tue ich nicht, ich wollte nur zuerst das Wesentliche sagen. Ich finde, nicht Du machst es kompliziert, sondern die gesellschaftlichen Regeln, nach denen wir leben."
„Wie meinst Du das?"
„Du glaubst, Du hast etwas Falsches getan und müsstest Dich deshalb schuldig fühlen. Dabei haben wir uns nur geliebt. Es ist das einfachste und schönste auf der Welt. Kompliziert wird es erst durch Besitzansprüche, Treueschwüre und all den anderen Mist."
„Das klingt wie ein Hippiespruch. Dabei warst Du doch auch verheiratet."
„Verheiratet sein heißt doch aber nicht, dass ich den anderen in Ketten lege. Ist mir egal, wenn es wie ein Hippiespruch klingt. Ich habe aus Liebe geheiratet, nicht weil ich meine Frau besitzen wollte."
„Und Treue zählt gar nichts?"
Er überlegte einen Moment.
„Liebst Du Deinen Mann?", fragte er zurück.
„Ja – sehr."
„Wieso glaubst Du dann, ihn mit mir betrogen zu haben?"
„Ich liege nackt mit Dir hier auf der Wiese – wie würdest Du das nennen, was ich getan habe?"
„Stimmt, wir sind nackt", räumte er schmunzelnd ein, während er die Decke lüftete, als müsste er nachsehen, um sich zu vergewissern. „Und ich genieße jede Sekunde, die ich Dich so sehen kann. Aber betrachte es doch einmal von einer anderen Seite als immer diesem ‚ich-habe-es-mit-einem-anderen-getrieben'. Um was hast Du ihn betrogen? Um Lebenszeit? Ihr seid erst in wenigen Minuten verabredet. Um Deinen Körper? Du bist immer noch dieselbe wie zuvor. Es fehlt nichts an Dir. Und Deiner Liebe zu ihm konnte ich auch nichts anhaben."
Sie schwieg kurz.
„Du bist merkwürdig. Vorhin am See – da durfte ich nicht auf die andere Seite schwimmen wegen des Schutzgebietes. Jetzt meinst Du, man kann alle gesellschaftlichen Regeln übertreten. Das klingt sehr beliebig."
„Es gibt einen sehr großen Unterschied zwischen dem Betreten des Ufers und dem, worüber wir gerade reden."
„Da bin ich aber neugierig."
„Das eine macht Sinn, das andere nicht."

„Es klingt alles so einfach, was Du sagst. Aber ich glaube, Du weißt selbst, dass es nicht ganz so einfach ist. Selbst wenn man wirklich alle gesellschaftlichen Konventionen über den Haufen werfen könnte – glaubst Du tatsächlich, ich bin noch dieselbe wie vorhin? Bist Du noch derselbe?"
Muckwitz vergrub seine Hand zärtlich in ihrem Haar, dann zog er sie erneut zu sich herab.
„Ich habe gehofft, dass Du das sagst. Ich bin wirklich nicht mehr derselbe. Seit ich Dich kenne, bin ich es nicht mehr. Es ist etwas mit uns geschehen. Aber es wird nichts an Deinem Leben ändern, wenn Du es nicht ändern willst."
Er küsste sie, zog sie an sich.
„Wenn wir von hier fort sind...", flüsterte Karla, konnte den Satz aber nicht beenden.
„Ich weiß", gab er zurück und legte ihr den Finger auf den Mund, „sprich es nicht aus. Schenk mir einfach noch eine Wiederholung."

Es war kurz nach zehn, als Karla in ihrer Unterkunft eintraf. Christoph saß in einem der beiden kleinen Korbsessel und las in der Zeitung. Als sie hereinkam, faltete er das Blatt zusammen und stand auf.
„Wie war Dein Tag?", fragte er und küsste sie auf die Stirn, wie er es immer tat.
„Ich glaube, wir sind jetzt auf der richtigen Spur", antwortete sie und war froh, mit ihrem Mann über den Fall sprechen zu können. Es würde ihr helfen, die innere Aufregung zu überwinden, die von ihr Besitz ergriffen hatte.
„Erzähl", forderte Christoph sie auf, „ich bin neugierig."
Er nahm sie bei der Hand, zog sie zum Sofa. Sie setzten sich nebeneinander. Und während Karla berichtete, ließ er ihre Hand nicht los. Sie merkte, dass er ihren Worten folgte und doch nicht ganz bei der Sache war. Ob er es spürte? Ihre Gedanken strichen kurz zu Muckwitz. Der alten Gewohnheit folgend, schüttelte sie den Kopf, um den Bürgermeister aus ihrem Kopf zu vertreiben.
„Wen schüttelst Du gerade ab", wollte Christoph lächelnd wissen, „mich oder jemand anderen?"
Sie sah ihn an, ernster als gewollt.
„Es gibt nichts auf der Welt, das uns trennen könnte", sagte sie unvermittelt und schalt sich innerlich sofort dafür. Was sollte Christoph nun denken? Hatte sie sich nicht bereits verraten? Doch ihr Mann hielt nur weiter ihre Hand und erwiderte mit einer Stimme, die leicht und ernst zugleich klang.
„Ich weiß."
Dann zog er sie hoch.
„Lass uns schlafen gehen. Wir hatten beide einen langen Tag."

Donnerstag, 20. Juli

31.

Karla war froh, sich in die Arbeit stürzen zu können. Sie war früh aufgewacht, hatte vergeblich versucht, den Abend am See aus ihren Gedanken zu verbannen. Als es ihr nicht gelingen wollte, die Wortfetzen, die Zärtlichkeiten und den Muckwitz abzuschütteln, war sie aufgestanden und zur Arbeit gegangen. Christoph hatte sie eine Notiz hinterlassen. Seit sechs Uhr dreißig saß sie nun an ihrem Schreibtisch in der Einsatzzentrale, setzte die neuen Informationen und Sachverhalte des vergangenen Tages wie die Teile eines Mosaiks zusammen. Leider hatte die Fahndung nach den beiden Glatzköpfen noch kein Ergebnis gebracht. Weder in ihrem Heimatort noch im Lychener Umfeld konnten sie aufgegriffen werden. Mittlerweile waren auch alle Flughäfen, die Bahn und die Kollegen bundesweit informiert. Wenn sie die Täter waren und wenigstens ein bisschen clever, dann wären sie schon weit weg. Aber Karla vermutete, dass sie so schlau nicht waren. Der Einbruch in der Wohnung, der Diebstahl am See – vieles deutete daraufhin, dass die Täter noch im Umkreis zu finden sein würden. Die Tötung war nicht geplant gewesen, dessen war sie sich angesichts der derzeitigen Beweislage und des Obduktionsberichtes sicher. Soweit wäre Garstein für die Realisierung seines Projektes nicht gegangen. Er hätte auch einzuschätzen gewusst, dass eine solche Tat erst einmal schockt und lähmt, nicht aber dazu auffordert, ein umstrittenes Projekt schneller umzusetzen. Wenn er also nicht einen Mord in Auftrag gegeben hatte, sondern vielleicht eine andere Art von Gewalthandlung, würde er wohl auch kaum die Kosten für Flucht und Aufenthalt im Ausland zahlen wollen. Andererseits – wenn die Täter aufflogen, war auch er in Gefahr, denn sie könnten ihn belasten. Sie musste auf jeden Fall dem Hinweis von Sophie Allenstein nachgehen und Garsteins Sekretärin befragen. Als Teichmann um acht Uhr ins Büro kam und seine Tasche schwungvoll in die einzige leere Ecke warf, hatte sie einen umfangreichen Arbeitsplan erstellt.

„Nanu", kommentierte er ihre frühe Anwesenheit, „bist Du aus dem Bett gefallen oder gar nicht erst drin gewesen?"

„Wie kommst Du darauf, ich wäre nicht drin gewesen? Ich habe wunderbar geschlafen. Aber es gibt eben viel zu tun."

„Dann habe ich Deine gestrige Verabredung mit dem Bürgermeister wohl völlig missverstanden. Aber irgendwie klangen seine Worte wie „Magst Du selbstgemachte Pizza"

„Also schön“, gab sie zu, „ich habe mit dem Bürgermeister zu Abend gegessen. Kein Grund, heute Morgen nicht aus den Federn zu kommen.“
„War's wenigstens gut?“
„Wie bitte?“, Karla sah ihn etwas entsetzt an.
„Ob die Pizza gut war?“
„Es gab keine Pizza. Er hatte es sich wohl doch anders überlegt. Und jetzt genug davon. Hilf mir lieber bei einer wichtigen Frage.“

„Wie kommen wir am besten an die Sekretärin heran, ohne dass Garstein etwas mitbekommt?“, fragte sie Teichmann, nachdem sie ihm von dem Gespräch mit Sophie Allenstein berichtet hatte.
„Bei Garstein im Büro anzurufen ist zu gefährlich“, überlegte er. „Und eine schriftliche Vorladung dauert zu lange.“
„Bei ihr zu Hause aufzukreuzen ist auch schwierig“, ergänzte Karla. „Wir wissen ja nicht, wo Garstein überall seine Informanten hat. Also versuchen wir es über ihr privates Telefon. Ich hoffe nur, sie meldet sich dann auch umgehend. Schlag ihr einen möglichst abgelegenen Ort für das Treffen vor – einen, wo sie nicht gleich gesehen wird.“
„Ich wüsste da etwas“, antwortete Teichmann und lächelte. „Wunderschön, gut zu erreichen und ruhig wie'n Friedhof.“
„Ja? Woher kennst Du hier eine solche Stelle?“, fragte Karla und sah ihn neugierig an. Er errötete tatsächlich ein wenig unter ihrem Blick.
„Jetzt werde ich aber noch neugieriger, wenn ich Dich so ansehe“, bohrte sie, „los, lass' mal hören!“
„Der Stübnitzsee ist nicht weit, aber dennoch ziemlich abgelegen. Ein schöner Ort und sehr ruhig.“
„Und mit wem hast Du das herausgefunden? Du bist doch nicht allein durch den Wald marschiert und hast nach konspirativen Orten gesucht.“
„Nee – den Stiepensee hast Du ja auch nicht allein gefunden – oder?“
Karla war die Erinnerung an die Mittagspause am See nicht sehr angenehm. Daher ging sie auf das Ablenkungsmanöver nicht ein.
„Lass mich raten“, erwiderte sie stattdessen, „Du warst mit der Fischerstochter dort?“
Er nickte und sah dabei ziemlich glücklich aus.
„Gratuliere. Sie ist nett.“
Er bestätigte wieder mit einem Kopfnicken und schwieg einen Moment.
„Ich habe den Eindruck“, sagte er dann, „dieser Fall beeinflusst unser Leben mehr als jeder andere vorher.“
Ihre Gedanken gingen kurz zu Muckwitz. Die Erinnerungen an die vergangene Nacht waren nur allzu gegenwärtig. Was sollte sie sagen, ohne zu lügen?

„Manchmal sind solche Einflüsse ja sehr positiv, wie man an Dir erkennen kann", bemerkte sie und versuchte, dabei zu lächeln. „Und jetzt finde bitte die persönlichen Daten der Sekretärin heraus. Wie hieß sie doch gleich?"
Teichmann schaute kurz in seine Mitschriften.
„Sybille Schlüsselbein."
Karla schüttelte den Kopf.
„Was für ein Name! Vergiss nicht, auch mal die Datenbank nach ihr zu befragen. Vielleicht gibt es da schon etwas über sie."

32.

„Wir haben den zweiten Kerl identifiziert", rief Teichmann Karla freudig erregt zu und wedelte mit dem Fax, das soeben angekommen war. „Wohnt auch in Angermünde. Die Kollegen von dort haben ihn wiedererkannt. Ist erst 18, das Herzchen."
„Super", kommentierte Karla, stand auf und ging zu ihm. "Zeig mal her."
Teichmann übergab ihr das Blatt und stürzte ans Telefon.
„Die Fahndung muss spezifiziert werden. Der zweite heißt Andreas Schulz."
In diesem Moment klingelte Karlas Handy. Kollege Grumm aus Eberswalde teilte mit, dass an den Paddeln, die im Fluchtboot lagen, tatsächlich Fingerabdrücke ge-funden worden waren. „Allerdings nur von einer Person", führte er aus. „Entweder die Täter sind nach der Tat getrennt geflüchtet, oder nur einer von beiden war so blöd, seine Visitenkarte zu hinterlassen."
„Super, Kollege, die Sache kommt so langsam ins Laufen", freute sich nun auch Karla. „Hat der Chef etwas zu unseren Berichten gesagt?"
„Er hat sie mit halbwegs zufriedenem Gesichtsausdruck zur Kenntnis genommen."
Karla wollte erleichtert auflegen, als der Kollege noch einen Satz hinterherschob.
„Wegen der Sache mit diesem Bürgermeister hat er wirklich ziemlich getobt. Sieh Dich vor. Noch mal lässt er Dir das nicht durchgehen. Und...," er zögerte einen Moment, bevor er leise weitersprach, so als fürchte er, es könnte ihn jemand hören, „der Meyer heizt die Stimmung dann immer noch zusätzlich an."
„Ja, ich weiß. Danke, Kollege. Ich gehe nur noch außerdienstlich schwimmen, obwohl einem das hier wirklich schwerfällt."
Der Kollege am anderen Ende lachte. „Sieben Seen und ein super Wetter. Das stelle ich mir auch verdammt schwierig vor."

Kurz darauf kam die Kollegin, die Karla ihre Uniform geborgt hatte, mit einer Nachricht in die Einsatzzentrale. Ihre blonden Haare hingen ein wenig verschwitzt in der Stirn, sie schien aufgeregt.
„Die Paddel aus dem Fluchtboot stammen von einem hiesigen Bootsverleiher. Sie wurden allerdings schon ein paar Tage vor der Tat gestohlen."
„Sehr gut", lobte Karla die junge Kollegin. „Wo finden wir diesen Bootsverleiher?"
„Am Oberpfuhlsee. Ich bringe Sie gern hin."
Wenige Minuten später stand Karla am Oberpfuhlsee in der Sonne und genoss den Blick auf das Wasser, in dem sich der blaue Himmel und ein paar Schäfchenwolken spiegelten. Der Bootsverleiher war ein freundlicher, schlanker, athletischer Kerl um die vierzig. Man sah ihm an, dass ihm sein Beruf Freude bereitete. Ein paar Lachfältchen hatten sein Gesicht erobert. Sie gaben ihm etwas jungenhaftes.
„Warum haben Sie den Diebstahl nicht von sich aus gemeldet?", fragte Karla.
„Weil ich anfangs gar nicht bemerkt hatte, dass die Paddel weg sind. Erst am Wochenende, als ich viele Boote auf dem Wasser hatte, fehlten sie plötzlich. Ich habe keine Ahnung, wann sie weggekommen sein können. Ich schließe alles abends ein."
„Wäre es möglich, dass jemand ein Boot bei Ihnen leiht und die Paddel nicht zurückgibt? Würde Ihnen das sofort auffallen?"
„Meistens schon. Aber wenn sehr viel Betrieb ist, bitte ich die Kunden auch schon mal, die Sachen selbst in den Schuppen zu räumen. Wenn die das dann nicht tun, würde ich es vermutlich nicht gleich merken."
Karla zog die beiden Fahndungsbilder aus der Tasche.
„Haben Sie diese Männer schon einmal gesehen?"
Der Bootsverleiher nahm die Bilder und schaute kurz darauf. „Die komischen Glatzköpfe? Klar – die haben sich tatsächlich vor kurzem ein Boot ausgeliehen."
„War es ein Tag, an dem viel Trubel herrschte?"
„Warten Sie, ich kann nachsehen. Bei manchen Gästen lasse ich mir den Personalausweis zeigen. Man weiß ja nie."
Er ging ins Haus und kam mit einem großformatigen blauen Heft zurück.
„Hier – ich habe mir nur den Namen von dem älteren der beiden notiert – Krakowski."
Karla nahm das Heft und sah sich die Notiz an. Der Bootsverleiher hatte sogar die Nummer des Ausweises notiert.
„Wissen Sie noch, wie voll es an diesem Tag bei Ihnen war? Ist es möglich, dass die Paddel zu diesem Zeitpunkt entwendet wurden?"

Er kratzte sich am Kinn und schaute noch einmal in das Büchlein. „Schon möglich. Wenn ich mich richtig erinnere, habe ich sie sogar gebeten, das Boot rauszuholen. Sind ja recht starke Kerle."
„Wieso bezeichnen Sie die beiden als ‚komisch'?"
„Naja, der Jüngere hat den Älteren rumkommandiert. Der schien auch mehr Licht am Fahrrad zu haben als der Ältere, wenn Sie verstehen, was ich meine."
„Sie glauben, der Jüngere hatte das Sagen, weil er cleverer ist?"
„Diesen Eindruck habe ich jedenfalls bekommen."
„Vielen Dank", antwortete Karla. „Sie haben mir sehr geholfen."
Sie reichte ihm die Hand und wollte gehen, doch er hielt sie einen Moment fest.
„Sind das die Kerle, die Veronica auf dem Gewissen haben?"
„Sie sind zunächst verdächtig", antwortete Karla und entzog ihm sanft ihre Hand.
„Ich habe Veronica sehr gemocht", erklärte der Bootsverleiher mit fester Stimme. Sein jungenhaftes Aussehen wich einem Anflug von Zorn. Sie war eine der wenigen hier, die kapiert haben, worum es wirklich geht. Und sie war mutig. Wenn ich die Kerle vor Ihnen zu fassen kriege, kann es sein, dass ich mich vergesse."
„Überlassen Sie das lieber uns. Mit denen ist nicht zu spaßen. Eine Tote genügt, denke ich."
„Dann beeilen Sie sich", schob er hinterher und wandte sich einer Gruppe junger Leute zu, die eben eingetroffen waren und Boote leihen wollten.
„Puh", kommentierte die junge Kollegin den letzten Satz, „so kenne ich den ja gar nicht. Ist sonst ein sehr besonnener, freundlicher Typ."
„Der Tod von Frau Frühauf scheint ihn mitgenommen zu haben", erwiderte Karla. „Glauben Sie, er hat vielleicht ein Verhältnis mit ihr gehabt?"
Die Kollegin hob fragend die Schultern.
„Tut mir leid, so gut kenne ich ihn nicht. Aber ich habe sie nie zusammen gesehen."
„Wieso kennen Sie ihn eigentlich nicht? Ich dachte, in so einem kleinen Ort kennt jeder jeden?"
„Er ist nicht von hier. Ist erst vor zehn Jahren nach Lychen gekommen. Aus dem Westen."
„Ich glaube, ich werde das Gespräch mit dem Herrn noch ein wenig fortsetzen. Gehen Sie ruhig schon zurück. Ich kenne den Weg ja jetzt."
„Dann bis später."
Karla kehrte noch einmal um, ging die wenigen Meter zurück. Der freundliche Bootsverleiher half der Gruppe gerade, die Boote zu Wasser zu lassen, zeigte ihnen, wie man richtig lenkt und paddelt. Sie beobachtete die Szene

und setzte sich auf eine kleine Bank in der Nähe. Wenige Minuten später waren die jungen Leute auf dem Wasser. Ihr fröhliches Lachen schallte über den See. Der Mann kam vom Steg zurück.
„Haben Sie etwas vergessen?“, fragte er.
„Ja. Haben Sie noch einen Moment Zeit?“
„Ja, sicher“.
„Das Schöne an dem Job ist, dass man zwischendurch immer mal eine Pause machen kann, wenn gerade nichts los ist.“
„Setzen Sie sich doch zu mir.“
Er nahm neben ihr auf der hölzernen Bank Platz. Karla schaute an ihm vorbei auf den See hinaus.
„Es ist merkwürdig, wenn man in einem Mordfall ermittelt. Man lernt im Laufe der Ermittlungen das Opfer kennen, weil man in den persönlichen Unterlagen nach Spuren sucht und das Umfeld befragt. Ich habe den Eindruck, Veronica Frühauf schon ganz gut zu kennen.“
Sie sah zu ihm hinüber. Auch er blickte starr auf den See.
„Sie war kein schwieriger Charakter“, erklärte er und sah sie an. „Sie war klar und eindeutig. Es ist nicht schwer, sich ein Bild von ihr zu machen.“
„Ja, so stelle ich sie mir auch vor. Ich finde, sie hätte ganz gut zu Ihnen gepasst.“
Er rückte etwas von ihr ab, sah sie ein wenig überrascht an.
„Ach darauf wollen Sie hinaus. Sagen Sie das doch gleich. Dann können Sie sich den Umweg sparen.“
„Das war kein Umweg, ich wollte Ihnen nur erklären, wie ich darauf komme, Sie zu fragen, ob Sie eine Beziehung mit ihr hatten.“
„Ich habe es mal versucht. Sie hatte damals nur Augen für den Menzelbaum. Außerdem hat sie mir zu verstehen gegeben, dass ich wohl zu alt für sie sei.“
„Es gab nie ein Date, keine einzige Nacht?“
„Nein. Leider nicht. Aber warum wollen Sie das wissen? Was hat das mit ihrem Tod zu tun?“
„Wir müssen davon ausgehen, dass der Mord nicht geplant war. Es könnte also durchaus auch ein abgewiesener Verehrer als Täter in Betracht kommen.“
„Sie verdächtigen mich?“, fragte er fassungslos, „ich tue nicht mal 'ner Spinne was zu leide.“
Karla lächelte. „Nein, ich verdächtige Sie nicht. Aber Sie könnten jeden Zweifel ausräumen, wenn Sie mir eine Speichelprobe geben würden.“
„Wenn Sie meinen.“

Karla zog aus ihrer Tasche ein Röhrchen und erklärte ihm, was er zu tun hatte. Die Prozedur war schnell beendet. Sie schraubte das Röhrchen zu, notierte mit einem Filzschreiber den Namen darauf und wollte aufstehen.
„Wir haben mal so eine Art Gegenprojekt zusammen geplant“, erzählte er unvermittelt. „Das hat wirklich großen Spaß gemacht. Ich werde Veronica vermissen.“
„Wie sah denn dieses Gegenmodell aus?“
„Wir haben uns vorgestellt, einen Hafen für Kanu-Touristen zu bauen. Mit Toiletten, einem schönen Picknickplatz und einer Umtragestelle für die Boote. Und es sollte die Möglichkeit geben, seine Sachen einzuschließen, damit man in Ruhe einen Stadtbummel machen kann. Für die Leute, die mit der Draisine kommen oder dem Fahrrad, sollte es auch ähnlich sein. Wir wollten sie mit Angeboten für die ganze Familie in den Ort locken, damit alle hier etwas davon haben. Der Eisladen genauso wie die Restaurants, die Künstler, die Läden.“
„Das klingt doch ganz gut. Haben Sie denn keine Unterstützer gefunden?“
„Uns fehlte das Kapital. Und den Leuten im Stadtrat der Mut.“

33.

Als Karla zurück in die Einsatzzentrale kam, erwartete sie Teichmann bereits ungeduldig.
„Wir müssen in anderthalb Stunden am Stübnitzsee sein. Die Sekretärin von Garstein, die Schlüsselbein, hat zurückgerufen. Sie hat heute frei. Für den Abend hat sie Konzertkarten, aber jetzt kann sie kommen. Sie scheint bereit zu sein, uns etwas anzuvertrauen.“
„Sehr gut. Ich möchte nur noch diese Speichelprobe ins Labor schicken, dann können wir los.“
„Und von wem ist die?“
„Vom Bootsverleiher. Er hatte Interesse an der Frühauf, ist aber abgeblitzt.“
„Haben wir jetzt einen weiteren Verdächtigen?“
„Eigentlich nicht. Ich kann mir nicht vorstellen, dass der zu so etwas imstande ist. Ich möchte aber auch keine Möglichkeit ausschließen.“
„Und was gab es bei Dir?“, fragte sie.
„Ich habe den Bericht an den Chef geschrieben. Liegt auf Deinem Schreibtisch. Brauchst bloß noch zu unterschreiben.“
Erstaunt schaute sie hoch.
„Das ist ja toll. Danke Dir.“

Sie schwiegen, doch Karla merkte, dass Teichmann noch etwas auf dem Herzen hatte.
„Gibt es noch etwas?“
Er zögerte.
„Nun? Ich sehe es Dir doch an der Nasenspitze an.“
„Naja...da wäre schon noch etwas. Ich würde heute Abend gern eine private Angelegenheit regeln.“
Karla schaute von ihrem Formular auf.
„Nennt man das jetzt so?“, fragte sie schmunzelnd.
Er grinste zurück.
„Ich denke schon.“
„Wenn nicht wieder irgendwo Gefahr im Verzug ist, kannst Du Dich von mir aus nach dem Treffen mit der Schlüsselbein verdrücken. Aber lass das Handy an.“
„Sowieso.“
Karla stand auf und schaute auf die Stadtkarte.
„Wo ist denn nun genau dieser See?“
Teichmann kam hinzu und deutete auf eine südlich der Stadt gelegene, kleine blaue Fläche.
„Genau dort.“
„Und wie kommt man nach ‚genau dort‘?“
Er fuhr mit der Hand eine Linie auf dem Papier.
„So.“
„Wie lange dauert das?“
„Zu Fuß mehr als eine Stunde. Wir könnten es auch mit dem Rad versuchen. Ist aber eher ein typischer Waldweg.“
„Und wie kommst Du zu einem Fahrrad? Ich habe ja immer noch das vom Bürgermeister.“
„Ich habe mir schon gestern eins im Ort geliehen. Ist praktischer.“
Er ging wieder zu seinem Platz. Plötzlich schlug er sich mit der Hand an die Stirn.
„Fast hätte ich es vergessen. Hier ist ein Brief für Dich abgegeben worden. Anonym!“
Er nahm von seinem Schreibtisch einen kleinen weißen Umschlag und reichte ihn ihr.
„Für 'ne Bombe ist er zu dünn“, scherzte er. „Es könnte sich um einen anonymen Hinweis handeln.“
Karla nahm den Umschlag und sah ihn sich genauer an. Er war handschriftlich an sie adressiert und mit dem Vermerk „persönlich“ versehen. Die Handschrift war ihr unbekannt.

„Ein anonymer Hinweis mit Schriftprobe?", murmelte sie. „Das glaube ich nicht."
Sie riss den Umschlag auf und zog ein kleines Blatt blaues Papier hervor. Teichmann verfolgte gespannt ihre Aktivitäten. Doch kaum hatte sie den Zettel aufgefaltet, legte sie ihn auch schon schnellstmöglich wieder zusammen.
„Und?", fragte ihr Kollege „ist es ein Hinweis, ein Indiz?"
Sie schüttelte mit dem Kopf, riss den Zettel sorgfältig in tausend kleine Fetzen und warf sie in den Mülleimer.
„So schlimm?", wollte Teichmann mitfühlend wissen.
„Nein", sagte sie und er fand, dass sie irgendwie glücklich lächelte. „Alles bestens. Ist privat." Während sie schnell griff und eine Wanderkarte hineinstopfte, ließ sie die Zeilen des Briefes noch einmal Revue passieren, als müsste sie sie sich diese ins Gedächtnis brennen, um sie nicht mehr zu vergessen.
„Ich kann nicht mehr aufhören, an Dich zu denken. Und ich kann nicht glauben, dass ich Dich nie wieder so sehen, so fühlen werde. Es ist gegen unsere Abmachung – ich weiß – aber ich dachte nicht, dass Sehnsucht so weh tun kann. G."
Sie wollte gerade die Tür öffnen, da ging diese auf. Christoph kam herein. Überrascht blieb sie stehen.
„Was machst Du denn hier?", fragte sie. „Ist etwas passiert?"
„Nein", erwiderte er ruhig, „nicht bei mir."
Legte sie zuviel Bedeutung in seine Worte oder wusste er bereits alles? Sie war unfähig zu antworten. Teichmann, dem die Situation sichtlich unangenehm war, drängelte sich an den beiden vorbei zur Tür. Zu Karla gewandt, bemerkte er: „Wir müssen wirklich jetzt los. Oder soll ich allein...?"
Sie schüttelte heftig mit dem Kopf. Dann fand sie ihre Sprache wieder.
„Christoph, wir sind auf dem Weg zu einer Informantin. Ich habe jetzt wirklich keine Zeit."
„Ja, klar. Ich wollte Dir nur ein paar belegte Brötchen bringen. Du solltest zwischendrin auch mal daran denken, etwas zu essen. Von den Sachen, die ich Dir in den Kühlschrank gelegt habe, hast Du ja bislang nichts angerührt."
Er hielt einen kleinen Beutel in die Höhe.
„Ich stelle es Dir einfach hier auf den Tisch."
Er legte langsam den Beutel auf den Schreibtisch und drehte sich dann wieder zu ihr um.
„Ich bleibe heute abend daheim. Wird doch sicher wieder spät bei Dir. Und zu Hause kann ich wenigstens arbeiten. Die Semesterarbeiten müssen durch gesehen werden."

„Ja, ist gut."
Sie standen sich gegenüber. Mit einer kleinen Geste streichelte er ihr zärtlich über die Wange.
„Ich vermisse Dich."
„Ich Dich auch."
Sie hatte plötzlich Tränen in den Augen und wandte sich von ihm ab. Mit einer schnellen, hastigen Bewegung drehte sie sich um und ging hinaus.
„Tschühüß", rief sie ihm noch zu, dann war sie aus seinem Blickfeld verschwunden. Teichmann folgte ihr kurz darauf.
„Dein Mann ist echt nett", meinte Teichmann nach einer Weile, während sie kräftig in die Pedale traten, um auf dem sandigen Waldweg voranzukommen, „so wie zwischen Euch stelle ich mir das als optimal vor. Ich verstehe wirklich nicht..."
Bevor sie das Ende seines Satzes hören musste, hatte sie mit ein paar kräftigen Pedaltritten den Abstand zwischen sich und dem Kollegen soweit erhöht, dass eine Unterhaltung nicht mehr möglich war.

34.

Als die Kommissare den idyllisch gelegenen Waldsee erreichten, waren sie dort zunächst allein. Die kleine Schutzhütte war ebenso menschenleer wie die schmale Badestelle und der Wanderrastplatz. Karla stieg vom Fahrrad.
„Das war ganz schön anstrengend in dem Tempo", keuchte sie und wischte sich mit dem Handrücken den Schweiß aus dem geröteten Gesicht. „Aber wenigstens sind wir pünktlich."
„Du hättest nicht so rasen müssen bei 30 Grad im Schatten", entgegnete Teichmann, der ebenfalls schwer atmend abstieg. „Du hättest mir nur sagen müssen, dass Du mit mir nicht über Privates reden möchtest."
Karla schob ihr Rad zur Schutzhütte, musste aber feststellen, dass diese nicht besonders sauber war. Es roch nach Urin und Alkohol. Unter dem Tisch konnte sie eine fast leere Flasche Schnaps ausmachen, an deren Resten sich jetzt diverse Insekten zu schaffen machten. Sie drehte ab und hielt auf den Wanderrastplatz zu.
„Gut", sagte sie dann und sah Teichmann freundlich an, „ich möchte nicht über Privates sprechen."
Sie setzte sich auf den zur Bank umgearbeiteten großen Baumstamm und schaute sich um. Der See schimmerte durch die hohen Bäume, von denen er umsäumt wurde. Im Wald war die Temperatur viel erträglicher. Das noch immer gleißende Sonnenlicht wurde von dem dichten Blätterdach wie von

einem riesengroßen Sonnenschirm zurückgehalten. Am liebsten hätte sie eine Picknickdecke ausgebreitet und in den Himmel geträumt. Die Aufklärung dieses Falles war mit sehr vielen Versuchungen verbunden. Aber sie war im Dienst. Wie so oft, musste sie sich solche Vergnügungen versagen. Sie schaute zu Teichmann hinüber, der immer noch an seinem Rad beschäftigt war. Mit einer großen Fahrradtasche in der Hand kam er schließlich auf sie zugeschlendert.
„Was hast Du denn da?", fragte Karla interessiert.
Er antwortete nicht, sondern begann auszupacken. Zwei Wasserflaschen und Plastikbecher, Kekse, eine Tüte Chips, Äpfel und Bananen, die er auf das hölzerne Tischchen stellte.
„Wir sind nicht gekommen, um zu picknicken", erinnerte ihn Karla und sah zu, wie er einen kleinen Leinenbeutel aus der Tasche zog.
„Hier – Deine Brote", sagte er und drückte ihr den von Christoph vorbeigebrachten Beutel mit belegten Brötchen in die Hand. „Oder hast Du seit heute Morgen etwas gegessen?"
Karla schüttelte den Kopf. Sie fragte sich, warum sie plötzlich von drei Männern mit Lebensmitteln versorgt wurde. Soweit sie feststellen konnte, hatte sie nicht abgenommen und sah auch nicht mager aus. „Nein", antwortete sie deshalb amüsiert. „Aber ich habe auch keinen Hunger. Was soll das hier?"
„Spricht etwas dagegen, sich unauffällig zu verhalten, wenn wir eine Informantin treffen?"
„Natürlich nicht, aber..."
„Kein Aber", sagte Teichmann fest, „dies hier ist Tarnung. Was soll man sonst an einem Rastplatz? Das fällt doch nur auf. Jetzt benehmen wir uns wenigstens so, wie sich Radwanderer eben benehmen."
Karla verzichtete auf einen Kommentar und packte die Brötchen aus. Der Duft des frischen Brotes ließ ihr das Wasser im Mund zusammenlaufen. Sie war hungriger, als sie sich bis dahin eingestanden hatte. Außerdem sahen die Brötchen wirklich vielversprechend aus. Ihr Mann hatte sie mit leckerem Käse, Salat, Tomaten und Gurken belegt.
„Schau Dir das an", sagte sie und zeigte auf die vier Brötchen. „Wer soll das alles essen?" Sie nahm eines und reichte es ihem Kollegen.
„Hilf mir bitte, das schaffe ich nie allein. Vor allem nicht in den paar Minuten bis Frau Schlüsselbein hier auftaucht."
Teichmann nahm freudestrahlend das Brötchen an und biss hinein.
„Dabei helfe ich Dir gern", erklärte er kauend. „Dein Mann ist echt spitze. Oder war das jetzt auch zu privat?"
„Schon o.k.", erwiderte Karla und begann ebenfalls zu essen. „Wo ist denn dieser lauschige Platz, von dem Du erzählt hast?"

„Das ist jetzt aber auch sehr privat oder benötigst Du einen Tipp für heute Abend?"
Karla konnte nicht verhindern, dass sie rot wurde.
„Vergiss die Frage. Entschuldige. Im Gegensatz zu Dir rede ich ganz gern über mein Glück", meinte Teichmann. „Siehst Du die kleine Stelle da hinten unter der Buche? Dort, wo die zwei Büsche ein bisschen die Sicht abschirmen?"
Karlas Blick erfasste ein wunderschönes und sicher sehr romantisches Plätzchen mit bestem Seeblick, dass jedoch vor fremden Augen durch die dichten Blätter des Gestrüpps geschützt war.
„Sehr schön und sehr romantisch. Du erstaunst mich Kollege. Ich wusste gar nicht, dass Du so sein kannst."
„Wusste ich auch nicht", kicherte er etwas verlegen. „Aber es ist ein großartiges Gefühl. Und erst die Frau – ich kann es noch gar nicht glauben."
„Glückwunsch, das klingt gut."
Sie hielt dieses Thema damit für beendet, doch Teichmann plauderte weiter.
„Ja. Und diesmal mache ich Nägel mit Köpfen. Ich werde sie heute fragen, ob sie mich heiraten will."
Karla verschluckte sich an einem Stück Brötchen. Teichmann klopfte ihr kollegial auf den Rücken. „Du willst ihr nach nur einer gemeinsamen Nacht einen Antrag machen?", fragte Karla, kaum dass sie wieder sprechen konnte.
„Ja. Genau das werde ich tun."
„Ist das nicht etwas überstürzt?"
Er schüttelte heftig den Kopf. „Früher gab es das erste Mal erst nach der Hochzeit. Und die Ehen haben länger gehalten als heute."
„Aber Du kennst sie doch noch gar nicht richtig."
„Ich habe mich verliebt. Das genügt. Und das Beste ist – sie findet meinen Beruf total spannend. Sie versteht nicht, wieso andere Frauen kein Verständnis für die ungewöhnlichen Arbeitszeiten haben."
„Erinnere sie bitte an diesen Satz, wenn Du das Familientreffen bei ihren Eltern absagen oder Deinen Urlaub verschieben musst, weil ein Fall noch nicht abgeschlossen ist."
Teichmann wollte etwas erwidern, als eine blonde Frau mit sehr femininen Rundungen unter einem eng anliegenden blau-gelbem Sportdress joggend auf sie zusteuerte.
„Von den Maßen her müsste sie es sein", scherzte Teichmann leise. Karla sah sich um. Sie waren noch immer allein auf der Lichtung. Die junge Frau kam näher und tat so, als würde sie sich erschöpft auf die zweite Bank fallen lassen.

„Könnten Sie mir bitte ein Glas Wasser geben? Ich glaube, ich habe meine Kondition über – und die Hitze unterschätzt", sagte sie sehr laut.
Karla antwortete mit ebenso lauter Stimme. „Natürlich – gern. Ist ganz schön gefährlich bei der Hitze zu laufen."
Die Sekretärin schien wirklich in Angst zu leben, wenn sie selbst hier, an diesem einsamen Ort, noch glaubte, beobachtet zu werden.
„Hier ist seit 30 Minuten niemand vorbei gekommen", flüsterte ihr Karla leise zu. „Mein Kollege wird den Weg mal in Augenschein nehmen, von dem Sie gekommen sind."
Teichmann stand auf, holte ein Fernglas aus seiner Tasche und suchte sich eine Stelle im Wald, von der aus er den Weg im Auge hatte. Sibylle Schlüsselbein entspannte sich etwas.
„Sie haben Recht, beim Joggen werden sie mir wohl nicht folgen", sagte sie, noch immer ein wenig außer Atem. „Aber seit dem Mord traue ich der Bande wirklich alles zu."
Karla goss der Sekretärin einen Becher Wasser ein und schob ihr eine Kekspackung zu. „Ich schlage vor, wir setzen uns dort hinten an den See. Die Zweige der Bäume schirmen uns dann soweit ab, dass man denken kann, Sie haben hier ein Tête-á-tête."
Sie deutete mit der Hand genau zu der Stelle, die ihr kurz zuvor Teichmann als idealen Ort für ein heimliches Stelldichein gezeigt hatte.
„Ja, gern" stimmte Schlüsselbein zu. Die Erleichterung war ihr anzusehen, „ich glaube, ich fühle mich dort sicherer."
Karla griff nach den Wasserbechern, schulterte ihre Handtasche. Nach einem Blick in Teichmanns unergründliche Fahrradtasche zog sie von dort auch noch ein Handtuch heraus. Schlüsselbein nahm die Kekspackung. Als die beiden Frauen es sich am Seeufer bequem gemacht hatten, kam Teichmann zurück. Nach einem kurzen suchenden Blick hatte er sie erspäht und setzte sich zu ihnen. Da sein Handtuch für drei Personen nicht groß genug war, blieb ihm nur ein Sitzplatz im Sand.
„Alles in Ordnung. Wir sind allein", erklärte er.
Sibylle Schlüsselbein wirkte erleichtert. Aus den Augenwinkeln bemerkte Karla, dass Teichmann die Oberweite der Informantin kaum aus dem Blick lassen konnte. Sie räusperte sich und gab ihm einen kleinen Schubs mit dem Fuß. Er schaute grinsend zu ihr und hob wie zur Entschuldigung die Schultern.
„Sie scheinen große Angst vor Herrn Garstein zu haben" begann Karla, „was ängstigt Sie so?"
Teichmann war aufgestanden und hatte aus seiner Gepäcktasche auch noch ein Aufnahmegerät geholt, das er nun einschaltete.

„Ich bin seit drei Jahren bei Garstein angestellt. In der Zeit habe ich einiges mitbekommen von seinen krummen Geschäften. Wenn er erfährt, dass ich ihn verrate, wird er mich umbringen."
„Ist das nicht etwas übertrieben?", versuchte Teichmann zu provozieren. Er verfehlte die gewünschte Wirkung nicht.
„Übertrieben?", erwiderte sie aufgebracht. „Die Frühauf hat sich auch mit ihm angelegt und die ist jetzt tot. Ich rede hier nicht nur von seinen Steuerhinterziehungen, Schwarzarbeitern und diversen Subventionsbetrügereien."
„Von was reden Sie dann?", bohrte Karla nach. „Haben Sie Hinweise darauf, dass er in den Mordfall verwickelt ist?"
Sie nickte betrübt. „Aber ich kann Ihnen keine Beweise liefern."
„Eine Zeugenaussage ist auch nicht zu unterschätzen", warf Teichmann ein.
Sibylle Schlüsselbein holte tief Luft, als müsste sie noch einmal Kraft schöpfen.
„Eigentlich war mir der ganze Betrieb von Anfang an suspekt. Garstein ist ja nicht gerade sympathisch. Sein Büro ist auch nicht besonders einladend. Aber ich war vorher ein Jahr arbeitslos. Deshalb habe ich die Stelle angenommen."
„Ging es damals auch schon um das Hafenprojekt in Lychen?"
„Es fing gerade an. Die Lychener selbst hatten etwas viel Kleineres vorgesehen, etwas viel vernünftigeres. Ich kenne das Vorhaben ziemlich gut, weil meine Eltern immer noch in Lychen leben. Mein Vater war bis letztes Jahr in der Stadtverordnetenversammlung."
„Hat Garstein das gewusst?"
„Oh nein. So blöd war ich nicht, ihm das zu erzählen. Mein Mädchenname ist Schmidt, da wird nicht gleich eine Verbindung zum Namen hergestellt."
„Stimmt", grinste Teichmann. „Bei Ihrem jetzigen Namen wäre es wohl einfacher gewesen."
„Wie ging es weiter?", wollte Karla wissen.
„Garstein hatte von dem Vorhaben in Lychen gehört und sich schlapp gelacht über deren Pläne. ‚So planen nur Provinzler aus dem Osten', meinte er, ‚die verstehen überhaupt nichts vom Geldverdienen.'"
„Haben Sie Ihrem Vater davon berichtet?"
Sie schüttelte den Kopf. „Ich wusste damals ja nicht, was Garstein vorhatte. Im Gegenteil. Ich dachte, er könnte sogar Recht haben. Wenn man von hier ist, hat man in solchen Dingen nicht gerade ein großes Selbstbewusstsein. Ich habe gedacht, so'n reicher Westler weiß schon, wovon er spricht."
„Aber irgendwann bemerkten Sie, dass etwas an den Plänen nicht in Ordnung war, die Garstein vorlegte?", wollte Karla wissen.

„Vor allem hat mich stutzig gemacht, dass die internen Papiere ganz andere Zahlen und Beschreibungen beinhalteten."
„Andere Zahlen?", fragte Teichmann interessiert. „Was genau war denn anders?"
„Garstein rechnete intern mit viel weniger Arbeitsplätzen, als er in den Anträgen auf Zuschüsse und gegenüber der Stadtverwaltung angab. Auch die Kosten für sein Vorhaben wurden intern viel geringer geschätzt. Wenn er gleich die geringeren Kosten angegeben hätte, wäre auch sein Zuschuss geringer ausgefallen. Er kennt einen Haufen Firmen im Westen, die ihm teurere Kostenvoranschläge und Abrechnungen machen. Von den eingestrichenen zu viel ausgezahlten Steuergeldern wird dann halbe-halbe gemacht."
„Und Sie haben diese Unterlagen Veronica Frühauf zukommen lassen", vermutete Karla. Schlüsselbein nickte.
„Ich habe heimlich Kopien gezogen und sie ihr gegeben. Auch von den gefälschten Umweltgutachten und den anderen Steuerhinterziehungen."
„Warum haben Sie das getan?", fragte Teichmann. „Das gefährdet doch Ihren Job."
Sibylle Schlüsselbein sah ihn entgeistert an. „Ich fühlte mich mies, als würde ich selbst bei diesen Schiebereien dabei sein. Ich habe noch nie in meinem Leben gestohlen oder andere krumme Geschäfte gemacht. So bin ich nicht erzogen worden. Mich hat es belastet, an solchen Betrügereien sozusagen beteiligt zu sein."
Ein plötzliches Knacken im Gebüsch ließ die Sekretärin erschreckt zusammenzucken. „Wenn die mich hier sehen, ist es aus", jammerte sie.
Karla legte ihr beruhigend die Hand auf den Arm. Teichmann stand auf und verschwand in der Richtung, aus der das Geräusch gekommen war. Wenig später kehrte er zurück. „Nichts zu sehen, auch keine Fußspuren. Vielleicht war es ein Tier."
Die junge Frau schien durch die Information nicht wirklich beruhigt, obwohl sie versuchte, sich dies nicht anmerken zu lassen. In ihrem Gesicht konnte man die Anspannung, in der sie sich befand, deutlich ablesen.
„Berichten Sie weiter", forderte Karla sie auf. „Je schneller wir hier wieder weg sind, desto besser."
Schlüsselbein schaute sich noch einmal ängstlich um und fuhr dann fort. „Frau Frühauf hat mir versprochen, die Unterlagen nur so zu verwenden, dass niemand direkt auf mich als Informantin kommen konnte. Sie sagte, sie habe sie sehr sicher versteckt und nur sie wisse, wo sie seien."
„Warum haben Sie sich nicht an die Polizei gewandt?"
„Die Frühauf war so sehr engagiert. Als sie mitbekam, dass ich bei Garstein arbeite, hat sie mich auch direkt angesprochen. Für mich war das wie eine Befreiung, endlich mit jemandem darüber reden zu können."

„Sie kannten Frau Frühauf schon vor der Sache?“, hakte Karla nach.
„Ja, ich sagte doch, ich bin in Lychen aufgewachsen. Wir hatten aber keinen Kontakt vorher.“
Gedankenverloren starrte Schlüsselbein auf den See und biss in einen der Kekse. Dann schaute sie Karla wieder an. „Wenn ich gewusst hätte, was geschehen würde, hätte ich natürlich die Polizei informiert. Aber ich habe nicht gedacht, dass sie so weit gehen.“
„Wie kommen Sie darauf, dass Garstein mit dem Mord zu tun hat?“, fragte Karla.
„Ich habe mehrere Gespräche mit angehört, bei denen es um das Lychen-Projekt ging. Garstein und diese schrecklichen Schlag-Brüder haben sich lang und breit darüber ausgelassen, wie die Frühauf ihnen die Sache erschwert.“
„Dr. Schlag gehört auch zum Kreis um Garstein?“, fragte Karla interessiert.
„Ja, sicher. Der kommt immer dann mit dazu, wenn Garstein einen Ausputzer braucht, einen für die groben Dinge. Und Garstein beteiligt die beiden dann am Gewinn.“
„Was haben Sie denn nun gehört?“, drängelte Teichmann, um das Gespräch voranzubringen. Karla vermutete ihn in Gedanken schon halb bei seinem Heiratsantrag.
„Die haben sich richtig in Rage geredet. ‚Man müsste der mal einen Dämpfer verpassen‘, hat der Garstein vorgeschlagen. Dr. Schlag ist auch gleich darauf eingegangen und meinte, die müsste man mal so richtig drannehmen.“
„War das in sexueller Hinsicht gemeint?“, wollte Teichmann wissen.
„Bei dem ist es immer so gemeint. Wenn Sie mich fragen, dann ist der Begriff Lustmolch harmlos für den.“
„Wie kommen Sie darauf?“, schaltete sich Karla wieder ein, „hat er es bei Ihnen auch probiert?“
„Als er mir an den Busen gefasst hat, habe ich ihm eine gelangt. Damals dachte ich, Garstein schmeißt mich raus. Hat er aber nicht. Im Gegenteil. Er hat Schlag angeschrieen, er solle seine Mitarbeiterinnen in Ruhe lassen.“
Teichmann war jetzt wieder ganz bei der Sache.
„Glauben Sie, er könnte die Vergewaltigung an Veronica Frühauf geplant haben?“
„Da bin ich mir ziemlich sicher. In der Hinsicht halte ich ihn für wenig zimperlich. Hat ja auch seine Approbation wegen so einer Sache verloren. Wahrscheinlich ist der nur Frauenarzt geworden, damit er da seine perversen Triebe ausleben kann. Der hat schon vorher seine Patientinnen gegenüber Garstein immer ganz genau beschrieben. Oberweite, Hintern und was weiß ich. Ich habe dann immer die Tür zugemacht. Natürlich habe ich Frau Früh-

auf auch gewarnt. Aber sie hat nur gelacht und gemeint, ich solle mir keine Sorgen machen. Kurz darauf tauchten dann zwei Glatzköpfe auf. Die hatte auch der Doktor angeschleppt. Leider habe ich nicht mithören können, was Garstein mit ihnen besprochen hat."

Teichmann wollte gerade die Fahndungsfotos aus der Tasche holen, als sich zwei Personen dem Ufer näherten. Schlüsselbein warf sich panikartig an seinen Hals, vergrub ihr Gesicht an seiner Schulter und presste ihren Oberkörper an ihn. Karla legte sich flach hin und beobachtete die ankommenden Personen, während Teichmann so tat, als würde er die Frau in seinem Arm leidenschaftlich küssen. Es war ein älteres Pärchen, das Händchen haltend den Blick über den See genoss. Als sie das vermeintliche Liebespaar bemerkten, entfernten sie sich schmunzelnd.

„Die Luft ist rein", flüsterte Karla, „es kann weitergehen."

Nur langsam löste sich Schlüsselbein von Teichmann, der sein zerzaustes Haar glättete und ein wenig mitgenommen wirkte.

„Du wolltest die Fotos zeigen", erinnerte ihn Karla. Er zog sie hervor und reichte sie der Informantin.

„Sind das die beiden Männer, die Sie bei Ihrem Chef gesehen haben?"

„Ja. Das sind sie. Der kleine tut immer so, als hätte er den Hut auf und der ältere wirkt, als wäre er ein wenig zurückgeblieben."

„Ist Ihnen noch etwas aufgefallen, das mit dem Mord zu tun haben könnte?", fragte Karla weiter. „Gibt es noch etwas, das Sie uns erzählen möchten?"

Schlüsselbein schüttelte den Kopf. Teichmann stand auf und schaute sich um. Der Wald war an dieser Stelle wieder menschenleer.

„Wissen Sie, wo sich die Originale der Unterlagen befinden, die Sie Frau Frühauf gegeben haben? Würden wir die bei einer Hausdurchsuchung von Garstein finden?"

„Nachdem die Polizei da war, hat er einen Teil der Unterlagen mitgenommen. Vielleicht nach Hause. Vielleicht hat er sie aber auch bei einem der Schlag-Brüder deponiert. Alles, was das Hafenprojekt angeht, dürfte aber noch im Safe sein."

Karla bedankte sich bei ihr, als ihr noch etwas einfiel.

„Ist der Name Boehse einmal in irgendeinem Zusammenhang aufgetaucht?"

Sibylle Schlüsselbein schüttelte bedauernd den Kopf. „Nein, tut mir leid."

Karla schaltete das Aufnahmegerät aus und reichte es Teichmann. Zur Sekretärin gewandt, fügte sie hinzu: „Sie müssten uns das unterschreiben, sobald es getippt ist."

„Kein Problem. Bitte schicken Sie das Protokoll zu meinen Eltern in Lychen. Hier ist die Adresse." Sie zog einen kleinen Zettel aus der Tasche und reichte ihn Karla. Dann stand sie auf, sah sich sorgfältig um und verabschiedete sich

von den Kommissaren. Kurz darauf war sie joggend im Wald verschwunden. Teichmann schaute nach, bis Karla ihn anstieß.
„Wolltest Du heute nicht Deine Zukunft planen und wichtige familiäre Angelegenheiten regeln?"
„Ich glaube, ich verschiebe das auf morgen", verkündete er, „jetzt muss ich ja noch dieses interessante Protokoll tippen. Ob wir auf Grund dieser Aussage einen Durchsuchungsbeschluss erhalten werden?"
„Wir müssen es auf jeden Fall versuchen."

35.

Den Durchsuchungsbeschluss hatte Karla noch am selben Abend in der Hand. Doch das für die Durchsuchungen nötige Personal würde erst am Morgen bereitstehen. Sie mussten sich also gedulden. Teichmann tippte zügig das Protokoll, dann verabschiedete er sich.
„Bis Morgen."
„Nanu, gehst Du doch schon? Ich dachte, Du verschiebst den Heiratsantrag."
„Tue ich auch. Du hast doch selbst gesagt, so etwas sollte man nicht nach einer Nacht entscheiden. Also hänge ich heute eine zweite dran."
Sie winkte ihm fröhlich zu.
„Viel Spaß. Aber morgen brauche ich Dich ausgeschlafen. Wir haben viel vor."

Nunmehr allein saß sie in der eher schmucklosen Einsatzzentrale, schaute auf den Stadtplan von Lychen und suchte die vielen Seen, die sie bereits kannte. Draußen verdunkelten immer mehr Wolken den bislang blauen Himmel. Es waren Gewitter angesagt worden, die etwas Abkühlung versprachen. Sie schaltete die Schreibtischlampe an und versuchte, sich auf den Bericht an Hollstein zu konzentrieren. Ihre Gedanken gingen aber wie von selbst immer wieder zurück zum See. „Du benimmst Dich wie ein Backfisch", schalt sie sich selbst und konnte doch nicht verhindern, dass Muckwitz' Worte, seine Berührungen so präsent waren, als geschähe das alles gerade jetzt. Noch vor wenigen Stunden hätte sie nicht gedacht, dass sie Christoph jemals hintergehen könnte. Erhatte sich den ganzen Tag über nicht mehr gemeldet. War es Sehnsucht oder Pflichtbewusstsein, die sie zum Hörer greifen und seine Nummer wählen ließen? Ein Freizeichen ertönte. Was sollte sie sagen? Dass sie Sehnsucht hatte? Dann würde er sich vermutlich ins Auto setzen und zu ihr kommen. Aber wollte sie das? Hatte sie

Sehnsucht nach ihm oder sehnte sie sich nicht vielmehr nach der Ruhe ihres bisherigen Lebens? Oder vielleicht nicht einmal das? Bevor jemand an den Apparat gehen konnte, legte sie wieder auf. Was sollte überhaupt das ganze Hin und Her? Zornig mit sich selbst, blickte sie auf die wenigen Zeilen, die sie bisher geschrieben hatte. Sie musste sich auf ihre Arbeit konzentrieren. Schließlich wollte sie diesen Fall lösen. Dann könnte sie wieder nach Hause, ihr Leben würde weitergehen wie bisher. Alles wäre ausgeglichen, beständig und gut. Nach diesem Gedanken gelang es ihr tatsächlich, den Bericht fertigzustellen. Eine Stunde später schaltete sie zufrieden den Computer aus. Sie nahm sich vor, zurück in ihre Unterkunft zu gehen, aus den Vorräten, die Christoph in den Kühlschrank gelegt hatte, ein leckeres Abendessen zuzubereiten und früh zu Bett zu gehen. Der morgige Tag versprach arbeitsreich zu werden. Sie griff nach ihrer Tasche, schaltete das Licht aus und verließ den Raum. Als sie auf der Straße stand, schaute sie an dem Gebäude hinauf. War Muckwitz noch im Rathaus? Sie überlegte, welches Fenster wohl zu seinem Zimmer gehörte. Aber sie sah nirgendwo Licht. Eigentlich war es auch noch zu früh, um in die Ferienwohnung zu gehen. Kurz entschlossen änderte sie ihre Pläne und ging Richtung Tatort. Auf dem Weg wollte sie auch gleich bei Michael Boehse vorbeischauen. Als sie die verfallenen Häuser erreichte, hatte sich der Himmel noch mehr verdunkelt und sah drohend, beinahe beängstigend aus. Sie hob die polizeiliche Absperrleine an, zwängte sich unter ihr hindurch und betrat erneut dieses seltsame, geschichtsträchtige Gelände. Was mochten diese Häuser schon alles gesehen haben? Gebaut, damit Menschen hier von schweren Krankheit genesen und wieder neuen Lebensmut fassen können, wurden sie für schreckliche Menschenversuche missbraucht. Die alten Bäume hatten all dies gesehen. Aber ganz gleich, wer unter ihnen saß und wandelte, sie blühten für sie alle, hatten allen im Sommer Schatten gespendet und im Winter Schutz gegeben. Und nun hatten sie auch diesen Mord mit angesehen und gaben das Geheimnis nicht preis. Sie näherte sich mit langsamen Schritten dem Tatort. Stand dort nicht schon wieder jemand? Obwohl es erst später Nachmittag war, legte sie eine Hand an die Waffe, bevor sie vorsichtig weiterging. Sie hatte sich nicht getäuscht. Diesmal war es Philipp Menzelbaum, der in Gedanken versunken vor den ausladenden Zweigen der Kiefer stand. Der junge Mann erschrak, als er ihre Schritte hörte. Ängstlich blickte er sich um. Seine Angst wich einer sichtbaren Erleichterung, als er sie erkannte.

„Ach Sie sind es“, stellte er fest.

„Sie haben die Absperrleine missachtet“, wies sie ihn zurecht.

„Da bin ich wohl nicht der erste“, erwiderte er und deutete auf die von Michael Boehse gepflanzten Blumen. „Irgendeiner war schon vor mir hier.“

„Die sind von Veronicas Onkel – Michael Boehse.“

„Ehrlich?" Sein Gesicht erhellte sich etwas. „Ich dachte schon..."
„Sie dachten, Ihre Freundin hätte noch einen anderen Liebhaber gehabt?"
„Es wäre doch zumindest eine Erklärung dafür, warum sie Schluss gemacht hat, warum ich nur im Dunkeln zu ihr kommen sollte."
„Haben Sie schon einmal daran gedacht, dass Veronica Sie vielleicht schützen wollte?"
„Aber vor wem oder vor was?", fragte er ratlos.
„Sie hat sehr gegen das Hafenprojekt von Garstein gekämpft. Das dürfte diesem Herrn nicht gefallen haben.".
„Aber wegen einem Hafen bringt man doch niemanden um!"
„Ich hatte schon viele Fälle, wo es um weit weniger ging. Hat Veronica Ihnen gegenüber einmal erwähnt, dass sie vertrauliche Unterlagen von Garstein hat? Material, das ihn in irgendeiner Weise in Schwierigkeiten bringen könnte?"
Er schüttelte den Kopf. „Nein. Daran würde ich mich erinnern."
„Wissen Sie, wo sie etwas Brisantes aufbewahrt hat? Gibt es ein Versteck, einen geheimen Ort oder so etwas?"
„Wenn sie etwas versteckt hat, dann immer im Ofenrohr – in ihrer Wohnung."
„Im Ofenrohr?"
„Das Rohr wird ja nicht mehr gebraucht. Das Haus hat jetzt Zentralheizung. Früher stand da noch ein großer Ofen."
Karla schaute ihn wie gebannt an. „Wo befindet sich das Rohr?"
„Im Wohnzimmer. Die Kommode steht davor."
Karla schaute in ihre Tasche. Da war es, das Schlüsselbund mit dem walnussgroßen Bernstein. Sie wollte sich sofort auf den Weg machen.
„Können Sie mir die Stelle zeigen?", fragte sie Menzelbaum.
Er schüttelte abwehrend den Kopf. „Ich kann da nicht mehr hin. Sie ist sowieso ständig präsent. Wenn ich jetzt in ihre Wohnung gehe..."
Er ließ offen, was dann geschehen würde, doch Karla verstand ihn auch ohne weitere Worte. Es war für sie kein Problem, allein in die Wohnung zu gehen und die Stelle zu suchen.
„Warum kommen Sie dann hierher?", wandte sie sich wieder an den jungen Mann. „Sie ist hier gestorben. Ist das nicht ein viel schlimmerer Ort?"
„Ich wollte es mir einmal ansehen, wo sie..." Er unterbrach den Satz. „Die Vögel singen, alles ist so voller Leben."
„Bis auf die Ruinen", schränkte Karla ein, „sie symbolisieren eher das Vergehen."
„Wenigstens weiß ich jetzt", sagte er unter Tränen, „dass sie nur mich geliebt hat. Sonst wäre der andere sicher auch gekommen."

„Ist es so wichtig, der Einzige zu sein?", wollte sie wissen. „Ist das selbst jetzt noch so entscheidend?"
„Es war nicht einfach für mich, immer weggeschickt zu werden. Ich wollte sie nicht heimlich lieben. Ich wollte, dass alle sehen können – wir sind ein Paar, wir gehören zusammen."
„Ja, das verstehe ich."
Sie schwiegen einen Moment. Karla schaute auf die Blumen, die Michael Boehse gepflanzt hatte und stellte fest, dass daneben die Erde ebenfalls aufgewühlt worden war. Es sah aus, als wäre etwas vergraben worden.
„Waren Sie das?" fragte sie Menzelbaum, während sie mit dem Kopf auf die Stelle deutete.
„Ja. Ich habe ein paar Briefe vergraben, die ich schon vor Wochen an sie geschrieben, ihr aber nie gegeben habe. Ich war zu feige. Ich dachte, wenn ich ihr sage, wie viel sie mir bedeutet, dass ich immer hoffe, wir werden heiraten, hätte sie ganz Schluss gemacht."
Karla verabschiedete sich und ging zur wenige Meter entfernten Wohnung des Opfers. Der Himmel war währenddessen noch dunkler geworden. Ein erstes fernes Grollen war zu hören. Sie eilte die Stufen des Treppenhauses hinauf und schloss die Tür auf. Im Halbdunkel trat sie auf etwas Hartes. Es war ein aufgeschlagenes Buch. Karla hob es auf, glättete die umgeknickten Seiten und schlug es zu, um den Titel lesen zu können. „Sanfter Tourismus – ein Leitfaden für Städte und Gemeinden." Mit dem Buch in der Hand betrat Karla das Wohnzimmer, immer darauf achtend, die auf dem Boden liegenden Gegenstände, Kleidungsstücke und Bücher nicht zu beschädigen. Sie legte das Buch auf einen Stuhl, auf den die Einbrecher weitere Bücher geworfen hatten. Gleich obenauf lag ein Gedichtband mit dem Titel „Deutsche Liebesgedichte". Ein Lesezeichen hing schräg heraus. Es kam Karla sonderlich vor, dass es überhaupt noch steckte. Das Buch war durch den Wurf aus dem Bücherregal recht ramponiert. Sie nahm es zur Hand. Eine Seite mit einem Gedicht von Hebbel war markiert.
„Wir träumten voneinander
und sind davon erwacht.
Wir leben um uns zu lieben
und sinken zurück in die Nacht."

Karla schlug das Buch zu. Nachdenklich trat sie ans Fenster. Was wäre wohl aus der jungen Frau geworden, wenn sie nicht eines gewaltsamen Todes hätte sterben müssen? Sie war klug, begabt, enthusiastisch und zweifelsohne eine ehrgeizige Person. Gleichzeitig schien sie sehr sensibel, verletzlich und romantisch gewesen zu sein. Vielleicht wäre sie eines Tages Bürgermeisterin geworden. Draußen hatte der Wind zugenommen. Er riss Laub und lose Äste von den Bäumen. Eine große gelbe Plastiktüte wurde beinahe spielerisch die Straße hinuntergetrieben. Karla wandte sich ab und der Aufgabe zu, deretwegen sie erneut in die Wohnung gekommen war. Die Einbrecher hatten die Wohnung zwar verwüstet, doch merkwürdigerweise alle Möbel an ihrem Ort belassen. Es bestand die Hoffnung, dass das Ofenrohr unentdeckt geblieben war. Die kleine Kommode, von der Menzelbaum ihr berichtet hatte, stand genau in der beschriebenen Zimmerecke. Vermutlich dort, wo früher der Ofen seinen Platz hatte. Es war für Karla kein Problem, das von den Einbrechern leergeräumte Möbelstück zu verschieben. Dahinter kam das Ende des alten Rohres zum Vorschein. Es war mit einem Plastikdeckel verschlossen, den sie mit Hilfe ihrer Fingernägel entfernte. Nachdem sie ein wenig Schutt beiseite geschoben hatte, konnte sie dahinter einen Fetzen weißen Papiers erkennen. Mit zwei Fingern zog sie den gefalteten Bogen heraus. Das Papier erwies sich als gefalteter Brief, adressiert an Philipp Menzelbaum. Sie räumte einen Sessel leer, setzte sich und begann zu lesen.

„Liebster Philipp,
gerade bist Du nach einer wundervollen gemeinsamen Nacht fortgegangen. Ich habe gespürt, wie gern Du geblieben wärst. Ich weiß, dass Du nicht verstehst, warum ich Dich noch im Dunkeln wegschicke, dass Du Dich nicht wegschleichen willst von mir, als hättest Du etwas gestohlen. Glaub mir, auch ich wäre lieber in Deinen Armen liegen geblieben, bis die Sonne uns geweckt hätte. So wie früher, in der Zeit vor diesem schrecklichen Projekt, das von noch schrecklicheren Leuten geplant wird. Wenn ich nicht weiter dagegen kämpfe, werden diese furchtbaren Menschen unserer schönen Stadt ihre Seele nehmen. Sie werden das zerstören, was ich hier so liebe. Sie werden auch die Hoffnungen all derer enttäuschen, die glauben, mit diesem bescheuerten Hafen würden ihre Chancen auf einen Arbeitsplatz steigen. Aber das weißt Du ja alles längst. Genauso wie ich weiß, dass Du nicht verstehen kannst, warum ich den Hafen mit meiner ganzen Kraft verhindern will, obwohl uns das einen Teil unserer gemeinsamen Zeit raubt. Aber es ist bald geschafft. In wenigen Wochen wird hier niemand mehr von diesem Projekt reden. Ich habe alles vorbereitet. Ich verspreche Dir, sobald es gelungen ist, den Bau des Hafens zu verhindern, werden wir wieder ein Paar wie alle anderen sein. Wir werden heiraten, wenn Du es dann immer noch möchtest. Ich wollte deinen Antrag nicht so brüsk ablehnen. Ich wollte ihn eigentlich gar nicht ablehnen. Aber es blieb mir gar keine andere Wahl. Wenn sie wüssten, wie viel Du mir bedeutest, könnte ich nachts kein Auge mehr zumachen. Immer hätte ich Angst, dass Dir etwas geschehen könnte. Ich habe deshalb offiziell mit Dir Schluss gemacht, weil ich Dich nicht unnötig in Gefahr bringen möchte. Ich kann Dir das jetzt nicht näher erklären, Du musst mir

einfach glauben, dass es besser ist, wenn niemand von uns weiß. Es ist mir so schwer gefallen, Dich wegzuschicken, Dir so weh zu tun. Jede Nacht ohne Dich ist seit dem die Hölle für mich, weil ich weiß, dass Du wach liegst und grübelst und anfängst, mich zu hassen, weil ich Dich so schlecht behandle. Aber glaub mir – ich muss es tun. Ich möchte Dich nicht auch noch verlieren, wo ich mich doch schon von unserem Kind trennen musste. Auch das hätte ich Dir nie erklären können, deshalb habe ich es gar nicht erst versucht. Wir werden später Kinder miteinander haben. Wir haben doch noch so viel Zeit. Ein ganzes gemeinsames Leben! Und mit dem Geld von der Lebensversicherung meiner Eltern werden wir uns hier ein schönes Häuschen bauen. Am besten am Wurlsee, der ist so schön kalt und klar. Gib mir noch etwas Zeit, Philipp, nur noch wenige Wochen. Dann gibt es nichts mehr, was zwischen uns steht. Dann wird es nichts mehr geben, das uns trennen kann. Ich hoffe, Dir diesen Brief eines Tages geben zu können.
In Liebe Deine
Veronica"

Karla ließ den Brief sinken. Er war am 12. Juli geschrieben worden, drei Tage vor ihrem Tod. Leider gab es auch in diesem Brief keinen näheren Hinweis darauf, wo Veronica die Materialien versteckt hatte, nichts Näheres zu den Vorwürfen gegen Garstein. Sie hatte Philipp ganz aus der Sache raushalten wollen. Es war ihr gelungen. Karla ließ das Schreiben sinken. Tränen traten in ihre Augen. Der Täter hatte so viel Hoffnung, so viel Lebendigkeit zerstört. Träume, Wünsche, Pläne zunichte gemacht. Ein ganzes Leben einfach ausgelöscht. Karla beschloss, Menzelbaum den Brief später auszuhändigen. Es würde ihm vielleicht helfen, seine Freundin zu verstehen. Als sie wieder auf die Straße trat, musste sie gegen den Wind ankämpfen, der weiter zunahm. Immer wieder schickte der Himmel dumpfes Grollen. Sie hatte gerade die nächste Straßenecke erreicht, da erhellte der erste Blitz den Himmel. Karla beschleunigte ihre Schritte. Sie war froh darüber, dass Michael Boehse nicht weit entfernt wohnte. Sie erreichte sein Has sehr schnell. Boehse war nicht schlecht erstaunt, die bereits halb durchnässte Kommissarin mit vom Wind zerzauster Frisur vor seiner Türe zu sehen. „Kommen Sie schnell rein", sagte er. „Draußen wird gleich die Hölle los sein."
„Das befürchte ich auch", pflichtete ihm Karla bei. „Ich hatte gehofft, Sie anzutreffen. Ich war eben noch einmal am Tatort und in der Wohnung von Veronica."
Sie hatte hastig gesprochen und nicht genau überlegt. Aber in dem Moment, in dem sie den Namen ausgesprochen hatte, war ihr klar, dass sie dabei war, die für ihre Arbeit so wichtige Distanz zu verlieren. In keinem ihrer bishe rigen Fälle hatte sie ein Opfer anderen gegenüber beim Vornamen genannt.

Diese junge Frau hier war ihr bereits so vertraut, dass sie sie schon lange zu kennen glaubte. Irritiert trat sie ein und setzte sich in den Sessel, den ihr Boehse anbot. Er musste ihre Verwirrtheit gespürt haben, wenn er auch den Grund nicht kannte, denn er ließ ihr etwas Zeit und setzte einen Kessel Wasser auf, um Tee zu kochen. Nebenbei reichte er ihr ein Handtuch. Karla blickte dabei aus dem Fenster und sah dem Wind zu, der Blätter und trockene Äste von den Bäumen zerrte und die Straße entlangtrieb.

„Gibt es etwas Neues?", fragte Boehse, während er eine messingfarbene Stehlampe anschaltete, die den Raum in sanftes Licht tauchte. Wieder fiel Karla auf, wie betagt die Möbel doch waren, wie viel mehr Charme sie gleichzeitig ausstrahlten. Es war gemütlich bei Michael Boehse. Sie konnte sich gut ausmalen, wie er hier oft mit seiner Nichte gesessen und geredet hatte. Sie konnte sich ebenso gut vorstellen, wie sehr er unter der Zeit im Gefängnis gelitten hatte. Sie hielt Boehse für einen Naturburschen, einen der gern macht, was ihm gefällt, der kommt und geht, wann immer er mag. Es musste die Hölle für ihn gewesen sein, auf kleinem Raum eingepfercht zu sein mit einem Tagesablauf, auf den er selbst keinen Einfluss hatte und der sich stupide wiederholte. Er hatte sich in den gegenüberliegenden Sessel gesetzt.

„Wir kommen ganz gut voran", erklärte sie. „An den Paddeln, die im Ruderboot lagen, konnten wir Fingerabdrücke sichern. Das Boot scheint mindestens einem der Täter zur Flucht gedient zu haben. Haben Sie noch irgendetwas gehört, das uns weiterhelfen könnte?"

Er schüttelte den Kopf.

„Ich habe mir Ihre Akte noch einmal ganz genau angesehen, Herr Boehse. Mir ist dabei etwas aufgefallen. Wussten Sie, welcher Arzt Ihre Freundin untersucht und die Vergewaltigung festgestellt hat?"

Sein halb ironischer, halb ungläubiger Blick signalisierte ihr, dass er noch immer nicht verstand, warum sie sich um sein Schicksal kümmerte.

„Ich glaube, der war aus Templin", antwortete er nach einer kurzen Pause, „mehr weiß ich darüber nicht."

„Es war Dr. Matthias Schlag."

„Und was nützt mir das?"

„Dieser Arzt hat seine Approbation vor kurzem wegen sexueller Belästigung seiner Patientinnen verloren. Wir prüfen gerade, ob er noch in andere krumme Geschäfte verwickelt ist. Vielleicht hat er Ihrer Freundin gegen Geld einen Gefallen getan."

Boehse hörte zwar aufmerksam zu, doch hatte Karla nicht den Eindruck, dass ihn ihre Information bewegte.

„Das wird man doch sowieso niemals belegen können."

Er stand auf, holte den Tee herein und bot Karla eine Tasse davon an. Sie nippte an dem dampfenden Getränk.

„Hmm – das ist sehr lecker. Pfefferminze oder?"
„Baue ich selbst im Garten an."
„Vielleicht gelingt es uns doch, die Sache zu beweisen", kam Karla auf seinen Einwand zurück. „Vielleicht könnte das auch Ihre Familie von Ihrer Unschuld überzeugen."
Ein greller Blitz und ein gewaltiges Gewittergrollen ließ beide aus dem Fenster schauen. Der Wind heulte laut um das Haus.
„Familie?", nahm Boehse den Faden wieder auf, „Sie meinen meine Schwestern? Die haben mir nie geglaubt. Was soll ich mit so einer Familie?"
„Ihnen zeigen, wie wichtig es ist, sich gegenseitig zu vertrauen", schlug Karla vor. „Und ihnen verzeihen. Wir machen alle Fehler."
Boehse schaute stur aus dem Fenster, gegen das heftig der Regen prasselte. „Sie haben mich nicht ein einziges Mal im Gefängnis besucht. Dabei hätte ich es wirklich gebraucht. Ich weiß nicht, ob ich das verzeihen kann", murmelte er leise. „Ich war sehr verzweifelt damals. Ohne Veronica, die oft kam und mir Mut gemacht hat, hätte ich das nicht überstanden. Sie hat mir immer geglaubt, mit mir zusammen Zukunftspläne gemacht. Sie war eine verdammt kluge und sensible junge Frau."
Seine Gedanken waren mehr bei Veronica als bei sich selbst. Karla gab ihm die Zeit. Schweigend tranken sie ihren Tee. Als das Gewitter etwas nachließ, stand sie auf und stellte die Tasse auf den Tisch. „Vielen Dank, Herr Boehse. Ich muss jetzt los."
„Aber es regnet noch immer heftig", widersprach er, „Sie können gern noch bleiben."
„Ich habe noch zu tun", log sie und ging zur Tür.
Er holte sie ein und öffnete. „Darf ich Ihnen wenigstens einen Schirm leihen?"
Wieder verneinte sie.
„So ein bisschen Abkühlung nach der Hitze ist eigentlich ganz schön."
Sie gab ihm die Hand und eilte zur Gartenpforte. Der Regen durchnässte erneut ihr Haar und die Kleidung. Doch länger hätte sie nicht bei Boehse bleiben können, sie hielt es nicht mehr aus. Bei ihm war ihr Veronica noch gegenwärtiger, als sie dies auf Grund der Ermittlungstätigkeiten ohnehin war. Der Liebesbrief tat ein Übriges, hatte sie mehr aufgewühlt, als sie sich selbst eingestand. Und dann war da noch ihr eigenes Leben, das sie irgendwie nicht mehr im Griff hatte. Sie fühlte sich in einen Zustand versetzt, der schon lange zurücklag. Damals war sie jung, das Leben lag mit so viel Möglichkeiten vor ihr. Es ist wohl immer verwirrend, jung zu sein und noch nichts wirklich zu wissen, keinen Weg gewählt, keinen Hafen gefunden zu haben. Aber wieso ereilte sie das jetzt noch einmal? Schnellen Schrittes lief sie durch den Sturm, der die Straße entlangfegte und die Wege in kleine Bä-

che verwandelte. Sie nahm kaum noch wahr, wie das Wasser an ihrem Körper hinunterrann. Sollte sie noch einmal versuchen, Christoph anzurufen? Aber er würde sicher kommen wollen. Wie sollte sie ihm erklären, dass sie es nicht wollte? Warum war es ihr nicht recht? Sie liebte ihn doch. Immer wieder tauchte Muckwitz in ihren Gedanken auf. Sie sah ihn, wie er mit ihr scherzte, redete, wie er sie liebte. Alles zog sie zu ihm. Gleichzeitig sträubte sich etwas dagegen. Warum war es nur so kompliziert? Hatte er recht und es war allein eine Frage gesellschaftlicher Konventionen, die sie so verwirrte? War es das Abweichen von dem, was gesellschaftlich zwar vorgegeben, aber längst überholt war? Sie hatten sich geliebt – es war schön. Warum musste sie diesem einen Mal so eine tiefe Bedeutung geben? Warum nahm sie es nicht als eine einmalige und schöne Erfahrung, an die sie sich später mit einem Lächeln zurückerinnern würde? Versunken in ihre eigene Welt erreichte sie das Rathaus. Sie stürmte wortlos am Pförtner vorbei, der ihr irritiert nachsah. Auf ihrem Weg durch das Haus hinterließ sie eine nasse Spur. Vor dem Büro des Bürgermeisters blieb sie stehen. Sollte sie hineingehen? Unschlüssig wartete sie im Rathausflur. Vielleicht ist er ja gar nicht da, sagte sie sich. Nach einer Weile, als sie spürte, dass ihr Herz langsamer schlug, drückte sie die Klinke zu seinem Büro herunter. Die Tür gab nach – er war also da. Unentschlossen zögerte sie einen Augenblick, bevor sie die Klinge wieder losließ. Sie wollte gehen. Doch Muckwitz war bereits von seinem Platz hinter dem Schreibtisch aufgesprungen und kam ihr entgegen.

„Ich wusste, dass Du es bist", sagte er. Es klang glücklich. Als er ihren Zustand bemerkte, umfasste er sanft ihre Schultern. „Was ist denn los? Ist etwas passiert?"

Sie schüttelte den Kopf, ließ sich von ihm in den Arm nehmen. Er zog sie ins Zimmer, schloss die Tür und drehte den Schlüssel im Schloss herum. Sie sahen sich an, fielen sich in die Arme. Sie hatte sein Hemd schon fast geöffnet, als er „Nein" sagte. Wie aus einem Traum erwachend, sah sie ihn an. „Nein", wiederholte er, „nicht hier. Nicht so." Er hielt sie mit den Armen etwas von sich fort.

„Komm mit zu mir", sagte er leise, „nur diese eine Nacht. Das hier würdest Du nicht gern in Erinnerung behalten."

„Ja",sagte sie, ohne zu überlegen. Was immer sie in diesem Moment spürte, es war stärker als die Vernunft, stärker als ihre Angst.

„Komm mir erst in fünf Minuten nach", wies er sie sanft an und streichelte ihr Gesicht. „Ich stehe dann mit dem Auto wieder direkt vor der Tür. Es wird keiner merken."

Sie knöpfte sich die Bluse zu, die unter seinen Händen aufgegangen waren. Er griff nach dem Autoschlüssel, sperrte die Tür auf und lief die Treppen hinab. Sie sah ihm nach. Wären da nicht die grauen Strähnen in seinem

Haar, man hätte glauben können, er wäre gerade zwanzig, so nervös und aufgeregt sah er aus, wie er die Treppen hinunterrannte. Karla schloss die Tür und schaute auf die Uhr. Die fünf Minuten kamen ihr endlos lang vor. Sie starrte auf den Sekundenzeiger, sah ihm bei seinen Umrundungen zu. Sie merkte kaum, dass ihre Kleidung an ihr klebte. Nach genau fünf Minuten ging sie los, lief betont lässig am Pförtner vorbei, wünschte ihm einen schönen Feierabend und verließ das Rathaus. Der Wagen von Muckwitz stand mit geöffneter Seitentür vor dem Haupteingang. Schnell stieg sie ein und zog die Tür zu. Noch immer hingen die Unwetterwolken vor der Sonne. Sie war überzeugt, dass niemand sie hatte erkennen können. Muckwitz reichte ihr noch eine Kapuzenjacke, die sie ans Scheibenfenster hielt. Dann gab er Gas. Er wohnte nicht weit entfernt in einem freundlichen, weiß und gelb gestrichenem Haus am Nesselpfuhl. Es stellte kein Problem dar, Karla ungesehen hinein zu schleusen.

Sein Haus empfing sie freundlich mit modernen, hellen Landhausmöbeln. Ein paar Antiquitäten waren dazwischen gestreut und gaben dem Ambiente etwas Besonderes. Bewundernd sah sie sich um.

„Du hast Dich geschmackvoll eingerichtet."

„Das meiste hat meine Frau ausgesucht. Ich habe es so gelassen, wie es war. Am Anfang hat es mich getröstet, jetzt erinnert es mich manchmal. Aber vor allem fühle ich mich wohl hier."

Sie stand unschlüssig im Zimmer, rieb sich mit den Händen die kalten, feuchten Arme warm. Die Wirklichkeit drohte sie einzuholen. Er spürte es, trat einen Schritt auf sie zu. „Du frierst ja."

Er nahm sie in den Arm. „Wie wäre es mit einem schönen heißen Bad?", schlug er vor.

„Das wäre wunderbar."

„Gut", sagte er und ließ sie los. „Ich lasse Wasser einlaufen. Bitte geh nicht weg, bis ich wieder da bin."

Sie lächelte kopfschüttelnd. Er spurtete die Treppe hoch. Wieder sah sie zu, wie er schwungvoll die Stufen nahm. Ihre Bedenken waren wie fortgespült, alles in ihr war voll heiterer Erwartung. Sie fühlte sich nicht mehr fieberartig fremdbestimmt wie in seinem Büro. Ihr Verstand war da, war wach. Jetzt war sie sich bewusst darüber, was sie tat und was sie wollte. Es war ganz einfach: sie lebte, und sie wollte es fühlen. Sie genoss es, hier am Fuße der Treppe in seinem Haus zu stehen und darauf zu warten, dass er zurückkam. Heute wollte sie spüren, dass sie noch am Leben war. Die Gedanken an das Morgen schüttelte sie fort. Sie glaubte nicht an ein Leben nach dem Tod, auch nicht an eine Wiedergeburt. Wenn es zu Ende war, dann war es aus. Es blieb nichts übrig als eine Erinnerung und ein Stein auf einem Hügel Erde. Deshalb war das Jetzt und Hier wichtig. Schnell streifte sie sich die nassen

Sachen vom Körper. Als er aus dem Badezimmer zurückkam, stand sie nackt am Treppenabsatz.
„Oh“, kommentierte er überrascht und kam ihr entgegen. „Ich glaube, unter diesen Umständen werde ich es nicht über's Herz bringen, Dich allein in die Wanne steigen zu lassen.“ Während er sie schnell die Treppe nach oben und über die Badezimmerschwelle zog, begann er, sich ebenfalls auszuziehen.

Freitag, 21. Juli

36.

Mit dem Morgengrauen stand Karla auf.
„Warum willst Du schon gehen?“, murmelte Muckwitz ihr müde vom Bett aus zu. „Es war die Nachtigall und nicht die Lerche.“
Sie lächelte. „Bitte vergleich uns nicht mit Romeo und Julia, diesem tragischen Paar. Das verdirbt mir den Morgen.“
„Gut“, gab er gelassen zurück, „dann sag ich es eben ganz profan: Bleib doch noch.“
„Es geht nicht. Ich möchte nicht bei Dir gesehen werden. Ich bekomme fürchterlichen Ärger, wenn das mit uns rauskommt. Ein Disziplinarverfahren womöglich.“
„Gehört eheliche Treue zur Dienstvorschrift?“, fragte er schon etwas munterer. „Das wusste ich bislang gar nicht.“
„Ich bin hier, um in einer Mordsache zu ermitteln, nicht, um mich zu vergnügen.“
Er stand auf, zog sie an sich. Seine nackte Haut jagte ihr einen wohligen Schauer über den Rücken. „Dann war es wenigstens ein Vergnügen für Dich? Keine Schuldgefühle?“
Sie schmiegte sich kurz an ihn. „Ja, es war mir ein Vergnügen. Allerdings befürchte ich, dass es ohne Schuldgefühle nicht zu haben war. Wahrscheinlich sind sie der Preis dafür.“
„Und welchen Preis zahle ich?“
Sie machte sich von ihm los, griff nach ihrer Tasche. „Unerfüllte Sehnsucht, sobald ich fort bin? Unbefriedigtes Verlangen?“
„Du hast Recht“, stimmte er zu, „für mich ist der Preis ungleich höher.“
„Höher?“

„Ja, weil beides lange, sehr lange anhalten kann. Über Deinen kleinen Seitensprung wächst bald Gras. Dann kannst Du mich zu den erledigten Akten Deines Lebens legen und glücklich mit Christoph alt werden. Aber ich werde so schnell nicht zur Tagesordnung übergehen können."
Sie lächelte. „Übertreib nicht so, Du alter Don Juan. Du wirst Dich hier im Umkreis umsehen, Dir eine hübsche Frau angeln, sie verführen, wie Du mich verführt hast, heiraten und mit ihr auch steinalt werden."
Er ging auf ihren scherzhaften Ton ein. Sie war ihm dankbar dafür, denn sie hasste Abschiedsszenen.
„Und ich bin ihr treu bis an mein Lebensende, mache Lychen zu einem der gefragtesten Urlaubsorte Deutschlands, erlebe noch, wie mir ein Denkmal gesetzt wird und verbringe meinen Lebensabend glücklich und zufrieden hier am See," führte er den Gedanken zu Ende.
„Genau."
Sie küssten sich noch einmal, bis sie sich erneut von ihm losmachte.
„Tschüß, Herr Bürgermeister."
„Auf Wiedersehen, Frau Kommissarin."

Das Rathaus und mit ihm die Einsatzzentrale lagen noch in tiefem Schlaf. Karla brühte sich eine Tasse Kaffee und schaute aus dem Fenster an den schon wieder wolkenlosen Himmel. Sollte das Gewitter nicht eine Abkühlung mit sich bringen? Doch was interessierte sie das Wetter? Hatte sie nicht andere Probleme? Sie verdrängte die Gedanken an Muckwitz. Als erstes nahm sie sich noch einmal die Akte von Michael Boehse vor. Warum hatte Dr. Schlag ein falsches Gutachten erstellt? Was hatte er davon? Und wie war dieser Betrug nachweisbar? Ohne Einsicht in die Unterlagen des Arztes dürfte es schwierig sein, diesen Vorwurf zu beweisen. Andererseits konnte sie über die Aussage von Sibylle Schlüsselbein versuchen, auch für seine Privat- und Diensträume einen Durchsuchungsbeschluss zu erwirken. Der Zusammenhang zwischen Garstein und den Schlag-Brüdern war durch die Aussage der Sekretärin gegeben. Es müsste eine gleichzeitige Aktion bei allen Beteiligten sein, damit keiner den anderen warnen konnte. Schnell änderte sie die Begründung, die sie für den Antrag bereits verfasst hatte. Sie feilte gerade noch an einem der letzten Sätze, da stürmte Teichmann zur Tür herein. Übermütig warf er einen Beutel Brötchen auf ihren Schreibtisch.
„Gehe ich recht in der Annahme, dass Du auch noch nichts gegessen hast?", fragte er heiter. „Oder ist diese Frage auch zu privat?"
„Du hast recht", antwortete sie, „ich habe noch nichts gegessen. Mittlerweile habe ich auch tatsächlich Hunger."
Nach ihrer prinzipiellen Zusage zu einem Frühstück packte er Marmelade, Käse und ein paar weitere Zutaten aus. „Na, dann guten Appetit."

„Wie kommt es eigentlich", fragte Karla etwas später und biss herzhaft in ein Marmeladenbrötchen, „dass sich in letzter Zeit so viele Leute um mein leibliches Wohlergehen kümmern? Sehe ich so elend aus?"
„Das ist eine sehr private Frage", antwortete ihr Kollege, „möchtest Du darauf wirklich eine Antwort oder war das eher rhetorisch gemeint?"
Sie schmunzelte. „Schieß los – ich will es wissen."
„Ganz einfach: Der eine möchte zeigen, dass Du ihm wichtig bist, der andere möchte auch zeigen, dass Du ihm wichtig bist und der Dritte möchte nicht allein frühstücken müssen."
„Danke Kollege, das war sehr erhellend."
Sie lachten.
„Wirst Du sie nun heiraten?", wollte Karla wissen.
„Ja", sagte er zögernd, „will ich schon, aber ich weiß noch nicht, wie ich es ihr sagen soll. Sie ist ziemlich romantisch. Ich fürchte, es wird nicht reichen, einfach hinzugehen und sie zu fragen."
Karla musste an ihren eigenen Heiratsantrag denken. Christoph hatte als Student einen zweiten Nebenjob angenommen, nur um das Geld für die Reise in die norwegische Stadt Bergen zusammenzubekommen, zu der er sie eingeladen hatte. Sie standen auf einem der höchsten Fjorde, als er unvermittelt sagte: „Ich will mit Dir jeden Gipfel im Leben erklimmen." Sie hatte gefragt: „Und was ist bei den Abstiegen?"
„An denen möchte ich mit Dir reifen", hatte er geantwortet. Sie musste nicht mehr lange nachdenken, um zu wissen, dass sie genau mit diesem Mann ihr Leben verbringen wollte.
„Du könntest sie zu einer Reise einladen", schlug Karla vor.
„Ach, das ist doch nun wirklich nicht originell", gab er zurück, „Paris oder Venedig – das macht doch jeder, dem nichts Besseres einfällt."
„Ich dachte auch nicht an diese typischen Verliebtenstädte."
„Sondern?"
„Wie wäre es mit Narvik oder Bergen? Steig mit ihr auf einen hohen Berg oder fahre mit ihr sozusagen ans Ende der Welt."
„Ich finde, beide Orte hören sich wie das Ende der Welt an."
„Umso besser. Sag ihr, dass Du mit ihr bis zum Ende Deiner Tage bis zum Ende der Welt gehen möchtest."
Teichmann stopfte, in Gedanken versunken, die restlichen Brötchen zurück in den Beutel. „Das klingt gar nicht so schlecht."
„Sag ich doch. Na dann viel Spaß."
Karla schaute auf die Uhr und erschrak. „Es wird Zeit, dass ich mich um den Durchsuchungsbeschluss kümmere. Sonst wird das heute Morgen nichts mehr."

„Viel Glück", kommentierte Teichmann, „ich werde versuchen herauszufinden, was die Fahndung nach den beiden Männern macht."

Es gelang Karla tatsächlich, einen Durchsuchungsbeschluss für den Arzt, den Unternehmer und seinen ‚Greifer' Peter Schlag zu erwirken. Das war mehr, als sie erwartet hatte. Die Fahndung nach den Verdächtigen war dagegen noch immer erfolglos. Doch sie war sicher, dass es nur eine Frage der Zeit war, bis sie die beiden festnehmen würden. Die Vorbereitungen für die Durchsuchung und die Einsatzplanung der dafür benötigten Kollegen erforderten ohnehin den gesamten Morgen. Alle Wohn- und Geschäftsräume sollten gleichzeitig durchsucht werden. Karla hatte sich für die Wohnräume von Dr. Schlag eingeteilt, Teichmann sollte die Durchsuchung in den Geschäftsräumen von Garstein begleiten. Das Privathaus von Garstein, dessen Durchsuchung wegen der Größe des Hauses und des Grundstückes längere Zeit in Anspruch nehmen würde, wollte der Chef persönlich leiten. Er befand sich schon auf dem Weg nach Lychen. Über Funk waren sie miteinander verbunden, konnten besondere Funde mitteilen oder Rücksprache nehmen. Aus Eberswalde waren auch die Kollegen Meyer und Grumm eingeteilt. Während Meyer Hollstein begleitete, sollte Grumm Karla unterstützen. Die junge Kollegin aus Lychen wurde Teichmann zugeordnet. Genau um 11.00 Uhr vormittags sollte die Aktion „Paradies" beginnen. Der Name ging auf Karlas Vorschlag zurück. Hollstein hatte den Begriff „Hitzewelle" vorgeschlagen, konnte sich damit jedoch nicht durchsetzen, obwohl keiner der Kollegen genau sagen konnte, warum ihm „Paradies" passender erschien. Um 10.30 Uhr machten sich alle Einheiten, zu denen insgesamt dreißig Personen eingeteilt waren, auf den Weg. Polizeidirektor Hollstein gab pünktlich per Funk das Signal zum Start.

37.

Dr. Schlag bewohnte ein sehr schönes Haus in einem kleinen Ort namens Himmelpfort, der seinem Namen alle Ehre machte, so idyllisch und verträumt lag er im Sonnenschein. Das Haus stand nicht weit entfernt von einer kleinen Schleuse, die alle von der Havel kommenden Boote Richtung Lychen passieren mussten. Die kleine Nebenstraße mit vielen adretten Häuschen und mit Blick zu einem der beiden Seen, an denen Himmelpfort lag, schienen im Dornröschenschlaf zu liegen. Entgegen der Wettervorhersage brannte die Sonne vom Himmel. Karla schätzte die Temperaturen auf fast 30 Grad. Irgendwie hätte „Hitzewelle" auch gepasst, fand sie. Außer ihr

selbst und ihren sechs Kollegen war kein Mensch zu sehen, als sie den kleinen, nicht sehr gepflegten Vorgarten durchquerten. Sie gingen auf das weiß angestrichene Häuschen zu, klingelten an der Tür. Dr. Schlag öffnete völlig ahnungslos im Unterhemd, das er zu alten ausgebeulten Jeans trug. Er war unrasiert und wirkte unausgeschlafen. Nachdem ihm Karla den Durchsuchungsbeschluss unter die Nase gehalten und ihm seine Rechte erläutert hatte, machte er unwillig Platz. Karla musterte ihn kurz. Er sah seinem Bruder nur wenig ähnlich, war untersetzt, hatte schütteres Haar und trug eine Designerbrille, die nicht zu seinem übrigen Outfit passte.
„Wo bewahren Sie ihre Patientenakten auf?" fragte sie ihn, während die Kollegen sich bereits an die Arbeit machten.
„Ich habe keine Patienten mehr", murrte er, „aber das dürfte Ihnen wohl bekannt sein."
„Wo sind die Akten", wiederholte Karla ihre Frage nun etwas schärfer, „Sie haben sie ja wohl nicht weggeworfen."
„Im Keller", erwiderte er nicht weniger unfreundlich als zuvor und Karla winkte Grumm, ihr zu folgen. Im unteren Stockwerk des Hauses hatte sich bis zum Entzug der Approbation die Praxis befunden. Sowohl der Behandlungsstuhl als auch ein Empfangsraum waren noch vorhanden und wirkten, als wäre noch gestern hier praktiziert worden. In einem Raum hinter dem Sprechzimmer wurden sie fündig. Ein großer unverschlossener Metallaktenschrank stand dort. Bis auf die Staubschicht, die sich über ihn gelegt hatte, deutete nichts darauf hin, dass dies alles Vergangenheit war. Mit leisen Worten batsie Grumm, sich der Akten anzunehmen. Zehn Minuten später verstauten die beiden mehrere Stapel Akten in zwei Kisten. Grumm war fieberhaft bei der Sache. „Ich könnte mir diese Akten hier persönlich vornehmen", bot er an, „ich weiß ja nun, worauf es ankommt."
„Ich dachte, Sie haben morgen frei", antwortete Karla verblüfft.
„Das hier ist spannender", gab er zurück, und Karla meinte, ein besonderes Leuchten in seinen Augen erkennen zu können.
„Dann nehme ich das Angebot gern an. Aber geben Sie mir bitte Zwischenberichte."
„Ist doch selbstverständlich."
Auch die Kollegen, die die oberen Stockwerke durchsuchten, hatten sehr viel Material sichergestellt.
„Schauen Sie bitte mal, Frau Loewe", rief einer der jüngeren und schwenkte einen taschenbuchgroßen Gegenstand, „sollen wir das auch mitnehmen?"
Karla trat zu ihm ins Wohnzimmer.
„Pornofilme reichlich", kommentierte der Kollege, „fast alles Doktorspiele. Manchmal sehen die Mädels auf den Covern ziemlich jung aus."

„Alles mitnehmen. Wir lassen das von unseren Fachleuten genau prüfen", antwortete Karla.
Dr. Schlag stand im Türrahmen und beobachtete die Szene. „Brauchen Sie ein paar Anregungen für die nächste Nacht mit dem Gatten?" fragte er sarkastisch. „Das hier ist alles freie Ware."
„Das werden wir sehen, Herr Schlag. Jetzt nehmen wir den Mist erstmal mit."
Ein anderer Kollege rief sie aus dem Empfangsraum der Praxis im Keller. Sie drängte sich an Schlag vorbei zur Treppe. „Wir haben hier noch ein paar Akten gefunden."
Stolz präsentierte der junge Kollege ein ca. 1 x 1 Meter großes Geheimfach in der Wand, in dem sich ebenfalls Patientenakten befanden.
„Super", lobte sie ihn, „wie haben Sie das denn gefunden?"
„Fortbildungswissen", erklärte er stolz. „Wir hatten kürzlich ein Seminar, da wurde uns etwas ähnliches vorgeführt."
Karla blätterte in den Akten. „Sie sind ein Held", sagte sie zu dem verdutzten Kollegen, nachdem sie einige Seiten näher angesehen hatte. „Das ist eine der Akten, die wir suchen. Und ich bin mir ziemlich sicher, die anderen sind auch dabei."
Sie klemmte sich die Papiere unter den Arm und klopfte ihrem Kollegen anerkennend auf die Schulter.„Gut gemacht."
Dr. Schlag war das Grinsen vergangen, als er bemerkte, was die Kommissarin sichtlich erfreut an sich genommen hatte.
„Ich würde Ihnen ja raten, sich jetzt warm anzuziehen, Herr Schlag", zog sie ihn auf, „aber bei über 30 Grad ist das wohl nicht nötig."
Sie setzte sich auf seinen Stuhl hinter den Schreibtisch im ehemaligen Sprechzimmer und begann, die Unterlagen zu studieren. Grumm gesellte sich dazu.
„Soll ich helfen?"
Sie schüttelte den Kopf. „Unterstützen Sie die Kollegen. Passen Sie auf, dass nichts übersehen wird."
Er wirkte enttäuscht. Sie sah es und schob eine Erklärung hinterher.
„Mir ist es wichtiger, Sie halten mir hier den Rücken frei", erklärte sie ihm.
„Geht klar."
Kurze Zeit später kam ein anderer Kollege zu ihr. „Sie sagten doch, wir sollten Kontoauszüge suchen. Hier sind ungefähr sechs dicke Aktenordner. Wollen Sie sie gleich sehen?"
„Bringen Sie sie her. Ich möchte sehen, ob wir den Herrn des Hauses auf Grund all dieser Unterlagen nicht auch gleich mitnehmen können."

38.

Zur gleichen Zeit hatte es sich Teichmann am Schreibtisch von Sibylle Schlüsselbein mit einem großen Stapel Unterlagen mehr oder weniger bequem gemacht. Garstein hockte in seinem riesigen rot-orange-gemusterten Büro hinter dem ebenso grell gemusterten Tisch, von dem aus er dem Treiben scheinbar gelassen zusah. Sibylle Schlüsselbein wuselte aufgeregt hin und her. Sie tat so, als würde gerade das Weltende verkündet. Teichmann bewunderte ihr schauspielerisches Talent. Er selbst übernahm die Rolle des rotzigen Kommissars. Schlüsselbein hatte ihrem Chef einen Kaffee gekocht und auch Teichmann davon angeboten. Doch noch bevor dieser sich äußern konnte, zeigte sich, wie es um Garsteins Seelenruhe tatsächlich bestellt war.
„Bieten Sie einem Einbrecher auch Kaffee an?", schrie er seine Sekretärin an. Diese zuckte ängstlich zusammen und zog sowohl Kanne als auch Tasse unter Teichmanns Nase wieder fort. Bedauernd hob er die Schultern. Gleichzeitig aber genoss er Garsteins offensichtliche Unsicherheit. Nicht nur, weil er fest davon überzeugt war, dass dieser mit dem Fall zu tun hatte, sondern auch, weil er ihm einfach unsympathisch war.
„Mit einem Einbrecher bin ich bislang noch nie verglichen worden", bemerkte er nur und vertiefte sich wieder in die Papiere. In dem riesigen Wust von Unterlagen, die sich auf den drei Etagen der Firma in den vielen Büros befanden, war es schwer, genau das zu finden, was von Interesse war. Sie würden sehr viel mitnehmen und im Büro auswerten müssen. Er stöhnte, als er an die Arbeit dachte, die auf das ganze Team zukam. Es würde Tage dauern, das alles auszuwerten. Als er bei den Kontoauszügen des laufenden Jahres angekommen war, rief ihn Karla an. „Wir haben hier eine besondere Art von Geheimfach in der Wand entdeckt", teilte sie mit. „Schaut mal nach, ob Garstein nicht dasselbe Modell hat. Es funktioniert über einen fast unsichtbaren Schalter, der in die Scheuerleiste eingelassen ist. Schlag hat praktischerweise fast alles, was ein bisschen brisant ist, hier versteckt. Wir mussten nicht lange suchen."
Teichmann sah Richtung Fussboden. Sein Ehrgeiz war geweckt.
„Hier gibt es keine Scheuerleiste. Jedenfalls nicht in seinem Sekretariat. Ich werde die Kollegen informieren."
Gleich drei Polizisten machten sich daran, eventuell vorhandene Geheimfächer zu suchen. Kein Bild blieb an der Wand, jeder Zentimeter Fußbodenleiste wurde abgetastet – doch zunächst gab es weder in Garsteins Büro noch am Arbeitsplatz seiner Sekretärin einen Hinweis auf die Existenz eines solchen Faches. Teichmann hatte die Akten liegengelassen. Vielleicht besaß Garstein kein derartiges Versteck, weil er sich für einen besonders schlauen

Fuchs hielt, der seine krummen Geschäfte besser tarnte. Oder er machte erst gar nichts schriftlich. Andererseits hatte Sibylle Schlüsselbein interne Papiere erwähnt, die sie noch nicht aufgespürt hatten. Im Safe lagen sie jedenfalls nicht, den hatten sie längst leer geräumt und nur Aktien und andere Wertpapiere gefunden. Die echten Schätze mussten also woanders sein. Doch wo? Wo konnte sich dieses Fach befinden? Er schaute den Kollegen zu, die den Raum Zentimeter für Zentimeter untersuchten, während Garstein noch immer steif an seinem orangeroten Schreibtisch saß. Dieser Tisch war so riesig, dass man darauf gut hätte Tischtennis spielen können. Fragend blickte Teichmann zu Sibylle Schlüsselbein, die mit einem Glas Wasser in der Hand an einem Besuchertisch Platz genommen hatte. Sie entzog sich seinem Blick. Er konnte ihre Angst spüren, von Garstein als Verräterin enttarnt zu werden. Gerade wollte er dieses Blickverhör aufgeben, als sie einen raschen, verschwörerischen Blick zu Garsteins Zimmer schickte. Das Fach war also dort zu suchen. Wusste sie es oder war es nur eine Ahnung? Teichmann stand auf und ging langsam in das andere Zimmer. Wo fiele ein solches Fach, eine leichte Erhebung in der Wand am wenigsten auf? Der rote große Punkt auf orangefarbenem Grund zog seine Aufmerksamkeit auf sich. War da nicht eine kleine Erhöhung zwischen diesem Kreis und der restlichen Wand erkennbar? Er befühlte die Stelle, während Garstein ihm argwöhnisch zusah. Nichts deutete auf die Existenz eines Mechanismus an dieser Stelle hin. Was er entdeckte, war einzig eine kleine Unebenheit, die auf eine Unachtsamkeit des Handwerkers schließen ließ. Teichmann sah wieder zu Garstein, der noch immer an seinem Schreibtisch saß. Vielleicht barg dieses Ungetüm des Rätsels Lösung. Es waren nur wenige Meter von der Wand zum Tisch des Investors, doch Teichmann hatte das Gefühl, Garstein würde mit jedem Zentimeter, den er sich ihm näherte, etwas kleiner. Er ließ die Augen nicht von dem großen Ungetüm. Es musste einen Grund haben, warum dieses Möbel so groß ausgefallen war – einen Grund, der über die unübersehbare Herrscher-Symbolik hinausging. Während Garstein sich noch immer gelassen gab, begann Teichmann, die kleinen Papierstapel anzuheben und auf den Besucherstuhl zu legen.

„Sie gestatten?“, fragte er den Firmenchef, doch es war unüberhörbar, dass er keine Antwort erwartete. Er das Telefon von seinem Platz und auch den Laptop. Garstein sagte nichts, stand aber nun endlich auf und bewegte sich einige Meter vom Ort des Geschehens fort. Teichmann schaltete den Laptop aus, zog den Stecker aus der Dose und überreichte das Gerät einem Kollegen.

„Bitte auch mitnehmen.“

Als er das Möbel endlich von seinen Auflagen befreit hatte, inspizierte er eingehend die Tischplatte. Auch hier könnte sich leicht eine Vertiefung oder ein Mechanismus unter dem roten Punkt auf dem schrecklich orangefarbenen

Hintergrund verbergen. Beim Darübergleiten mit der Hand spürte er genau am Übergang zur roten Farbe eine mit dem bloßen Auge kaum wahrnehmbare kleine Rille. Er sah Garstein an, dessen Blick recht siegessicher wirkte und vermutete, er wäre auf der falschen Fährte. Andererseits – vielleicht bluffte der Geschäftsmann auch nur. Teichmann setzte sich auf den Platz hinter dem Tisch, an dem Garstein bis vor kurzem noch verharrt hatte. Schließlich tastete er die Tischplatte von unten ab, fühlte an den Seiten, zog die oberste der linken Schubladen heraus. Sie war leer.
„Das waren Ihre Kollegen", kommentierte Garstein vom anderen Ende des Zimmers aus. „Ich weiß nicht, was sie mit meinen Kugelschreibern wollen, aber vielleicht hat Vater Staat gerade einen Notstand."
Teichmann antwortete nicht. Statt dessen wandte er sich an einen Kollegen, der gerade dabei war, im Nebenzimmer den Schreibtisch der Sekretärin zu durchsuchen. Vor ihm standen bereits drei Flaschen Diätlimonade und eine Tüte fettreduzierter Kartoffelchips, die er aus einer der Schubladen gefischt hatte.
„Herr Schneider, wo ist der Inhalt des Schreibtisches von Herrn Garstein? Wer hat vorhin hier durchsucht?"
„Ick glaube, det war der Jens. Ick hol'n gleich mal."
„Nicht gleich", murrte Teichmann, „jetzt sofort! Es ist eilig."
„Ick bin doch schon uff'm Weg."
Der Kollege verließ den Raum. Teichmann kehrte zu Garsteins Schreibtisch zurück. Es fand sich kein einziger Hinweis darauf, wie das Geheimfach, wenn es sich denn tatsächlich um ein solches handelte, zu öffnen war. Weder an der Rückseite noch in einer der Schubläden an der rechten und linken Seite fand er einen versteckten Schalter. Garstein lächelte süffisant. Teichmann war mittlerweile nicht mehr überzeugt davon, dass sich im Schreibtisch ein Geheimfach befand. Vielleicht war diese Rille nichts weiter als der Beweis, dass der Kreis zum Schluss eingesetzt und nicht einfach nur aufgemalt war. Doch warum sollte man eine derart komplizierte Konstruktion bauen, wenn es allein mit dem Auftragen der Farbe auch getan war? Endlich tauchte der Kollege mit einer sorgfältig beschrifteten Kiste auf.
„Hier sind die Sachen aus dem Schreibtisch drin."
Teichmann warf einen Blick in die Kiste. „Warum wurde das eigentlich mitgenommen?", wollte er wissen. „Das sind doch nur Kugelschreiber und anderes Schreibmaterial."
„Det habe ick den Kollegen auch jefragt. Er meinte, er hätte letztens bei einer Durchsuchung in nem Filzstift Sprengstoff jefunden. Er wollte uff Nummer sicher jehen. Und denn solln da och noch Schlüssel mang sein."
Teichmann nickte. „Danke."

Er nahm die Kiste und schüttete den Inhalt sachte auf den Schreibtisch. Garstein ließ ihn nicht aus den Augen. Auch Sibylle Schlüsselbein kam näher und beobachtete ihn. Der Kommissar sah sich jeden Stift, jeden Radiergummi, jedes Lineal genauestens an. Besonders große oder teuer wirkende Kugelschreiber nahm er auseinander. Nach einer Viertelstunde hatte er noch immer nichts gefunden. Etwas enttäuscht griff er nach einem Einkaufswagenchip. In Gedanken versunken, drehte er ihn in der Hand hin und her. Plötzlich ertönte ein Piepen. Gleichzeitig schob sich der rote Kreis auf dem Schreibtisch ein wenig nach oben.

„Na sowas", kommentierte er verblüfft den Vorgang, „der Chip als Transponder. Schlau, Herr Garstein, sehr schlau. Aber eben nicht schlau genug."

Der Angesprochene schnaufte nur verächtlich. Teichmann drehte den roten, nun deutlich aus der Tischplatte stehenden Punkt zur Seite und hatte gefunden, was er suchte. Die gesamte Fläche unter der Schreibtischplatte war von dort aus zugänglich, wie bei einem Koffer mit doppeltem Boden. Er fand einige Unterlagen, von denen er annahm, dass Garstein sie ihm gern verheimlicht hätte.

„Oh", entwich es Sibylle Schlüsselbein, „ein Geheimfach."

„Halten Sie's Maul", brüllte Garstein sie an, „das ist ein Depot für Wertgegenstände und Aktienpapiere."

„Aktienpapiere kann ich hier gar nicht entdecken, Herr Garstein", erklärte Teichmann, „das hier sieht viel interessanter aus." Er entnahm den Inhalt und wollte das Fach gerade wieder schließen, als in einem hinteren Winkel ein kleiner silberner Gegenstand seine Aufmerksamkeit noch einmal auf sich zog. Triumphierend hielt er ihn in die Höhe. „Wenn das mal nicht der Schlüssel ist, der meiner Kollegin im Wald gestohlen wurde."

„Quatsch", brummte Garstein.

„Dann zeigen Sie mir doch einfach, wozu dieses kleine Schlüsselchen hier gehört und ich entschuldige mich sofort."

Garstein wandte den Blick ab und starrte missmutig aus dem Fenster. „Ich sage gar nichts mehr", zischte er. Seiner Stimme war anzuhören, dass es ihn Überwindung kostete, sich zu beherrschen.

39.

Hollstein und Meyer hatten sich ihr Aufgabengebiet nicht so groß vorgestellt. Als sie vor dem Anwesen und dem Haus von Garstein standen, schauten sich vielsagend an. „Das kann dauern", bemerkte Meyer und sah sich nach den anderen Kollegen um. Sie verfügten zwar im Vergleich zu den bei-

den Kommissaren über eine größere Mannschaftstärke, doch das, was hier auf sie wartete, würde dennoch lange dauern.
„Sie nehmen sich mit der Hälfte der Leute das Grundstück vor", wies Hollstein seinen Mitarbeiter an. „Ich werde mir mit den anderen das Haus vornehmen."
„Geht klar Chef", erwiderte Meyer. Er ließ sich nicht anmerken, dass er lieber getauscht hätte. Im hinteren Teil des Grundstücks sorgten zahlreiche Bäume für Schatten. Der vordere Teil dagegen war der Sonne voll ausgesetzt, die ohne Gnade für den geplagten Polizisten vom Himmel brannte. Meyer wischte sich den Schweiß von der Stirn und zog sich die Hose hoch, die nie so richtig unter seinem immer stärker werdenden Bauch halten wollte. Die Geste war eine Angewohnheit geworden. Sie war so etwas wie das Hochkrempeln der Ärmel, wenn man etwas Anstrengendes vor sich hat. Das Hochziehen der Hose war auch für Hollstein wie ein Signal. „Also los, Männer", sagte er.
Noch bevor seine Beamten sich in Bewegung setzen konnten, hörte er hinter sich ein vorwurfsvolles Räuspern, dass vom Kichern mehrerer seiner Männer begleitet wurde. Es erinnerte ihn daran, dass eine junge Kollegin mit zu seinem Team gehörte. „Achso, ja", brummelte er und drehte sich zu ihr um. „Fangen wir also an, Leute!"
Sie klingelten, denn die Tür in der hohen Gartenpforte war natürlich verschlossen.
Eine Kamera, die sie erst jetzt bemerkten, bewegte sich lautlos über ihnen. Dann war eine piepsige Frauenstimme mit deutlich asiatischem Akzent über den Lautsprecher zu hören.
„Mann ist nich ssu Hause. Was wollen?"
„Hier ist die Polizei. Bitte öffnen Sie", brüllte Hollstein in die Gegensprechanlage. „Sonst sind wir gezwungen, uns Zutritt zu verschaffen."
„Ich darf nicht...", versuchte die andere Seite das Unvermeidliche zu verhindern, wurde aber sofort von Hollstein unterbrochen.
„Öffnen Sie die Tür. Wir haben einen Durchsuchungsbeschluss."
Es dauerte einige Sekunden, bis ein Summton den Riegel freigab. Hollstein drückte die Klinke herab. An der Haustür erwartete sie eine kleine, verschreckt dreinblickende asiatische Schönheit von höchstens zwanzig Jahren. Offensichtlich Garsteins Haushälterin. Um ihr kurzes Kleid hatte sie eine weiße Schürze gebunden. Ihr langes dunkles Haar trug sie offen. Es reichte den ganzen zierlichen Rücken hinab und endete kurz vor dem Po. Hollsteins Tonfall wurde augenblicklich milder. „Wir sind von der Polizei", erklärte er noch einmal „Wir werden jetzt das Haus und den Garten durchsuchen."
„Suchen?, fragte sie und sein Blick traf auf ihre entwaffnend naiv schauenden Augen, „Was suchen?"

Er hielt ihr das Schriftstück hin, das ihn zu der polizeilichen Maßnahme berechtigte. Sie nahm es nicht, sah nicht einmal richtig drauf. Sie sah ihn nur weiterhin eindringlich bittend an. „Was suchen? Hier nichts Böses getan."
Hollstein machte deutlich, dass er nun beginnen würde. Sie trat mit besorgt-ängstlichem Gesichtsausdruck zur Seite und gab den Weg in Garsteins Villa frei. Während Hollstein das Haus betrat, wandte sich Meyer an die junge Frau.
„Haben Sie eine Aufenthaltsgenehmigung?" Der verschreckte Gesichtsausdruck kehrte in ihr Gesicht zurück. „Ich habe deutsche Staatsbürgschaft", erklärte sie und trat vor Angst einen Schritt zurück.
„Achja?", bemerkte Meyer, „dann zeigen Sie doch mal Ihren Pass".
Sie verstand ihn sofort und huschte davon. Meyer wartete an der großen Eingangspforte, während er die Kollegen einteilte. Jede Minute, die er überdacht und im Schatten verbringen konnte, genoss er sichtlich. Die hübsche Asiatin kam kurz darauf zurück und reichte ihm eine Plastikkarte. Meyer starrte einen Augenblick auf das Kärtchen und pfiff leise durch die Zähne. Mit der Ausweiskarte ind er Hand machte er sich auf die Suche nach dem Chef. Die Asiatin folgte ihm auf dem Fuße und ließ das Kärtchen nicht aus den Augen.
„Darf ick vorstellen", sprach er Hollstein an, der gerade ein Bücherregal inspizierte, „det ist Frau Garstein."
Fast hätte Hollstein das Buch fallengelassen, das er in der Hand hielt. Er nahm Meyer den Ausweis ab und starrte darauf. Meyer war nicht sicher, ob sein Blick nur interessiert oder auch ein wenig neidisch war.
„Was stehen Sie hier so herum", herrschte Hollstein seinen Mitarbeiter an, „Ihr Einsatzgebiet liegt auf der anderen Seite der Haustür."
Verärgert über den Ton seines Chefs machte auf dem Absatz kehrt und verließ das Haus. Irgendwie war er immer der Dumme.
Nach Karlas Anhruf ahnten sie, dass es auch in der Villa ein sehr dezentes Geheimfach geben musste. Es dauerte auch nicht sehr lange, bis sie es gefunden und mit Hilfe von Frau Garstein geöffnet hatten. Sie sah tränenüberströmt dem Treiben der Polizisten zu. Als Hollstein dem Fach die Unterlagen entnahm und durchblätterte, schluchzte sie laut auf. Er brachte es nicht über's Herz, dies zu ignorieren.
„Was ist denn nur?", fragte er sie sanft.
„Ich lieben Mann", stotterte sie unter Tränen, „wir leben zu zweit. Ich gute Hausfrau."
Er lächelte. „Das bezweifelt doch auch niemand."
Kurz darauf griff er zum Handy. „Es muss doch irgendwo zwischen diesen sieben Seen einen Übersetzer geben", murmelte er noch, dann war er mit der Zentrale in Eberswalde verbunden.

40.

Am frühen Abend saßen Hollstein, Karla und Teichmann erschöpft in ihrem Lychener Einsatzzentrum. Die sowieso knappe Bodenfläche war überfüllt mit Aktenordnern und Kisten. Es sah wie nach einem Umzug aus. Da nicht alles, was sie selbst auswerten wollten, in den kleinen Raum passte, wurde kurzerhand eine Besenkammer des Rathauses umfunktioniert und abgesperrt. Muckwitz selbst hatte Teichmann den Schlüssel überreicht und war sofort danach mit dem Hinweis wieder verschwunden, er habe noch Krankenbesuche zu machen. Da saßen sie nun. Hollstein auf dem Platz von Teichmann, der sich mit einer größeren Kiste als Sitz begnügte. Karla saß an ihrem Schreibtisch, trommelte mit den Fingern auf der Tischplatte herum und schlürfte an dem heißen Kaffee, den Teichmann gekocht hatte. Plötzlich stand sie auf und rückte das Flipchart zwei Meter näher an Hollstein und Teichmann heran. Dazu musste sie jedoch erst zwei Kisten verrücken. Die beiden beobachteten sie mit der Gelassenheit der Erschöpfung.
„Fassen wir zusammen, was wir haben", forderte sie die beiden Herren auf. Teichmann nahm einen Schluck Kaffe. Er wirkte nicht so, als würde er etwas beitragen wollen. Dann überlegte er es sich jedoch anders, was vielleicht daran lag, dass Hollstein dabei war.
„Drei Festnahmen", stellte er etwas mürrisch fest, „und wir müssen mal wieder binnen weniger Stunden nachweisen, dass die drei wirklich dort bleiben sollten, wo sie jetzt sind."
Auch Hollstein schien von der Aktivität seiner Mitarbeiterin nicht gerade begeistert. „Ich dachte, Sie machen Pause", warf er müde ein. Karla ließ sich nicht ablenken. Sie fühlte, dass sie dem Ziel immer näher kamen. Sie mobilisierte selbst die letzten Kräfte, wollte sich dies aber keinesfalls anmerken lassen.
„Also dann fasse ich einmal zusammen", teilte sie den Herren mit, die sich wieder dem Kaltpusten des Kaffees widmeten. Karla griff nach einem schwarzen Filzschreiber und wandte sich dem Flipchart zu, auf das sie vier Kreise malte. „Direkt mit dem Fall zu tun haben die Brüder Schlag, Garstein und wahrscheinlich die beiden Glatzköpfe." Sie schrieb die Namen in je einen der Kreise, die Skinheads fasste sie in einem zusammen. „Fangen wir mit Dr. Schlag an. Das ist einfach, weil wir ihm dank seiner akribischen Aktenführung nachweisen können, dass er falsche medizinische Gutachten erstellt und unerlaubt Fotos von Patientinnen gemacht hat. Den Fall Boehse können wir also wieder aufrollen, doch ob das reicht, um Schlag Nr. 1 in Untersuchungshaft zu belassen, ist fraglich."

Hollstein blickte irritiert von seinem Kaffee hoch. „Was bitte ist der Fall Boehse und was hat das mit dem Mord an der jungen Frau zu tun?"
„Der Onkel des Opfers saß wegen angeblicher Vergewaltigung seiner Freundin über ein Jahr in Haft. Schlag hat das falsche medizinische Gutachten erstellt, das maßgeblich zu seiner Verurteilung führte", antwortete sie. „Mit den Unterlagen, die wir heute gefunden haben, können wir beweisen, dass die Frau ihn dafür bezahlt hat."
„Nun gut, damit können wir ihn vielleicht festsetzen, aber das hat doch mit dem Mord wenig zu tun."
„Aber Dr. Schlag hilft auch unserem sauberen Unternehmer Garstein von Zeit zu Zeit. Und die noch flüchtigen verdächtigen jungen Männer hat er nach Aussage von Garsteins Sekretärin auch besorgt. Ich werde das Gefühl nicht los, dass er noch viel direkter mit dem Mord zu tun hat. Der mit seinen Doktorpornos, den Grabschereien bei Patientinnen und so. Vielleicht hat er die Vergewaltigung vorgeschlagen oder..." Sie brach ab, sah Teichmann an, der plötzlich aufsprang. Seine Müdigkeit schien wie weggeweht zu sein.
„Das wir das noch nicht gemacht haben!", rief er und griff über die Schulter seines Chefs zum Telefon. „Da bin ich aber gespannt."
„Das ist wirklich überfällig," sagte Karla.
Hollstein blickte irritiert von einem zum anderen. Gespannt hörte er zu, wie Teichmann mit Eberswalde telefonierte.
„Macht eine Speichelprobe von Dr. Schlag und bringt sie sofort ins Labor. Danke".
Jetzt sah auch Hollstein durch. „Sie meinen, der Arzt könnte die Vergewaltigung selbst...?" Er beendete seinen Satz nicht.
„Möglich ist es schon", erwiderte Karla, „ein Arzt, der seine Patientinnen begrabscht und deshalb seine Approbation verliert, hat sich offensichtlich nicht immer im Griff." Karla wandte sich dem nächsten Kreis auf dem Flipchart zu: Garstein.„Bei Garstein haben wir Immerhin die ganzen internen Berechnungen gefunden. Und die fallen viel niedriger aus, als die Zahlen, die er dem Stadtrat vorgelegt hat."
„Geplanter Betrug ist aber nicht strafbar, Kollegin", warf Hollstein ein. „Er hatte die EU-Mittel noch nicht beantragt."
„Leider", stellte Karla fest.
„Für die Tatzeit hat er jedenfalls ein wasserfestes Alibi", schaltete sich wieder Teichmann ein.
„Stimmt auch", sagte sie, „wenn wir ihn festnageln wollen, müssen wir ihm nachweisen, dass er zum Mord angestiftet oder in mittelbarer Täterschaft gehandelt hat."

Hollstein schüttelte heftig den Kopf. „Das wird verdammt schwierig – selbst dann, wenn die Skins tatsächlich die Täter sein sollten und von ihm angeheuert wurden."
„Ich weiß," sagte Karla etwas ratlos. Sie wandte sich wieder dem Flipchart zu, notierte darauf, was sie festgestellt hatten. Während sie schrieb, führte Teichmann die Zusammenfassung weiter. „Der andere Schlag-Bruder hat ein Alibi. Dem werden wir gar nichts nachweisen können. Der Kauf des Bolzenschneiders allein reicht nun wirklich nicht als Indiz aus. Zu schade, dass wir den bei den Durchsuchungen nicht gefunden haben."
„Der liegt längst auf dem Grund eines der sieben Seen", vermutete Hollstein, der langsam Vergnügen an diesem Dialog entwickelte.
„Das Problem ist nur, dass dieser Kerl als einziger von der Truppe noch frei herumläuft. Er kann jederzeit noch Beweismaterial vernichten, das wir nicht gefunden haben", stellte Teichmann fest und sah seinen Chef an. „Können wir den nicht beobachten lassen?"
Die Antwort des Chefs war nicht unerwartet. „Ich habe kein Personal dafür", sagte er bedauernd, „die Kollegen sind jetzt schon alle völlig übernächtigt."
„Und wenn wir Verstärkung aus Berlin anfordern?" fragte Karla.
„Jetzt, wo gerade der englische Premierminister dort ist? Die Berliner Kollegen würden sich totlachen, wenn wir wegen unseres Mordfalles so eine Anfrage starteten."
„Und die aus Mecklenburg-Vorpommern?" versuchte es Teichmann mit einem zweiten Anlauf.
„Es geht nicht", beteuerte Hollstein, „nun glauben Sie mir doch!"
Sie gaben auf. Karla widmete sich dem vierten und letzten Kreis auf ihrer Zeichnung, in dem „Gesuchte" stand.
„Wenn wir die nur schon hätten", sinnierte Teichmann. „Die sind wie vom Erdboden verschluckt."
„Aber ich bin mir sicher, die sind noch im Land", meinte Karla, „der Einbruch, der Diebstahl – alles deutet darauf hin."
„Wir müssen die Suche intensivieren", schlug Teichmann vor.
„Was meinst Du konkret?", hakte sie nach.
„Eine Fahndung mit Fotos der beiden in der gesamten Umgebung."
Wieder hob Hollstein abwehrend die Hände. „Das ist doch auch nur mit zusätzlichem Personal zu machen."
„Vielleicht gibt es da auch noch eine andere Möglichkeit", überlegte Karla, „ich habe da so eine Idee."
Teichmann schien zu ahnen, weas sie meinte. Er reichte er ihr das Handy vom Tisch. „Ich nehme an, das wirst Du dazu brauchen."
Kurz darauf stand er am Kopierer des Rathauses und fertigte zweihundert Kopien eines Aufrufs an die Bürgerinnen und Bürger von Lychen, der die

Fahndungsbilder und Fotos der Tatverdächtigen enthielt. Der Bote, der sie zu Jacob Hammer bringen sollte, stand schon bereit. Mit der morgendlichen Zeitung würden zumindest jene Lychener, die von Hammer beliefert wurden, auch das Schreiben der Polizei in ihrem Briefkasten vorfinden.

41.

Karla und Hollstein blätterten sich durch mehrere Stapel beschlagnahmter Unterlagen, als es an der Tür klopfte. „Herein", riefen beide und die Tür öffnete sich schwungvoll.
„Christoph", rief Karla halb freudig, halb erschreckt, nachdem sie gesehen hatte, wer im Türrahmen stand.
Hollstein reagierte als erster, stand auf und ging dem Besucher entgegen. „Guten Abend, Herr Professor Loewe." Er schüttelte ihm kräftig die Hand. Schon bei ihrem Einstellungsgespräch war Karla aufgefallen, dass ihr zukünftiger Chef strahlende Augen bekam, als er hörte, mit wem sie verheiratet ist.
„Professor Loewe ist Ihr Mann?", hatte er gefragt, „der Professor Loewe, der dieses phantastische Buch über das Mittelalter geschrieben hat?" In jenem Moment hatte sie gewusst, dass ihre Versetzung perfekt war. Auch jetzt spürte sie wieder den großen Respekt, den Hollstein ihrem Mann entgegen brachte.
„Sie sind noch mitten in der Arbeit, wie ich sehe", sagte Christoph, zu Hollstein gewandt. „Dann möchte ich nicht weiter stören."
Karlas Chef winkte ab. „Papperlapapp. Ihre Frau ist seit vierzehn Stunden pausenlos im Einsatz. Ich kann mich nicht erinnern, dass sie außer Kaffee schon etwas zu sich genommen hätte. Gehen Sie doch gemeinsam etwas essen", schlug er großmütig vor.
Karla war klar, dass er selbst auf eine Pause und ein ordentliches Essen hoffte. Sie schüttelte den Kopf. „Geht nicht. Ich muss vorher noch einiges erledigen."
„Kann ich Dich wenigstens einen Moment sprechen?"
Sie wollte noch etwas erwidern. Hollstein hatte sie jedoch schon halb zur Tür hinausgeschoben.„Denken Sie mal ein paar Minuten an etwas anderes. Es wird Ihnen gut tun."
Teichmann, der die Szene aufmerksam beobachtet hatte, wollte die Chance nutzen, um sich vom Restaurant an der Ecke eine Pizza zu holen. Er stand auf. Als er den Gesichtsausdruck seines Chefs auffing, setzte er sich sofort

wieder. Doch warum sollte er hier ausharren, während Karla seine väterliche Fürsorge genoss? Schließlich war es auch schon wieder sieben Stunden her, dass die Schlüsselbein ihm belegte Brötchen gebracht hatte. Sein Magen knurrte. Er hatte nicht vor, dies noch länger heroisch auszuhalten. „Sie haben doch auch noch nichts gegessen", erinnerte er seinen Chef, „ich könnte uns Pizzen holen."
Teichmanns Taktik schien aufzugehen. Hollstein überlegte kurz.. „Gute Idee", stellte er dann fest, „wir gehen da jetzt in diese Pizzeria und essen etwas. Frau Loewe kann ja dann nachkommen." Er schritt zur Tür, an der Christoph und Karla noch immer unschlüssig herumstanden.
„Kommen Sie doch auch mit Herr Professor Loewe", plauderte Hollstein weiter, während er an ihm vorbeiging, „ich würde mich über ein gutes Gespräch freuen, das nichts mit Mord und Totschlag zu tun hat."
Christoph lächelte. „Mal sehen, ob meine Frau sich so etwas wie ein Abendessen überhaupt gönnt."

Kurz darauf sich Karla und Christoph in dem kleinen, vollgeräumten und ungemütlichen Raum gegenüber. Im Rathaus hatte sich Stille ausgebreitet. Nur der Ventilator des Computers verursachte ein summendes Geräusch. Karla versuchte, ihre innere Nervosität durch hektische Normalität zu überspielen. Sie kramte in dem Durcheinander auf ihrem Schreibtisch. „Meine Handtasche ist weg. Ich bin mir sicher, ich hatte sie vorhin noch hier."
Christoph beobachtete sie, hob dann einen Gegenstand vom Fußboden auf und reichte ihn ihr. Es war die Tasche. Dabei sah er sie an. Sie meinte, ein verhaltenes Lächeln auf seinem Gesicht zu entdecken.
„Ich möchte Dich etwas fragen", begann er das Gespräch und zog sie zu sich heran, indem er nach ihrer Hand griff. Sie konnte seinem Blick nicht mehr ausweichen. Das leichte Schmunzeln, das sie eben noch in seinem Gesicht entdeckt hatte, war fort.. Er schaute freundlich, aber ernst von seinen 1,90 Meter auf sie herab.
„Nun?" forderte sie ihn auf.
„Kannst Du Dich an Bergen erinnern?"
„Du stellst seltsame Fragen", antwortete sie ausweichend und wollte sich von ihm losmachen. Er hielt sie fest.
„Es ist mir wichtig."
Sie gab nach, ließ sich in seinen Arm ziehen. Ihre Anspannung ließ nach, als sie seine Nähe fühlte. Alles war so wunderbar vertraut – seine Haut, sein Geruch, die Art, wie er sie festhielt. Nur diese Frage verwirrte sie. „Natürlich kann ich mich daran erinnern."
„Gilt das alles noch, was wir damals beschlossen haben?"
„Warum fragst Du das?"

„Warum antwortest Du nicht einfach auf meine Frage"
„Selbstverständlich gilt das noch."
„Dann werden wir heute Nacht zusammen sein?"
Sie schaute ihn irritiert an. „Was ist los?"
Er sah er ihr traurig in die Augen. „Ich war letzte Nacht in Deiner Unterkunft. Ich habe auf Dich gewartet."
Sie holte Luft, um etwas zu antworten, doch er unterbrach sie.
„Sag jetzt bitte nicht, es ist alles ganz anders, als es aussieht."
Sie schwieg kurz. „Warum hast Du nicht angerufen?", fragte sie leise.
„Damit ich Dich bei etwas störe, das ich doch nicht aufhalten kann?"
Sie ließ sich auf einen der Bürostühle fallen. Er zog sich eine der Kisten heran und setzte sich neben sie.
„Und jetzt?", wollte sie wissen. „Vielleicht solltest Du Deine Frage lieber Dir selbst stellen."
„Ich kann mich nur etwas fragen, wenn ich mir im Unklaren bin. Das bin ich aber nicht."
Sie stand plötzlich auf, wirkte ungehalten. „Du kannst doch nicht so tun, als wenn ich nichts wäre! Mach mir wenigstens Vorwürfe!"
„Was soll ich Dir denn vorwerfen?" fragte er. Seine Stimme wurde ebenfalls etwas lauter, „dass Du jemanden kennengelernt hast, der Dich fasziniert? Dass Du solche Lust auf einen anderen hast, dass es schon fast weh tut?"
„Woher willst Du das wissen?", fuhr sie ihn an.
„Weil ich weiß, wie das ist."
„Ach ja? Woher?"
„Willst Du es wirklich wissen?"
„Ja, verdammt."
Christoph nahm im Halbdunkel ihre Hand und zog er sie auf seinen Schoß. Bevor er etwas sagen konnte, brach die Kiste unter ihnen zusammen. Sie landeten unsanft nebeneinander auf dem Boden. Karla rappelte sich als erste hoch und half ihrem Mann auf. „Ich halte es hier nicht mehr aus", sagte sie und griff nach ihrer Tasche. „Lass uns spazieren gehen." Kurz darauf standen sie unschlüssig auf dem Rathausplatz. „Hier lang", entschied Karla und zog ihn mit sich. „Auf der anderen Seite ist die Pizzeria. Und da sitzen Teichmann und Hollstein."
Die Straße war menschenleer. Ihre Schritte hallten auf dem Asphalt. Grillen zirpten irgendwo. Ab und an kam ein Auto vorüber und verschluckte mit seinem Motorenlärm alle anderen Geräusche. „Sind wir auf der Flucht?", fragte Christoph nach einer Weile. Er wunderte sich, dass sie in so schnellem Tempo die Straße hinunter eilten, statt spazieren zu gehen. Karla zog ihn weiter. „Siehst Du den See dort vorn? Davor steht eine nette kleine Bank."

Wenige Augenblicke später ließ sie sich auf das hölzerne Bänkchen fallen, dessen Farbe abzublättern begann. Gemeinsam schauten sie auf die schon fast im Dunkel liegende Wasserfläche. Von einem Haus am anderen Ufer drang ein Lichtschein zu ihnen.
„Kannst Du Dich an Ina erinnern?", fragte Christoph schließlich.
Sie schüttelte den Kopf.
„Ich hatte gerade meine Promotion abgegeben", half er ihr.
„Achja", erinnerte sie sich, „die ehrgeizige Studentin aus Deinem Tutorium, die dann ganz plötzlich nach England verschwand."
„Hmm."
„Sie ist deinetwegen gegangen?"
„Hmm."
Er spürte, wie sie Luft holte, um etwas zu sagen, spürte ihren Ärger.
„Bevor Du jetzt etwas sagst, möchte ich Dich darauf hinweisen, dass diese Geschichte fünfzehn Jahre her ist. Selbst schwere Körperverletzung ist da schon verjährt."
Karla merkte an seiner Stimme, dass er lächelte, auch wenn das Dunkel um sie herum ihn fast unsichtbar machte. Die Anspannung, die sie den ganzen Tag begleitet hatte, ließ nach. Der Satz, den sie noch eben hatte sagen wollen, löste sich in ihrem Kopf auf wie Nebel in der Sonne. Was hätte sie ihm auch vorwerfen können?
„Und nun?", fragte sie ihn.
„Du schuldest mir noch immer eine Antwort."
„Nichts auf der Welt kann uns trennen", sagte sie leise und stupste ihn mit dem Ellbogen in die Seite. „Lass uns gehen, die Mücken stechen heute wie verrückt."

Samstag, 22. Juli

42.

Fünf Minuten vor sieben schloss Karla das Büro auf und begann, die herumliegenden Akten zu sichten. Der Raum sah noch genau so aus wie am Abend, als sie ihn verlassen hatte. Also waren Hollstein und Teichmann in der Pizzeria versackt. Sie war gerade in eine der bei Dr. Schlag beschlagnahmten Patientenakten vertieft, als es klopfte. Erschreckt schaute sie auf und ging in Gedanken blitzschnell durch, wer um diese Zeit an ihre Tür klopfen konnte.

Teichmann? Der hatte erstens einen Schlüssel und zweitens pflegte er niemals anzuklopfen. Muckwitz? Sie wusste nicht, ob sie seine Gegenwart jetzt würde ertragen können und fürchtete um ihre innere Ordnung, die sie sich gestern so mühsam zurückerobert hatte. Es klopfte noch einmal.
„Frau Loewe", hörte sie eine aufgeregte weibliche Stimme, „machen Sie doch auf. Es ist dringend. Ich weiß, dass Sie da sind."
Schnell stand sie auf und öffnete die Tür. „Frau Allenstein – was ist denn geschehen?"
Die Journalistin sah aus, als hätte sie die Nacht auf einer Parkbank verbracht. Über der Jeans trug sie ein blaues T-Shirt, auf dem braune Flecken nicht zu übersehen waren. Ihr Haar wirkte ungekämmt, und sie war auch nicht geschminkt. Erleichtert lief sie flotten Schrittes an Karla vorbei durch die geöffnete Tür, umrundete zwei der Pappkisten und ließ sich erschöpft auf Teichmanns Stuhl fallen.
„Ich weiß, wo sie sind", schnaufte sie, noch völlig außer Atem.
„Sie wissen jetzt, wo wer ist?"
„Die Skins. Ich habe sie gefunden. Sie müssen sie festnehmen, bevor sie abhauen."
„Nun mal immer mit der Ruhe", sagte Karla, griff selbst aber bereits unruhig zum Telefon. „Beschreiben Sie genau, was Sie gesehen haben." Gleichzeitig wählte sie Teichmanns Nummer. „Bist Du es, Sven?", rief sie in den Hörer. „Mach Dich auf die Socken und komm her. Die Gesuchten wurden entdeckt." Sie warf den Hörer auf die Gabel und wandte sich der Journalistin zu.
„Wo haben Sie die beiden gesehen?"
„Ich sage Ihnen das Versteck nur, wenn ich Sie begleiten und Fotos machen kann."
Obwohl Karla insgeheim Verständnis für die Forderung aufbrachte, konnte nicht nachgeben. „Kommt überhaupt nicht in Frage!", entgegnete sie kategorisch.
„Dann eben nicht", beharrte Allenstein und blieb trotzig sitzen.
„Sie wollen zwei mutmaßliche Vergewaltiger und Mörder entkommen lassen, nur weil Ihnen Ihre Karriere wichtiger ist?"
„Es gibt eben nichts auf der Welt umsonst, Frau Loewe, „nicht einmal Informationen!"
Karla schwieg.
„Hat Ihnen der Artikel nicht gefallen?", bohrte Allenstein nach. „Das war doch auch ein gutes Geschäft."
„Doch", bemerkte Karla, „der Artikel war wirklich gut. Aber wenn ich Sie jetzt mitnehme, bekomme ich dafür ein Disziplinarverfahren an den Hals."

Ihr Gegenüber rieb nachdenklich den rechten Zeigefinger an der Nasenspitze. „Und wenn ich dort nun zufällig auftauche? Ich könnte Ihnen doch gefolgt sein. Oder ich könnte Ihnen den Hinweis anonym gegeben und mich dann dort versteckt haben, bis Sie kommen."

Karla überlegte kurz. Der Hinweis auf die Gesuchten hätte durchaus auch aus der Bevölkerung kommen können. Schließlich wurden am Morgen die Flugblätter verteilt. „Also schön", gab sie nach, „Letzteres könnte gehen. Aber ich lasse Sie sofort vom Ort des Geschehens wieder entfernen, wenn ich Sie dort sehe."

„Super!", freute sich ihr Gegenüber. Die Journalistin stand auf, um näher an die Landkarte zu kommen.

„Schnell", machte Karla Druck, „wo haben Sie die beiden gesehen? Bis mein Kollege hier auftaucht, müssen Sie weg sein."

Das Telefon klingelte. Karla schaute zum Apparat, beschloss aber, den Anruf zu ignorieren. Die Journalistin deutete mit dem Finger auf der Karte in ein nördlich der Stadt gelegenes Waldgebiet.

„Da – direkt in der Nähe des Sees, wo sie mit dem Bürgermeister..."

„Vielen Dank", unterbrach Karla, „ich weiß, welcher See das ist."

Der Finger der Allenstein zeigte wieder auf die Landkarte. „Da ungefähr zelten sie mitten im Wald. Sie könnten hier parken und dann diesen Weg in den Wald nehmen. Wenn Sie noch Leute am anderen Ufer postieren, können die Kerle Ihnen selbst schwimmend nicht entkommen."

„Vielen Dank. Bitte gehen Sie jetzt. Sonst können Sie Ihre Anwesenheit vor Ort vergessen."

Die Journalistin stürzte aufgeregt zur Tür. „Sie sind echt o.k.", sagte sie noch, dann fiel die Tür hinter ihr ins Schloss.

Karla versuchte vergeblich, den Gedanken an die Gefahr zu verdrängen, in die sie die junge Frau brachte. Sie griff zum Telefonhörer und organisierte den Polizeieinsatz. Wieder klingelte das Telefon. Es war ein Lychener, der mitteilen wollte, dass er die gesuchten Männer vor drei Wochen im Ort gesehen hatte. „Danke", sagte Karla, „nett, dass sie angerufen haben. Aber wir benötigen Informationen über den aktuellen Aufenthaltsort der beiden." Sie hängte ein. Es klingelte wieder. Diesmal meinte jemand, sie sollten doch die ordentlichen Deutschen in Ruhe lassen und die Täter lieber bei den Ausländern suchen. Genervt hängte Karla ein und legte den Hörer neben den Apparat. Wenige Minuten später traf Teichmann ein. Sein Outfit ähnelte dem der Journalistin. Sein Haar war ungekämmt, das T-Shirt zerdrückt, allerdings hatte es grüne Flecken, die auf feuchtes Gras hindeuteten. Die vielen Mückenstiche an seinen Armen bestärkten Karla in ihrer Vermutung, dass er die Nacht im Freien verbracht hatte. Während Karla die Kollegen zusammentrommelte und zwei Zivilfahrzeuge organisierte, putzte sich Teichmann

auf der Herrentoilette die Zähne. Aus irgendeinem Beutel im Schreibtisch hatte er zu Karlas Erstaunen eine Reisezahnbürste gezogen und war mit dem Utensil Richtung Herrentoilette verschwunden.
„Alles muss man alleine machen", murmelte Karla mit dem Rücken zur Tür, als diese wieder aufging.
„Na, wenigstens sging das schnell, Kollege", kommentierte sie Teichmanns vermeintliche Rückkehr.
„Schnell geht heute gar nichts", hörte sie eine gequälte Stimme hinter sich sagen. Sie gehörte Hollstein, der das Zimmer betreten hatte. „Der Chianti war gepanscht, ganz bestimmt."
„Was machen Sie denn hier, Chef?"
„Wonach sieht es denn aus?" fragte er zurück.
„Sie suchen eine Kopfschmerztablette?" Karla fingerte bereits an ihrer Tasche, um ihm auszuhelfen. Er nahm das zerdrückte Päckchen entgegen und sah sich suchend nach einem Glas um. Karla reichte ihm Teichmanns Tasse.
„Was anderes haben wir hier nicht."
Er füllte sich Mineralwasser in das Gefäß, drückte eine Tablette aus der Verpackung und steckte sie sich in den Mund. Mit einem leidenden Gesichtsausdruck schluckte er das Medikament hinunter. Karla hatte sich bereits wieder abgewandt und das Diensthandy gezückt.
„Kommen Sie mit allen Leuten, die Sie uns zur Verfügung stellen können, in die Einsatzzentrale. Wir sprechen die Aktion noch schnell durch", ordnete sie an. Teichmann kehrte in diesem Moment zurück.
„Was ist denn hier eigentlich los?", wollte der Chef wissen.
„Die Gesuchen verstecken sich hier in der Umgebung im Wald. Ein anonymer Hinweis," erklärte Karla.
„Wieviel Mann haben Sie zur Verfügung?" fragte Hollstein.
„Zu wenig."
„Wunderbar, dann komme ich mit."

43.

Zwei Beamte in Zivil fuhren mit dem Fahrrad voraus. Mit Teichmanns großer Fahrradtasche und einer alten Decke, die in einem der Zivilfahrzeuge herumgelegen hatte, wurden sie als Sommerfrischler getarnt. Sie sollten herausfinden, ob die gesuchten Männer tatsächlich dort waren und was sie gerade taten. Wenn die Beschreibung der Journalistin stimmte, konnte man auf den kleinen Wegen mit dem Rad fast bis an das Versteck herankommen.

Teichmann und Karla fuhren eines der Zivilfahrzeuge, Hollstein sollte mit einer Kollegin die andere Seeseite sichern. Auf diese Weise wähnte Karla ihn weit ab vom Geschehen, ohne dass er sich überflüssig vorkam. Zur Sicherheit hatte sie zwei weitere Kollegen mit einem Polizeiwagen unweit davon postiert. Alle weiteren Kräfte sollten dazu beitragen, die mutmaßlichen Täter schnell und ohne Zwischenfälle im Wald festzunehmen. Wie von Allenstein vorgeschlagen, wollte Karla die beiden umzingeln und dann zuschlagen. Sie machte sich Sorgen um die junge und viel zu ambitionierte Journalistin, da sie keine Ahnung hatte, wo diese sich befand. Wieder brannte die Sonne vom Himmel, nur der frühen Tageszeit war es zu danken, dass es noch nicht unerträglich heiß war. Doch die Hitze wurde von Minute zu Minute intensiver. Im Wald war die Luft noch frisch. Es roch nach Pilzen und feucht-warmer Erde. Aber bald würde es auch hier wieder sehr heiß sein. Die radelnden Kundschafter hatten ihr Ziel beinahe erreicht, Hollstein und die anderen Wagen waren in Position gegangen. Karla und Teichmann saßen im Wagen und verfolgten per Funk die Beschreibungen und Durchsagen der radelnden Kollegen. Teichmann hatte das Funkgerät der beiden geschickt in eine Lenkertasche eingebaut, so dass es kaum zu sehen war.
„Jetzt weißt Du wenigstens, wieso sie Dich beim Schwimmen mit dem Bürgermeister beobachten und Dir die Sachen stehlen konnten“, erklärte er ihr, während er auf die Karte starrte, die er auf seinen Knien ausgebreitet hatte, „sieh mal, wenn die ungefähr hier waren, als Ihr ins Wasser gegangen seid, dann konnten sie sehr schnell auftauchen und wieder verschwinden.“ Mit seinem Zeigefinger markierte er einen kleinen Seitenweg.
„Das habe ich auch schon herausgefunden. War wohl ein unglücklicher Zufall.“
„Wieso sind wir nur nicht darauf gekommen, die Gegend zu durchkämmen? Dann hätten wir sie aufgestöbert.“
„Weil wir zu diesem Zeitpunkt noch nicht wussten, wen wir überhaupt suchen. Ich bin das in Gedanken alles schon durchgegangen.“
Er grinste. „Schon klar.“
„Da gibt es nichts zu lächeln, Kollege“, ermahnte ihn Karla. „Jedenfalls nicht, solange Du unrasiert und ungewaschen morgens zum Dienst erscheinst.“
„Wenn Du mir 10 Minuten länger Zeit gelassen hättest...“
Er musste offenlassen, was dann passiert wäre, denn nun meldeten sich die Radfahrer. „Wir haben sie gefunden. Im Wald steht ein Zelt und die Bewohner scheinen zu Hause zu sein. Ob es sich um die Tatverdächtigen handelt, können wir von hier aus nicht erkennen. Sollen wir näher ran?“
„Nein, nicht nötig Männer“, antwortete Karla. „Fahrt vorbei und haltet euch in angemessener Entfernung bereit bis zum Einsatz. Dann brauchen wir Euch.“

Sie sah Teichmann an.
„Es geht los."
„Dann schnall Dich mal an."
Während Karla mit einer Hand den Gurt umlegte, gab sie mit der anderen das Startsignal über Funk. Noch einmal dachte sie an die Journalistin. Sie hätte sich nicht auf den Deal mit ihr einlassen sollen. Das hier konnte durchaus gefährlich werden.Teichmann fuhr los. Schon nach zweihundert Metern sahen sie die Abzweigung. Vorsichtig lenkte er den Wagen in den engen Weg. Sie holperten über Wurzeln, Äste und Steine tiefer in den Wald. Ungefähr hundert Meter vor dem Ziel stoppte er.
„Wir sind da", gab Karla über Funk weiter.
Die Besatzung des zweiten Wagens meldete sich. „Wir auch. Können Euch sehen und auch das Zelt. Wahrscheinlich frühstücken die gerade oder so. Jedenfalls sitzen sie direkt am Seeufer."
„Versucht, so nah wie möglich heranzukommen. Wo sind die radelnden Kollegen?"
„Kurz hinter uns."
„Dann los."
Karla und Teichmann zogen die Waffen, sahen sich an. „Jetzt kriegen wir sie", flüsterte er. Sie stiegen aus und näherten sich langsam und so unauffällig wie möglich dem Zielort. Nach fünfzig Metern sahen sie ein blaues Rundzelt durch die Bäume blitzen. Auch das Blau des Sees war jetzt zu erkennen. Sie bogen vom Weg ab und schlichen sich durch den Wald. Nun konnten sie die beiden Männer erkennen, die am Seeufer saßen, wie die Kollegen es beschrieben hatten. Sie aßen jedoch nicht. Einer blickte durch ein Fernglas in Richtung See, der andere saß unruhig daneben und nahm es ihm plötzlich aus der Hand, um selbst hindurchzusehen. Hatten sie Hollstein am anderen Ufer ausgemacht? Doch selbst wenn – er war mit einem Zivilfahrzeug unterwegs und somit nicht als Polizist zu erkennen. Die beiden schienen derart abgelenkt, dass sie die Näherkommenden nicht wahrnahmen. Jetzt konnte Karla auch die Kollegen sehen, die sich aus der anderen Richtung näherten. Alle waren sehr gut positioniert.
„Zugriff", sprach sie in verhaltener Lautstärke ins Funkgerät. Dann ging alles sehr schnell. „Achtung, hier spricht die Polizei!", rief Karla, „stehen Sie langsam auf, und nehmen Sie die Hände über den Kopf. Sonst machen wir von der Schußwaffe Gebrauch."
Die beiden jungen Männer schreckten hoch und versuchten, Richtung See zu fliehen, doch die Kollegen waren schneller. Sie erwischten sie im knietiefen Wasser Der Ältere der beiden setzte sich zur Wehr. Er zog plötzlich ein Messer und ging auf Teichmann los, der ihm am dichtesten auf den Fersen

war. Teichmann wich ihm geschickt aus. Vier Polizisten standen den beiden mit gezogenen Waffen gegenüber. Aus dem Wald näherten sich weitere.
„Lassen Sie das Messer fallen", rief Karla, die am Ufer stehen geblieben war, „Sie bringen sich nur in noch größere Schwierigkeiten."
Als der Bewaffnete nicht sofort reagierte, nahm ihm der Jüngere das Messer kurzerhand weg. „Bist Du bescheuert?", brüllte er ihn an, „wir haben doch nur wild gezeltet. Die können uns gar nichts." Er warf die Waffe zwei Meter vor sich ans Ufer, direkt vor Karlas Füße. Binnen weniger Sekunden hatten die Kollegen die beiden mutmaßlichen Täter fest im Griff. Allerdings hatten auch fast alle nasse Schuhe und Hosenbeine. Teichmann legte den beiden Männern Handschellen an. Karla erklärte ihnen ihre Rechte. In diesem Moment klickte es plötzlich. Sophie Allenstein war wie aus dem Nichts aufgetaucht und schoss ein Foto nach dem anderen. Karla sah zu ihr hin und konnte nicht glauben, was sie sah. Auch die Polizisten und Verhafteten schauten verblüfft auf die junge nackte Frau, die munter Fotos machte.
Karla gewann als erste die Fassung zurück. „Wie kommt die denn jetzt hier her?", rief sie, scheinbar entrüstet. „Bitte Kollegen, bringt sie hier weg."
„Darf ich mir vorher etwas anziehen?", fragte Allenstein verschmitzt lächelnd.
„Ich bitte darum", antwortete Teichmann, der kaum den Blick von ihr wenden konnte. Er drehte er sich ab und half den Kollegen dabei, die Tatverdächtigen abzuführen. So schnell wie die Allenstein aufgetaucht war, verschwand sie auch wieder. Karla folgte ihr. Hundert Meter weiter lag ein Strandtuch idyllisch in der Sonne. Ihre Kleidungsstücke waren darauf ausgebreitet. Die Besitzerin zog sich gerade die Jeans an, als Karla sie einholte. „Habe ich die Jungs nicht super abgelenkt?", lobte sich Sophie Allenstein. „Wurde aber auch Zeit, dass Sie kommen. Viel länger wären die da nicht mehr so brav bei ihrem Zelt sitzen geblieben."
„Sie haben sich wegen ein paar Fotos in Gefahr gebracht. Ich verstehe das nicht", antwortete Karla. Aber ihre Stimme klang eher erleichtert als kritisch.
„Glauben Sie, ich will bei diesem Provinzblatt versauern? Ich bin gut in meinem Job. Das werden nach und nach auch die merken, die mehr bieten können als Berichte vom Schützenfest und Interviews mit Hundertjährigen."
„Ist es das wirklich wert?"
„Man tut vieles, um sich lebendig zu fühlen. Das wissen Sie mindestens so gut wie ich. Ich arbeite eben. Machen Sie es nicht genauso?"

44.

Karla ließ die Verhafteten nach Eberswalde bringen. Auch Hollstein hatte sich längst wieder dorthin auf den Weg gemacht. Dort warteten noch immer die anderen Verdächtigen auf ihre Vernehmung. Die Kommissare waren gerade dabei, die wichtigsten Unterlagen zusammenzustellen, um sich selbst auf den Weg in die Kreisstadt zu machen, da klingelte das Telefon. Karla nahm den Hörer ab.

„Hallo Frau Loewe, hier Peter Grumm,“, meldete sich der Kollege aus der Zentrale, „wird Zeit, dass Sie kommen. Hier läuft einiges nicht so gut.“

„Was ist denn los?“

„Garsteins Anwalt hält uns ganz schön auf Trab. Er tönt hier rum, dass die Beweislage nicht reicht, um ihn weiter festzuhalten.“

„Wir sind gleich auf dem Weg. Versuchen Sie, ihn noch etwas hinzuhalten.“

„Das haben wir versucht“, erklärte Grumm. Seine Stimme nahm einen entschuldigenden Unterton an. „Aber der Richter hat ihm Recht gegeben. Die Befragung muss sofort durchgeführt werden.“

„So ein Mist“, fluchte Karla. „Ich verstehe das nicht. Wir haben doch diese ganzen Unterlagen gefunden, die illegalen Preisabsprachen und die anderen Sachen.“

„Ja schon“, räumte Grumm ein, „aber der Richter meint, das ist nicht verwertbar. Garstein hatte noch keinen Antrag auf Fördermittel gestellt. Und was er der Stadtverordnetenversammlung erzählt hat, scheint auch nicht von Bedeutung zu sein.“

„Und der Schlüssel, der mir gestohlen wurde und der in Garsteins Schreibtisch lag?“

„Massenware, Kollegin. Das Schloss ist zu unspezifisch. Wahrscheinlich passt es in viele der Mini-Tresore, die verkauft werden. Das ist wirklich so ein Ramschding gewesen. Und Fingerabdrücke von Dir waren nicht mehr dran.“

„Ist denn der Chef noch nicht eingetroffen?“, fragte Karla verzweifelt. „Er soll etwas unternehmen, verdammt!“

„Es tut mir leid“, murmelte Grumm kleinlaut, „der Chef hat schon mit dem Richter gesprochen, aber er konnte nichts erreichen. Deshalb hat er sich entschlossen, Garstein selbst zu verhören.“

„Gut“, entgegnete Karla etwas erleichtert, „wenigstens etwas. Der Chef ist ja über alles informiert. Er soll sich um Himmels willen Zeit dabei lassen. Wir sind jetzt gleich auf dem Weg. Wenigstens die beiden Glatzköpfe wird der Richter nicht laufen lassen, bevor die Speichelproben ausgewertet sind.“

„Lass uns endlich fahren", rief sie ihrem Kollegen zu, der dabei war, die zusammengesuchten Unterlagen in eine große Kiste zu legen. „Wir werden in Eberswalde gebraucht."
„Ich bin so weit", sagte Teichmann fest und griff nach dem Wagenschlüssel auf seinem Schreibtisch, den er sich in die Hosentasche stopfte. „Wir können los." Er nahm die schwere Kiste und bewegte sich Richtung Ausgang. Karla raste zur Tür, um sie ihm zu öffnen. Teichmann ging schwungvoll hinaus und sah Karla dabei übermütig an.
„Auf geht's. Jetzt werden wir den Fall endlich..."
Noch bevor er den Satz beenden konnte, ertönte ein kurzer, erschreckter weiblicher Schrei. Teichmann war mit einer anderen Person zusammengestoßen und auf dem Rathausfußboden gelandet. Der Inhalt ebenfalls rücklings auf dem Boden.
„Frau Schlüsselbein", rief Karla erstaunt aus, „was machen Sie denn hier?"
Karla trat auf den Flur und wollte der jungen Frau aufhelfen. Doch sie schien die Geste gar nicht zu bemerken. Sie war damit beschäftigt, Teichmann anzustarren. Karla schob es auf den Schock des Zusammenstoßes. „Soll ich Ihnen helfen?", wiederholte sie deshalb etwas lauter.
„Nein, danke", erwiderte Sibylle Schlüsselbein, stand auf und klopfte sich den Staub von der hautengen Jeans, über der sie ein ebenso enges T-Shirt trug. Auch Teichmann stand unversehrt auf. Er begann langsam, die Papiere wieder in die Kiste zu räumen.
„Ist etwas mit Dir, Sven?", fragte Karla, „geht es Dir nicht gut?"
„Doch, alles bestens", antwortete er und wirkte immer noch benommen.
Karla und Schlüsselbein halfen dabei, die Unterlagen vom Flur aufzusammeln.
„Was führt Sie her?", wandte sich Karla wieder an die Besucherin. „Ist etwas passiert?"
Sie schüttelte den Kopf und blickte erneut zu Teichmann, der die wieder volle Kiste in den Arm nahm. „Ich bin privat hier."
Teichmann drückte der verdutzten Karla die schwere Kiste in den Arm, zog den Wagenschlüssel aus seiner Hosentasche und legte ihn obendrauf. „Geh schon mal vor, ich komme gleich nach."
Als Karla sich nicht rührte, schob er ein drängendes „Bitte" hinterher. Kopfschüttelnd machte sie sich mit der Kiste in den Händen auf den Weg nach unten. Dabei fiel ihr ein, dass sie nicht wusste, wo Teichmann das Auto abgestellt hatte. Sie ging die wenigen Schritte zurück, um ihn zu fragen. Erschreckt hielt sie inne. Der Kollege hatte einen Arm um die Schultern der Sekretärin gelegt, mit dem anderen zerwühlte er zärtlich ihr Haar, während er sie küsste. Wie angewurzelt blieb Karla stehen. Sie beobachtete kurz die Szene, dann machte sie wieder kehrt und lief Richtung Ausgang. Nach we-

nigen Minuten, die sie im Foyer beim Pförtner wartete, kam Teichmann die Treppen heruntergerannt. Sibylle Schlüsselbein folgte ihm etwas langsamer. In ihren Stöckelschuhen konnte sie wohl nicht ganz mithalten.
„Entschuldige", rief Teichmann, als er Karla sah, „ich hatte noch etwas Wichtiges zu regeln."
Karla zog wortlos die rechte Augenbraue nach oben, reichte ihm die Kiste und öffnete die schwere Rathaustür.
„Wie kannst Du nur ein Verhältnis mit einer wichtigen Zeugin anfangen", schimpfte sie los, kaum dass sie im Wagen saßen. Teichmann nahm einen kleinen Moment die Augen von der Straße und sah sie erstaunt an.
„Fahr uns nicht auch noch in den Graben", ermahnte ihn Karla. Er konzentrierte sich wieder auf das Geschehen vor der Windschutzscheibe.
„Das sagt ja die Richtige", erwiderte er gelassen. „Als Du Dein Techtelmechtel mit dem Bürgermeister angefangen hast, kam er sogar noch als Täter in Frage."
„Das war ja auch ein Fehler", räumte Karla ein. „Also kein Grund, es genauso zu machen. Wieso hast Du überhaupt – ich dachte, Du willst die hübsche Fischerstochter heiraten. Hast Du ihr nicht schon einen Antrag gemacht?"
Er schüttelte den Kopf.
„Und warum ist die große Liebe nun schon wieder vorbei?"
„Die schöne Fischerstochter, wie Du sie nennst, studiert noch – in Berlin. Das macht die Sache kompliziert. Denn sie hat nicht vor, ihr Studium für mich aufzugeben. Und dann ist da auch noch der anstrengende Vater, der ständig aufpasst. Und überhaupt – sie ist eigentlich gar nicht mein Typ."
Sie schwiegen einen Augenblick.
„Aber wieso denn gerade die Schlüsselbein? Ist sie nicht auch verheiratet?"
„Hast Du irgendwo ihren Mann gesehen? Hat er sie unterstützt, als sie Angst hatte? Hat er sie begleitet oder beschützt?"
„Das hast Du ja jetzt übernommen", warf Karla ein.
„Quatsch. Dem ist seine Frau egal. Deshalb will sie sich auch von ihm scheiden lassen. Sie zieht zu mir, sobald wir den Fall abgeschlossen haben. Den Job bei Garstein hat sie schon gekündigt."
„Wenigstens scheint sie Dir an Tempo nicht nachzustehen."
Teichmann grinste vor sich hin. „Nee, Tempo hat sie in jeder Beziehung."
Er blickte zu Karla hinüber. „Und Du? Wie wirst Du Dich entscheiden?"
„Bei mir steht keine Entscheidung an", entgegnete sie. „Und deshalb überlegen wir uns jetzt eine Strategie für die Verhöre mit den beiden Festgenommenen."
Ihr Gespräch wurde durch das Klingeln des Handys unterbrochen. Karla zog das Gerät aus ihrer Handtasche und meldete sich. „Das gibt es doch nicht!", rief sie, nachdem sie einen Moment dem Anrufer am anderen

Ende gelauscht hatte. „Seid Ihr wirklich sicher? Ist das Ergebnis eindeutig?“ Angestrengt hielt sie den Hörer ans Ohr und sah dabei zu Teichmann hinüber.

„Was ist denn?“, fragte er und versuchte, sich trotz seiner Neugier auf die Fahrbahn zu konzentrieren. „Nun sag schon“.

Karla lauschte noch immer der Stimme in ihrem Hörer. „Wartet unbedingt mit dem Verhör, bis wir da sind“, sagte sie dann. „Das möchten wir uns auf keinen Fall entgehen lassen.“

„Nun sag schon, was ist denn passiert“, drängelte Teichmann.

„Dank des DNA-Tests konnte einer der Täter eindeutig identifiziert werden.“

Wieder nahm er den Blick von der Straße und sah zu ihr hinüber. Diesmal entdeckte sie ein Leuchten in seinen Augen. „Und“, fragte er, „ welcher ist es denn? Sag schon!“

Karla beschloss, ihn etwas zappeln zu lassen. „Rate mal.“

Er verdrehte die Augen. „Das ist doch kein Quiz hier!“

„Stimmt, aber ein bisschen Kombinationstraining schadet Dir nicht.“

Teichmann schwieg. Man sah ihm an, dass er auf keinen Fall daneben liegen wollte. „Der Wüstling mit Doktortitel?“

„Bingo.“

„War er es, der sie vergewaltigt hat?“

„Ja – der Vergleich mit der DNA der Spermaspuren ist eindeutig.“

Beide genossen einen Augenblick lang schweigend den Sieg, einen der Täter bereits überführt zu haben.

„Aber dann war der Mord wirklich nicht geplant. So doof ist der nicht, dass er seine DNA hinterlässt und sie dann umbringt“, schlussfolgerte Teichmann.

„Ja, das sehe ich auch so. Obwohl ich die These innerlich ablehne, weil sie sich wahrscheinlich vor Gericht strafmildernd auswirkt.“

„Aber das Wichtigste ist erst einmal, dass wir ihn haben“, stellte er nicht ohne Erleichterung fest.

„Ja, schon“, gab ihm Karla Recht, „doch er wird abstreiten, dass er die Tötung begangen hat. Und das müssten wir ihm nachweisen.“

„Wenn wir beide Täter haben, müsste es doch leicht sein herauszufinden, wer dem Opfer die Kehle zugedrückt hat“, vermutete Teichmann, „wozu haben wir denn die schlauen Leute von der Pathologie?“

„Wir werden sehen.“

45.

„Was machen die denn nur so lange da drin?“, fragte Teichmann. Unruhig lief er im Zimmer umher. Sein Blick wich nicht von der Tür zum Vernehmungszimmer, in dem sich Dr. Schlag und sein Anwalt befanden.
„Das fragst Du mich jetzt das dritte Mal in einer Stunde“, erwiderte Karla etwas genervt, ohne von den Unterlagen aufzusehen. „Und ich habe Dir jetzt bereits dreimal gesagt, was Du sowieso schon weißt – sie beraten sich.“
„Ja, ich weiß“, murrte Teichmann, „aber gibt es nicht irgendwo einen Hinweis darauf, wie lange sich ein Anwalt mit seinem Mandanten vor dem Verhör beraten darf? Das hält hier doch alles auf.“
„Wie wäre es, wenn Du Dir endlich ein paar der beschlagnahmten Unterlagen vornehmen würdest? Das könnte durchaus hilfreich sein, um weitere Beweise zu finden. Und es würde uns auch voranbringen.“
Teichmann nahm an seinem Schreibtisch Platz und trommelte mit den Fingern auf der Tischplatte. Karla warf ihm einen mißbilligenden Blick zu. Er griff nach einem der Aktenordner, die in Garsteins Büro sichergestellt wurden und nun in drei großen Kisten darauf warteten, ausgewertet zu werden. Nervös und unkonzentriert öffnete er den Deckel und begann zu lesen. In diesem Moment öffnete sich die andere der beiden Türen in ihrem Büro. Sie führte nicht ins Besprechungszimmer, sondern auf den Flur. Hollstein trat ein.
„Beraten die immer noch?“, fragte er an Karla gewandt. Sie lächelte.
„Ist ja auch einiges zusammengekommen, dass es zu besprechen gilt.“
Auch Hollstein konnte sich ein Lächeln nicht verkneifen . Es sah verschmitzt aus.
„Stimmt. Das war gute Arbeit. Von Ihnen beiden.“
Teichmann, der, durch das Eintreten Hollsteins abgelenkt, hochgesehen hatte, freute sich sichtlich über das Lob und den freundlichen Blick des Chefs, der nun auch kurz auf ihm ruhte, bevor er sich wieder Karla zuwandte.
„Sagen Sie mir Bescheid, wenn es so weit ist. Ich möchte mir das Verhör anhören.“
„Natürlich, Chef“, antwortete sie. Hollstein schickte sich an, zu gehen, als die Tür zum Nebenzimmer aufging. Rechtsaanwalt Horst Müller erschien. Karla kannte ihn bereits. Er war ein erfahrener Strafverteidiger, der in Berlin eine angesehene Kanzlei geführt hatte. In der Provinz wollte er sich schließlich zur Ruhe setzen. Allerdings fiel es ihm wohl sehr schwer, einfach nur Ruheständler zu sein und so hatte er nach einiger Zeit wieder eine kleine Kanzlei eröffnet. Seitdem kümmerte er sich um größere und kleinere Sünder in der Region und musste aufpassen, dass aus der kleinen Kanzlei nicht

wieder eine große wurde. So gut war sein Ruf, so hoch die Zahl seiner gewonnenen Fälle.

„Wir sind dann bereit“, verkündete Müller, während er die Tür so weit öffnete, dass sie Dr. Schlag mit hängenden Schultern am großen Tisch sitzen sehen konnten. Sein markiges Selbstbewusstsein vom Vortage war verschwunden. Er wirkte wie ein Spieler, der mehr riskiert hatte, als er besaß und nun darauf wartete, von seinen Schuldnern in die Mangel genommen zu werden. Karla griff nach ihrem Aufnahmegerät, einem Zettel und einem Stift. Dann betrat sie gemeinsam mit Teichmann den Raum. Drinnen schaltete sie die Mithörgelegenheit für ihren Chef ein und informierte darüber den Anwalt. Im Gegensatz zu Teichmann, dem man die Aufregung anmerkte, erwartete sie von diesem Gespräch nicht viel. Sie kannte das, was jetzt folgen würde, schon zu lange, um sich von diesem Procedere etwas zu versprechen. Außerdem kannte sie den Anwalt. Er war zu erfahren, um Fehler zu machen. Teichmann schaltete auf ihre Bitte hin das Gerät an. Sie begann mit der Befragung.

„Sie heißen Dr. Matthias Schlag, sind geboren am 18.12.1960 und leben in Himmelpfort?“

Er bejahte, ohne sie dabei anzusehen.

„Ich befrage Sie jetzt zum Tod von Veronica Frühauf. Sie sind der Tat dringend verdächtigt und werden als Beschuldigter vernommen. Sie haben das Recht, die Aussage zu verweigern, wenn sie befürchten müssen, sich selbst zu belasten. Haben Sie das verstanden?“

„Ja.“

„Gut. Wo waren Sie in der Nacht vom 14. zum 15. Juli diesen Jahres?“

Dr. Schlag blickte zu seinem Anwalt hinüber, der direkt neben ihm saß. Dieser schüttelte fast unmerklich mit dem Kopf.

„Hierzu möchte ich keine Aussage machen“, antwortete Schlag.

„Wie erklären Sie sich, dass die DNA der an der Leiche gefundenen Spermaspuren identisch ist mit der DNA der bei Ihnen entnommenen Speichelprobe?“

„Dazu möchte ich keine Aussage machen.“

„Wissen Sie, dass ein Geständnis sich strafmildernd auswirken kann? Hat Ihnen Ihr Anwalt das gesagt?“

„Ja.“

„Ist Ihnen klar, dass Sie auf Grund der uns vorliegenden Beweise wegen einer Tötung und einer Vergewaltigung angeklagt werden? Vielleicht könnte eine Aussage Sie auch entlasten.“

„Ich möchte hierzu keine Angabe machen“, wiederholte er stereotyp.

„Wie standen Sie zu Veronica Frühauf?“

„Ich kannte sie vom Sehen.“

„Kannten Sie auch Ihre Position zum Hafenprojekt?"
„Ja."
„Woher?"
Er sah zu seinem Anwalt, der ihm zunickte. „Von Bürgerversammlungen und anderen Veranstaltungen. Und natürlich aus den Berichten von Willibald Garstein."
„Sind Sie auch gegen das Hafenprojekt?"
„Nein."
„Warum nicht?"
Er sah wieder zu seinem Anwalt.
„Das tut doch hier gar nichts zur Sache, Frau Loewe", antwortete Müller nun an seiner Stelle und sah sie jovial an.
„Doch, das tut es!", widersprach Karla bestimmt. „Ich möchte wissen, ob Herr Dr. Schlag ein Motiv für die Tat hatte."
„Die Antwort auf diese Frage ergibt aber keine Antwort auf die Frage nach einem Motiv, Frau Loewe. Das müsste Ihnen doch klar sein. Viele Menschen in dieser Region sind gegen oder für den Hafen. Das ist weder ein Motiv noch strafbar."
„Sie haben recht, Herr Müller. Aber wie sieht es dann aus, wenn Herr Garstein – der potenzielle Investor für das Projekt – Irem Mandanten eine Beteiligung an den Gewinnen versprochen hat für den Fall, dass er ihm hilft, Frau Frühauf zum Schweigen zu bringen?"
Der Anwalt lächelte. „Das müssten Sie beweisen."
Karla stand auf, öffnete die Tür und holte von ihrem Schreibtisch ein Dokument.
„Sie haben seit mehreren Monaten regelmäßig Geldbeträge von Herrn Garstein erhalten. Wofür?"
Wieder sah Schlag zunächst zum Anwalt, der den Kopf schüttelte.
„Hierzu möchte ich keine Aussage machen", war auch diesmal die erwartete Antwort.
Karla wollte die nächste Frage formulieren, als Teichmann plötzlich von seinem Stuhl aufsprang. Drohend trat er auf Schlag zu und schrie: „Das wird Ihnen auch nichts nützen. Wir kriegen Sie auf jeden Fall dran. Verlassen Sie sich drauf."
Karla, die Teichmanns Auftritt sichtlich schockierte, stand auf, fasste den aufgeregten Kollegen am Arm und zog ihn vor die Tür.
„Was sollte denn diese Szene?", zischte sie ihn an.
Teichmann hatte sich bereits wieder im Griff. „Tut mit leid", flüsterte er zurück. „Ich musste an Veronica Frühauf denken und ihren Philipp. Da kam einfach so viel Wut hoch."

„Ich kann das verstehen, aber es ist unprofessionell. Reiß Dich zusammen, sonst führe ich das Verhör alleine zu Ende."
Hollstein, der das Gespräch mit anhörte, schaltete sich nicht ein. Karla öffnete die Tür. Gemeinsam betraten sie wieder den Raum.
„Wir können das hier abkürzen", ergriff der Anwalt sofort das Wort. „Mein Mandant wird zunächst keine weitere Aussage zum Fall machen. Er macht von seinem Recht zu schweigen Gebrauch."
„Ist das so, Herr Dr. Schlag", fragte Karla und sah ihm dabei in die Augen. Er hielt ihrem Blick nicht stand, senkte die Augen.
„Ja. Ich möchte von meinem Recht zu schweigen Gebrauch machen."
Karla schaltete das Gerät aus, raffte ihre Unterlagen zusammen und gab dem Kollegen in Uniform ein Zeichen. Während Schlag wieder in die Gefangenensammelstelle zurückgebracht wurde, verabschiedete sich Karla vom Anwalt.
„Wollen Sie wirklich diesen Vergewaltiger und Mörder verteidigen?", fragte sie ihn. „Das haben Sie doch gar nicht mehr nötig, Herr Müller."
„Ich habe es nicht mehr nötig, wenn Sie die finanzielle Seite dieser Angelegenheit betrachten, Frau Loewe. Aber unser Rechtssystem sieht vor, dass ein Angeklagter die bestmögliche Verteidigung bekommt. Nichts weiter als das versuche ich hier."
„Werden Sie auch die Glatzköpfe verteidigen?"
Er schüttelte den Kopf.
„Nein, das werde ich nicht."
Karla sah ihn verständnislos an. „Ich denke, jeder hat das Recht..."
Er unterbrach sie. „Ja. Aber ich hasse Dummheit und die beiden haben zuviel davon, als dass ich mich damit auf meine alten Tage noch rumschlagen müsste."
Sie lächelten beide und gaben sich die Hand.
„Ich wünsche Ihnen nicht viel Erfolg", sagte Karla, „aber alles Gute für sich."
„Als Mensch des Rechts wünsche ich Ihnen jedenfalls viel Erfolg bei Ihrer Arbeit. Schließlich mag niemand den Gedanken, dass Mörder und Vergewaltiger frei herumlaufen."

46.

„Es gibt sensationelle Neuigkeiten“, rief Teichmann, während er ins Büro stürzte.

Er stand mitten im Raum, sah sich suchend nach Karla um.

„Ich bin hier“, antwortete sie und kroch unter ihrem Schreibtisch hervor.

„Was machst Du denn da?“

„Die Internet-Verbindung hat gestreikt. Der Putzdienst hat mal wieder beim Saugen den Stecker rausgezogen.“ Sie spürte, dass er ihr nur aus Höflichkeit zuhörte. Er musste eine wichtige Information unbedingt loswerden, und sie wollte ihn nicht hinhalten. „Nun red schon – was ist denn los?“

Er holte tief Luft. „Wir haben den zweiten Täter.“

Sie ließ sich überrascht auf ihren Schreibtischstuhl fallen und sah in auffordernd an. Teichmann genoss sichtlich seinen Informationsvorsprung, denn er wartete noch einige Sekunden, bevor er weitersprach.

„Die DNA eines unserer beiden jungen Glatzköpfe passt auf die DNA der Hautpartikel unter den Fingernägeln von Veronica Frühauf.“

„Lass mich raten“, sagte Karla, deren Laune mit jeder Sekunde besser wurde. „Der Ältere war dabei. Der war so doof, sich von Schlag dazu überreden zu lassen.“

„So ist es. Und seine Fingerabdrücke stimmen auch mit denen überein, die wir an den Paddeln gefunden haben.“

„Also hat er Schlag rübergerudert.“

„Sieht ganz so aus.“

„Vielleicht hat der Blödmann Veroicaa Frühauf noch nicht einmal umbringen wollen. Der hat in seiner Panik einfach zu stark zugedrückt, als sie geschrieen hat.“

„Könnte sein“, stimmte Teichmann zu. „Wann werden wir sie verhören?“

Karla schaute auf die Uhr.„Es ist spät.“

Er konnte nicht glauben, dass Karla den Feierabend einem Verhör des zweiten Täters vorziehen würde und blickte sie verwundert an. „Ja, aber...“

Also lass uns beginnen“, forderte sie ihn auf, „sie sind müde und sie werden Fehler machen. Das sollten wir nutzen.“

Er lächelte erleichtert. „Ich bereite alles vor.“

„Tu das. Vergiss nicht, uns ein paar Tassen richtig starken Kaffee zu kochen.“

Als Teichmann das Büro mit der Kanne in der Hand zum Wasserholen verlassen hatte, griff sie zum Telefonhörer und rief Christoph an. Vor ein Uhr nachts würde sie sicher nicht daheim sein. Aber immerhin heute Nacht würde sie zu Hause verbringen. Die Vorstellung vom Schlaf im eigenen Bett

verbesserte ihre Laune beträchtlich. Sven kam mit der vollen Kanne zurück, füllte das Wasser in die Kaffeemaschine und schaltete sie ein.
„Wird der Müller auch die Skins verteidigen?“, fragte er. „Dann werden wir mit diesem Verhör wenig Freude haben.“
„Nein. Das wird er nicht. So weit ich weiß, haben sie einen Pflichtverteidiger. Aber gegen den jüngeren, diesen Andreas Schulz, haben wir sowieso nicht viel in der Hand. Wir werden ihn laufen lassen müssen.“
„Und der Diebstahl Deiner Sachen am See, das wilde Zelten? Schließlich scheint er die ganze Zeit an den Vorbereitungen beteiligt gewesen zu sein. Da haben wir auch noch die Aussage der Apothekerin.“
„Vielleicht hat er bei der Tat sogar Schmiere gestanden. Aber wir können das derzeit nicht beweisen. Und einen festen Wohnsitz hat er auch. Wir haben nicht genügend Haftgründe. Ich wette, er ist morgen wieder auf freiem Fuß. Das werden wir nicht verhindern können.“
„Was ist das nur für ein System?“, ereiferte sich Teichmann „Tagelang haben wir die Jungs gesucht. Nun haben wir sie. Einer ist sogar der Haupttäter. Und trotzdem lassen wir den anderen laufen?“
„Wenn wir beweisen können, dass er dabei war, sicher nicht. Wenn wir es nicht beweisen können, kann man ihn dafür auch nicht bestrafen. Aber das weißt Du doch alles, Sven.“
„Ja, klar, ich will auch nicht den Rächer spielen. Ich kann aber einfach nicht hinnehmen, dass da einer ungeschoren davonkommen soll.“
Karla legte ihm die Hand auf die Schulter.
„Es soll sich keiner der Verantwortung entziehen können. Aber wir sind bei der Polizei. Unser Job ist es, die Beweise zusammenzutragen. Wenn wir keine finden, wird es schwer.“
„Findest Du mich unprofessionell, weil mir dieser Mord so nahe geht?“
Sie schüttelte den Kopf, sah ihn fest an. „Nein, gar nicht. Ich empfinde ganz ähnlich. Ich bin nur lange genug dabei, um es mir nicht mehr so anmerken zu lassen.“
Teichmann goss Karla und sich nachdenklich ein, als es an der Tür klopfte. Sie sahen beide auf die große Uhr an der Wand. Es war bereits nach neun. Der Chef konnte es nicht sein. Der hatte sich schon vor einer Stunde verabschiedet.
„Herein“, rief Teichmann. Beide blickten erwartungsvoll zur Tür. Es trat ein kräftiger, schlanker und sehr großer Mann ein, den Karla auf ungefähr Mitte Dreißig schätzte. Seine grüne Wanderhose, die in schweren Stiefeln mündete und das karierte Hemd, das er in die Hose gesteckt hatte, verliehen ihm das Aussehen eines Waldarbeiters oder Försters. Auf dem Rücken trug er einen Tagesrucksack. Sein Gesicht hatte etwas Jungenhaftes, Abenteuerlustiges. Doch er wirkte sehr ernst.

„Guten Abend. Sind Sie Frau Loewe?", fragte er, und seine Stimme klang aufgeregt.
Als Karla dies bestätigte, fuhr er fort.
„Ich bin Karsten Karner, der Sohn von Dr. Karner, dem Gynäkologen aus Templin. Ich habe gehofft, Sie noch anzutreffen."
Karla stand auf und schüttelte Karner die Hand, während Teichmann einen weiteren Stuhl aus dem Nebenzimmer holte und ihn an den kleinen Besprechungstisch schob. Sie setzten sich. Karla stellte Teichmann vor, der von seinem Schreibtisch noch das Aufnahmegerät holte.
„Sind Sie heute zurückgekehrt?", begann Karla das Gespräch, „Ihr Vater sagte, sie wären in Kanada."
„Ja, heute Morgen kam ich in Berlin an. Am Nachmittag habe ich dann meine Eltern besucht. Sie wohnen ja fast nebenan. Mein Vater hat es mir sofort erzählt. Ich wollte auch gleich zu Ihnen kommen, aber..." Er unterbrach sich und wischte eine Träne weg, „ich konnte nicht."
„Jetzt sind Sie ja hier."
„Ich habe etwas für Sie mitgebracht, aber ich weiß nicht, ob es von Bedeutung ist." Er holte seinen Rucksack hervor, öffnete ihn und zog eine metallene Box heraus.„Das hat mir Veronica vor ein paar Wochen gegeben mit der Bitte, es aufzuheben. Sie sagte, darin lägen wichtige Dokumente und für den Fall, dass ihr einmal etwas zustoßen sollte."
Er übergab Karla die Metalldose. Sie war verschlossen.
„Einen Schlüssel hat sie Ihnen nicht dafür gegeben?"
„Nein."
Teichmanns war bereits aufgestanden, als Karla sich ihm zuwandte.
„Ich hole den Schlüssel", teilte er mit. Dann verließ das Zimmer und ging Asservatenkammer zu holen.
„Sie haben den Schlüssel?" Karner war sichtlich überrascht.
„Ich glaube schon. Frau Frühauf hatte ihn dem Bürgermeister in einem verschlossenen Umschlag zur Aufbewahrung übergeben. Seitdem haben wir versucht herauszufinden, wofür er ist."
Während beide auf Teichmanns Rückkehr warteten, fragte Karla: „Haben Sie sich denn gar nicht gewundert darüber, dass sie Ihnen die Unterlagen übergeben hat, oder über den Hinweis, dass ihr etwas zustoßen könnte?"
„Doch natürlich. Aber als ich sie darauf ansprach, antwortete sie nur, dass jeder Mensch sich irgendwann Gedanken darüber machen sollte, was nach seinem Tod mit den Dingen geschehen soll, die ihm wichtig sind. Ich dachte, sie hätte ihr Testament gemacht."
„Sie war doch gerade einmal dreißig. Finden Sie das normal?"
„Veronica war anders als andere. Sie machte dauernd Sachen, die andere nicht tun. Sie ging ja auch nachts in die kleine Kapelle. Ich habe sie so

oft gewarnt. Aber sie war so ein Dickkopf. So ein verdammt liebenswerter Dickkopf."
Obwohl er sichtlich bemüht war, seine Gefühle zu kontrollieren, hatte er wieder Tränen in den Augen.
„Hat Sie Ihnen gesagt, warum sie in die Kapelle ging?"
„Sie sagte, es sei wie Meditation. Nachts würde man die Stille dort hören können wie nirgendwo sonst. Sie fand es regelrecht berauschend, glaube ich. Einmal habe ich sie begleitet, aber ich habe sie wohl eher gestört, weil ich die Stille durchbrochen habe. Es genügte schon, dass sie meinen Atem hörte, dann schaute sie mich vorwurfsvoll an. Ich bin in dieser Nacht dann irgendwann einfach gegangen. Ich glaube, sie hat es nicht einmal bemerkt. Sie saß auf einem der vorderen Plätze und war völlig versunken."
„War sie oft dort?"
„Zwei – bis dreimal in der Woche bestimmt."
„Erlauben Sie mir eine persönliche Frage, Herr Karner?"
Er nickte.
„Waren sie ineinander verliebt?"
Er lächelte ein wenig.
„Nein. Nicht in dem Sinne, den Sie meinen. Sie ist...sie war meine beste Freundin. Der Mensch, mit dem ich reden konnte, der stundenlang neben mir im Gras sitzen und Vögel beobachten konnte, der mich verstanden hat, auch wenn ich nichts gesagt habe. Wir waren uns immer sehr nah, aber eben nicht so."
„War das wirklich nie ein Thema zwischen Ihnen?"
„Doch – einmal. Ich stand kurz vor dem Abitur und Veronica paukte mit mir, fragte mich Vokabeln ab. Sie ist ja vier Jahre jünger als ich, war damals fünfzehn. Wir lagen im Gras und ich sah ihr Profil von der Seite an. Sie war schön, und ich fragte mich, warum ich es nicht einmal bei ihr versuchen sollte. 'Lass es, Karsten' sagte sie damals. Ich fragte 'Was soll ich lassen?' Da drehte sie sich zu mir um und sagte 'Mich so anzusehen. Lass uns einfach Freunde sein.' Etwas später habe ich dann meine Frau kennengelernt."
In diesem Moment ging die Tür auf und Teichmann kam zurück. In der rechten Hand schwenkte er triumphierend die kleine Tüte, in der sich der beschlagnahmte Schlüssel befand.
„Wenn er passt, kriegen wir den Garstein doch noch dran", freute er sich, „denn dann muss er uns erklären, wie es kommt, dass der Schlüssel bei ihm im Geheimfach lag."
Karner blickte erstaunt zu Karla.
„Garstein?"
„Der Schlüssel wurde gestohlen und später zufällig bei der Hausdurchsuchung von Willibald Garstein gefunden."

„Dieser Scheißtyp", rief Karner heftig und sprang auf, „dann steckt der also dahinter. Ich hätte es ahnen müssen."
Karla legte ihm beruhigend die Hand auf seine Schulter. „Setzen Sie sich wieder", sagte sie ruhig. „Wenn Garstein mit dem Tod Ihrer Freundin etwas zu tun hat, dann finden wir es heraus." Er ließ sich von Karla zurück auf den Stuhl drücken, wirkte jedoch immer noch mitgenommen.
„Veronica sagte einmal, der würde über Leichen gehen. Sie hatte Recht. Aber dass gerade sie..." Er führte den Satz nicht zu Ende, schlug resigniert mit der Faust auf den Tisch. Wieder rann eine Träne an seiner Wange herab. Und wieder wischte er sie mit einer heftigen Bewegung fort. „Wäre ich doch nur nicht weggefahren!"
Karla fragte sich, wie oft in ihrem Leben sie solche Szenen schon hatte mit ansehen müssen. Zu oft, viel zu oft. Sie fragte sich, warum sich die Hinterbliebenen oftmals selbst anklagten. Wurde die Trauer leichter, wenn man sich selbst Schuld einräumte? War die Wut auf sich selbst leichter zu ertragen als die Ohnmacht?
„Sie hätten diese Tat nicht verhindern können, Herr Karner."
Auch diesen Satz hatte sie schon oft gesagt. Es waren solche Situationen, die sie an ihrer Arbeit hasste. Es waren jene Momente, in denen sie an Christoph dachte und seinen Wunsch, sie möge diesen Job an den Nagel hängen. Alle ihre Fälle waren begleitet von Trostlosigkeit, Trauer und Wut bei denen, die zurückblieben. Man konnte sich diesen Gefühlen und diesen Menschen nicht entziehen. Sie gehörten zum Fall wie das Opfer und der Tatort. Manchmal wünschte sie, sie könnte etwas Aufmunterndes sagen, wie ein Arzt am Bett eines Patienten. So etwas wie „das wird schon wieder". Aber sie hatte es immer mit dem Tod zu tun, immer mit dem endgültigen Abschied, dem härtesten Bruch. Es gab keine Hoffnung und keine Heilung mehr. Sie nahm die Tüte mit dem Schlüssel entgegen, zog ihn heraus und steckte ihn ins Schloss. Er passte. Die Metallbox ließ sich problemlos öffnen. Mehrere sorgfältig gefaltete und übereinander geschichtete Unterlagen kamen zum Vorschein. Karla nahm den ersten Bogen heraus. Er war ein Brief, auf blauem Papier geschrieben und an Karner gerichtet. Karla reichte ihm das Blatt, doch er lehnte ab. „Bitte lesen Sie vor, ich kann das jetzt nicht."
Karla nahm den Brief wieder an sich. Sie zögerte kurz, als sie die mit schwungvollem Strich geschriebenen Zeilen sah. Sie kannte die Schrift von Veronica Frühauf schon von dem Liebesbrief an Philipp. Auch diese Zeilen hatten sie sehr bewegt. Kurz war sie versucht, Teichmann den Brief in die Hand zu drücken, besann sich dann aber. Mit fester Stimme begann sie vorzulesen.

„Lieber Karsten,
mit niemandem lässt es sich so schön vielsagend schweigen wie mit Dir. Wir werden jetzt unendlich viel Gelegenheit dazu haben. Habe ich Dir eigentlich jemals wirklich gesagt, wie viel mir Deine Freundschaft bedeutet? Wahrscheinlich nicht. Man sagt sich viel zu wenig. Auch wenn es jetzt vielleicht etwas spät dafür ist, möchte ich es nachholen und Dir sagen, dass Du der Bruder bist, den ich nie hatte. Und ein ganz großartiger Mensch dazu. Ich habe jede Minute mit Dir genossen und hoffe, dass ich Dir mit meinem Dickkopf nicht allzu sehr auf die Nerven gegangen bin. Ich weiß, dass ich ein sturer Esel bin, es manchmal sicher auch zu weit getrieben habe. Aber gerade was das Hafenprojekt betrifft, weiß ich auch, dass ich richtig handle. Bitte übergib diese Unterlagen der Polizei. Die Papiere werden helfen, Garstein das Handwerk zu legen. Leider habe ich noch nicht alles zusammen, um das selbst jetzt schon tun zu können. Aber sollte ich das hier tatsächlich nicht mehr zu Ende führen können, musst Du es allein machen. Du bist der Einzige, dem ich es zutraue. Dir ist das Projekt so wichtig wie mir, und Du bist sowieso der Mutigere von uns beiden. Mein geliebter Philipp ist zu unpolitisch, zu nachgiebig und auch zu weich für diesen letzten Schritt. Er wird Dich aber sicher unterstützen. Die Sekretärin von Garstein, Sybille Schlüsselbein, ist ebenfalls auf unserer Seite. Sie wird nach und nach weiteres Material kopieren. Wenn Du ihr diesen Brief zeigst, weiß sie, dass sie Dir vertrauen kann. Sie ist etwas ängstlich, weil sie Garsteins Drohungen gegen mich mit angehört hat. Und auch diese Journalistin Sophie Allenstein ist auf unserer Seite. Sie ist besonders wichtig, weil sie dafür sorgen kann, dass noch mehr Medien auf den Fall aufmerksam werden. Du siehst, Du musst also nicht allein kämpfen. Schade, dass ich unseren Sieg nicht mehr mit Dir gemeinsam feiern kann. Bleib Dir treu und mir gewogen.
Deine Veronica."

Karla ließ das Blatt sinken, suchte den Blick von Karner. Doch der große bärige Mann saß gebeugt am Tisch und starrte auf die Kaffeetasse, die vor ihm stand. An seinen Wangen liefen einige Tränen herab. Teichmann war ans Fenster getreten und sah hinaus. Auch er machte keine Anstalten, etwas zu sagen. Also griff sie nach der Kiste und entnahm ihr das nächste Blatt. Plötzlich landete wieder die kräftige Faust von Karner auf der Tischplatte. „Wieso hat sie einfach weitergemacht?", fragte er leise. „Sie hatte mir versprochen, in den vier Wochen, in denen ich weg bin, nichts zu unternehmen. Es ist sowieso Sommer und da wird nicht viel entschieden. Weder in der Politik noch bei den Ämtern."

„Sie wird ihre Gründe gehabt haben, Herr Karner. Vielleicht hatte sie durch Garsteins Sekretärin plötzlich die Möglichkeit, an mehr Informationen zu kommen."
Er sah sie an und doch durch sie hindurch. „Ja, sie hatte immer für alles einen Grund. Aber ihre Gründe waren manchmal überhaupt nicht nachvollziehbar. Sie erklärte es einem und man verstand es dennoch nicht."
Teichmann kam zurück an den Tisch, setzte sich.
„Ich verstehe, was Sie meinen", sagte er zu Karner gewandt, „ich kapiere auch manches nicht, was Frau Frühauf gemacht hat. Zum Beispiel die Abtreibung."
„Genau. Das war ihr auch überhaupt nicht auszureden."
„Sie wussten davon?", fragte Karla überrascht. „Wissen Sie auch, wer der Vater war?"
„Es gab doch nur den einen Mann in ihrem Leben – Philipp Menzelbaum. Was sie an ihm gefunden hat, habe ich nie verstanden. Aber er war ihre große Liebe."
„Dann waren Sie der einzige, der es vorher wusste", stellte Teichmann fest. „Nicht einmal Menzelbaum hat sie es erzählt."
„Natürlich nicht. Das hätte selbst er nicht zugelassen."
„Was meinen Sie mit ‚selbst er', fragte Karla.
„Naja", er zögerte etwas. „Er ist eben etwas soft für meinen Geschmack."
„Er hat sie aufrichtig geliebt", sagte Karla, „er wollte sein Leben mit ihr verbringen."
„Ich weiß. Aber Veronica hätte andere Männer haben können, einen, der ihr gewachsen gewesen wäre und nicht jeden Unfug, den sie sich ausgedacht hat, einfach mitmacht."
„Sie meinen aber nicht sich selbst oder?", fragte Teichmann.
Karner schüttelte den Kopf. „Das sagte ich bereits. Ich bin glücklich verheiratet."
„Vielleicht hat sie einfach nicht das Duell gesucht, sondern einen Partner, der sie einfach so nimmt, wie sie ist", wandte Karla ein.
Karner widersprach. „Ist es nicht gerade dieses miteinander Ringen, dass die Beziehung zwischen Mann und Frau spannend macht?", fragte er und sah sie dabei an.
„Ich mag es eher, wenn beide Partner sich auf Augenhöhe begegnen. Ich kann diese Machtspiele nicht leiden. Vielleicht ging es Veronica ebenso."
Karner lächelte etwas gequält. „Mit Sicherheit. Sie wollte um keinen Preis über Entscheidungen, die sie einmal getroffen hatte, diskutieren. Sie wollte eine Partnerschaft, aber keine Kompromisse. Dafür war Menzelbaum sicher der Richtige."

Karla erwiderte nichts, sah aber auf ihre Uhr. Dann griff sie wieder nach den Papieren in der Box. Teichmann nahm sich ebenfalls einige der Papiere. Nach wenigen Minuten, in denen sie die Unterlagen schweigend studierten, legte Karla die Blätter in der Hand beiseite. „Da ist nichts Neues dabei. Die Originale dieser Dokumente und noch weitere, die aussagekräftiger sind, haben wir bei Garstein bereits sichergestellt."

„Ja, schade", bestätigte Teichmann, „ich hatte gehofft, wir bekommen noch mehr Material."

Karner stand auf. „Brauchen Sie mich noch?"

„Wir haben noch eine Zahlenkombination, die Frau Frühauf beim Bürgermeister in einem Umschlag deponiert hatte. Leider wissen wir immer noch nicht, was sich dahinter verbirgt."

Er setzte sich wieder. „Kann ich die Zahlen mal sehen?"

Teichmann stand auf, holte einen Zettel von seinem Schreibtisch und reichte ihn Karner, der lange darauf schaute. Schließlich schüttelte er den Kopf.

„Nein, mir fällt dazu auch nichts ein. Vielleicht ist es ein Passwort oder so."

Karla nahm den Zettel enttäuscht an sich und wollte ihn Teichmann reichen, als dieser aufsprang.

„Natürlich", rief er aufgeregt, „warum nicht?" An Karner gewandt fragte er: „Wir haben keinen Computer bei ihr gefunden. Sie hat doch bestimmt aber einen besessen. Wie hätte sie sonst ihre Studienarbeiten schreiben sollen?"

„Ich muss sie enttäuschen", antwortete Karner. „Sie hatte keinen eigenen PC. Die Studienarbeiten hat sie auf Philipps Laptop geschrieben. Wenn sie recherchieren musste, hat sie den Rechner im Rathaus benutzt. Da steht ein PC nur für die Stadtverordneten, den die aber kaum nutzen. ‚Damit das Ding nicht umsonst von Steuergeldern angeschafft wurde', hat sie immer gesagt."

Teichmann wirkte zufrieden. „Sobald wir wieder in Lychen sind werde ich prüfen, ob die Zahlenkombination ihr Passwort für den Rathaus-PC ist."

Karner stand wieder auf, Karla begleitete ihn zur Tür.

„Wie kann ich Sie erreichen?"

Er griff in seine Hemdtasche, zog eine Visitenkarte heraus. „Hier ist alles drauf. Auch die Handynummer, falls ich unterwegs sein sollte. Morgen bin ich aber erst einmal im Büro."

Sie gaben sich die Hand.

„Finden Sie die Täter", sagte er zum Abschied. „Es ist schrecklich, sich vorzustellen, dass diese Tat ungesühnt bleibt. Sie war ein großartiger Mensch. Mutig, beharrlich, lustig und klug."

„Wir sind auf dem besten Weg, Herr Karner. Gute Nacht."

Er drehte sich um und ging schnellen Schrittes den Flur hinunter. Karla sah ihm noch kurz nach. Dann ging sie zurück ins Büro und schloss die Tür hinter sich. In diesem Moment legte Teichmann den Telefonhörer aus der Hand.
„Wir können starten“, teilte er mit. „Der Anwalt von Krakowski ist gerade eingetroffen.“
„Sag' dem Chef Bescheid“, antwortete Karla, „vielleicht will er herkommen.“
Teichmann zögerte. „Der mag es aber gar nicht, zu Hause gestört zu werden.“
„Er mag es noch weniger, nicht informiert zu werden.“
„O.k., ich rufe ihn an.“
Karla griff nach dem Kaffee und setzte sich an ihren Schreibtisch.
„Was hältst Du von ihm?“, fragte Teichmann.
„Von Karner?“
„Hmm.“
„Er hat sie geliebt und war sich dessen nicht bewusst.“
„Ich finde, er hätte gut zu ihr gepasst.“
Sie lächelte. „Wie kommst Du denn darauf?“
„Er ist so ein Naturbursche. Nach allem, was ich über Veronica weiß, war sie derselbe Typ.“
„Das sehe ich ganz anders“, erwiderte sie und stellte die Tasse energisch auf den Tisch. „Genug davon, wir haben noch ein schweres Verhör vor uns.“

47.

„Ich frage Sie noch einmal, Herr Krakowski: Wie kommen Hautpartikel von Ihnen unter die Fingernägel von Frau Frühauf?“
Marcus Krakowski saß mit gesenktem Kopf am Tisch des Besprechungsraumes, während Karla rechts von ihm stand, die Hände auf die Tischplatte gestemmt. Sie hatte ihm diese Frage bereits dreimal gestellt. Der schmächtige Anwalt mit der großen Brille hatte dreimal den Kopf geschüttelt. Ebenso oft hatte Krakowski zu einer Antwort ausgeholt und dann doch geschwiegen. Teichmann beobachtete die Szene von der anderen Seite des Tisches aus. Wenn Krakowski aufsah, begegnete er dem strengen, ja vernichtenden Blick des Kommissars. Der allerdings hatte nicht oft Gelegenheit, ihn so anzusehen. Der Beschuldigte hob seinen Blick selten. Er sank immer mehr in sich zusammen. Die elende Verfassung passte allerdings schlecht zu seinem

sonstigen Aussehen. Der kahl geschorene, breite Kopf, die dicken Stiefel und die Militärhosen – alles war darauf angelegt, Stärke zu demonstrieren. Doch die äußeren Hilfsmittel erfüllten ihre Wirkung nicht mehr. Hier saß einer, der Angst hatte, der verunsichert und überfordert war. Die Luft im Raum war stickig. Die Hitze des Tages lag schwer darin und hatte sich mit dem Geruch von Angst und Schweiß gemischt. Es gab kein Fenster in diesem Zimmer. Auch das Öffnen der Tür zum Nebenraum hatte kaum Wirkung gezeigt. Krakowski schwitzte heftig, wischte sich das Gesicht mit dem Arm ab. Karla und Teichmann wirkten noch erstaunlich frisch, obwohl Karlas Frisur nach dem langen Tag etwas zerzaust und ihr Make-up vom Morgen längst weggewischt war.

„Wir haben so viel Beweismaterial gegen Sie in der Hand, dass Sie auch auf Grund der Indizien verurteilt werden können, Herr Krakowski. Wenn Sie ein Geständnis machen, kann das vorteilhaft für Sie sein."

Wieder sah Krakowski seinen Anwalt an und sagte nichts.

„Gut, dann fangen wir noch einmal von vorne an. Warum haben Sie sich bei der Apothekerin nach den Öffnungszeiten der kleinen Kapelle erkundigt?"

Krakowski blieb stumm. Karla ging dichter zu ihm, blieb direkt hinter ihm stehen.

„Wir müssen davon ausgehen, dass Sie an der Vergewaltigung und der Tötung von Frau Frühauf beteiligt waren. Wissen Sie eigentlich, was das für Sie bedeutet?" Sie sprach jetzt sehr laut und es schwang ein leicht drohender Unterton mit.

Er sah hoch und sein Blick traf auf Teichmann. Sofort senkte er die Augen wieder.

„Sie werden ins Gefängnis gehen, Herr Krakowski", fuhr Karla fort. „Das steht fest. Die Frage ist nur, wie lange. Wenn Sie gestehen, sind Sie unter Umständen in zehn Jahren wieder draußen. Bei guter Führung und Therapie vielleicht sogar schneller. Wenn Sie auf Grund der Indizienlage verurteilt werden, kann das sehr viel länger werden." Sie machte eine Pause, damit er ihrem Gedankengang folgen konnte. Dann fuhr sie fort. „Sie sind jetzt 25 Jahre alt. Wenn sie wieder draußen sind – lassen Sie mich rechnen – dann sind Sie schon über vierzig. Falls Sie jemals wieder rauskommen. Denn wenn Sie auch als Triebtäter bestraft werden, gehen Sie vielleicht für immer in Sicherungsverwahrung."

Der Anwalt wollte gerade etwas zu Karlas Ausführungen sagen, als Krakowski schrie: „Ich habe sie nicht vergewaltigt."

Der Anwalt schaltete sich ein. „Sie verwirren meinen Mandanten mit falschen Aussagen zum Strafmaß. Sie sehen doch, dass er nicht aussagen möchte."

„Ich sehe, dass er von Ihnen falsch beraten wird, Herr Anwalt", antwortete Karla mit fester Stimme. „Und ich frage mich, ob sie tatsächlich das Wohl dieses Mandanten hier im Auge haben."
„Wie meinen Sie das?"
„Sind Sie ein vom Gericht benannter Pflichtverteidiger?", fragte sie zurück.
„Das spielt doch keine Rolle. Ich nehme hier anwaltliche Aufgaben für diesen Mandanten wahr. Das ist es, was zählt."
Karla überlegte kurz. „Kennen Sie die alte Volksweisheit, die sagt ‚Wes Brot ich ess, des Lied ich sing'? Wer bezahlt denn Ihr Honorar?"
„Was Sie mir hier unterstellen, ist ungeheuerlich", regte sich der Anwalt auf, „ich werde mich über Sie beschweren. Das ist Beleidigung und üble Nachrede dazu."
„Ich habe gar nichts gesagt. Ich habe Ihnen nur eine Frage gestellt."
Der Anwalt sprang auf und lief im Raum umher. „Sagen Sie nichts mehr", riet er Krakowski eindringlich.
„Aber ich habe sie doch wirklich nicht vergewaltigt", erwiderte dieser und wagte es endlich, Teichmanns Blick zu begegnen. „Ich will nicht für immer in den Knast."
Karla setzte sich neben ihn. „Dann erzählen Sie uns doch, wie es gewesen ist. Warum wollen Sie für andere büßen?"
Wieder schaltete sich der Anwalt ein. „Was soll denn das wieder? Sie wissen genauso gut wie ich, dass..."
„Ich weiß, dass Anstifter ebenso wie der Täter bestraft werden, Herr Anwalt. Ich vermute, dass es für diese Tat einen Auftraggeber gab, der ungeschoren bleiben wird, während Ihr Mandant ziemlich lange ins Gefängnis geht. Finden Sie das gerecht?"
„Ick will sagen, wie es war," schaltete sich Krakowski wieder ein.
Er hatte deutlich und bestimmt gesprochen. Alle warteten, was der überraschenden Ankündigung folgen würde. Der Anwalt besann sich als erster.
„Das werden Sie nicht," rief er aufgeregt. Es klang wie ein Befehl.
Doch Krakowski schien die Last, die ihn bedrückte, unbedingt loswerden zu wollen. Er war nun nicht mehr zu stoppen. Es war das erste Mal seit seiner Festnahme, dass er jemandem widersprach und einen ganzen zusammenhängenden Satz formulierte.
„Ich will nicht mein ganzes Leben in den Knast. Ich war es doch nicht."
Teichmann schaute nun so freundlich, wie es ihm möglich war, und rückte das Mikrofon näher an den Beschuldigten heran.
Der Anwalt raufte sich die schütteren Haare und nahm wieder Platz.
„Der Schlag hat jesagt, wir sollten der mal 'ne Lektion verpassen."
„Eine Lektion?", fragte Karla, „was meinen Sie damit?"

„Sagen Sie nicht aus“, riet der Anwalt noch einmal, diesmal in bittendem Ton und erhob sich wieder, um seiner Aussage mehr Gewicht zu verleihen. „Sie werden das sonst bald bereuen.“
Krakowski sah ihn eine Weile an, als dächte er über diesen Rat nach, dann fuhr er fort. „Naja, die war doch immer gegen diese Sache mit dem Hafen. Der Schlag meinte, wir würden alle was davon haben, wenn die endlich das Maul hielte und der Hafen gebaut werden könnte.“
„Was war denn genau geplant?“, fragte Karla. Sie sah Krakowski fest in die Augen, bis er den Blick senkte.
„Erschrecken“, sagte er dann leise, „wir wollten die Kleene nur erschrecken.“
„Wer ist ‚wir'?“ fragte Teichmann.
„Na der Schlag und ich.“
„Und Ihr Kumpel?“, hakte Karla nach. „Der Andreas Schulz?“
„Der wollte nich' noch mal.“
„Was heißt noch mal?“
„Der war schon beim ersten Mal dabei und meinte, det bringt nischt. Die hätte sowieso keene Angst.“
„Wann war das erste Mal?“
„Vor sechs Wochen unjefähr. Da hab'n der Andi und ick sie nach eener von diesen Versammlungen abjepasst.“
„Und?“
„Wir haben ihr zwee, drei Backpfeifen verpasst.“
Karla und Teichmann sahen sich fassungslos an. Der Anwalt nutzte die Gelegenheit. „Sie bringen sich in Teufels Küche, Mann.“ sagte er leise mit resigniertem Unterton..
„Und Frau Frühauf?“, fragte Karla, den Einwand des Anwalts ignorierend. „Wie hat sie reagiert? Eine Anzeige gegen Sie liegt uns nicht vor.“
„Die hatte scheinbar keene Angst. Den Andi hat se zurückgeschlagen. Mit der Faust. Voll aufs Kinn. Der hatte richtich Zahnschmerzen danach. Und dann hat se jerufen ‚Verpisst Euch, ihr Knalltüten'. Und gelacht hat se. Wir warn janz schön überrascht und haben uns dünne jemacht.“
„Und beim zweiten Mal wollte Ihr Kumpel dann nicht mehr mit?“, fragte Teichmann.
„Nee, der hatte jenuch von der. Ick wollte ja och nich, aber der Dr. Schlag hat mir 100 Euro inne Hand jedrückt und jemeint, dafür sollte ick ihn begleiten. Außerdem hat er mir 'nen Job versprochen, wenn der Hafen erst da ist.“
„Was war denn genau geplant?“
„Wir sollten rausfinden, wann se imma irgendwo hinjeht. Und nach'n paar Tagen ham wa jemerkt, dat die nachts öfter in die kleene Kapelle da jeht.“

„Und das haben Sie Dr. Schlag erzählt?", hakte Karla nach.
„Ja, klar."
„Und wie ist das Loch in den Zaun gekommen?"
„Der Schlag hat uns so'n Bolzenschneider in die Hand jedrückt und jemeint, wir sollten da 'nen Loch reinschneiden, Damit wa se uff det Jelände zerren können. Weil uns da keener so schnell sehen kann."
„Und wo ist der Bolzenschneider jetzt?"
„Den sollten wa in See schmeißen. Ham wa aber nich. Der war ja nagelneu! So wat wirft man doch nich weg."
„Und wo haben Sie ihn gelassen?", fragte Teichmann.
„Den ham wa im Wald vergraben, nur ein paar Meter vom Zelt entfernt. Wollten wir später wieder rausholen."
Der Anwalt nutzte eine kurze Redepause seines Mandanten, indem er das Wort ergriff. „Warum belasten Sie den anderen Mittäter", fragte er Krakowski, „wenn der behauptet, es war genau andersherum, nutzt Ihnen das hier gar nichts."
Für einen kurzen Moment schien Krakowski verunsichert. Doch bevor er etwas sagen konnte, schaltete sich Karla ein.
„Erzählen Sie, was in der Nacht vom 14. zum 15. Juli passiert ist."
Krakowski warf noch einen kurzen Blick zu seinem Anwalt, dann setzte er seine Schilderung fort.
„Wir haben den Schlag per Handy angerufen und jesagt, dass se inne Kapelle jejangen is. Andreas hat sich dann abjesetzt. Und ick hab uff den Schlag jewartet."
„Was hatten Sie denn genau vor?", fragte Teichmann.
„Na erschrecken. Det hab ick doch schon jesagt."
„Von Vergewaltigung war keine Rede?", hakte Karla nach.
„Nee, ehrlich nich."
„Was geschah dann?"
„Überlegen Sie sich, ob Sie wirklich weiter aussagen wollen", warf der Anwalt erneut ein, aber Krakowski beachtete ihn nun überhaupt nicht mehr.
„Wir ham draußen jewartet, bis sie aus der Kapelle kam. Dann ham wa se uns jeschnappt. Von hinten. Sie hat uns vorher jarnich bemerkt jehabt. Damit se nich schreit, hab ick ihr den Mund zujehalten. Wir ham se dann in die Büsche uff det Jelände jezerrt, wo wa vorher den Zaun durchjeschnitten hatten."
Er machte eine Pause, den Blick starr in die Ferne gerichtet.
„Und dann?", fragte Teichmann ungeduldig. „Wie ging es dann weiter?"
„Ick hab se festjehalten. Der Schlag hat uff se einjeredet. Die hatte janz schön Kraft. Irgendwann konnte ick se nich mehr halten, da hat se sich losjemacht und is zum Zaun jerannt. Ick hab se einjeholt. Dann ham wa se

zusammen wieder mehr in die Büsche jezerrt. Zwischendrin hat se wieda so jelacht. Det hat mich janz rasend jemacht. Die hatte einfach keene Angst. Nich mal da."
„Und dann haben Sie sie zum Schweigen gebracht?", fragte Karla.
Krakowski schaute sie erschreckt an. „Nee, ick war det nicht! Plötzlich hat der Schlag se sich jegriffen und jebrüllt, dat sie ihn noch anders kennen lernen kann, wenn se nicht uffhört. Und mir hat er jesacht, ick soll se festhalten. Sie ist dann jestürzt und der Schlag is ruff uff se. Ick hab so schnell janich mitjekriegt, wat er da macht. Erst als er ihr die Bluse uffjerissen hat."
Wieder machte er eine Pause. Teichmann wollte ihn zum Weiterreden drängen, aber Karla gab ihm ein Zeichen, es zu unterlassen. Nach wenigen Sekunden sprach Krakowski von selbst weiter.
„Plötzlich hat se wirklich janz ängstlich ausjesehen. Wahrscheinlich als der Schlag... Jedenfalls hat se anjefangen, sich noch mehr zu wehren, so wie in Panik. Und dann wollte se mich beißen. Da hab ick kurz ihren Mund losjelassen. Plötzlich hat se jeschrieen wie am Spieß. Richtich laut und so schrecklich. Der Schlag war ja immer noch uff ihr druff. Damit se uffhört zu schreien, hat er dann seine Hände um ihren Hals jelegt. Det jing allet so schnell. Plötzlich hat er losjelassen und sie lag da. Dann isser uffjesprungen und hat jesacht, det wa verschwinden müssen."
„Warum haben Sie die Vergewaltigung nicht verhindert?"
Er senkte wieder den Kopf.
„Ick hab zu spät jemerkt, wat der da macht. Et war doch dunkel draußen. Ick hab den Schlag dann so stöhnen hören. Aber da war et ja och schon jeschehen."
„War Ihnen klar, dass Frau Frühauf tot war, als sie sich vom Tatort entfernten?", fragte Karla.
Er schüttelte heftig den Kopf. „Ick dachte, die kommt wieda zu sich. Wir sind dann mit dem Boot über den See jetürmt."
„Wie hat denn Dr. Schlag reagiert?"
Der hat keenen Mucks mehr jesacht. Die janze Überfahrt nich. Erst als wa dann in verschiedene Richtungen davon sind." Er stockte wieder. In seinem Blick veränderte sich etwas.
„Was hat er denn gesagt?", fragte Karla sanft.
„Dat er mich umbringt, wenn ick wat sage. Und dat ick da ooch drinhänge."
Karla stand auf, lief ein paar Schritte durch den Raum. Krakowski wischte sich wieder das Gesicht mit dem Handrücken ab. Der Anwalt stand auf.
„Ich werde dann ja wohl nicht mehr gebraucht."
Mit einem Kopfnicken verabschiedete er sich. Als er an seinem Mandanten vorbeiging fragte er nur: „Warum?"

Krakowski hob kurz den Blick, sah den Anwalt an. „Det konnte ick meener Mutter nich antun, dat die denken muss, ick hätte ne Frau verjewaltigt und umjebracht."
„Ihrer Mutter?", fragte der Anwalt fassungslos.
Krakowski nickte nur. Er konnte nicht sprechen. Ein Weinkrampf durchschüttelte seinen Körper.

Sonntag, 23. Juli

48.

„Du willst schon wieder weg?" fragte Christoph, und sah Karla dabei zu, wie sie sich in der Küche im Stehen ein Brötchen mit Käse belegte und eilig hinein biss.
„Wir müssen die Aussage von Krakowski überprüfen, den Rathaus-PC checken, aufräumen, packen…", murmelte sie mit vollem Mund.
„Schade. Ich dachte, jetzt, wo Ihr die Täter habt, können wir uns ein schönes Wochenende machen."
Sie schluckte den Bissen in ihrem Mund hinunter und umarmte ihn.
„Spätestens morgen bin ich zurück. Und dann machen wir ganz in Familie, ja?"
Er befreite sich aus ihrer Umarmung, hielt sie ein Stück von sich weg.
„Morgen?"
„Ja, sicher."
„Und dann?"
Sie sah ihn irritiert an.
„Wie meinst Du das?"
Er ließ sie los und goss sich eine Tasse Kaffee ein.
„Bist Du sicher, dass Du wiederkommen willst?"
Sie verschluckte sich an dem Bissen, den sie gerade im Mund hatte.
„Soll ich nicht?"
„Warum willst Du heute Nacht dort bleiben?"
Sie schmiegte sich an ihn, wuselte mit den Fingern in seinem Haar.
„Weil ich heute dort noch zu tun habe."
„Und wie oft wirst Du dann noch dort zu tun haben?"
Sie ließ ihn los.
„Der Fall ist dann abgeschlossen."

„Gut“, sagte er und küsste sie auf die Stirn, „wenn Du morgen nicht kommst, hole ich Dich und erinnere Dich an Dein Versprechen.“
Sie lächelte.
„Das wird nicht nötig sein.“
Sie wollte erneut ins Brötchen beißen, als sie Schritte im Flur vernahm. Erstaunt sah sie Christoph an. Noch bevor er etwas erklären konnte, erschien Timo mit bloßem Oberkörper und nur mit einer Unterhose bekleidet im Türrahmen. An der Hand hielt er eine junge Frau, deren langes Haar verwuschelt etwas von Kopf abstand. Sie trug nur ein T-Shirt, das gerade bis über den Po reichte und lächelte zurückhaltend.
„Das ist Jana“, erklärte Timo. Jana blieb wortlos.
„Hallo“, begrüßte Karla die beiden. Noch bevor ein Gespräch zustande kommen konnte, zog Timo seine Freundin zum Badezimmer weiter. Zum Abschied lächelte sie wieder.
„Sie sind gestern Abend gekommen und haben gefragt, ob wir zusammen eine Fahrradtour machen. Ich wollte es Dir sagen, aber Du bist so leise heute Nacht gekommen, dass ich Dich gar nicht gehört habe.“
Karla hob bedauernd die Schultern. „Schade, ich wäre gern dabei.“
Christoph nahm sie in den Arm. „Ich weiß. Ich werde Dir ausführlich Bericht erstatten.“
„Ich bitte darum. Vor allem wüsste ich gern, ob sie sprechen kann.“
„In dieser Angelegenheit kann ich Dich beruhigen. Gestern Abend war sie ganz munter.“
Karla ging ins Schlafzimmer, tauschte den Pyjama gegen Jeans und Bluse, bevor sie sich im Flur die Schuhe anzog. Aus dem Bad war fröhliches Gelächter zu hören. Wie einfach doch das Leben sein konnte. Sie griff nach ihrer Tasche und winkte Christoph zu. „Bis morgen.“
Er ging die wenigen Schritte auf sie zu, umarmte sie. „Ich freue mich auf Dich.“
Die Tür zum Badezimmer ging auf. Timo erschien im Flur, um die Hüfte ein Handtuch gewickelt. Als er sah, dass Karla weggehen wollte, zog er eine Grimasse. „Wo willst Du denn hin?“
„Nach Lychen. Ich muss arbeiten. Tut mir leid.“
„Ich denke, Ihr habt den Mörder gefasst.“
„Wir müssen weitere Beweise finden und Aussagen überprüfen.“
„Immer bist Du weg“, schimpfte er. „Du hast’n Scheiß-Job.“
Karla wollte sich gerade rechtfertigen, als Jana das Wort ergriff.
„Ich finde das klasse, was Sie machen“, stellte sie ruhig fest und trat barfuss, ein Handtuch um den Körper gewickelt, in den Flur. „Wir haben bestimmt ein anderes Mal Gelegenheit, uns kennen zu lernen.“

Zwei Stunden später suchte sie gemeinsam mit Teichmann das Ufer des Sees an der Stelle ab, wo sie Krakowski und seinen Kumpel verhaftet hatten und wo laut Aussage von Krakowski der Bolzenschneider vergraben worden war. Die Augen fest auf den Waldboden gerichtet, gingen sie langsam Schritt für Schritt voran.
„Hast Du Muckwitz erreicht?", fragte Teichmann.
„Ja, wir können ihn anrufen, sobald wir hier fertig sind. Er kommt dann ins Rathaus und schließt die Tür zum PC-Raum auf."
Sie stocherte mit dem Fuß an einer Stelle, an der der Boden aufgewühlt aussah.
„Hast Du ihn?", fragte Teichmann.
„Nein, das hier hat wohl eher ein Tier aufgebuddelt."
Schweigend arbeiteten sie sich weiter voran.
„Sibylle wird morgen bei ihrem Mann ausziehen", teilte er dann unvermittelt mit.
„Freut mich für Dich. Sie ist nett."
„Plötzlich macht alles einen Sinn", sagte er, „die große Wohnung und die neuen Möbel. Ich kann es noch gar nicht glauben."
Karla sah zu ihm hinüber. Er bemerkte es nicht, hielt weiter den Blick fest auf den Boden gerichtet.
„Und Du?", fragte er dann und sah hoch. Ihre Blicke begegneten sich kurz, dann wich Karla aus.
„Was meinst Du?"
„Tu doch nicht so. Wer die Augen aufgemacht hat, konnte sehen, dass Du mit dem Bürgermeister…".
„Es gibt nichts zu entscheiden", unterbrach sie ihn, „ich bin glücklich verheiratet und habe nicht vor, das zu ändern."
„Das ist gut. Sehr gut."
Sie musste lächeln. „Schön, dass Du mir Deinen Segen gibst."
„So war das nicht gemeint. Ich wollte…"
Wieder brachte er seinen Satz nicht zu Ende.
„Ich glaube, hier ist es", rief Karla dazwischen. Teichmann kam angerannt und holte einen Klappspaten aus dem Rucksack.
„Dann lass mich mal ran."
Karla zog Gummihandschuhe aus ihrer Hosentasche und streifte sie über. Aus ihrer Tasche zog sie einen Plastikbeutel. Teichmann brauchte nicht sehr lange zu graben. Der Boden war noch locker und die Männer hatten sich nicht viel Mühe gemacht. Triumphierend hielt Karla den Bolzenschneider hoch. „Na bitte. Bis hierher stimmt die Aussage von Krakowski. Das wird vor Gericht sicher Einfluss haben." Sie steckte das Gerät in den Beutel und Teichmann verstaute ihn in seinem Rucksack.

„Dann schicken wir das jetzt mal zur Spurensicherung."
„Einen Moment noch", bat Teichmann, der den Blick auf die Feuerstelle der beiden Skins geheftet hatte. „Ich glaube, hier ist auch noch etwas zum Mitnehmen." Er bückte sich und zog ein Stück dunkles Material aus dem verbrannten Holzhaufen. Karla trat näher.
„Was meinst Du, was das wohl ist?", fragte er sie. Der Tonfall in seiner Stimme machte deutlich, dass er bereits eine Antwort auf seine Frage hatte. Karla nahm das Stück in die Hand. „Sieht aus wie verbranntes Gummi."
„Genau. Und – was sagt uns das?"
Karla hob bedauernd die Schultern. „Worauf willst Du hinaus?"
„Hier wurde Beweismaterial vernichtet."
„Die Schuhe", sagte sie und schlug sich mit der Hand an die Stirn, „die haben hier Schuhe verbrannt."
Er lächelte. „Ich denke, wir werden noch einmal die Spurensicherung bemühen müssen."
„Sieht so aus," stimmte Karla zu. „Aber warum haben sie die Schuhe nicht einfach mit Steinen gefüllt und in den See geworfen? Das hier macht doch keinen Sinn. Allein der Gestank hätte dazu führen können, das man auf sie aufmerksam wird."
„Krakowski war in Panik. Vielleicht war sein Kumpel gar nicht dabei. Und da hat er sie einfach ins Feuer geworfen."
„Natürlich. So könnte es gewesen sein", stimmte Karla zu.

Am Rathaus angelangt, stiegen sie gerade die wenigen Stufen der Freitreppe hinauf. In diesem Moment traf auch der Bürgermeister ein. Gut gelaunt kam er auf sie zu. Karlas ablehnende Geste ignorierend, begrüßte er sie mit einer freundschaftlichen Umarmung. Teichmann streckte er die Hand entgegen. „Guten Morgen", rief er dabei, „ich bin so froh, dass die Tat endlich aufgeklärt ist!"
Sie folgten ihm in das Gebäude, das er zügig durchschritt. Im Erdgeschoss eilte er den Flur entlang, bis er vor einer der Türen, die links und rechts abgingen, stehen blieb und sein Schlüsselbund zückte. Sie traten in den kleinen, aber freundlichen und hellen Raum, an dessen Ende zwei Schreibtische standen. Auf einem der beiden befand sich ein Bildschirm sowie eine Tastatur.
Muckwitz deutete darauf. „Das ist der PC, der für die Stadtverordneten angeschafft wurde. Außer Frau Frühauf hat ihn jedoch nur selten jemand genutzt."
Er schaltete den Computer ein. Karla zog den Zettel aus ihrer Tasche, auf dem sie die Zahlenkombination vermerkt hatte und drückte ihn Teichmann in die Hand. Dieser setzte sich an den Tisch und begann mit der Arbeit.

Karla und der Bürgermeister sahen ihm über die Schulter. Muckwitz streckte seine Hand aus und berührte Karlas Arm. Sie zuckte zusammen, reagierte aber nicht. Er nahm ihre Hand in seine. Auch diese Berührung ließ sie geschehen. Währenddessen hackte Teichmann, der die Abläufe hinter seinem Rücken nicht wahrnahm, auf die Tastatur ein. „Und?" fragte Karla. „Sind die Zahlen das Passwort?"
„Einen Moment noch", erwiderte Teichmann, „das werden wir gleich wissen."
Wieder bearbeitete er die Tasten. Der Bürgermeister streichelte derweil Karlas Hand.
„Bingo", rief Teichmann aufgeregt, „ich bin drin. Es war das Passwort zu ihren Daten."
Karla beugte sich weiter über seine Schulter. „Und – was ist drauf?"
„Da sind mehrere Ordner. Einer ist auch für das Hafenprojekt. Es sind auch Fotos dabei."
„Mach die mal auf." Karla wand ihre Hand aus der des Bürgermeisters, um sich auf Teichmanns Schulter abzustützen. Karla sah wie gebannt auf die Fotos, die sich nun öffneten. „Das sind Krakowski und sein Kumpel!", rief sie verwundert. „Sie hat die beiden fotografiert."
„Was machen die denn da?" Auch Muckwitz, starrte auf das Foto.
„Da ist noch einer drauf", sagte sie. „Kannst Du den Menschen da im Hintergrund vergrößern?"
Einen Augenblick lang war wieder nur das Klacken der Tasten zu hören, die Teichmann bearbeitete.
„Das ist Dr. Schlag", rief Karla erstaunt aus.
„Und das, was er da in der Hand hat, ist ein Briefumschlag", ergänzte Teichmann. „Der hat denen offensichtlich Geld gegeben. Auf jeden Fall kann er jetzt nicht mehr behaupten, die beiden nicht zu kennen."
„Was ist noch drauf?", fragte Muckwitz.
Teichmann klickte weiter. Auf dem Bildschirm erschien ein Gebäude.
„Das ist das Grundstück, wo der Hafen hin soll," erklärte der Bürgermeister. „Der alte Schuppen dort soll abgerissen werden. An seiner Stelle soll ein mehrstöckiges Gebäude entstehen mit Ferienwohnungen, Restaurant, Bar, Spielhalle und weiteren Angeboten."
„Wie viele Stockwerke hat Garstein denn geplant?", fragte Teichmann.
„Mindestens sechs, am liebsten noch mehr."
„Das passt doch gar nicht da hin", bemerkte Karla.
„Das ist es ja", stimmte Muckwitz zu. „Im Prinzip ist gegen den neuen Hafen nichts einzuwenden. Es sind nur die falschen Pläne und der falsche Investor."
„Sind denn wirklich keine Alternativen in Sicht?" schaltete sich Karla ein.

Muckwitz schüttelte bedauernd den Kopf. „Wir können nur versuchen, es als Stadt selbst hinzubekommen. Aber selbst wenn wir die EU-Mittel dazu bekämen, müssten wir einen Großteil selbst aufbringen. Das gibt die Stadtkasse nicht her. Es liefe auf eine massive Verschuldung hinaus, die ich nicht bereit bin, zu verantworten."
„Aber die zusätzlichen Touristen würden doch auch Geld in die Stadt bringen", widersprach Teichmann.
„Die Frage ist nur, wie viel Geld und ob es reichen wird. Wir brauchen wirklich einen neuen Stadthafen. Aber es ist schwer, Leute, die das nötige Kapital haben, davon zu überzeugen, es gerade hier auszugeben."
Noch während Muckwitz sprach, öffnete Teichmann nach und nach weitere Bilder. Veronica Frühauf hatte das Hafengelände von jeder sich bietenden Seite aus fotografiert. Das nächste Bild zeigte wieder die beiden Glatzköpfe.
„Die stehen vor dem Gelände des Tatortes", stellte Karla fest, „Veronica hat sie beim Auskundschaften beobachtet."
„Und nicht geahnt, was die vorhaben", ergänzte Teichmann leise. Muckwitz wandte sich ab. „Warum hat sie die beiden bloß nicht angezeigt, nachdem die sie angegriffen haben?" rief er. „Vielleicht wäre das alles dann nicht passiert."
„Wer weiß", beruhigte ihn Karla und legte ihm eine Hand auf seine Schulter. „Es ist geschehen und kann nicht mehr rückgängig gemacht werden."
„Ich ziehe jetzt von allen Ordnern Kopien", erklärte Teichmann. „Das muss alles in Ruhe ausgewertet werden."
In diesem Moment klingelte Teichmanns Handy. Er nahm das Gespräch entgegen. Um einen besseren Empfang zu bekommen, trat er ans Fenster und sah hinaus. Muckwitz nutzte die Gelegenheit, um erneut Karlas Hand zu ergreifen.
„Na so was", kommentierte Teichmann das Gehörte und drehte sich aufgeregt zu Karla um. Muckwitz ließ schnell ihre Hand los, doch Teichmanns Blick signalisierte, dass ihm das Händchenhalten nicht entgangen war. Karla wurde rot und trat nun ihrerseits ans Fenster.
„Du hattest recht", wandte sich Teichmann an sie. „Die Kollegen haben bei der Auswertung der beschlagnahmten Akten Hinweise darauf gefunden, dass Dr. Schlag im Fall von Boehse ein falsches Gutachten abgegeben hat. Die Ex von Boehse hat ihm dafür achttausend Euro bezahlt."
„Und Boehse hat seinen Job verloren, ein Jahr im Knast verbracht und wird als Sexualstraftäter in unserer Datei geführt", ergänzte Karla und schüttelte den Kopf. „Viel Wut und Hass dafür, dass der Liebhaber einmal fremd gegangen ist."
„Teichmann sah sie eindringlich an: „So was bringt eben nichts als Ärger."

„Das passiert immer dann", schaltete sich Muckwitz ein und kratzte sich nachdenklich am Kopf, „wenn Liebe mit Besitz verwechselt wird. Und Alleinnutzungsanspruch mit Treue."
Teichmann wollte etwas erwidern, aber Karla kam ihm zuvor.
„Es ist schon spät. Wir haben noch viel zu tun. Ich denke, wir sollten jetzt gehen."
Um zu verhindern, dass Teichmann den Faden wieder aufnahm, stupste sie ihn am Arm. „Los Kollege, wir haben es eilig."

Michael Boehse war dabei, Holz zu hacken, als die Kommissare das alte Gartentor öffneten und das Grundstück betraten. Er legte das Beil beiseite und griff nach einem karierten Hemd, das er sich über den nackten Oberkörper streifte. Schweigend reichte er ihnen die Hand und bot ihnen mit einer kleinen Geste einen Platz auf einer schattigen Holzbank an. Teichmann und Karla setzten sich auf die Bank, während Boehse auf dem Rasen Platz nahm.
„Wir haben sie", sagte Karla.
„Hab schon gehört", erwiderte Boehse, „wenigstens das ist erfreulich."
Er hielt kurz inne, bevor er weitersprach. „Ich vermisse sie so. Manchmal denke ich immer noch, ich habe nur schlecht geträumt."
„Wir haben trotz allem auch eine gute Nachricht für Sie, Herr Boehse", versuchte Karla, ihn aufzumuntern. „Wir haben Beweise dafür gefunden, dass Sie unschuldig im Gefängnis waren. Ihre Freundin hat das medizinische Gutachten bei Dr. Schlag in Auftrag gegeben. Der Fall kann nun noch einmal aufgerollt werden. Soll ich Ihnen einen guten Anwalt empfehlen? Ich bin sicher, Sie werden rehabilitiert."
Er schwieg, den Blick auf den Boden gerichtet. „Ich kann es kaum glauben, dass der, der mich ins Gefängnis gebracht hat, auch noch Veronica auf dem Gewissen hat. Von mir aus hätte er mir einen Mord anhängen können. Ich wäre gern für immer in den Knast gegangen, wenn ich gewusst hätte, dass Veronica verschont bleibt."
„Ich habe Ihre Schwestern bereits informiert", erklärte Teichmann. „Sie haben gesagt, dass sie sich für ihr Verhalten Ihnen gegenüber schämen."
Bevor Boehse etwas erwidern konnte, schaltete sich Karla ein. „Geben Sie ihnen eine Chance. Wir sind alle nicht unfehlbar."
„Mal sehen", grummelte er leise, aber es klang schon etwas versöhnlich. Karla stand auf, und auch Teichmann erhob sich. Sie reichte Boehse die Hand, der sich aus dem Gras aufrappelte.
„Alles Gute."
„Werden Sie nächste Woche zur Beerdigung kommen?", fragte er.
„Ich werde es versuchen."

49.

Karla räumte gerade in der Ferienwohnung ihre Sachen zusammen, als es an der Tür klopfte. Eine Jeans über dem Arm, öffnete sie die Tür. Vor ihr stand Muckwitz.
„Da bist Du ja", begrüßte sie ihn.
„Hast Du mich erwartet?", fragte er und zog die Augenbrauen nach oben.
„Ja. Ich wusste, dass Du kommen würdest."
Er trat ein, zog sich die Schuhe aus und ging ins Wohnzimmer. Karla legte die Jeans in die Reisetasche.
„Wollen wir uns auf die Terrasse setzen?", fragte sie.
„Gern."
Sie traten auf den großen Balkon, schauten auf die spiegelglatte Oberfläche des Stadtsees.
„Wann fährst Du?"
„Morgen früh."
Erstaunt sah er sie an. „Ich habe eben die Vermieterin getroffen. Sie sagte, Du würdest heute noch abreisen."
Sie lächelte und beobachtete sein Profil, während er über den See blickte, der sich vor seinen Augen ausbreitete. „Da hat sie gewissermaßen Recht und auch wieder nicht."
Er blickte weiter auf den See, als hätte er ihre Antwort nicht gehört. Dann erhellte sich plötzlich sein Blick. Er wandte sich zu ihr um, zog sie mit einer überschwenglichen Bewegung in seinen Arm. „Verstehe ich das richtig? Du bleibst heute bei mir?"
„Nur, wenn Du magst."
„Was für eine Frage!"
Dann wurde er wieder ernst. „Es wird unser Abschied – oder?"
Sie lehnte sich an ihn, genoß die Berührung, die Vertrautheit. „Ja."
Er blinzelte verträumt in die Sonne. Sie schwiegen einen Moment. Sie legte den Kopf an seine Schulter. Dann faßte er sie zärtlich an den Armen, schob sie ein Stück von sich fort und sagte mit fester Stimme: „Dann laß uns jede Sekunde genießen. Hast Du gepackt?"
„Ich bin gleich fertig."
„Beeil' Dich", sagte er und zog sie schwungvoll ins Zimmer zurück, „man sollte so kostbare Zeit nicht verschwenden."
Er half ihr dabei, die Sachen zu packen und aufzuräumen. Eine Viertel Stunde später nahm er ihre Tasche und zog sie mit der anderen Hand nach draußen.
„Gut, dass ich mit dem Wagen da bin."

„He", rief sie, entzog ihm lachend ihre Hand und blieb stehen, „nicht so hektisch, bitte."
Er drehte sich kurz zu ihr um. „Die Zeit wartet nicht. Mir bleiben nur wenige Stunden mit Dir."
Sie lachte. „Genießen heißt doch aber auch verweilen oder?"
Er lachte ebenfalls. „Du hast recht."
„Ich würde gern noch etwas erledigen, bevor wir zu Dir fahren."
„Etwas dienstliches?", fragte er und verzog das Gesicht.
„Nein, ganz und gar nicht. Etwas Schönes."
„Na dann", er riss die Wagentür auf, „ich bin bereit."

Reinhold Reine machte sich gerade auf dem Hof zu schaffen, als der Wagen des Bürgermeisters vor der Pforte zum Stehen kam. Als er die Kommissarin entdeckte, rief er scherzhaft: „Kommen Sie sich jetzt die Wasserbilder ansehen oder wollen Sie mich doch lieber festnehmen?"
„Ich habe doch gesagt, dass ich kommen werde, sobald der Fall abgeschlossen ist", erwiderte sie und stieg aus. „Haben Sie heute noch Zeit, einer kunstinteressierten Polizistin ihre Bilder zu zeigen? Ich muss morgen abreisen."
„Selbstverständlich gern", antwortete er gut gelaunt, „ kommen Sie rein. Ich ziehe mich nur schnell um. Auch wenn der Geruch nach Fisch die Intensität der Wasserbilder vielleicht erhöhen würde, möchte ich Ihnen doch eher als Maler denn als Fischer die Ausstellung zeigen."
Er öffnete die Haustür und bat sie hinein.
„Marion", rief er dann, „bist Du da? Wir haben Besuch!"
„Komme gleich", ertönte die Stimme seiner Frau aus dem oberen Stockwerk, „ich muss nur noch das eine Hemd hier fertig bügeln."
Während er bereits die Treppe hochsprang, rief er „ich bin wirklich gleich wieder da. Nehmen Sie doch solange Platz."
Karla sah sich um. In einer Nische des großen Flures stand ein runder Holztisch mit vier Stühlen. Bevor sie sich setzen konnte ergriff Muckwitz ihre Hand.
„Nicht hier", sagte sie und wollte sie ihm entziehen. Er hielt sie mit Kraft zurück.
„Ich möchte wenigstens heute Abend ganz offen zeigen, was ich für Dich empfinde", sagte er leise. „Ich möchte, dass es alle sehen können."
Sie schüttelte lächelnd den Kopf.
„Warum legt Ihr Männer nur immer so großen Wert darauf, alles so zur Schau zu stellen?"
„Das kommt noch aus der Zeit, als die Menschen in Höhlen lebten", entgegnete er lachend. „Da wurde abends auch immer stolz präsentiert, was man erlegt hatte."

Karla wollte etwas erwidern, als Reine auf dem Treppenabsatz erschien.
„Es kann losgehen", rief er, von oben und bat die Besucher, ihm zu folgen. Wenig später standen sie in den Ausstellungsräumen. Es war Karla schon bei ihrem ersten Besuch aufgefallen, dass beide Räume zwar nicht sehr groß, aber optimal genutzt waren. Neben den Werken, die an der Wand hingen, gab es Ständer, in denen eine Vielzahl ungerahmter Bilder standen und betrachtet werden konnten. Auch auf dem Fußboden lehnten einige Gemälde an der Wand. Durch die großen Fenster fiel natürliches Tageslicht in den Raum und ließ die Ölfarben auf den Leinwänden erstrahlen. Sie ging langsam von Bild zu Bild, lauschte den Erklärungen von Reine. Das vorletzte Bild schien ihre besondere Aufmerksamkeit af sich zu ziehen. „Das ist ja der Clansee", rief sie entzückt.
Reine bestätigte es überrascht. „Ja, das ist die kleine Badestelle am Clansee. Sie kennen sie?"
„Ich habe sie ihr gezeigt", erklärte Muckwitz. Erneut ergriff er demonstrativ ihre Hand.
„Verstehe", sagte Reine. Ein Lächeln huschte über sein Gesicht.
„Wie gefällt es Ihnen?", fragte er Karla.
„Es ist einfach wunderbar", sagte sie und konnte sich gar nicht losreißen. „Sie haben die Abendstimmung gekonnt eingefangen, ohne sie kitschig oder zu naturalistisch werden zu lassen. Wirklich hervorragend."
„Ach herrje", rief Muckwitz plötzlich und zückte sein Handy, „hier ist eine Nachricht von der Mutter einer Patientin. Ich glaube, wir müssen sofort los."
Überstürzt verabschiedeten sie sich von Reine, der enttäuscht wirkte. Muckwitz ließ Karla in den Wagen einsteien und rannte noch einmal zurück zum Haus.
„Ich habe was vergessen", rief er ihr zu. Zwei Minuten später war er wieder da und gab Gas.
„Soll ich Dich schon bei mir daheim absetzen? Es wird nicht lange dauern, dann bin ich zurück."
„Ehrlich gesagt, würde ich mir gern noch die Bilder von Jacob Hammer ansehen. Kannst Du mich nicht bei ihm absetzen?"
„Ja klar", sagte Muckwitz, „ich muss sowieso in diese Richtung. Ich hole Dich dann nachher dort wieder ab."
Auch der zweite Künstler war nicht schlecht überrascht über den Besuch. Seine Bilder gefielen Karla ebenso wie der Garten, den sie sich diesmal etwas genauer ansah. Überall entdeckte sie Tiere. Im Teich lebten Schildkröten, auf der Wiese befand sich ein großes Territorium für Meerschweinchen und ein niedlicher kleiner Hund begleitete sie auf Schritt und Tritt. Sie hatte gerade den Rundgang beendet und sich mit dem Malerehepaar auf der Terrasse

einen schattigen Platz gesucht, als Muckwitz wieder kam, sie an der Hand nahm und vom Stuhl zog.
„Ich bitte um Ihr Verständnis", erklärte er dem Künstler, „aber Frau Loewe reist morgen ab. Und der Himmel weiß, wann sie wiederkommt."
In diesem Moment traf ein Fußball den Bürgermeister am Rücken. Ein Junge von vielleicht elf Jahren kam angerannt. „Tschuldigung," sagte er und wurde rot. Der Bürgermeister gab ihm den Ball zurück. „Schon gut."
Frau Hammer war aufgesprungen. Doch noch bevor sie ihren Sohn zurechtweisen konnte, hatte sich dieser wieder in Richtung Wiese und zu seinem Freund abgesetzt. Sie hob bedauernd die Schultern. Karla lachte. „Als meiner so alt war, hat er es auch so gemacht."
„Wir müssen jetzt," drängelte Muckwitz und zog Karla fort.
Das Ehepaar Hammer winkte ihnen hinterher.
„Das war jetzt aber genug Kultur für heute Abend", stellte er fest, „ab jetzt gehörst Du nur noch mir." Er sah sie aus den Augenwinkeln an. „Wollen wir gemeinsam kochen, oder uns etwas beim Italiener bestellen?"
Sie legte ihre Hand auf sein Knie, streichelte seinen Oberschenkel.
„Ich finde, wir sollten jetzt keine Zeit mehr vergeuden."

Es war draußen schon fast dunkel, als Karla aufstand und zum Fenster trat.
„Geh nicht weg", murmelte Muckwitz halblaut, „es ist noch lange nicht Morgen."
„Ich hätte Lust auf ein Bad im See", sagte sie leise, während sie verträumt auf das glitzernde Wasser blickte„nur Du und ich und das Dunkel der Nacht."
Langsam setzte er sich im Bett auf. „Ich war schon lange nicht mehr um diese Zeit schwimmen."
„Dann lass uns gehen", drängte Karla und zog ihn am Arm aus dem Bett. „Komm schon!"
Sie stellten zwei große Windlichter auf den Bootssteg, bevor sie sich nackt ins Wasser gleiten ließen. Sie schwammen weit hinaus, sprachen kaum. Karla war ernst, und ihre Stimmung schlug auf Muckwitz über. Als sie den Bootssteg wieder erreicht hatten und sich in die Handtücher wickelten, nahm er sie in den Arm und strich ihr eine Haarsträhne aus der Stirn.
„Bitte, tu mir einen einzigen großen Gefallen.", flüsterte er.
„Welchen?"
„Bereue unsere gemeinsame Zeit niemals, was auch passiert. Dann weiß ich auch später noch, wenn wir beide langst alt und grau sind, dass Du schöne Erinnerungen an uns mit Dir rumträgst – so wie ich es immer tun werde."
„Ich bereue nichts und das wird auch in Zukunft so sein", antwortete sie und nahm seine Hand in ihre. „Lass uns ins Haus gehen, es ist kühl."

Montag, 24. Juli

50.

„Es gibt nicht viel, was ich Dir mitgeben kann", sagte Muckwitz und holte ein großes, fest verschnürtes Paket aus dem Kofferraum. „Aber dies hier möchte ich Dir schenken. Es soll Dich an Lychen erinnern. Und auch ein bißchen an mich."

Er übergab ihr das Paket.

„Was ist das?"

„Mach es zu Hause auf. Du wirst schon sehen."

„Danke schön", sagte sie und legte es auf den Rücksitz des Dienstwagens, in dem Teichmann bereits geduldig auf sie wartete, der interessiert die Szene beobachtete.

„Ich habe auch etwas für Dich."

Sie öffnete ihre Umhängetasche und entnahm ihr ein kleines sorgfältig verschnürtes, quadratisches Päckchen.

„Soll ich es gleich aufmachen?"

„Bitte nicht."

Sie küssten sich. Teichmann schaute diskret aus dem Wagenfenster in die entgegengesetzte Richtung. Dann stieg sie ein. Sie saß kaum, als Muckwitz an die Fensterscheibe klopfte. Sie öffnete die Autotür und stieg aus. Er zog sie noch einmal in seinen Arm, küsste sie wieder.

„Es ist eine ganz schreckliche Sache mit dem letzten Mal", flüsterte er ihr ins Ohr, „besonders wenn es sich um Küsse handelt."

Karla antwortete nicht, stieg wieder ein. Nur Teichmann sah, dass eine Träne an ihrer Wange herablief. „Fahr' endlich los", krächzte sie, „das ist ja nicht zum Aushalten."

Er gab Gas. In deutlich überhöhtem Tempo fuhr er die kleine Landstraße hinunter. Karla wischte sich mit dem Handrücken die Tränen ab. Im Rückspiegel beobachtete sie, wie Muckwitz, der ein weißes Taschentuch schwenkte, immer kleiner wurde.

„Ich möchte nicht darüber reden", erklärte sie kategorisch, als sie die Bundesstraße erreicht hatten.

„Zu Befehl", antwortete Teichmann und musterte sie schelmisch von der Seite, „obwohl ich zu gern…"

„Untersteh' Dich", sagte sie und lehnte sich müde auf dem Sitz zurück. „Du fährst uns jetzt schön schnell nach Hause und lässt mich einfach in Ruhe. O.K.?"
„Geht klar."
Nach einer halben Stunde, in der Teichmann tatsächlich kein Gespräch anfing, fragte er: „Willst Du das Paket nicht aufmachen?"
„Nein."
„Warum nicht?"
„Ich soll es erst zu Hause auspacken."
„Aber es könnte doch sein, das etwas drin ist, was Du Deinem Mann nicht unbedingt zeigen willst."
„Das Ding ist so groß, ich müsste es über Bord werfen, wollte ich verhindern, dass er es sieht."
„Wenn Du meinst..."
Sie schloß die Augen, döste vor sich hin. Kurz vor der Ankunft öffnete sie sie wieder. „Na schön", sagte sie, und griff hinter sich. „Ich kann ja mal nachschauen."
Teichmann griente, während Karla langsam begann, die Paketschnur zu lösen. Sie ließ sich Zeit dabei, die vielen Knoten sorgfältig zu öffnen. Immer wieder nahm der Kollege den Blick von der Straße und verfolgte interessiert das Treiben neben sich. Unter dem Packpapier erschien eine dicke Schicht Zeitungspapier, danach folgte eine großes Baumwolltuch. „Es ist ein Bild", sagte sie dann erstaunt und zog es aus der letzten Umhüllung. Kaum hatte sie einen Blick darauf geworfen, rollte wieder eine Träne an ihrem Gesicht herab. „Es ist von Reinhold Reine."
„Was zeigt es denn?", wollte Teichmann wissen und wagte wieder einen Blick zu Karla.
„Nur einen Sonnenuntergang", sagte sie. Es sollte belanglos klingen.
„Hat es einen Titel?", fragte er.
Sie unterdrückte ein Schluchzen. „Was für ein Glück!"
„Jaja, aber hat es einen Titel?"
„Das ist der Titel", erwiderte sie leise.

Muckwitz ging langsam die kleine Straße zu seinem Haus hinunter. Ein Nachbar harkte den Rasen und winkte ihm kurz zu. Er erwiderte wortlos den Gruß. Das Päckchen fest in der Hand, öffnete er die Haustür, trat in den Flur und setzte sich traurig auf einen Stuhl. Er schloss die Augen. „Vorbei", murmelte er, „es ist vorbei. Wie schnell ein Tag vergehen kann." Behutsam öffnete er die kleine rote Schleife, streifte das rote Geschenkpapier ab und hob den Dackel der Pappschachtel ab. Er lächelte, als er sah, was sich darin befand und nahm es heraus. „Jetzt muss ich Dich auch noch jeden Tag ansehen“, sagte er wieder zu sich selbst, „als wenn es nicht schon schwer genug wäre.“ Er nahm die Porträtzeichnung, ging ins Wohnzimmer und stellte sie auf ein Sideboard. In diesem Moment fiel ein kleiner Zettel herunter, den er übersehen hatte. Er hob ihn auf und sein Blick wurde heller. Karla hatte nur vier Worte darauf geschrieben, doch sie sorgten dafür, dass seine Laune umschlug. Er las ihn noch einmal, dann lachte er laut und lehnte ihn an die Porträtzeichnung. „Bis bald in Lychen“, sagte er leise, „bis bald in Lychen.“